COLSON WHITEHEAD

Trapaça no HARLEM

COLSON WHITEHEAD

Trapaça no HARLEM

Tradução
Rogerio W. Galindo

Copyright © 2021 Colson Whitehead
Copyright da tradução © 2021 by Casa dos Livros Editora LTDA.
Título original: *Harlem Shuffle*

Os panfletos de protesto nas páginas 373 e 385 foram retirados do Race Riots New York 1964, de Fred C. Shapiro e James W. Sullivan.

Todos os direitos desta publicação são reservados à Casa dos Livros Editora LTDA. Nenhuma parte desta obra pode ser apropriada e estocada em sistema de banco de dados ou processo similar, em qualquer forma ou meio, seja eletrônico, de fotocópia, gravação etc., sem a permissão do detentor do copyright.

Diretora editorial: *Raquel Cozer*
Gerente editorial: *Alice Mello*
Editora: *Lara Berruezo*
Assistência editorial: *Anna Clara Gonçalves e Camila Carneiro*
Copidesque: *Karine Ribeiro*
Revisão: *Lorrane Fortunato*
Design de capa: *Oliver Munday*
Adaptação de capa: *Guilherme Peres*
Imagem de capa: *revers/Shutterstock; BRO.vector/Shutterstock; James Steidl/Shutterstock; Lehnartz/Ullstein Bild; H. Armstrong Roberts/Classicstock*
Diagramação: *Abreu's System*

Dados Internacionais de Catalogação na Publicação (CIP)
(Câmara Brasileira do Livro, SP, Brasil)

Whitehead, Colson
  Trapaça no Harlem / Colson Whitehead; tradução Rogerio W. Galindo. – Rio de Janeiro: HarperCollins Brasil, 2021.
  416p.

  Tradução de: Harlem shuffle
  ISBN 978-65-5511-215-3

  1. Ficção policial e de mistério (Literatura norte-americana) I. Título.

21-76454   CDD-813.0872

Cibele Maria Dias – Bibliotecária – CRB-8/9427

Os pontos de vista desta obra são de responsabilidade de seu autor, não refletindo necessariamente a posição da HarperCollins Brasil, da HarperCollins Publishers ou de sua equipe editorial.

HarperCollins Brasil é uma marca licenciada à Casa dos Livros Editora LTDA.
Todos os direitos reservados à Casa dos Livros Editora LTDA.
Rua da Quitanda, 86, sala 218 – Centro
Rio de Janeiro, RJ – CEP 20091-005
Tel.: (21) 3175-1030
www.harpercollins.com.br

Para Beckett

SUMÁRIO

PARTE UM
A CAMINHONETE | 1959 * 9

PARTE DOIS
DORVAY | 1961 * 143

PARTE TRÊS
RELAXE MEU BEM | 1964 * 269

A CAMINHONETE

1959

> "Em termos de falha de caráter, Carney tinha apenas uma pequena rachadura…"

UM

Foi o primo Freddie que o colocou no assalto em uma noite quente no início de junho. Ray Carney estava em um de seus dias de correria — norte, sul, cruzando a cidade rápido. Mantendo as engrenagens funcionando. Primeiro na rua onde ficavam as lojas de equipamentos eletrônicos, para descarregar os últimos três consoles, dois da RCA e um Magnavox, e pegar a tevê que ele havia deixado. Ele desistira de rádios depois de não conseguir vender um único aparelho por um ano e meio, por mais que remarcasse o preço e implorasse. Agora eles ocupavam um espaço no porão que seria necessário para os dois sofás reclináveis da Argent que chegariam na semana seguinte e para o que ele pegasse do apartamento da mulher morta naquela tarde. Os rádios eram de última geração três anos antes; agora acolchoados escondiam seus gabinetes lustrosos de mogno, amarrados com tiras de couro à caçamba da caminhonete. A picape sacolejava pelos sulcos diabólicos da West Side Highway.

Naquela mesma manhã a *Tribune* havia publicado mais uma reportagem sobre a ideia da prefeitura de demolir o elevado. Estreita e com pavimentação medíocre de paralelepípedos, a via elevada foi desde o começo uma gambiarra. Nos melhores dias era um engarrafamento só, uma discussão rancorosa com buzinas e xingamentos, e nos dias de chuva os buracos viravam lagoas traiçoeiras, um lamaçal sinistro. Na semana anterior, um cliente entrou na loja com a cabeça enfaixada como uma múmia — atingido por um pedaço de mureta enquanto passava debaixo daquela porcaria. O sujeito falou que ia entrar com um processo. Carney disse: "Tem todo o direito". Perto da rua 23 as rodas da picape bateram em uma cratera e ele achou que um dos RCAs ia sair voando da caçamba e cair no rio Hudson. Quando conseguiu sair para a Duane Street sem nenhum incidente, ficou aliviado.

O contato de Carney na região ficava a meio caminho da Cortlandt, perto da Greenwich, bem no meio da confusão. Ele conseguiu uma vaga na frente da Samuel's Amazing Radio — CONSERTA TODAS AS MARCAS — e foi checar se Aronowitz estava trabalhando. Duas vezes no ano anterior ele foi até lá e deu de cara com a porta fechada no meio do dia.

Uns anos atrás, passar pelas fachadas abarrotadas das lojas era como girar o dial do rádio — uma fazendo jazz soar de autofalantes no meio da rua, a seguinte tocando sinfonias alemãs, depois ragtime e assim por diante. S&S Eletrônica, Landy's Alta Qualidade e Steinway, o Rei do Rádio. Agora o mais provável era ouvir rock-and-roll, em uma tentativa desesperada de seduzir os adolescentes e encontrar vitrines lotadas com televisores, as últimas maravilhas da DuMont, da Motorola e do resto. Consoles de madeira de lei clara, as novas e lustrosas linhas de portáteis, e os três em um com tubo de imagem, rádio e vitrola no mesmo gabinete, inteligentes. O que não havia mudado era o caminho serpenteante de Carney pela calçada em torno das caixas e baldes cheios de válvulas, transformadores de áudio e condensadores que atraíam hobbistas de toda a região. Qualquer peça que você precisasse, todas as marcas, todos os modelos, preços razoáveis.

Havia um vazio onde o elevado da Nona Avenida ficava antes. Aquela coisa desaparecida. Quando Carney era pequeno, o pai o havia levado ali uma ou duas vezes em suas tarefas misteriosas. De vez em quando, Carney ainda achava que estava escutando o trem, com seu estrondo por trás da música e das pechinchas na rua.

Aronowitz estava debruçado sobre o balcão de vidro, com uma lente de aumento presa ao olho, mexendo em uma daquelas engenhocas.

— Sr. Carney. — Ele tossiu.

Não eram muitos os brancos que o chamavam de senhor. Pelo menos não no sul da cidade. Na primeira vez que Carney foi à Rua dos Rádios a negócios, os funcionários brancos fingiram que nem tinham visto, atendendo hobbistas que entraram depois dele. Ele pigarreou, gesticulou e continuou sendo um fantasma negro em cada uma das lojas, acumulando as humilhações de sempre, até subir os degraus de ferro preto da Aronowitz & Filhos e o proprietário perguntar: "Posso ajudar, senhor?". Um Posso ajudar que queria dizer *Posso ajudar?* E não *O que é que você está fazendo aqui?* Ray Carney, com os anos, aprendeu a diferenciar as variações.

Naquele primeiro dia, Carney disse a ele que tinha um rádio que precisava de conserto. Estava começando a fazer seus bicos com aparelhos eletrônicos pouco usados. Aronowitz interrompeu quando ele tentou explicar o problema e começou a trabalhar desparafusando o gabinete. Carney não gastou saliva nas visitas posteriores, só colocava os rádios diante do maestro e deixava que ele fizesse as coisas a seu jeito. A rotina era a seguinte: suspiros e resmungos exaustos enquanto ele investigava o problema, com estocadas e clarões de ferramentas prateadas. Seu aparelho de diagnóstico testava fusíveis, resistores; ele calibrava a voltagem, revolvia bandejas sem etiquetas nas estantes de aço ao longo das paredes da loja mal iluminada. Se alguma coisa mais séria estivesse acontecendo, Aronowitz girava em sua cadeira e corria para a oficina nos fundos, onde resmungava mais. Ele fazia Carney lembrar de um esquilo no parque, correndo desordenadamente atrás de nozes perdidas. Pode ser que os outros esquilos da Rua dos Rádios entendessem o comportamento, mas para aquele leigo parecia um animal alucinado.

Era comum que Carney descesse a rua para comer um misto e deixar o sujeito trabalhar em paz.

Aronowitz nunca falhava no conserto, sempre encontrava a peça. Mas a nova tecnologia aborrecia o homem e em geral ele pedia para Carney voltar no dia seguinte quando o problema era uma tevê, ou na semana seguinte quando o novo tubo de imagem ou válvula chegasse. Ele se recusava a passar a vergonha de andar pela quadra e pedir ajuda a um concorrente. Foi assim que Carney foi parar ali naquela manhã. Ele havia deixado uma Philco de vinte e uma polegadas na semana anterior. Se tivesse sorte, o velho ia ficar com os rádios.

Carney entrou na loja carregando um dos RCAs grandes e voltou para pegar o outro.

— Eu podia pedir pro menino te ajudar — disse Aronowitz —, mas precisei diminuir a carga horária dele.

O menino Jacob, um garoto mau encarado e bexiguento de um cortiço na Ludlow Street, estava trabalhando ali não fazia nem um ano, pelo que Carney sabia. O "& Filhos" da placa foi sempre uma aspiração — havia muito tempo, a esposa de Aronowitz tinha voltado para Nova Jersey para morar com a irmã —, mas a fanfarronice e a bravata eram traços dominantes nos estabelecimentos da Rua dos Rádios. Melhor da Cidade, Casa dos Valores, Impossível de Ser Batida. Décadas antes, a explosão dos eletrônicos transformou a região em um palco para a ambição de imigrantes. Pendure uma placa, faça o seu discurso e suba um degrau para se livrar do ensopado do pardieiro. Se as coisas forem bem, você abre uma segunda loja, expande comprando a loja ao lado que faliu. Passa o negócio para os filhos e se aposenta indo para um dos subúrbios de Long Island. Se as coisas forem bem.

Carney achava que Aronowitz devia deixar para lá a história dos filhos e tentar alguma coisa mais moderna: Atômica TV & Rádio, Eletrônica Era do Jato. Mas isso seria uma inversão no relacionamento deles, já que ali era Aronowitz que dava os conselhos, de um empreendedor para outro, em geral da modalidade "Médico, cura-te a ti mesmo". Carney não precisava das dicas do velho sobre práticas contábeis e onde vender produtos. O diploma de Administração da Queens College estava pendurado na parede do escritório dele perto de uma foto autografada da Lena Horne.

Carney levou três rádios para dentro. O tráfego na calçada da Rua dos Rádios estava menor do que costumava ser.

— Não, eles não estão quebrados — disse Carney enquanto Aronowitz abria seu rolo com os instrumentos. O rolo era de feltro verde, com lugares para as ferramentas. — Achei que talvez o senhor quisesse ficar com eles.

— Não tem nada errado com eles?

Como se algo que funcionasse bem fosse uma ideia estranha.

— Pensei que já que eu estava vindo aqui para pegar a tevê, ia ver se o senhor estava interessado. — Por um lado, por que um sujeito que trabalhava com rádios ia precisar de um rádio, mas por outro, todo negociante tinha uma atividade paralela. E ele sabia que isso era verdade no caso de Aronowitz. — Desmontar para usar as peças ou algo assim?

Aronowitz murchou.

— Peças. Com certeza eu não tenho clientes, sr. Carney, mas tenho peças.

— Eu sou seu cliente, Aronowitz.

— O senhor é meu cliente, sr. Carney. E é muito confiável. — Ele perguntou da mulher e da filha de Carney. Um bebê a caminho? *Mazel tov*. Passou um polegar pelos suspensórios pretos e pensou. Poeira flutuava sob a luz. — Eu conheço um sujeito especializado em Camden — continuou Aronowitz. — Gosta de RCAs. Talvez se interesse. Talvez não. Deixe aqui, da próxima vez que o senhor vier, eu digo como foi. — Tinha um Magnavox. Gabinete de nogueira, woofer de dezoito polegadas, toca-discos Collaro. Topo de linha três anos atrás. — Deixe aí também, vamos ver.

O velho sempre teve o rosto murcho, uma enorme papada, lóbulos e pálpebras flácidos, e era murcho também em sua postura infeliz. Como se as máquinas o sugassem para dentro enquanto ele se curvava sobre elas durante todas aquelas horas. A força que o atraía para baixo havia acelerado recentemente, sua submissão aos fatos da vida. A mercadoria mudara, a clientela se transformado e a ambição já não era a mesma. Mas ele tinha algumas distrações para mantê-lo ocupado nesses dias sombrios.

— A sua tevê está pronta — disse ele.

Aronowitz tossiu em um lenço amarelo desbotado. Carney foi atrás dele até os fundos.

O nome da loja — letras destacadas em tinta dourada na vitrine — prometia uma coisa, o escritório surrado na entrada prometia outra e essa sala entregava uma terceira coisa que era inteiramente espiritual. A atmosfera era diferente, obscura, mas reverencial, o rebuliço da Rua dos Rádios abafado. Receptores desmontados, tubos de imagem de diversos tamanhos, entranhas de máquinas jogadas sobre prateleiras de metal bagunçadas. No centro da sala, a bancada era iluminada onde o espaço vazio na madeira cheia de cicatrizes estava à espera do próximo paciente, ferramentas e vários instrumentos de medição organizados no entorno. Cinquenta anos antes, a maioria das coisas na sala não existia; era uma vaga ideia passando pela imaginação do inventor — e subitamente havia salas como essa, onde homens mantinham seus segredos.

Até aparecer algo mais novo.

Havia uma cama de campanha desmontável no lugar onde antes ficava a mesa do menino, um cobertor simples de lã curvado em *S* em cima dela. Será que ele andava dormindo ali? Enquanto o homem do rádio o guiava, Carney viu que ele havia perdido mais peso. Pensou em perguntar sobre a saúde de Aronowitz, mas não o fez.

Aronowitz mantinha um expositor de rádios na porta de entrada, mas nos fundos os itens se moviam com frequência maior. A Philco 4242 de Carney estava no chão. Freddie levara a tevê na loja de Carney, em um carrinho com rodas rangendo, jurando que estava "em perfeitas condições". Tinha dias que Carney sentia a necessidade de pressionar o primo até ele admitir estar mentindo, e em outros o amor que sentia era tão grande que até mesmo o menor traço de desconfiança fazia com que se sentisse envergonhado. Quando colocou a tevê na tomada e ligou, a recompensa foi um ponto branco no centro da tela e um zumbido petulante. Ele não perguntou onde foi que Freddie arranjou aquilo. Ele jamais perguntava. As tevês saíam rápido da seção de seminovos quando Carney colocava o preço certo.

— Ainda na caixa — disse Carney.

— O quê? Ah, aquelas.

Havia uma pilha de quatro tevês Silverstone perto da porta do banheiro com consoles Lowboy de madeira clara, que pegavam todos os canais. A Sears fabricava aqueles aparelhos e os clientes de Carney adoravam a marca desde a infância, quando os pais compravam coisas via catálogo porque os brancos das cidadezinhas do Sul se recusavam a vender para eles ou jogavam os preços lá para cima.

— Um sujeito trouxe essas ontem — disse Aronowitz. — Me disseram que caíram de um caminhão.

— As caixas parecem intactas.

— Pelo jeito a queda não foi de um lugar muito alto, então.

Cento e oitenta e nove no varejo, digamos que mais vinte de taxa para uma loja de brancos no Harlem; o sobrepreço não tinha limites ao sul da linha Mason-Dixon.

Carney disse:

— Provavelmente eu consigo vender uma para um cara que está interessado nessas coisas.

Cento e cinquenta parcelados e as tevês iam criar pés e sair pela porta cantando o hino nacional.

— Posso negociar duas. Cobro junto o serviço na Philco. Era só uma solda solta.

Eles fizeram negócio pelas tevês. A caminho da porta, Aronowitz perguntou:

— Pode me ajudar a levar os seus rádios para os fundos? Gosto de deixar a parte da frente apresentável.

No norte da cidade Carney pegou a Nona Avenida, sem confiar na autoestrada com as suas tevês novas. Três rádios a menos, três tevês a mais — nada mal para começar o dia. Ele fez Ferrugem descarregar as tevês na loja e seguiu para a casa da mulher morta, na rua 141. O almoço foram dois cachorros-quentes e um café na Chock Full O'Nuts.

O prédio do número 3461 da Broadway estava com o elevador quebrado. O cartaz estava lá fazia um tempo. Carney contou os passos até o quarto andar. Se comprava alguma coisa e levava para a caminhonete, ele gostava de saber quantos degraus teria que amaldiçoar na descida. No segundo andar, alguém estava cozinhando pés de porco e, pelo cheiro, no terceiro o almoço ia ser meias velhas. A sensação era de que a viagem seria tempo perdido.

A filha, Ruby Brown, deixou que ele entrasse. O apartamento estava em ordem, e, quando ela abriu, a porta do 4G raspou no chão.

— Raymond — disse ela.

Ele não se lembrava dela.

— Nós estudamos juntos na Carver, eu era uns anos mais nova que você.

Ele assentiu como se lembrasse.

— Lamento a sua perda.

Ela agradeceu e baixou os olhos por um momento.

— Eu vim para resolver as coisas e o Timmy James me disse para ligar para você.

Outro que Carney não sabia quem era. Quando começou a trabalhar com a picape, e a alugar, e depois a vender mobília, ele conhecia todo mundo. Agora já estava no negócio havia tempo suficiente para que gente de fora do seu círculo soubesse dele.

Ruby acendeu a luz do hall. Eles passaram pela cozinha de navio e pelos dois quartos. As paredes estavam arranhadas, com pedaços arrancados em certos trechos — os Brown moravam ali há muito tempo. Uma viagem perdida. Em geral quando ligavam para vender mobília, as pessoas tinham as mais estranhas ideias do que Carney estava procurando. Como se ele fosse aceitar qualquer coisa velha, o sofá murcho com as molas saltadas para fora, a poltrona reclinável com manchas de suor nos braços. Ele não era do ferro-velho. As boas descobertas valiam a pena, mas ele perdia tempo demais com dicas falsas. Se Ferrugem tivesse um pouco de noção ou bom-gosto, Carney podia mandar seu assistente nessas missões, nas ele não tinha nem noção nem bom-gosto. Voltava com um negócio que parecia um bando de guaxinins aninhados no estofado de crina de cavalo.

Dessa vez Carney estava enganado. A sala de estar iluminada dava vista para a Broadway e o som de uma ambulância se esgueirou pela janela. O conjunto de sala de jantar alemão era da década de 1930, lascado e desbotado, e o tapete oval descorado revelava padrões de uso, mas o sofá e a poltrona pareciam saídos da fábrica. Heywood-Wakefield com aquele acabamento champanhe de que todo mundo gostava agora. E revestidos com capas transparentes de vinil.

— Eu moro em Washington agora — disse Ruby. — Trabalho num hospital. Mas fazia anos que eu dizia pra mãe se livrar do sofá, estava velho demais. Dois meses atrás comprei esse pra ela.

— Washington? — ele repetiu, abrindo o zíper do plástico

— Gosto de lá. Não é tão assim, sabe? — Ela fez um gesto na direção do caos na Broadway lá embaixo.

— Claro. — Carney passou a mão pelo estofado verde de veludo: imaculado. — É da Mr. Harold's?

Ela não tinha comprado o sofá dele, e a Blumstein não trabalhava com aquela linha, então tinha que ser da Mr. Harold's.

— É.

— Cuidou bem deles — disse Carney.

Trabalho concluído, Raymond deu mais uma olhada em Ruby. Vestido cinza, roliça e corpulenta. Cansaço nos olhos. Os cabelos estavam agora em um penteado italiano cacheado, e então ele teve um lampejo — Ruby Brown como uma adolescente de pernas finas, com dois longos rabos de cavalo à moda indiana, uma blusa azul clara com gola Peter Pan. O tipo que tem pais rigorosos.

— Certo, na Escola Carver — disse ele. Ficou se perguntando se já teriam enterrado Hazel Brown, qual era a sensação de assistir ao funeral de um dos pais, qual era a expressão que se tinha no rosto em uma situação como essa. As memórias que surgiam, uma coisa pequena aqui, uma coisa grande lá, o que você fazia com as mãos. Os dois pais dele tinham partido e ele não passou por essa experiência, portanto ficou imaginando. — Lamento sua perda — repetiu.

— O médico disse ano passado que ela tinha um problema no coração.

Carney estava no último ano quando ela estava no segundo. Onze anos antes, em 1948, quando ele estava ocupado tentando entender as coisas. Fazendo remendos para se transformar em algo apresentável. Ninguém se apresentou para ajudar, então ele teve que fazer tudo sozinho. Aprender a cozinhar, pagar as contas quando chegasse o aviso de atraso, ter uma ladainha pronta quando o dono da casa aparecesse.

Tinha um grupo de meninos mais novos que pegavam no pé dele o tempo todo. Os valentões da mesma idade o deixavam em paz, eles o conheciam de outros tempos e não incomodavam porque haviam brincado juntos, mas Oliver Handy e o pessoal que andava com ele eram do tipo selvagem, de rua. Oliver Handy, que não tinha dois dentes desde sabe-se lá quando, nunca deixava que Carney passasse sem o atormentar.

Oliver e o grupo tiravam sarro das manchas nas roupas dele, que não eram do tamanho certo. Outro motivo de gozação, diziam que ele fedia como um caminhão de lixo. Quem ele havia sido na época? Magricela e tímido, tudo saía de sua boca meio gaguejado. Cresceu quinze centímetros no primeiro ano, como se seu corpo soubesse que era melhor correr atrás do tempo perdido para lidar com as responsabilidades de adulto. Carney no velho apartamento da rua 127, sem mãe, o pai sempre correndo ou dormindo para recuperar as energias. Ele saía para a aula de manhã, fechava a porta daquela casa vazia e se preparava para o que estivesse lá fora. Mas a questão era, quando Oliver tirava sarro dele — em frente à loja de doces, na escadaria dos fundos da escola —, ele já sabia tirar manchas, fazer a bainha da calça, tomar um belo banho antes da escola. Ele tirava sarro pelo que Ray tinha sido antes de tomar jeito.

O que colocou um ponto final na história foi bater na cara do Oliver com um cano de ferro. Curvado em *U* como se tivesse saído de baixo de uma pia. Parecia que o cano tinha surgido nas mãos de Carney, saído do terreno baldio na esquina da Amsterdam com a 135 onde eles o cercaram. A voz do pai dele: é assim que você lida com um crioulo que está tentando te foder. Ele se sentia mal vendo o Oliver na escola, inchado e se esgueirando. Mais tarde, Ray soube que seu pai tinha enganado o pai do Oliver em algum esquema, pneus roubados, e talvez isso explicasse a história toda.

Foi a última vez que ele ergueu a mão para alguém. Do ponto de vista dele, a vida ensinava que não era necessário viver do jeito que te ensinaram. As pessoas vinham de algum lugar, mas o mais importante era para onde decidiam ir.

Ruby decidiu ir para outra cidade e Carney escolheu a vida no ramo de móveis. Uma família. Se essa vida parecia o oposto do que ele conhecia quando era criança, isso tinha seu encanto.

Ele e Ruby jogaram conversa fora sobre a antiga escola, os professores que detestavam. Havia coincidências. Ela tinha um rosto bonito, redondo, e quando ria ele tinha a impressão de que Washington foi uma boa escolha. Não faltavam motivos para sair do Harlem se surgisse a oportunidade.

— Seu pai trabalhava na oficina ali perto — disse ela.

A Oficina Milagre era o lugar onde o pai dele trabalhava de vez em quando, quando o negócio principal não ia bem. Pagamento por hora, estável. O proprietário, Pat Baker, era amigo de corridas do pai desde antes de ele se endireitar. Endireitar no sentido de ficar menos torto; não dava para dizer que todos os veículos na oficina estavam com a papelada certinha. A oficina tinha giro, como Carney dizia, como a loja de Aronowitz. Como a loja dele. Coisas entram, coisas saem, como as marés.

Pat tinha uma dívida com o pai dele de outros tempos e lhe dava trabalho quando ele precisava.

— Claro — disse Carney, esperando o que viria. Em geral quando alguém mencionava o pai dele era um prelúdio para alguma história vergonhosa. *Vi quando ele foi arrastado por dois policiais para fora do Finian's* ou *Ele estava batendo naquele otário com a tampa de uma lata de lixo*. E aí ele tinha que descobrir qual cara fazer.

Mas ela não contou nenhuma história sórdida.

— A oficina fechou faz uns anos — disse Ruby.

Eles fecharam negócio para o sofá e a poltrona do mesmo conjunto.

— E que tal o rádio? — perguntou ela. Estava perto de uma estante pequena de livros. Hazel Brown mantinha um ramalhete de flores artificiais em um vaso vermelho em cima do rádio.

— O rádio eu não vou poder.

Ray pagou uns trocados para o zelador ajudar a carregar o sofá para a caminhonete, e no dia seguinte ia mandar Ferrugem buscar a poltrona. Sessenta e quatro degraus.

A Móveis Carney já era uma loja de móveis quando ele assumiu o ponto, e mesmo antes disso. Ao permanecer no ponto por cinco anos, Carney já tinha durado mais do que Larry Early, um sujeito com uma personalidade repelente incompatível com o varejo, e do que Gabe Newman, que desapareceu na calada da noite, deixando para trás um monte de credores furiosos, sua família, duas namoradas e um basset. Alguém mais supersticioso podia achar que o lugar era amaldiçoado como loja de produtos para casa. Carney usou os esquemas fracassados e os sonhos frustrados como um fertilizante que ajudou suas próprias ambições a prosperar, do mesmo modo que um carvalho em decomposição nutre seu fruto.

O aluguel era razoável para a rua 125; a loja, bem localizada.

Ferrugem estava com os dois ventiladores grandes funcionando por causa do calor de junho. Ele tinha um hábito cansativo de comparar o clima de Nova York com sua Geórgia natal, em suas histórias uma terra de chuvas monstruosas e calor sufocante.

— Isso não é nada.

Ferrugem mantinha uma noção de tempo típica das cidades pequenas em todas as coisas — livre de urgência. Embora não fosse um vendedor nato, durante seus dois anos na loja ele cultivou uma espécie de carisma rústico que tinha apelo para parte dos clientes de Carney. O penteado que Ferrugem tinha acabado de adotar, com cabelos alisados, vermelhos e exuberantes — cortesia do Charlie na Lenox —, deu a ele uma nova confiança que contribuiu para um aumento nas comissões.

Com ou sem cabelos lisos, não havia nada acontecendo na loja naquela segunda.

— Nenhuma alma viva — disse Ferrugem em uma voz lamentosa, que Carney achava cativante, enquanto eles carregavam o sofá de Hazel Brown para a seção de seminovos. Ferrugem reagia aos padrões de vendas como um fazendeiro que olha para o céu em busca de tempestades.

— Está quente — disse Carney. — As pessoas estão com a cabeça em outras coisas.

Eles colocaram o Heywood-Wakefield em lugar de destaque. A seção de seminovos ocupava vinte por cento da área do showroom — Carney calculou na base do centímetro — contra dez por cento no ano anterior. Tinha sido um crescimento lento e sutil das mercadorias usadas, que começou quando Carney percebeu a atração que elas exerciam sobre os caçadores de pechinchas, os assalariados que saíam para fazer compras no dia do pagamento e os tipos que entravam só porque estavam passando por ali. As mercadorias novas eram de primeira, ele era revendedor autorizado da Argent e da Collins-Hathaway, mas os produtos de segunda mão tinham apelo duradouro. Era difícil não fechar negócio quando você tinha que escolher entre esperar a entrega de um produto que vinha do depósito ou já sair da loja com uma poltrona estofada. O olho cuidadoso de Carney significava que os clientes estavam comprando bons móveis, e ele tomava o mesmo cuidado com luminárias, eletrônicos e tapetes de segunda mão.

Carney gostava de passear pelo showroom antes de abrir. Naquela meia hora de luz da manhã passando pelas janelas grandes, por cima do banco do outro lado da rua. Ele mudou um sofá de posição para não ficar encostado na parede, ajeitou uma placa de DESCONTO, arrumou um mostruário com panfletos de fabricantes. Os sapatos pretos batiam na madeira do piso, eram silenciados pela maciez luxuriante de um tapete e em seguida retomavam o som. Carney tinha uma teoria sobre espelhos e sua capacidade de refletir a atenção para diferentes quadrantes da loja — e a testava em sua inspeção. Depois abria a sua loja para o Harlem. A loja era toda dele, seu reino improvável, construído com inteligência e trabalho duro. O nome dele na placa da fachada para que todo mundo soubesse, ainda que as lâmpadas queimadas dessem uma aparência solitária demais à noite.

Depois de checar o porão para ter certeza de que Ferrugem colocara as tevês onde ele havia pedido, Carney se recolheu ao escritório. Ele gostava de manter uma aparência profissional, vestir paletó, mas estava quente demais. Usava uma camisa branca de mangas curtas, gravata tipo pele de tubarão enfiada entre os botões. Tinha enfiado a gravata ali enquanto embalava os rádios para que não ficasse no caminho.

Ele analisou os números do dia na mesa: subtraiu o que pagara pelos rádios anos antes, subtraiu o dinheiro das tevês e dos móveis da sra. Brown. O dinheiro que tinha em mãos não era encorajador, caso o calor persistisse e os clientes continuassem sem aparecer.

A tarde foi passando. Os números não fechavam, nunca fechavam. Nem hoje nem em outro dia qualquer. Carney checou de novo quem estava com os pagamentos atrasados. Gente demais. Vinha pensando nisso já fazia um tempo e decidiu acabar com aquilo: chega de vender à prestação. Os clientes adoravam parcelar, claro, mas ele não tinha mais como arcar com os atrasos. Mandar cobradores era desgastante. Como se ele fosse um chefão do crime organizado mandando bater em alguém. O pai dele chegou a trabalhar com isso, batendo na porta da frente, todo mundo no corredor olhando para ver que confusão era aquela. Levar a cabo alguma ameaça... Carney se obrigou a parar. Já tivera sua dose de caloteiros e era coração mole quando as pessoas pediam prazos maiores ou segundas chances. No momento, a loja não tinha movimento suficiente para que ele mesmo conseguisse um prazo maior.

Elizabeth o tranquilizava e não deixava que ele se sentisse mal quanto a isso.

E então era quase hora de fechar. Na cabeça de Carney, ele já estava a uma quadra de casa quando ouviu Ferrugem dizer:

— É um dos nossos produtos que mais saem.

Ele olhou de sua mesa pela janela. Os primeiros clientes do dia eram um casal jovem — esposa grávida, marido assentindo e concordando com a tagarelice do Ferrugem. Interessados, ainda que talvez não soubessem. A esposa sentou no novo sofá Collins-Hathaway, se abanando. Ela ia entrar em trabalho de parto a qualquer momento. Parecia que ia parir ali mesmo no estofado com proteção contra manchas.

— Quer que eu traga um copo de água? — perguntou Carney. — Ray Carney, sou o proprietário.

— Sim, por favor.

— Ferrugem, pode pegar um copo de água para a moça? — Ele tirou a gravata do meio dos botões da camisa.

Diante dele estavam o sr. e a sra. Williams, as novas aquisições da Lenox Avenue.

— Se esse sofá em que a senhora está descansando parecer familiar, sra. Williams, é porque ele apareceu no *The Donna Reed Show* mês passado. A cena no consultório médico? Sucesso imediato.

Carney listou os atributos da linha Melody. Silhueta da era espacial, cientificamente testado para conforto. Ferrugem deu à sra. Williams o copo de água — ele não se apressou, para facilitar o trabalho de Carney na transição para a venda. Ela tomou a água, ergueu a cabeça e escutou pensativa, fosse o discurso de vendas de Carney ou a criatura em seu ventre.

— Para ser franco — disse o marido —, está tão quente, senhor, que a Jane precisava sentar por um minuto.

— Sofás são bons para sentar... é para isso que eles servem. Com o que o senhor trabalha, sr. Williams, se é que posso perguntar?

Ele lecionava Matemática na grande escola de ensino fundamental da Madison Avenue, seu segundo ano lá. Carney mentiu e disse que nunca foi muito bom em matemática, e o sr. Williams começou a falar sobre como é importante fazer com que as crianças se interessem cedo para que não fiquem intimidadas. A fala mecânica, como se aquilo estivesse saindo de algum novo manual de pedagogia. Todo mundo tinha seu discurso de vendas.

O parto da sra. Williams estava previsto para dali a duas semanas e era o primeiro bebê do casal. Um bebê junino. Carney tentou lembrar algum dito popular sobre bebês nascidos em junho, mas não conseguiu.

— Minha esposa e eu estamos esperando nosso segundo para setembro — disse ele. E era verdade. Ele pegou da carteira a foto de May. — É o vestido de aniversário dela.

— A verdade — disse o sr. Williams — é que vai levar algum tempo antes que a gente possa comprar um sofá novo.

— Problema nenhum. Deixe eu mostrar a loja — disse Carney. Não fingir interesse depois de um copo de água seria deselegante.

Era difícil mostrar a loja direito quando uma das pessoas envolvidas estava ancorada em um ponto, ofegante. O marido se encolhia quando chegava muito perto das mercadorias, como se a proximidade arrancasse dinheiro de seus bolsos. Carney se lembrava dessa época, tudo tão desejado e tão necessário ao mesmo tempo, igualzinho a ele e Elizabeth abrindo caminho pelo mundo quando recém-casados. Já tinha a loja na época, a tinta ainda fresca; ninguém achava que ele ia ter sucesso com aquilo, só ela. No fim do dia quando Elizabeth o apoiava e dizia que seria possível conseguir, Carney ficava intrigado com aquelas coisas estranhas sendo oferecidas. Gentileza e fé, ele não sabia muito bem o que fazer com aquilo.

— A configuração modular torna cada centímetro da sala habitável — disse Carney.

Ele vendeu as virtudes do novo sofá seccionado da Argent, nas quais realmente acreditava — o novo acabamento e as pernas cônicas faziam parecer que o sofá flutuava no ar — enquanto seu pensamento estava longe. Esses meninos e seus esforços. Atores faziam isso toda noite, ele pensou, os melhores deles, falando seu texto enquanto pensavam na discussão da noite anterior, ou sendo subitamente lembrados de uma conta atrasada por um sujeito na quinta fileira que tinha o mesmo rosto do funcionário do banco. Você teria que ir à peça toda noite para detectar um erro na apresentação. Ou então ser outro integrante da companhia, passando por suas próprias distrações e reconhecimentos ao mesmo tempo. Ele pensou, *é difícil começar a vida nesta cidade quando você não tem ajuda...*

— Deixa eu ver — disse a sra. Williams. — Só quero ver por um momento qual é a sensação.

Ela se levantou. Os três ficaram de frente para o Argent. As almofadas turquesa como se fossem água fresca acenando em um dia quente.

A mulher estivera escutando o tempo todo, tomando goles da água. Tirou os sapatos e deitou sobre o braço esquerdo. Fechou os olhos e suspirou.

O casal fechou negócio com uma entrada menor do que o usual e um plano generoso de prestações. Ridícula, a coisa toda. Para impedir que mudassem de ideia, Carney fechou a porta quando eles terminavam de preencher a papelada. A linha Metropolitana da Argent era um investimento sólido, com seus estofados de *bouclé* quimicamente tratados e a espuma aerada, escolhida como a mais confortável por quatro em cada cinco pessoas num teste cego. O sofá duraria por um bom tempo, resistiria ao primeiro e ao segundo filhos. Ele estava feliz por não ter dito nem ao Ferrugem nem à Elizabeth que ia eliminar os pagamentos em prestações.

Ferrugem bateu o ponto. Agora era só Carney. Depois de todo o dinheiro que gastara, o dia acabou no vermelho. Ele não sabia de onde ia arranjar o suficiente para pagar o aluguel, mas o mês estava só começando. Nunca se sabe. As tevês eram modernas e eles eram um casal simpático. Era bom fazer o que ninguém fez quando ele era jovem: dar uma mão.

— Posso estar quebrado, mas não sou sacana — Carney disse para si mesmo, como frequentemente fazia em tempos como esses. Quando se sentia assim. Cansado e um pouco desesperado, mas também confiante.

Ele apagou as luzes.

DOIS

— Ah, a Ruby... sei sim. Ela era um amor — disse Elizabeth. Ela passou o jarro de água. — A gente jogou vôlei juntas.

Mantendo a tradição do casal, a mulher dele se lembrou da filha da mulher morta, mas não tinha lembrança do homem que viria a ser seu marido no tempo do ensino médio. Carney e a mulher fizeram uma disciplina de biologia juntos, outra de educação cívica, e numa quinta-feira chuvosa ele deu carona para ela no guarda-chuva por quatro quadras, chegando a desviar do seu caminho.

— Tem certeza? — perguntou Elizabeth. — Achei que tinha sido o Richie Evans.

A memória de adolescente de Elizabeth fazia dele um espaço vazio, como o que restava depois que ela cortava uma boneca de papel para May. Carney ainda precisava bolar uma resposta para provocar a esposa sobre o perfil pouco chamativo dele na época: "Eu não tenho culpa que você era do jeito que era." Um dia ele ia achar algo.

O jantar foi Frango Cau Cau. A receita vinha da revista *McCall's*, mas May pronunciava *Cau*, e o nome acabou pegando. O sabor era suave — parecia que o principal tempero eram as migalhas de pão —, mas eles adoravam.

— E se o bebê não gostar de frango? — perguntou Elizabeth uma noite.

— Todo mundo gosta de frango — respondeu ele.

A vida deles era tranquila, só os três, deixando de lado os problemas com o encanamento. O bebê a caminho poderia mudar a dinâmica da casa. Por enquanto, eles continuavam tendo seu prazer imaculado com o prato básico da culinária de Elizabeth, servido hoje com arroz e vagem cozida, tiras descoradas de bacon boiando na panela.

May esmagou uma vagem, transformando tudo em um mingau. Metade foi parar na boca, a outra metade no babador de bolinhas. Debaixo da cadeira alta dela, o linóleo estava todo manchado. May puxou da mãe e da avó aqueles olhos castanhos enormes das mulheres da família Jones, que viam tudo e só entregavam aquilo que decidiam permitir. Ela também havia herdado o temperamento, teimoso e impenetrável.

— A Alma foi cedo pra casa? — perguntou Carney.

Com Elizabeth de repouso na cama, a mãe dela aparecia na maior parte dos dias para dar uma mão. Ela ajudava bastante com May, ainda que não fosse muito boa na cozinha. Mesmo que o cardápio do jantar não tivesse sido uma das marcas registradas da esposa, o que serviria como pista, a comida estava boa, o que significava que não tinha o dedo de Alma ali. A mãe de Elizabeth cozinhava do mesmo modo que fazia a maior parte das coisas, com uma saudável pitada de rancor. Na cozinha, isso se manifestava na língua.

— Eu disse pra ela que a gente não ia precisar de ajuda hoje — disse Elizabeth. Um eufemismo para dizer que Alma se intrometia demais, e que eles precisavam de um tempo depois que Elizabeth perdeu a cabeça.

— Você não exagerou?

— Só fui até o mercado. Tive que sair.

Ele não ia discutir por causa daquilo. Depois que Elizabeth desmaiou no mês anterior, o dr. Blair disse para ela parar de trabalhar, ficar deitada. Deixar o corpo se dedicar à tarefa que tinha diante de si. Ficar parada ia contra a natureza dela; quanto mais coisas para fazer, mais feliz ficava. Ela havia se conformado com alguns meses de tédio, mas estava ficando doida com aquilo. A ladainha de Alma só piorava a situação.

Carney mudou de assunto. A loja ficara tranquila o dia todo, exceto no fim da tarde, ele informou.

— Eles moram no Lenox Terrace. Ele disse que acredita que ainda tem alguns apartamentos de três quartos disponíveis.

— Quanto?

— Não sei, mais do que a gente paga hoje. Achei que valia a pena dar uma olhada.

Fazia mais de duas semanas que ele não falava na mudança. Não havia mal em medir a temperatura. Um dos motivos das reclamações de Alma era o tamanho do apartamento deles, e pelo menos dessa vez Carney concordava com ela. Na opinião da mãe de Elizabeth, o apartamento pequeno era mais um exemplo de como a filha havia se conformado com menos do que merecia.

Alma dizia a palavra *conformado* do modo como pessoas menos educadas diziam *filho da puta*, como uma talhadeira para abrir à força um sentimento específico. Elizabeth tinha se conformado com seu cargo na agência de viagens, depois das cuidadosas manobras dos pais para que ela chegasse a um nível mais alto, para transformá-la em uma médica negra respeitável, uma advogada negra respeitável. Reservar hotéis, voos — não era o que eles haviam planejado para ela.

Ela tinha se conformado com Carney, isso era nítido. Aquela família dele. De tempos em tempos, Carney ainda ouvia seu sogro se referir a ele como "aquele mascate de tapetes". Elizabeth levou os pais à loja para se exibir, num dia em que a Luxo Marroquino ia fazer uma entrega. Os tapetes eram maravilhosos, mal paravam na loja, mas os sujeitos que faziam a entrega naquele dia estavam desmazelados e de ressaca — eles normalmente estavam assim — e ao ver os entregadores arrastando os tapetes pela rampa do porão, o sr. Jones murmurou: "O que ele faz, é algum tipo de mascate de tapetes?" Sabendo bem a variedade de artigos para casa que Carney vendia, todos de boa qualidade. Bastava ir a uma loja de brancos no sul da cidade, era a mesma coisa, Luxo Marroquino vendido em toda parte. E além disso qual era o problema de vender tapetes? Era muito mais honrado do que tirar dinheiro dos cofres públicos da cidade, a especialidade do sr. Jones, não importava o nome chique que ele desse àquilo.

E a doce Elizabeth deles se conformou com um apartamento escuro com uma janela de fundo que dava para uma entrada de ventilação e uma janela frontal que ficava na diagonal do trem elevado 1. Cheiros esquisitos vinham de um lado; o estrondo dos trens do outro. Cercada pelos elementos dos quais eles tentaram mantê-la distante a vida toda. No mínimo que não estivessem na mesma quadra. A Striver's Row, onde Alma e Leland Jones criaram a filha, era um dos pedaços mais bonitos do Harlem, mas não era uma ilha —

bastava virar a esquina para os moradores lembrarem que estavam dentro, e não acima.

Você se acostumava com o metrô. Ele dizia isso o tempo todo.

Carney discordava da avaliação que Alma fazia dos vizinhos deles, mas sim, Elizabeth merecia um lugar melhor para viver — todos eles mereciam. Aquilo era perto demais do tipo de lugar onde ele havia crescido.

— Não tem pressa — disse Elizabeth.

— Eles podem ter quartos separados.

O apartamento era quente. Em seu período de repouso, era comum que ela ficasse de roupão o dia todo, por que não? Era um dos poucos prazeres que lhe restavam. Ela estava de coque, mas algumas mechas tinham se soltado e ficaram coladas na testa suada. Cansada, as bochechas coradas debaixo do marrom. Tremeluziu, como Ruby fizera pela manhã, e Carney a viu como ela era naquela tarde chuvosa debaixo de seu guarda-chuva: olhos escuros amendoados debaixo de cílios longos, delicada em seu cardigã rosa, os cantos da boca erguidos em uma de suas piadas estranhas. Sem se dar conta do efeito que tinha nos outros. Que tinha nele, depois de todos aqueles anos.

— Que foi? — perguntou Elizabeth.

— Nada.

— Não me olhe assim. As meninas podem dormir juntas.

Ela tinha decidido que o bebê era menina. Tinha razão quanto à maior parte das coisas e portanto havia uma certa bravata nessa proposição com cinquenta por cento de chance de acerto.

— Pegue o Cau Cau dela para ver o quanto ela gosta de dividir as coisas. — Como prova, Carney estendeu a mão e pegou um pedaço de frango do prato de May. Ela berrou até que ele enfiasse a comida de volta na boca dela.

— Você acabou de me dizer como o movimento na loja foi fraco e agora quer se mudar. A gente vai ficar bem. Dá pra esperar até a gente poder pagar. Não é isso, May?

May sorriu, sabe-se lá do quê. Algum plano típico das Jones que ela tinha bolado.

Quando Elizabeth se levantou para preparar o banho da menina, Carney disse:

— Vou ter que dar uma saída.

— O Freddie apareceu? — Ela dissera que ele só falava *dar uma saída* quando ia encontrar o primo. Ele tentou variar a frase, mas desistiu.

— Ele deixou uma mensagem com o Ferrugem dizendo que queria me ver.

— O que ele anda fazendo?

Freddie não andava aparecendo muito. Sabe Deus o que estava aprontando. Carney deu de ombros e deu um beijo de despedida nas duas. Levou o lixo para fora, deixando um rastro de pontos gordurosos no percurso até a calçada.

Carney fez o caminho longo até o Nightbirds. Tinha sido o tipo de dia que o deixava no humor certo para ver o prédio.

O primeiro período de calor do ano era um ensaio para o verão que estava chegando. Todo mundo estava meio enferrujado, mas estava recomeçando, seus papéis na sinfonia e os solos que cada um faria. Na esquina, dois policiais brancos tampavam de novo o hidrante de incêndio, xingando. As crianças estavam há dias brincando com o esguicho. Cobertores puídos forravam saídas de incêndio. As varandas estavam cheias de homens de camiseta tomando cerveja e dançando ao som de rádios, os DJs falando entre uma música e outra como amigos que dão maus conselhos. Qualquer coisa para adiar o retorno às salas sufocantes, com as pias quebradas e os papéis-mata-moscas lotados, os lembretes acumulados de qual era o seu lugar. Sem serem vistos nos telhados, os habitantes das lajes usadas para tomar sol apontavam para as luzes de pontes e aviões noturnos.

Tinha havido vários assaltos recentemente. Uma velhinha carregando as compras levara uma pancada na cabeça, o tipo de notícia que fazia Elizabeth se preocupar. Ele pegou um trajeto bem iluminado até a Riverside Drive. Contornou a Tiemann Place e ali estava. Carney tinha escolhido o número 528 da Riverside naquele mês, um prédio de seis andares de tijolos à vista com belos beirais brancos. Falcões ou gaviões no topo, observando as figuras humanas lá embaixo. Carney andava preferindo os apartamentos do quarto andar, ou mais altos, depois que alguém comentou que de lá dava para enxergar por cima das árvores do Riverside Park. Ele não tinha pensado nisso. Então: aquele apartamento da Riverside 528, que na cabeça dele era uma agradável colmeia de seis cômodos, uma sala de jantar de verdade, duas banheiras. Um proprietário que alugava para famílias negras. Com as mãos no peitoril da janela, ele olhava para o rio em noites assim, como se a cidade atrás dele não existisse. Aquela coisa farfalhante e intensa de pessoas e concreto. Ou a cidade existia, mas ele ficava com o ofegar dela às costas, impedindo seu avanço meramente com a força de vontade. Ele conseguia aguentar.

A Riverside, onde Manhattan finalmente se exauria, suas mãos gananciosas incapazes de alcançar além do parque e do sagrado Hudson. Um dia ele ia morar na Riverside Drive, no trecho silencioso e inclinado. Ou vinte quadras ao norte em um dos grandes e novos prédios, em um apartamento com uma letra alta, um J ou um K. Todas aquelas famílias atrás daquelas portas entre ele e o elevador, amistosas ou não, eles moravam no mesmo lugar, ninguém melhor ou pior do que o outro, estavam todos no mesmo andar. Ou talvez mais ao sul na altura da rua Noventa, em um daqueles edifícios imponentes de antes da guerra, ou em uma daquelas fortificações de calcário na região da rua 105 que pareciam se agachar como um velho sapo mal-humorado. Se ele tirasse a sorte grande.

Carney garimpava à noite, checando a linha de edifícios de ângulos diferentes, atravessando a rua e olhando para cima, especulando sobre a vista ao entardecer, escolhendo um prédio e depois um apartamento específico dentro dele. Aquele com as cortinas azuis, ou aquele com o blecaute abaixado até a metade, a cordinha balançando como um pensamento inconcluso. Janelas com caixilhos. Debaixo daqueles beirais grandes. Ele imaginava as cenas lá dentro: o aquecedor sibilante, o ponto de umidade no teto no lugar onde o bebum do andar de cima deixa a banheira transbordar e o dono do apartamento não faz nada a respeito, mas tudo bem. Não tem problema. Ele merece. Até se cansar e recomeçar a caçada pelo próximo apartamento digno de sua atenção, subindo e descendo a avenida.

Um dia, quando tivesse o dinheiro.

A atmosfera no Nightbirds era sempre a mesma, como se tivesse acontecido uma discussão minutos antes e ninguém contava o que se passou. Todo mundo em seus cantos neutros assistindo de novo aos nocautes e aos golpes abaixo da cintura e inventando contra-ataques que já não serviam para mais nada. Não se sabia por que a briga aconteceu nem quem ganhou, só que ninguém queria falar daquilo, as pessoas olhando em volta e esmagando rancores com os punhos. No auge, o lugar havia sido um entreposto para comércio de carne humana branca — algumas espécies de prostitutas naquela mesa, os patrões delas na outra, os peixes pequenos que eram os alvos nadando entre eles. A hora de fechar significava que os segredos estariam guardados. Sempre que olhava por cima do ombro, Carney franzia a testa para o espetáculo sujo. Chope Rheingold na torneira, neon da Rheingold nas paredes em dois ou três lugares — a cervejaria estava tentando conquistar o mercado dos negros. As rachaduras no estofado vermelho de vinil e nas banquetas velhas eram duras e afiadas o suficiente para cortar a pele.

Menos suspeito desde que mudou de mãos, Carney tinha que admitir. A cidade do pai dele desaparecendo. No ano anterior, o novo proprietário, Bert, mandou trocar o número do telefone público, pondo fim a uma série de negócios escusos e álibis. Nos velhos tempos, sujeitos falidos se acotovelavam perto do telefone, esperando a ligação que ia mudar sua sorte. Bert colocou um novo ventilador de teto e expulsou as prostitutas. Os cafetões puderam ficar, eles davam gorjetas boas. Bert tirou o alvo do jogo de dardos, uma mudança inescrutável até que explicou para seu tio que "teve o olho furado no Exército". Ele pendurou no lugar um retrato de Martin Luther King Jr., uma aura encardida descrevendo o contorno do antigo ocupante.

Alguns fregueses deram o fora e partiram para outro bar rua acima, mas Bert e Freddie se deram bem rapidinho. Freddie tinha um dom nato de avaliar as condições do terreno e fazer ajustes. Quando Carney entrou, o primo e Bert estavam conversando sobre as corridas do dia e os resultados.

— Ray-Ray — disse Freddie, dando um abraço nele.

— Como vai, Freddie?

Bert fez um sinal com a cabeça para os dois e ficou surdo e mudo, fingindo conferir se havia uísque suficiente.

Carney ficou aliviado ao ver que Freddie parecia saudável. Ele estava com uma camisa de manga curta laranja com listras azuis e calças pretas que eram herança de seu breve período trabalhando como garçom uns anos antes. Sempre foi magro e quando não se cuidava ficava rapidinho com uma aparência esquelética meio doentia.

— Veja meus dois magricelas — dizia a Tia Millie quando eles chegavam depois de brincar na rua. Se Carney não tivesse visto o primo, isso significava que ele também vinha mantendo distância da mãe. Ele ainda morava com ela em seu antigo quarto. A mãe se certificava de que o filho não se esquecesse de comer.

Eles eram primos, confundidos com irmãos pela maioria das pessoas, mas distintos em vários traços de personalidade. Como o bom senso. Carney tinha. Já o bom senso de Freddie tendia a cair por um buraco no bolso — nunca ficava com ele por muito tempo. O bom senso, por exemplo, mandava que você não aceitasse trabalhar com Peewee Gibson numa loteria clandestina. O bom senso também mandava que se você aceitasse fazer isso seria bom não fazer cagada. Mas Freddie fez as duas coisas e de algum jeito conseguiu manter todos os dedos. O que faltava de juízo ele tinha de sorte.

Freddie foi vago sobre onde estivera.

— Um trabalho aqui, uma gatinha ali. — Trabalho para ele era alguma sacanagem e uma gatinha era uma mulher com um trabalho decente e que confiava nos outros, que não era exatamente uma detetive quando se tratava de pistas. — Como vai a loja?

— Vai melhorar.

Bebericando cervejas. Freddie começou a falar do seu entusiasmo pelo novo restaurante de comida afroamericana na mesma quadra. Carney esperou que ele chegasse no que tinha em mente. Precisou que Dave "Baby" Cortez tocasse na jukebox com aquela porra daquela música do órgão, alta e enlouquecida. Freddie se inclinou para a frente.

— Você já me ouviu falar desse crioulo de vez em quando... Miami Joe?

— Trabalha com o quê, loteria?

— Não, é aquele cara que usa terno roxo. Com o chapéu.

Carney achou que talvez lembrasse. Terno roxo não era exatamente uma raridade no bairro.

Miami Joe não trabalhava com loteria, o negócio dele era assalto, disse Freddie. Roubou um caminhão cheio de aspiradores no Queens no Natal anterior.

— Dizem que foi ele que fez aquele lance da Fisher, lá atrás.

— Qual lance?

— Ele arrombou um cofre na Gimbels — disse Freddie. Como se Carney fosse saber. Como se ele fosse assinante da *Gazeta Criminal* ou algo assim.

Freddie estava decepcionado, mas continuou a encher a bola de Miami Joe. Ele tinha uma coisa grande em mente e abordou Freddie. Carney franziu a testa. Roubo a mão armada era loucura. Em outros tempos, o primo ficava longe de coisas pesadas assim.

— Vai ser dinheiro vivo e um monte de pedras preciosas que alguém vai ter que tomar conta. Eles perguntaram se eu conhecia alguém para fazer isso e eu disse, conheço o cara certo.

— Quem?

Freddie ergueu as sobrancelhas.

Carney olhou para Bert. Pendurem o sujeito num museu — o barman era um retrato barrigudo do bonequinho que cobre as orelhas para mostrar que não ouve nada.

— Você disse meu nome pra eles?

— Eu tinha dito que conhecia alguém, tive que falar.

— Você disse meu nome pra eles. Você sabe que eu não faço isso. Eu vendo coisas para casa.

— Eu te trouxe aquela tevê mês passado, não ouvi você se queixar.

— Era seminova, não tinha por que me queixar.

— E aquelas outras coisas, não só tevês. Você nunca perguntou de onde vinha.

— Não é da minha conta.

— Você não perguntou em nenhuma das outras vezes, e foram muitas vezes, cara, porque sabe de onde elas vêm. Não me venha com essa de "Puxa vida, seu polícia, eu não tinha nem ideia".

Dizendo assim, um observador externo podia achar que Carney revendia produtos roubados com frequência, mas não era assim que ele via. Havia um fluxo natural de mercadorias entrando e saindo da vida das pessoas, daqui para lá, uma troca de mãos, e Ray Carney facilitava essa troca. Como um intermediário. Legítimo. Qualquer um que visse a contabilidade dele chegaria à mesma conclusão. O estado dos livros contáveis era motivo de orgulho para Carney, embora dificilmente pudesse compartilhar, já que era raro que alguém se interessasse quando ele falava de seus dias na faculdade de Administração e das aulas em que se saía bem. Como contabilidade. Ele disse isso para o primo.

— Intermediário. Tipo um receptador.

— Eu vendo móveis.

— Cara, fala sério.

Era verdade que o primo trazia um colar de vez em quando. Ou um relógio ou dois, coisa fina. Ou anéis em uma caixa de prata com iniciais gravadas. E era verdade que Carney tinha um parceiro na Canal Street que ajudava essas mercadorias a fazerem a próxima etapa de sua jornada. De tempos em tempos. Agora que enumerara todas essas ocasiões, parecia que tinha sido mais comum do que ele pensava, mas esse não era o ponto.

— Nada como isso aí que você está falando agora.

— Você não tem ideia do que pode fazer, Ray-Ray. Nunca teve. É por isso que você precisa de mim.

Um bando de criminosos com revólveres e o que eles arranjam com aqueles revólveres era maluquice.

— Isso não é roubar doce do seu Nevins, Freddie.

— Não é doce — disse Freddie. Sorriu. — É o Hotel Theresa.

Dois caras entraram caindo pela porta, brigando. Bert pegou o Jack Relâmpago, o taco de beisebol que deixava perto do caixa.

O verão tinha chegado ao Harlem.

TRÊS

Ele preferia as mesas perto da rua, mas o Chock Full o'Nuts estava cheio. Quem sabe uma convenção no andar de cima. Carney pendurou o chapéu e sentou no balcão. Sandra estava fazendo a ronda com o bule e serviu uma xícara para ele.

— O que mais eu posso te trazer, querido? — perguntou ela.

Quando era mais nova, Sandra dançava nos melhores teatros de revista, o Club Baron e o Savoy, principal atração no Apollo. Pelo jeito que deslizava pelo linóleo cinza barato, dava para achar que ainda dançava. Certamente ela não tinha deixado o mundo do entretenimento, servir mesas era o tipo de trabalho onde era preciso performar até mesmo para os assentos mais baratos.

— Só o café — disse ele. — Como foi a visita do seu filho?

O Chock Full o'Nuts do Hotel Theresa era parte da rotina matinal dele desde que abrira a loja.

Ela chupou os dentes.

— Ah, ele veio. Não que eu tenha tido chance de ficar com ele. Ficou o tempo todo com aqueles amigos. — Ela deixou o bule balançar sem pingar uma única gota. — Me deixou um bilhete.

O período de calor continuava, o que era um azar. O calor da cozinha só piorava a situação. Do banco, Carney via a Sétima Avenida, onde a entrada do hotel estava cheia de gente encerrando diárias. Porteiros assobiando, táxis amarelos parando em abordagens furiosas.

Na maior parte dos dias, Carney não teria prestado atenção aos padrões do hotel, mas o encontro com Freddie o deixou perturbado. Ele estava com o primo na primeira vez em que testemunhou a coreografia na calçada em frente ao Hotel Theresa, num passeio com ele e Tia Millie. Carney devia ter dez ou onze anos, se estava sendo cuidado por ela. Aquele pedaço mal resolvido da vida dele.

— Vamos ver quem é que está deixando todo mundo tão agitado — dissera Tia Millie. Ela tinha levado os dois para tomar vaca preta no Thomforde's para celebrar, Carney não conseguia lembrar o quê, e eles estavam voltando para casa a pé. A multidão do lado de fora da marquise azul do Hotel Theresa atraiu a tia. Rapazes com uniformes do hotel encurralando os curiosos e depois o grande ônibus estacionando. Eles foram ver.

O tapete vermelho na frente do Waldorf do Harlem era palco de espetáculos todos os dias e às vezes de hora em hora, fosse a visão de um campeão dos pesos-pesados acenando para os fãs enquanto entrava num Cadillac, ou uma exausta cantora de jazz chegando de táxi às três da manhã, recitando versículos satânicos. O Theresa não tinha mais segregação racial desde a década de 1940, quando o bairro dos judeus e italianos se tornou domínio dos negros do Sul e das Índias Ocidentais. Todo mundo que chegou à parte norte da cidade tinha atravessado algum tipo de oceano violento.

A gerência não teve opção a não ser abrir as portas, e negros endinheirados não tinham opção a não ser ficar ali caso quisessem tratamento de luxo. Todos os atletas e astros do cinema negros famosos dormiam ali, os cantores e empresários mais importantes, jantando no Salão das Orquídeas no terceiro andar e fazendo festas no Salão Skyline. Das janelas do Skyline no vigésimo terceiro andar dava para ver as luzes da Ponte George Washington de um lado, a Triborough de outro, e a sentinela do Empire State Building ao sul. O topo do mundo. Dinah Washington, Billy Eckstine e os Ink Spots moravam lá. Era o que dizia o folclore do lugar.

Aquela tarde na sorveteria com a tia marcou a volta da orquestra de Cab Calloway. Uma empresa de relações públicas — ou um recepcionista sendo pago por fora por um tabloide — deu a dica para os fotógrafos, a fim de garantir uma comoção apropriada. O nome do líder da banda flutuava na lateral do ônibus em gigantes letras brancas, ligeiramente manchadas nos pontos em que algum branquelo atirou ovos neles em algum fim de mundo; poderia ter sido pior. Os espectadores gritaram quando os músicos pisaram na calçada, elegantes e indiferentes em ternos azul-claros e óculos escuros enormes. Freddie se uniu à multidão — já na época ele se impressionava com gente usando roupas chamativas. O próprio Cab chegou naquela mesma noite, mais tarde. Ele tinha uma amante em Washington e gostava de tomar café da manhã em casa, além de outros prazeres matinais, ou pelo menos era o que se dizia.

A banda entrou no saguão em fila como se estivesse chegando no palco; a caminhada era uma apresentação como qualquer show noturno, uma demonstração de glamour, uma afirmação da excelência dos negros. Com o show encerrado, a plateia foi embora e a calçada ficou em silêncio até a chegada da próxima celebridade. Tia Millie gostava de ler as histórias sobre o Theresa nas colunas de fofoca: *Ouvimos dizer que um certo Lotário com voz de veludo fez o diabo a quatro na semana passada no fabuloso Hotel Theresa com uma das beldades beges do Savoy. Parece que a esposa decidiu fazer uma surpresa para o aniversário dele e apagou todas as velas daquele bolinho...* Carney morou com a tia e com Freddie por uns anos depois que a mãe dele morreu. Ele estava na cozinha quando Tia Millie gritou ao ver a cobertura da chegada da orquestra de Calloway no *Courier's*, ainda que o relato a deixasse intrigada.

— Eu acho que não tinha centenas de pessoas lá, você acha?

Na noite em que Carney assinou o contrato do aluguel da loja, a Twentieth Century Fox fez a festa de estreia de seu filme *Carmen Jones* no hotel. A três quadras na Sétima Avenida, os holofotes gigantes se inclinavam e giravam. O trânsito na 125 eram negros buzinando, guardas acenando furiosos para os carros. A luz branca que vinha da esquina era tão forte que era de se pensar que a terra abrira, como se uma erupção miraculosa estivesse em curso. O novo acordo de Carney com a Imobiliária Salerno teve menos pompa e circunstância. Não saiu nos jornais, mas ele quis acreditar que aquilo era importante à sua maneira. Como se todas aquelas luzes fossem para ele.

Agora, os espetáculos na calçada eram raros. Os hotéis da parte sul da cidade tinham percebido a lucratividade de receber hóspedes negros e os anos de farras sórdidas, jogatinas até altas horas e travessuras nas páginas de fofocas prejudicaram a reputação do hotel. No bar, era mais provável você esbarrar num cafetão ou numa garota de programa do que em Joe Louis ou numa grande dama da sociedade negra. A cafeteria onde Adam Clayton Powell Jr. encantava os garçons foi comprada pela Chock Full o'Nuts. O café era melhor e a comida também, portanto Carney não considerou que houve grande perda. Ainda era o Hotel Theresa, quartel-general do mundo negro, e seus treze andares continham mais possibilidades e majestade do que os pais e os avôs deles poderiam sonhar.

Assaltar o Hotel Theresa era como mijar na Estátua da Liberdade. Era como batizar a bebida de Jackie Robinson na noite antes da final do campeonato.

— Que droga, Bill! — disse Sandra.

Alguma coisa fumegava em um dos fornos, e uma fumaça cinzenta, engordurada, passava flutuando pela janela na direção das mesas.

— Deixa comigo, chefe! — disse o cozinheiro, evitando o olhar dela.

Sandra sabia como agir, fosse com os funcionários da cozinha, fosse com as atenções impetuosas dos clientes. No final das contas, dançar no Apollo havia sido um tutorial sobre o bicho homem. Levando em conta a lendária diversão noturna que ocorria no hotel, os homens provavelmente pagavam bebidas para ela no bar do outro lado da rua; todo mundo ia lá naquela época. Acendendo os cigarros dela ao som de promessas monótonas. Nos dias de glória — dela e do hotel.

Uma vez Carney perguntou por que ela parou de dançar.

— Meu amor — disse Sandra —, quando Deus diz que chegou a hora de parar, você obedece. — Ela tirou o salto

alto e vestiu o avental, mas não podia sair da rua 125 — dava para ver o Apollo da janela.

Na manhã seguinte ao falatório de Freddie no Nightbirds, Carney decidiu que seria sábio ouvir o que Sandra disse sobre seus limites. O que queria dizer: ainda que fosse inescrupuloso o suficiente para aceitar a proposta do primo, ele não tinha os contatos necessários para lidar com o butim do Hotel Theresa. Trezentos quartos, vai saber quantos hóspedes guardando bens de valor e dinheiro vivo nos cofres atrás da recepção — ele não ia saber o que fazer com aquilo. Buxbaum, o contato dele na Canal Street, também não. O sujeito ia infartar se ele aparecesse por lá com algo desse tamanho.

Sandra pôs mais café para Carney; ele nem percebeu. Em termos de falha de caráter, Carney tinha apenas uma pequena rachadura, tanto por falta de prática quanto de ambição. As joias ocasionais, os aparelhos eletrônicos que Freddie e depois mais alguns tipos locais levavam à loja ele conseguia justificar. Nada importante, nada que chamasse atenção indesejada para a loja, para a imagem que ele apresentava ao mundo. Ainda que sentisse certa emoção em transformar essas mercadorias obtidas de modos escusos em produtos legítimos, uma descarga elétrica no sangue como se o corpo estivesse conectado a uma tomada, ele tinha isso sob controle. Por mais que aquela sensação fosse vertiginosa e potente. Todo mundo tinha esquinas e alamedas secretas que ninguém via — o que importava eram as ruas principais e os boulevards, as coisas que apareciam nos mapas que os outros faziam de você. Aquela coisa que existia dentro dele e que de vez em quando gritava ou puxava ou berrava não era a mesma coisa que o pai tinha. Aquela doença que obrigava a pessoa a alimentá-la a todo instante. A doença a que Freddie servia, cada vez mais.

Carney tinha uma falha de personalidade, e como poderia não ter, crescendo com um pai como aquele? Como homem, era preciso conhecer os limites e dominá-los.

Dois sujeitos em ternos de risca de giz, provavelmente corretores vendendo seguros, vieram do bar, que separava a cafeteria do saguão do hotel. Sandra disse que eles podiam sentar onde quisessem. Quando ela se virou, os dois deram uma conferida nas pernas dela. Ela tinha belas pernas. Aquela porta. Por aquela porta se passava do bar para o saguão. Havia três caminhos para chegar ao saguão: o bar, a rua e a boutique de roupas. Além dos elevadores e das escadas de incêndio. Três homens no grande balcão da recepção, hóspedes chegando e saindo a todo momento... Carney se obrigou a parar. Tomou o café aos poucos. Às vezes ele escorregava e seus pensamentos voltavam àquilo.

No Nightbirds, Freddie fez Carney prometer que ia pensar no assunto, sabendo que em geral ele acabava cedendo quando pensava nas tramas do primo por tempo suficiente. Uma noite que Carney passasse olhando para o teto era o que bastava para fechar o trato, as rachaduras lá em cima como um esboço das rachaduras no seu autocontrole. Era parte da rotina deles à la O Gordo e o Magro — Freddie seduz o primo para um esquema insensato e o duo de personalidades distintas tenta escapar das consequências. *Olha só, mais uma encrenca em que você me colocou.* O primo era um hipnólogo — de repente Carney está de vigia enquanto Freddie rouba um gibi na loja, os dois estão matando aula para ver filmes de caubói no Loew's. Duas rodadas no Nightbirds, e o amanhecer está gritando pela janela do Miss Mary, um bar que fica aberto a madrugada toda, a luz da lua gira sobre as cabeças deles como uma bola de ferro. *Tem um colar que eu preciso passar pra frente, pode me dar uma mão nessa?*

Sempre que Tia Millie questionava Freddie sobre alguma história que os vizinhos contavam, Carney aparecia com um álibi. Ninguém jamais ia suspeitar que estava contando uma mentira, que ele não fosse o certinho. Ele gostava que fosse assim. Era imperdoável Freddie ter dado o nome dele para Miami Joe e sei lá quem fosse que estava no bando. A Móveis Carney estava na droga da lista telefônica, no *Amsterdam News* quando ele conseguia colocar um anúncio, e qualquer um podia encontrá-lo.

Carney concordou em pensar até o outro dia. Na manhã seguinte, continuava sem ter sido convencido pelo teto e agora precisava descobrir o que fazer com o primo. Não fazia sentido um bandido como Miami Joe colocar um peixe pequeno como Freddie na jogada. E Freddie topar era uma péssima notícia.

Isso não era roubar doces, e não era igual a quando eles eram pequenos, parados em um penhasco trinta metros acima do rio Hudson, na ponta da ilha, Freddie desafiando Carney a pular na água escura. Carney pulou? Pulou, gritando até lá embaixo. Agora Freddie queria que ele pulasse num monte de concreto.

Ele pagou Sandra. Ela piscou de um jeito treinado. Quando Freddie ligou para o escritório naquela tarde, Carney disse que nada feito e xingou o primo pela falta de juízo. Ponto final por duas semanas, até que o assalto aconteceu e os capangas de Chink Montague apareceram na loja procurando Freddie.

O assalto estava em todos os noticiários. Ele teve que perguntar para Ferrugem o que era "Juneteenth", e tinha razão, era uma coisa do interior.

— Juneteenth foi quando aqueles escravizados do Texas descobriram que a escravidão tinha acabado — disse Ferrugem. — Meus primos davam uma festa para comemorar.

Descobrir estar livre seis meses depois do fato não parecia algo a se comemorar. O mais provável é que isso servisse de dica para você ler os jornais do dia. Carney lia o *Times*, a *Tribune* e o *Post* todo dia para ficar informado; comprava os três na banquinha da esquina.

ASSALTO NO HOTEL THERESA
NEGROS DO HARLEM CHOCADOS PELA OUSADIA
ROUBO OCORREU NO COMEÇO DA MANHÃ

Os policiais bloquearam o trânsito na região do hotel até depois do meio-dia. Um tipo diferente de espetáculo ocorreu na calçada em frente ao hotel — detetives e corretores de seguro entrando e saindo às pressas, jornalistas e seus colegas fotógrafos correndo atrás do furo. Carney precisou tomar café no pé-sujo um pouco mais adiante.

Os clientes levavam boatos e teorias para a loja de móveis. *Eles entraram com metralhadoras* e *Ouvi que atiraram em cinco pessoas* e *A máfia italiana fez isso pra colocar a gente no lugar*. Esse último rumor era promovido pelos nacionalistas negros da Lenox Avenue, falando ameaçadoramente de seus palanques improvisados. *Foi por isso que escolheram fazer isso no Juneteenth, pra provocar a gente.*

Ninguém morreu, segundo os jornais. Se borraram de medo, claro. Carney ligou para a tia para ter certeza de que o primo não estava envolvido — ele ouvira dizer que Freddie tinha voltado para casa —, mas o telefone tocou e ninguém atendeu.

O assalto aconteceu na quarta-feira cedinho. O pessoal do Chink apareceu na loja no dia seguinte perto do meio-dia. Ferrugem disse "Ei!" quando um deles o empurrou para fora do caminho. Os dois sujeitos se moviam como predadores desajeitados, como fugitivos de um campeonato de luta livre que se enfiaram em ternos. Paletós marrons estavam pendurados no antebraço deles, grandes círculos de suor debaixo dos braços. *Eu não devo dinheiro pra ninguém*, foi a primeira coisa que ocorreu a Carney. A segunda coisa que lhe veio à cabeça foi: *Pode ser que eu deva.*

Ele fez um gesto para Ferrugem sair e fechou a porta do escritório. O sujeito com um bigode de guidão tinha uma cicatriz que ia do lábio até a metade da bochecha, como se tivesse se debatido para se libertar do anzol de um pescador. Ele olhou para o sofá, mas não sentou, como se fazer isso fosse uma quebra de protocolo e aquilo pudesse ser relatado para um superior. O outro sujeito tinha a cabeça raspada na forma de uma ogiva molhada de suor, e sobrancelhas desenhadas como as de uma mulher. Foi ele que mais falou.

— Você é Ray Carney?

— Bem-vindos à loja. Vocês estão querendo um novo conjunto de sala de estar? Um canto alemão?

— Canto alemão — repetiu o careca. Semicerrou os olhos e se voltou para a janela, só agora percebendo que tipo de loja era aquela. — Não. — Ele limpou a testa com um lenço azul. — Nós trabalhamos para um homem que você conhece. Ouviu falar. O nome dele é Montague.

— Chink Montague — disse o sujeito com a cicatriz.

— O que eu posso fazer por vocês? — perguntou Carney.

Alguma coisa a ver com Freddie, então — o primo devia dinheiro? Carney tinha que pagar ou levar uma surra? Ele pensou em Elizabeth e May, que os sujeitos sabiam onde moravam.

— A gente sabe que você vende mercadoria de vez em quando... joias e pedras?

Abalado demais para se fazer de bobo. Ele se certificou — Ferrugem estava perto da porta da frente com os braços cruzados, nervoso. Carney assentiu.

— O assalto ontem no Theresa — disse o careca. — O sr. Montague quer que todo mundo saiba que tem uma coisa que ele quer de volta. Um colar com um rubi grande... grande. Ele quer muito aquele colar de volta, e é por isso que a gente está andando por aí e falando com as pessoas que entendem desse tipo de coisa. Ele disse que qualquer um que esbarrar nisso, ele quer ficar sabendo, quer ser mantido deformado.

Era a palavra errada, mas até que cabia no contexto.

— Eu vendo móveis, senhor...?

O sujeito fez que não com a cabeça. O parceiro dele fez o mesmo.

— Mas se eu souber de algo, aviso — disse Carney. — Pode ter certeza disso.

— Pode ter certeza — repetiu o careca.

Carney pediu um número de telefone. Como se estivesse pedindo informações para o cadastro de um cliente.

O careca disse:

— Você mora por aqui, sabe como entrar em contato. E eu recomendo que faça isso.

Quando estavam saindo, o sujeito com a cicatriz parou perto de uma das mesas bumerangue, um modelo baixo com um desenho multicolorido de uma explosão estelar pairando sobre o tampo de vidro. O Cicatriz checou a etiqueta com o preço e começou a fazer uma pergunta, mas pensou melhor. Era uma bela mesinha de centro e Carney havia passado um bom tempo decidindo onde colocá-la para que não deixasse de ser vista.

Ferrugem entrou no escritório.

— Quem eram esses caras?

Se é que havia estado bravo por ter sido empurrado, ele já passara para o modo espanto-do-caipira-na-cidade-grande.

— Vendem seguro contra enchentes — disse Carney. — Eu disse que a gente já tem.

Ele disse para o menino da Geórgia fazer o intervalo do almoço.

Carney ligou outra vez para Tia Millie e pediu a ela que deixasse um recado pedindo para Freddie ligar. À noite ele iria ao Nightbirds, ao Cherry's e ao Clermont Lounge, todos os lugares em que o primo costumava ficar, até encontrá-lo. Freddie encrencado e Carney tentando descobrir onde ele estava, como se os dois fossem adolescentes de novo. "Vende mercadoria de vez em quando" — ninguém sabia do negócio paralelo a não ser o primo. O primo e os poucos caras que apareciam de vez em quando com objetos que tinham se materializado perto de onde eles estavam, coisas em bom estado, coisas que ele não ia se sentir mal em vender para seus clientes. Mais do que isso — coisas que ele ficaria orgulhoso em vender. Mas só aqueles caras. Além do Buxbaum, o contato dele na Canal Street. Carney ficava na dele e Freddie foi lá e jogou o nome aos quatro ventos.

Ele trancou a porta às seis e tinha quase terminado de analisar os registros contábeis quando o primo bateu na porta.

Só Freddie batia assim, desde que eram meninos e ele batia na madeira do beliche — *Você ainda está acordado, ei, ainda está acordado? Eu estava pensando...*

— Você fez aqueles vândalos aparecerem na minha loja — disse Carney, *vândalos* sendo uma palavra que Tia Millie usava para bicho-papão. Vândalos destruíram a entrada do metrô, vândalos compraram a última garrafa de leite na mercearia antes dela. Era uma invasão.

A voz de Freddie era um chiado:

— Eles vieram aqui? Jesus!

Carney levou o primo até o escritório. Freddie se jogou no sofá Argent e bufou. Ele disse:

— Tenho que confessar, eu estava improvisando.

— Era você na história do Theresa? Você está bem?

Freddie agitou as sobrancelhas. Carney se amaldiçoou. Ele devia estar bravo com o primo — não preocupado com a saúde do safado. Mesmo assim, estava feliz por Freddie estar ileso, ou pelo menos era o que parecia. O primo tinha a expressão que fazia quando transava ou recebia grana. Freddie se ajeitou no sofá.

— O Ferrugem já foi?

— Me conta o que aconteceu.

— Eu conto, eu conto, mas tem uma coisa que eu...

— Não me deixa aqui sem saber.

— Já chego lá... é só que o pessoal está vindo pra cá.

— Aqueles brutamontes estão voltando aqui?

Freddie pareceu usar a língua para mexer num dente dolorido.

— Não, os caras que estavam comigo na história — informou ele. — Lembra que você me disse não? Eu não contei isso pra eles. Eles ainda acham que você é o cara.

Antes que Miami Joe e sua gangue chegassem à Móveis Carney, houve tempo para monólogos em tenor que variavam entre a condenação e o sermão. Carney manifestou a raiva que sentia do primo, a decepção, e começou a dissertar sobre a burrice de Freddie, ilustrada com fartos exemplos, os meninos tendo nascido com um mês de diferença e a cabeça oca de Freddie sendo uma característica que não demorou a se revelar. Carney também foi impelido a dizer em termos enfáticos por que tinha temores pelo que podia acontecer com ele e com a família dele, e a lamentar a perda do anonimato em seu negócio paralelo.

Também houve tempo para Freddie contar a história do roubo.

QUATRO

Freddie nunca tinha estado ao sul de Atlantic City. Miami era uma terra que sequer podia imaginar, cujos costumes ele preenchia com os detalhes fornecidos por seu conhecido Miami Joe. As pessoas de Miami se vestiam bem, já que Miami Joe se vestia bem, com ternos roxos — alguns lisos, outros com risca de giz de larguras variáveis — cortados de maneira magistral, complementados por sua coleção de gravatas curtas salmão. Lenços saíam do bolso como ervas-daninhas. Em Miami, Freddie deduzia, as pessoas eram diretas; era alguma coisa na água, ou uma combinação do sol com a água. Ouvir Mimi Joe falar sobre um tema — fosse comida, a deslealdade das mulheres ou a simples eloquência da violência — era ver o mundo despido das fraudes da civilização. A única coisa que ele vestia bem era a si mesmo; todo o mais permanecia nu e simples como Deus havia criado.

Miami Joe trabalhou em Nova York por cinco anos depois de sair de sua cidade natal, logo após uma fuga. Encontrou trabalho como cobrador de Reggie Greene, espancando caloteiros e comerciantes avaros demais com a quantia paga em troca de proteção, mas cansou desse jogo fácil e voltou para o roubo. No Nightbirds Freddie contou a Carney algumas das mais recentes atuações de Miami Joe — um trailer cheio de aspiradores, roubar o dinheiro dos salários de uma loja de departamentos. Ele preferiu propagandear os casos mais chamativos e eficientes, fazendo menção a vários outros que manteve para si.

Freddie e Miami Joe bebiam juntos no Leopard's Spots, o último bar a fechar, jamais encerrando a noite antes de os dois terem se transformado em baratas encharcadas de uísque fugindo da luz do sol e da decência. Freddie sempre acordava com medo do que pudesse ter revelado sobre si. Ele torcia para Miami Joe estar bêbado demais para se lembrar das histórias, mas na verdade o outro lembrava — eram mais indícios para seu estudo pouco sentimental da condição humana. No dia em que Miami Joe o convidou para o roubo, Freddie tinha acabado de parar de trabalhar com a loteria clandestina de Peewee Gibson.

— Mas você nunca assaltou antes — disse Carney.

— Ele disse que eu ia ser o motorista, foi por isso que aceitei. — Ele deu de ombros. — Qual é a dificuldade? Duas mãos e um pé.

A primeira convocação do grupo aconteceu em uma mesa no Baby's Best, um pouco antes do happy hour. No vestiário, as strippers cobriam as cicatrizes com pó de arroz; a quadras dali, os clientes fiéis esperavam para bater o cartão e sair de seus empregos. As luzes, porém, estavam lá, girando e zumbindo. Talvez nunca parassem, mesmo quando o lugar estava fechado, vermelho e verde e laranja numa ronda incansável e espalhafatosa pelas superfícies. Era Marte. Miami Joe estava com os braços esparramados em cima do couro vermelho quando Freddie entrou. Miami Joe, bebendo Canadian Club e girando os anéis do mindinho enquanto minerava a rocha escura de seus pensamentos.

Arthur foi o próximo a chegar, constrangido pelo lugar do encontro, como se nunca tivesse estado em um estabelecimento daqueles antes, ou como se tivesse passado todas as suas horas ali. Arthur tinha quarenta e oito anos, os cabelos com espirais grisalhas. Ele fazia Freddie se lembrar de um professor. O sujeito gostava de coletes de malha xadrez e calças escuras, usava óculos de nerd e tinha um jeito delicado de apontar falhas em aspectos do esquema. "Um policial ia perceber esse registro falso num instante — tem alguma outra solução para esse problema?" Estava acabando de sair de seu terceiro período na cadeia, graças a uma fraqueza por companheiros facilmente compráveis ou incompetentes. Não dessa vez. Arthur era "o Jackie Robinson" do arrombamento de cofres, segundo Miami Joe, tendo implodido a linha racial que dizia que cofres e trancas e alarmes eram território de bandidos brancos.

Malagueta foi o último a aparecer e eles começaram a falar de negócios.

— E esse Malagueta? — Carney quis saber.

— Malagueta. — Freddie deu uma piscadela. — Você vai ver.

Tomar coquetéis no Hotel Theresa era uma febre, e Miami Joe frequentemente se instalava no longo e polido balcão do bar com o resto dos criminosos da região, falando besteira. De vez em quando saía com uma das camareiras, uma garota magra e reservada chamada Betty. Ela morava no Burbank, um edifício da Riverside Drive que chegou a ser respeitável, mas que foi transformado em um prédio de quitinetes. Muitos recém-chegados iam parar ali. Betty gostava de procrastinar antes de deixar que Miami Joe a levasse para a cama, o que significava muita conversa, e com o tempo ele acumulou informação suficiente para planejar o roubo. A ideia lhe ocorreu na primeira vez que bateu os olhos no hotel. Onde outros viam sofisticação e afirmação, Miami Joe reconheceu uma oportunidade de lucro e de baixar um pouco a bola dos negros do Harlem. Aqueles crioulos do Norte tinham uma atitude em relação aos recém-chegados do Sul, ele percebeu, uma condescendência sutil que fazia o sangue dele ferver. *O que você disse? É assim que vocês fazem as coisas por lá?* Eles achavam que tinham um hotel bacana? Ele já vira melhores. Não que fosse conseguir citar um exemplo caso alguém o desafiasse. Quando o assunto eram acomodações de curto prazo, Miami Joe só queria saber de um lençol quente.

O bar do hotel fechava à uma da manhã, o saguão ficava vazio às quatro, e o turno da manhã começava às cinco, quando o pessoal da cozinha e os trabalhadores da lavanderia batiam ponto. Os fins de semana eram mais agitados e nas noites de sábado o gerente montava mesas de jogo para gente que apostava alto — muita gente carrancuda andando por lá com arma nos bolsos. Terça à noite era a noite de sorte de Miami Joe, então seria na terça.

Ele reservou vinte minutos para a tomada do saguão e o ataque ao cofre.

— Cofre? — perguntou Freddie.

Não era um cofre de verdade, era o nome que eles davam a uma sala onde ficavam os guarda-volumes, disse Miami Joe. Como iam arrebentar as caixas para abrir, Arthur não ia poder usar suas habilidades, mas ele era confiável, uma qualidade rara. E estava tranquilo com isso. Limpou os óculos com um lenço que tinha seu monograma e disse:

— Às vezes você precisa de um palito de dentes, às vezes de um pé-de-cabra.

Vinte minutos, quatro homens. Baby, o dono do bar, trouxe mais uma rodada, se recusando a fazer contato visual e a receber pelas bebidas. O grupo debateu os detalhes enquanto a clientela do happy hour sentava nos bancos do balcão e a música ficava mais alta. Malagueta ficou de boca fechada a não ser para perguntar sobre as armas. Ele se concentrou no rosto dos parceiros, como se estivesse numa mesa de pôquer, e não na fórmica vacilante do Baby's Best.

Arthur achava que ter cinco homens era melhor, mas Miami Joe preferia dividir o butim por quatro. Depois de ouvirem uma educada sugestão do arrombador de cofres, eles tiraram Freddie do carro e o colocaram na ação no saguão. Passar da rua para o saguão do hotel era uma mudança de poucos metros, mas que deixava Freddie muito mais perto do perigo. Pobre Freddie. Luzes roxas e azuis correndo pelo bar inteiro, aquela conversa sobre armas... era angustiante. Ele não via como protestar. Malagueta encarando daquele jeito. Os outros perceberam a hesitação dele, e, por isso, quando Miami Joe disse que seu receptador de costume tinha sido preso uma semana antes, Freddie ofereceu Carney, embora não tenha sido exatamente assim que ele contou a história para o primo.

Às 3h43 da noite do assalto, Freddie estacionou a Chevy Styleline na Sétima em frente ao Theresa, no lado norte da rua. Havia muitas vagas para estacionar, como Miami Joe prometera. O trânsito àquela hora era nulo. Se o King Kong aparecesse correndo pela rua, não ia ter ninguém para ver. Do outro lado da porta de vidro, o vigia noturno estava de pé ao lado da campainha, mexendo na longa antena de um rádio portátil. Freddie não conseguia ver o balcão, mas o recepcionista estava em algum lugar. Ou o ascensorista estava sentado letárgico em seu banco, ou de pé levando o elevador para cima e para baixo. Miami Joe disse que numa manhã se passaram quarenta e cinco minutos sem que alguém chamasse o elevador.

Freddie estava com medo de ficar no campo de visão do vigia da noite daquele jeito. Ele foi com a Chevy para mais perto da esquina, onde o vigia não podia ver. Foi o primeiro desvio em relação ao plano de Miami Joe.

A batida na janela assustou Freddie. Dois sujeitos entraram no banco de trás e ele entrou em pânico — depois percebeu que os disfarces o confundiram.

— Sossega — disse Malagueta.

Arthur estava com uma longa peruca de cabelos alisados e um bigode baixo que o deixava parecido com o Little Richard. Raspou vinte anos de barba, o tempo que passou na cadeia reembolsado. Malagueta estava usando um uniforme de carregador de malas do Hotel Theresa, que Betty roubara da lavanderia dois meses antes. Na noite em que pegou o uniforme, ela pediu que Miami Joe o vestisse e dissesse algum diálogo antes de permitir um beijo. Era tudo parte dos custos.

Malagueta tinha modificado o uniforme. Ele não mudou a aparência do rosto. Os olhos de pedra dele deixavam qualquer um desconfortável. A caixa de ferramentas de alumínio estava no colo dele.

Trinta segundos antes das quatro da manhã, Arthur saiu do carro e atravessou o canteiro central. A gravata estava frouxa, o paletó amarrotado, os passos erráticos. Um músico encerrando a noite ou um corretor de seguros de fora da cidade depois de uma noite na metrópole — em resumo, um hóspede do Hotel Theresa. O guarda da noite viu e destrancou a porta da frente. Chester Miller tinha quase sessenta anos, magro exceto pela barriga, que caía por cima do cinto como um ovo. Um tanto sonolento. Depois da uma, quando o bar fechava, a política do hotel só permitia hóspedes registrados do lado de dentro.

— Perry? Quarto 512 — disse Arthur para o sujeito.

Eles reservaram o quarto para três noites. O recepcionista não estava no balcão. Arthur torcia para Miami Joe ter a situação sob controle.

O vigia noturno folheou os papéis na prancheta e abriu a porta de latão. Arthur encostou a arma nas costelas do sujeito quando ele se virou para trancar a porta. Ordenou que fosse com calma. Freddie e Malagueta estavam no tapete vermelho do lado de fora — o vigia noturno deixou que eles entrassem e fechou a porta seguindo as instruções. Freddie estava com as três valises de couro. Uma máscara de borracha do Howdy Doody cobria seu rosto; o grupo tinha comprado duas delas em uma loja de quinquilharias do Brooklyn duas semanas antes. Malagueta carregava a caixa pesada de ferramentas.

A porta da escada de incêndio estava aberta. Uma leve abertura. Eles estavam a meio caminho da recepção quando Miami Joe abriu a porta inteira e entrou no saguão. Ele estava escondido ali fazia três horas. Havia colocado a máscara de Howdy Doody cinco minutos antes mas, não estando de terno roxo, acreditava que havia estado disfarçado a noite toda. Não houve rancores quanto a quem ia usar máscaras e quem não. Algumas pessoas do grupo precisavam revelar o rosto para fazer sua parte, e outras não.

A seta acima da porta indicava que o elevador estava no décimo segundo andar. Depois no décimo primeiro. Durante a maior parte do dia o saguão do hotel era agitado como a Times Square, hóspedes e executivos cruzando os azulejos pretos e brancos, nova-iorquinos se encontrando para uma refeição e um pouco de fofoca, seus números multiplicados pelos imensos espelhos no papel de parede floral verde e bege. As portas das cabines telefônicas ao lado do elevador se dobravam para dentro e desdobravam para fora, como estranhas guelras. À noite, os janotas se reuniam nas poltronas e sofás de couro, bebiam coquetéis e fumavam cigarros enquanto a porta do bar abria e fechava. Os porteiros transportando bagagens em carrinhos, equipes de recepcionistas lidando com crises grandes e pequenas no balcão, o engraxate insultando pessoas com sapatos maltratados e tentando vender seus serviços — era um coro exuberante e variado.

Tudo isso ficara para trás e o elenco se reduzira a ladrões e reféns.

Como prometido, o vigia noturno não deu trabalho. Miami Joe conhecia Chester de suas noites no hotel; ele fazia o que mandassem. Essa foi uma das razões para Miami Joe cobrir o rosto. A máscara cheirava a óleo de pinheiro e fazia com que o hálito voltasse na sua direção, quente e pútrido.

Arthur acenou na direção da campainha na recepção, um sinal para que o vigia noturno chamasse o recepcionista. Quando o recepcionista saiu do escritório, Miami Joe estava em cima dele, uma mão sobre a boca e a outra enfiando o cano do .38 debaixo da orelha. Segundo uma escola, a base do crânio era o melhor lugar, o metal frio dando início a uma reação física de medo, mas a Escola Miami, de que Joe era discípulo, preferia embaixo da orelha. Só línguas tocavam ali e o metal tornava aquilo assustador. Havia um alarme conectado com a delegacia de polícia, ativado por um botão debaixo do livro de hóspedes. Miami Joe ficou entre o recepcionista e o botão. Ele fez sinal para que o vigia noturno se aproximasse, de modo que Malagueta pudesse vigiar os dois.

— Elevador no quatro — disse Freddie.

Miami Joe resmungou e foi para os fundos. À esquerda ficava a central telefônica, onde uma inesperada visitante aguardava. Em algumas noites a amiga da operadora fazia companhia para ela. As duas estavam tomando sopa de ervilhas.

A operadora que trabalhava durante as noites da semana se chamava Anna-Louise. Trabalhava havia trinta e dois anos no Hotel Theresa, desde antes da integração racial, como telefonista. A cadeira dela era giratória. Ela gostava de trabalhar à noite, fazendo piadas com a sucessão de jovens recepcionistas para quem foi uma espécie de mãe ao longo dos anos, e gostava de escutar os telefonemas dos hóspedes, as discussões e os preparativos de encontros amorosos, as ligações solitárias para casa passando pelos cabos frios, tão frios. As vozes sem corpo eram uma peça radiofônica, uma peça peculiar em que a maior parte dos personagens só aparecia uma vez. Lulu vinha visitá-la na central em algumas noites. Elas eram amantes desde o ensino médio, e na vizinhança do prédio em que moravam se referiam a elas como irmãs. A mentira fazia sentido quando elas se mudaram, mas era tola agora. Ninguém se importa de fato com os outros quando você começa a prestar atenção — todos têm os próprios problemas. As mulheres gritaram, depois ficaram em silêncio e ergueram as mãos quando Miami Joe apontou a arma. À direita ficava o escritório do gerente.

— Pegue a chave — disse ele.

Malagueta levou o recepcionista e o vigia noturno para perto do escritório. Miami Joe ficou perto da parede de barras de ferro que separava a sala do cofre, longe o bastante para reagir tanto aos homens quanto às mulheres caso tentassem alguma gracinha. Ele não achava que isso fosse acontecer. As pessoas eram coelhos, tremendo e com medo. A voz de Miami Joe estava firme e calma quando falou, não para tranquilizar, mas porque achou que assim seria mais sádico. Ele sentiu a carga erótica que sempre sentia quando estava em atividade, que começava junto com a operação e que se dissipava quando tudo acabava, ficando esquecida até a próxima vez. Nunca conseguia fazer aquilo acontecer quando não estava roubando. Era sinal que a ideia da operação e sua execução prática estavam em harmonia.

Quando a porta do elevador abriu, os dois ocupantes viram um rapaz magro na recepção com uma máscara boba os encarando. Ele cumprimentou com a cabeça. Arthur se virou, mostrando a arma. Fez sinal para que o ascensorista e o passageiro saíssem do elevador e fossem para o balcão. A essa altura, Malagueta tinha pegado a chave do escritório da gerência com o recepcionista e estava levando os quatro outros reféns para lá.

Rob Reynolds, o gerente do hotel, arranjara um belo refúgio. Não havia janelas, então ele as criou — cortinas com borlas, idênticas às que havia nas melhores suítes nos andares superiores, serviam de moldura para pinturas de cenas venezianas. Depois da correria da tarde, gostava de pensar em si mesmo usando aquele chapéu, conduzindo a gôndola por boulevards salgados em silêncio. O sofá com estofamento generoso combinava com os que havia no saguão, embora estivesse menos gasto; as sonecas e as trepadas rapidinhas de um só homem com moradoras que atrasavam o aluguel não tinham como competir com o peso de multidões. Fotos autografadas de hóspedes e moradores famosos cobriam as paredes — Duke Ellington, Richard Wright, Ella Fitzgerald em um vestido de gala, longas luvas brancas até os cotovelos, Rob Reynolds fornecera serviços exemplares ao longo dos anos. Entregas de heroína tarde da noite, abortos de última hora realizados pelo jamaicano que mantinha dois quartos no sétimo andar. Não chegou a ser surpresa, em alguns lugares, quando se descobriu que no fim das contas o sujeito nem médico era. Em muitas fotos, Rob Reynolds apertava as mãos dos visitantes célebres do Hotel Theresa e sorria.

Miami Joe abriu a gaveta do balcão para ver se havia uma arma — aquilo acabara de lhe ocorrer. Não achou nada. Perguntou ao recepcionista onde ficavam os cartões que ajudavam a localizar as caixas dos guarda-volumes. O jovem recepcionista foi chamado de Rickie a vida toda, mas agora queria ser chamado de Richard. Era um longo caminho. A família e os que cresceram com ele eram um caso perdido. Os novos conhecidos pareciam começar a usar o apelido como se tivessem recebido instruções num telegrama. O hotel era o único lugar onde ele era chamado de Richard. Sem deserções até o momento. Aquele era o primeiro emprego de verdade dele e toda vez que passava pela porta de entrada imaginava que estava se tornando ele mesmo, o homem que queria ser. Recepcionista, gerente assistente, o dono do pedaço com esse escritório para chamar de seu. No dia seguinte ao assalto, um porteiro o chamou de Rickie e a coisa pegou. O roubo foi uma maldição. Rickie apontou para a caixa de metal. Ela estava no balcão entre o telefone e a placa com o nome de Rob Reynolds.

Miami Joe levou os reféns para o tapete entre o balcão e o sofá: deitem aí de olhos fechados. Freddie ficou de olho neles da porta. Ele não era um atirador, mas Miami Joe imaginou que o sujeito era inseguro o bastante para atirar se alguém se mexesse, não importava se errasse, desde que isso desse tempo para o resto do bando abafar a insurreição.

O grupo se colocou a postos. Eles estavam com luvas muito finas de couro de bezerro. Malagueta, usando o uniforme de carregador, assumiu seu lugar na recepção. Arthur destrancara a porta do cofre e agora ele e Miami Joe estavam de frente para a parede do guarda-volumes. As caixas com cor de latão tinham trinta centímetros de altura, vinte centímetros de largura e eram profundas o suficiente para guardar joias, dinheiro vivo, casacos de pele baratos e cartas de suicídio não enviadas.

— Isso aqui é tudo Drummond. Você disse que eram Aitkens.

— Foi o que eu ouvi.

Uma Aitkens exigia três ou quatro pancadas antes de haver espaço suficiente para usar um pé-de-cabra. Talvez por isso eles tenham trocado tudo por Drummond, Arthur pensou, que era preciso golpear de seis a oito vezes. O butim tinha sido reduzido pela metade, se eles mantivessem o cronograma. Miami Joe disse, *78*. Arthur começou a trabalhar com a marreta. Os cartões registravam os números das caixas, o nome dos hóspedes, o conteúdo e o dia do depósito. O gerente tinha uma caligrafia de menininha que era fácil de ler. Arthur conseguiu abrir a caixa 78 depois de seis pancadas e começou a trabalhar na próxima enquanto Miami Joe fazia a limpa na primeira. Os conteúdos batiam com o que estava no cartão: dois colares de diamantes, três anéis e alguns documentos. Ele colocou as pedras em uma valise preta e olhou os cartões para escolher a próxima caixa a ser aberta.

Se o som da pancadaria preocupou Malagueta, ele não demonstrou. Estava na recepção fazia um minuto quando chegou à conclusão de que trabalhar registrando hóspedes era um serviço de merda. A maior parte dos empregos legais era assim, na avaliação de Malagueta, o que era o motivo para ele não ter tido nenhum trabalho do gênero nos últimos vinte e cinco anos, mas aquele serviço era espetacularmente ruim. Aquela gente toda. Os ganidos e as queixas o tempo todo — o meu quarto está frio, o meu quarto está quente, pode me mandar um jornal, o barulho da rua está muito alto. Pagam trinta paus e de repente viram membros da família real, governando um reino de vinte metros quadrados. Banheiro compartilhado no fim do corredor, a não ser que haja pagamento extra. O pai dele trabalhou em uma cozinha de hotel, assando costelas e filés. Chegava em casa fedendo toda noite, sem contar as outras inutilidades, mas Malagueta pegaria aquele trabalho sem pensar duas vezes se a outra opção fosse trabalhar na recepção de um hotel. Falar com aqueles reclamões do caralho.

Bang, bang, bang.

Malagueta recebeu a primeira chamada sobre o barulho cinco minutos depois. A central telefônica piscou e Freddie mandou a operadora se levantar e atender. Anna Louise passou a ligação do quarto 313.

— Recepção — disse Malagueta. Era a voz que ele usava quando estava contando uma piada e tirando sarro dos brancos. Pediu desculpas pelo barulho e disse que estavam consertando o elevador, mas que logo iam acabar. *Se o senhor vier até a recepção pela manhã vamos dar um voucher de dez por cento de desconto no café da manhã.* Negros adoram um voucher. O mezanino era ocupado pelo administrativo e por um salão para eventos, fechados a essa hora, e o Salão das Orquídeas ocupava quase todo o terceiro andar, caso contrário eles estariam recebendo um número bem maior de ligações. A voz do sr. Goodall do 313 parecia a de um esquilo, resmungão e cheio de si. Mil vezes melhor fritar frango o dia inteiro no calor daquela cozinha.

— Mande ela ficar na central caso mais alguém ligue — disse Miami Joe.

Freddie ficou na porta do escritório do gerente. O suor passou pela camisa e chegou ao terno preto. Os buracos para os olhos na máscara faziam com que ele pensasse que algo fora do seu campo de visão estava prestes a espancá-lo. Os homens e as mulheres no chão não se moveram. Mesmo assim, ele disse: "Não se mexam!" A mãe dele fazia isso o tempo todo — ordenar que não fizesse alguma coisa bem quando ele estava prestes a fazer aquilo, como se Freddie fosse feito de vidro e ela pudesse ver lá dentro. Mas havia tantas coisas habitando a cabeça dele sem que ela jamais suspeitasse que ele havia deixado de ter aquela sensação infantil havia muito tempo. Até aquela noite. Ele tinha pulado dos penhascos do Hudson — mas em vez de chegar ao rio ele continuava caindo. Freddie não era capaz de puxar o gatilho e por isso torcia para os reféns fazerem o que deviam fazer. No seu posto, Anna-Louise cobriu o rosto com as mãos.

Bang, bang, bang.

O tapete fora aspirado, o que era bom para os reféns, que estavam com o rosto nele. O passageiro do elevador, o sujeito do décimo segundo andar, se chamava Lancelot St. John. Morava a duas quadras dali e sua ocupação era ficar sentado no bar do hotel até descobrir uma mulher de fora da cidade que servisse a seus propósitos. Se sua presa percebesse os eufemismos, Lancelot resolvia a questão do dinheiro antes de despi-las; caso contrário, depois mencionava um presente que queria comprar para a mãe, mas que o dinheiro estava curto naquela semana. Na indústria de serviços você muda a abordagem conforme o cliente. A mulher daquela noite viera de avião de Chicago para falar com um advogado do ramo imobiliário sobre uma casa que acabara de herdar. A mãe dela morrera. Talvez isso explicasse as lágrimas. Ele já tinha presenciado assaltos antes — logo ia estar na cama. Estava quase na hora do Theresa começar o dia e os criminosos tinham que ir embora.

O ascensorista cumprira pena por roubar um carro, e mais tarde, quando questionado pelos detetives, disse que não viu absolutamente nada.

Arthur sorriu. Era bom estar livre, era bom estar roubando de novo. Só de olhar de relance ele sabia que metade das joias eram falsas. Metade era genuína. Pedras de boa qualidade. Ele media seu tempo de prisão não em termos de anos perdidos, mas de roubos nos quais não pôde participar. A cidade! E todas aquelas pessoas ocupadas e as coisas que estimavam em cofres e caixas-fortes, e o delicado talento que ele tinha para conquistar aqueles objetos. Arthur comprara terras na Pensilvânia por meio de um advogado branco e o lugar estava à espera dele, aquela maravilha verde. Ele colocou na cela as fotos que o advogado mandou. O colega de cela perguntou que diabo era aquilo, e ele disse que era o lugar onde tinha crescido. Arthur crescera num cortiço no Bronx tentando matar ratos toda noite, mas quando enfim se aposentasse para ir morar na bela casa de madeira, correria pela grama como se fosse menino de novo. Cada golpe da marreta era como se ele estivesse perfurando o concreto da cidade para chegar à terra viva lá embaixo.

Bang, bang, bang.

Eles receberam mais duas ligações por causa das batidas. O barulho era alto, ressoava nas paredes da caixa-forte, vibrando nos ossos do edifício. A desculpa do elevador quebrado surgiu depois que eles decidiram manter o ascensorista fechado no escritório. Quantas pessoas iam chamar o elevador entre 4h e 4h20? Talvez nenhuma, talvez várias. Quantas iam descer a escada e ser conduzidas por Malagueta de seu modo gentil junto aos outros reféns? Acabou que foi só um, às 4h17, um certo Fernando Gabriel Ruiz, brasileiro que trabalhava com distribuição de louças artesanais, que jamais iria visitar essa cidade de novo, depois do que aconteceu da última vez e agora isso, foda-se. E quantos hóspedes bateram na porta da frente para poder subir para seus quartos? Também um — Malagueta destrancou a porta e levou o sr. Leonard Gates, de Gary, Indiana, atualmente hospedado no quarto 807 com seu colchão ondulado e a maldição do sujeito que teve um infarto, até os fundos com os outros. Havia bastante espaço no escritório do gerente. Empilhar os reféns como se fossem lenha ou como numa sala de espera só se necessário.

Levando em consideração que somente duas almas se intrometeram no plano, Miami Joe disse "Continua", quando Arthur avisou que os vinte minutos tinham passado.

Ele queria forçar a sorte.

Arthur continuou marretando. Freddie passou a ter consciência de sua bexiga.

Malagueta disse:

— Está na hora.

Não era a repulsa visceral que ele sentia pela recepção ou a interação que ela representava. Diga ao Malagueta que são vinte minutos, são vinte minutos. Arthur continuou marretando.

Malagueta se garantia se a coisa desandasse. Ele não sabia quanto aos outros e não dava a mínima. Quando veio a quarta reclamação sobre o barulho, ele disse para o quarto 405 que o elevador estava sendo consertado e que, se o incomodassem de novo, ia subir lá e dar uma surra de cinto neles.

Malagueta permitiu que esvaziassem mais quatro caixas. Ele disse:

— Está na hora. — Não era a voz de menino branco dele.

Eles encheram duas valises.

Miami Joe disse:

— Agora.

Arthur pôs as ferramentas na caixa e Miami Joe jogou os cartões lá dentro junto, para dificultar a separação dos objetos no outro dia. Ele quase deixou a valise vazia, depois lembrou que os policiais podiam rastreá-la.

Malagueta cortou o fio que ligava à delegacia e Freddie arrancou o telefone do escritório da parede. Eles não estavam neutralizando a central telefônica e portanto isso não mudava concretamente as chances, mas era uma demonstração de entusiasmo que Freddie torcia que falasse a seu favor depois que morresse. No Baby's Best, Miami Joe podia mencionar aquilo e elogiar. Aquelas luzes melancólicas pairando sobre ele, vermelhas e roxas. Miami Joe recitou os nomes da equipe — Anna-Louise, o recepcionista, o vigia noturno, o ascensorista — e os endereços deles. Se alguém se mexesse antes de cinco minutos, era obrigação deles impedir, porque ele sabia onde todos moravam.

Os bandidos estavam a um quilômetro e meio quando Lancelot St. John se levantou e perguntou:

— Agora?

CINCO

Os ladrões estavam atrasados. Carney pensou em apagar as luzes e se esconder no porão. Ele podia caber no impopular armário da Argent, em meio às aranhas.

— E se alguém tentasse alguma coisa? — Ele falava dos reféns.

Freddie sacudiu a cabeça. Como se incomodado com uma mosca.

— E o que você espera que eu faça quando eles chegarem aqui? — perguntou Carney. — Conferir o material? Pagar pelo que eles trouxerem?

Freddie se abaixou para amarrar o cadarço do sapato.

— No fim das contas, você sempre quer entrar — disse ele. — Foi por isso que eu dei seu nome pra eles.

Mas era para o grupo se encontrar só na outra semana, depois que a poeira baixasse. Ele não sabia por que esse encontro naquele dia.

Miami Joe tocou a campainha, por mais tempo do que qualquer pessoa decente faria.

Ele chegou com Arthur. O terno roxo de Miami Joe hoje tinha cintura alta e lapelas largas. O sujeito era menor do que Carney lembrava; as histórias de Freddie aumentaram a estatura dele. O aperto de mãos, os anéis beliscando a carne de Carney, trouxeram de volta a noite em que eles se conheceram, no inverno, ainda que brevemente: o Clermont Lounge. Um desses lugares onde o primo esbarrava em sujeitos durões que conhecia, que intimidavam Carney com o olhar quando eram apresentados. Fumaça de charutos subindo em espirais como gênios debaixo dos vidros verdes; risos cortantes e cruéis de duas mulheres bêbadas na extremidade do bar; e Carney dizendo para o primo que May tinha aprendido a andar. Uma noite boa.

O jeito de Arthur, como Freddie descreveu, era o de um professor. Pó de giz debaixo das unhas. Exceto pelo calombo no tornozelo onde ele carregava um revólver. Quando era pequeno, Carney e o pai tinham um jogo em que ele precisava adivinhar se o homem estava carregando um revólver, ou não, debaixo da perna da calça. Por muito tempo ele achou que era uma tentativa do pai de se aproximar dele, ainda que sombria. Agora, tinha certeza de que o pai estava meramente testando a competência do alfaiate. Um sujeito na Orchard fazia as alterações de que ele precisava para o trabalho.

O arquiteto do assalto ao Theresa e o hábil arrombador de cofres sentaram no sofá do escritório. Malagueta enfim apareceu, como fez no encontro do Baby's Best. Uma tática dele, Carney deduziu. Ele era corpulento e tinha pernas e braços longos, se encurvando para esconder seu real tamanho. Havia alguma coisa estranha nele que fazia as pessoas olharem duas vezes, mas o olhar cruel as fazia desviar os olhos antes de descobrir o que era. Ele não devia estar lá, mas estava. Um homem da montanha que errou o caminho e foi parar na cidade, ou uma erva-daninha levada pelo vento que encontrou lugar numa rachadura da calçada: um corpo estranho que se adaptou ao novo lar.

Quando viu que não havia lugar para sentar, Malagueta pegou a nova otomana Headley do showroom e colocou na parede dos fundos do escritório. Ele sentou, os lábios pressionados numa expressão que era tanto de atenção quanto de impaciência. Macacão jeans desbotado, uma camisa xadrez escura e botas de cavalgada gastas. Como se tivesse sido deixado pelo caminhão de construção na esquina da St. Nicholas Avenue depois de um dia de trabalho. Ele podia ser vários tipos de homens do Harlem, fugindo de algum diabo do Sul, recém-chegado à cidade e tentando colocar comida na mesa. Menos um disfarce do que uma biografia compartilhada.

Mesmo assim: algo estranho.

Fazia muito tempo que Carney não se via na companhia de gente assim. Criminosos eram algo comum em sua vida. O pai dele convidava amigos para o apartamento na 127; eles subiam a escada batendo os pés, trapaceiros de olhos maus com roupas chamativas e sorrisos tão falsos quanto as notas de vinte nos bolsos do paletó. Mandado para o quarto, Carney se ajoelhava ao lado da porta, intrigado com o jargão deles: *esbirro, agiota. Domador?* Por que eles iam precisar de um domador. Domador não, arrombador — alguém para arrombar o cofre. Lembrando dos filhos que tinham perdido, os homens às vezes davam a ele brinquedos de marcas desconhecidas, bugigangas com partes pontudas e arestas ávidas que quebravam minutos depois.

— Dá a impressão de uma loja dentro da lei — disse Miami Joe. Ele apertou os olhos para ver o diploma universitário de Carney na parede.

— A loja está dentro da lei — disse Carney.

— Coisas boas — disse Arthur. — Fachada boa para um receptador. Tevês.

Freddie pigarreou. Malagueta parecia confuso, fazendo Carney se lembrar de uma foto da *National Geographic* — um crocodilo colocando os olhos acima da superfície da água, deslizando em direção a uma presa que nem suspeitava.

— Por que no Juneteenth? — perguntou Carney.

Miami Joe deu de ombros.

— Eu não sabia que era naquele dia.

— É uma coisa do pessoal do interior — disse Malagueta. — Eles fazem uma festa.

Segundo a versão da *Tribune*, a família Brown, que viera recentemente de Houston, no Texas, fazia uma festa de Juneteenth todos os anos. O baile que eles deram no Salão Skyline na noite do roubo foi o vigésimo. Homenagear o dia em que os últimos homens e mulheres escravizados souberam da emancipação era uma tradição que devia ser trazida para o Norte, eles pensavam. Havia esperança de transformar a festa num evento anual; agora, não mais.

— Esse tipo de coisa não acontece no Texas — disse a sra. Brown ao repórter. — Acordar e ver uma cena dessas!

— Se as pessoas ficaram irritadas — disse Miami Joe —, ótimo.

Se aquilo fez parecer que havia um aspecto racial e serviu para desviar a atenção, melhor ainda.

— Por que você não explica pra eles por que a gente está aqui? — perguntou Malagueta.

Eles tinham um problema com Chink Montague, disse Miami Joe. Todo mundo ao norte da rua Cem conhecia o mafioso dos jornais, de uma nota na coluna de fofocas sobre um baile para levantar recursos para caridade no Theresa ou de uma notícia policial sobre um tiroteio num cassino clandestino em um porão: *A vítima foi levada ao Hospital do Harlem onde foi declarada morta.* Se não do noticiário, as pessoas o conheceriam da rotina do dia a dia, se fossem do tipo que gostam de fazer uma fezinha — e havia muitos desse tipo —, ou entregassem um envelope com dinheiro para proteção aos homens dele uma vez por semana — e desses havia muitos —, ou precisassem de um empréstimo uma vez ou outra — e quem não precisava de uma ajudinha de vez em quando?

Miami Joe ofereceu um currículo mais detalhado para explicar o problema. Chink era protegido de Bumpy Johnson, ele esclareceu, tendo começado como guarda-costas, depois como segurança em um dos pontos de aposta da loteria dele. A tradição mandava que criminosos e gângsteres desovassem corpos em Mount Morris Park; brincavam que Chink tinha um espaço reservado para ele, como uma vaga de estacionamento cativa. Uma promoção rápida o colocou no comando das melhores rotas da Lenox Avenue. Quando Bumpy foi mandado para Alcatraz por acusações de tráfico de drogas, deixou o serviço de loteria aos cuidados de Chink. Cuidar de tudo até que ele cumprisse a sentença, garantir que ele recebesse sua parte, que a esposa fosse paga toda sexta. Não ceder um centímetro para os italianos ou para um concorrente local. Manter tudo em segurança.

Chink era conhecido por sua habilidade com a navalha.

— Ele tem aquela faca pra manter o pessoal na linha — disse Freddie. — O pai dele é aquele amolador de facas de Barbados.

Como se a parte de Barbados explicasse alguma coisa. Carney fez a conexão — o pai de Chink e seu carrinho eram personagens antigos na vizinhança. Pai e filho tinham construído sua reputação cuidando de necessidades básicas. T.M. CUTELARIA, em letras douradas meio apagadas sobre ripas de madeira, ESMERIL & AFIAÇÃO DE LÂMINAS SERRAS TESOURAS PATINS. O velho caminhava com o carrinho para lá e para cá pelas ruas do Harlem, tocando seu sino — nunca se sabe de qual prédio vão sair fregueses para as calçadas com uma lâmina cega. Levantando o carrinho, tocando o sino e gritando: "Afiação! Afiação!" Carney usou os serviços dele por anos, assim como todo mundo. T.M. afiava e polia as facas, murmurando um hino irreconhecível, depois embrulhava tudo em páginas de *The Crisis* e devolvia solenemente antes de retomar sua rota. "Afiação!"

Carney não via como as habilidades do Montague mais velho afiando facas levavam o filho a saber manejar uma navalha — aquilo só significava que ele sabia cuidar dos instrumentos. O pai de Carney era do mundo do crime, mas nem por isso ele era igual. Simplesmente significava que ele sabia como as coisas funcionavam naquele tipo de negócio.

— O hotel paga o Chink para ter proteção… a gente sabia que ele ia aparecer — disse Miami Joe. — Não pode deixar crioulos assaltarem um lugar que está sob a proteção dele. Mas isso tem a ver com outra coisa.

— Ele tem uma namorada — disse Malagueta.

— Ele tem essa mulher que tem saído com ele — retrucou Miami Joe. — Lucinda Cole. Dançava no Shiney's antes de fechar, sabe?

— Uma moça negra de pele clara, parece a Fredi Washington — disse Malagueta.

— Fredi Washington? — Freddie repetiu.

— O que eu não sabia — Miami Joe continuou —, é que ele vem tentando colocar ela no cinema. Pagando curso de atriz, como falar certo, como se comportar etc. Ele está mantendo essa moça no Theresa faz seis meses, pagando. O pessoal do cinema passando pela cidade, apresentando a menina como se ela fosse ser a Ava Gardner negra.

— Ava Gardner — disse Freddie. Ela com aquelas blusas.

— O que a gente não sabia — disse Arthur —, é que ela guardava todas as joias no cofre do Theresa. Tudo que ele comprou para ela. *Senhorita Lucinda Cole*. E ele diz que vai esfolar os crioulos que roubaram aquilo, no meio da rua 125. Por foder com o investimento dele.

Carney suspirou, mais alto do que imaginava.

— Eu não me preocuparia muito com isso — disse Malagueta. — É preciso um tipo especial de crioulo para esfolar outro crioulo, e Chink Montague não é desse tipo. — Ele falou de um jeito que fazia acreditar na experiência dele em assuntos de esfolamento, e na avaliação que fazia do caráter do mafioso. — Mas ele está puto, e é verdade o que dizem, ele é bom com a navalha. Todo tipo de gente querendo a grana da recompensa. Ou querendo que o Chink fique devendo uma para eles.

Malagueta seguiu os homens de Montague o dia inteiro enquanto eles pressionavam os grandes receptadores do Harlem, os menores e até os operadores secundários como

Carney. Ele estava do outro lado da rua tomando uma garrafa de refrigerante sabor cereja quando Delroy e Imenso — eram esses os nomes deles — visitaram a Móveis Carney.

— Entrando como uma dupla de búfalos-d'água.

Eles foram à loja de Carney, visitaram o Árabe, Lou Parks e chegaram mesmo a subir no escritório de sobreloja de Saul Stein, autoproclamado o Rei das Pedras Preciosas da Broadway, do rádio. Outros membros da organização de Chink Montague visitaram os assaltantes e ladrões conhecidos.

— Vão me procurar, aposto — disse Miami Joe. — Quem sabe amanhã, se conseguirem me achar.

— Chamam o cara de Imenso? — Freddie quis saber.

— Por causa do pinto.

— Ele tem que manter as aparências por causa da garota — disse Malagueta — e porque assumiu os negócios do Bumpy. É isso que a gente tem.

— O que foi que eles te disseram? — perguntou Miami Joe para Carney.

— Pra ficar de olho em um colar.

— Se eles soubessem da gente, a gente ia ficar sabendo — disse Arthur. — Se eles tivessem ligado o sr. Carney com a gente, não iam ter deixado por isso mesmo. — Ele cruzou as pernas e arrumou a calça para que caísse do jeito certo sobre o tornozelo. — Você pode esperar uma visita da polícia — disse para Carney. — Quem quer que esteja no bolso dele na delegacia. Tentar descobrir o que você sabe, ver se conseguem te irritar.

Carney tinha explicações prontas para os policiais sobre alguns dos itens da loja, mas não ia dar certo se eles realmente quisessem pressioná-lo. Checar o número de série de uma tevê Silverstone com uma lista de mercadorias roubadas. Ele olhou para Freddie.

— Ninguém de vocês disse nada? — perguntou Miami Joe. — Ninguém?

Silêncio. Malagueta colocou um palito de dentes na boca e uma mão no bolso.

— Se eles soubessem a gente ia saber — Arthur repetiu.

Miami Joe disse:

— Pra quem você contaria, Freddie?

— Eu não contei pra ninguém, Joe — disse Freddie. — E você? A menina do Theresa que te deu a dica? Onde ela está?

— Mandei pra fora da cidade pra visitar a mãe. Morando no Burbank, com aqueles crioulos tagarelando o dia inteiro, ela tinha que sair. — Miami Joe voltou sua atenção para Carney.

Carney sacudiu a cabeça. Era como Arthur disse — se alguém tivesse falado, eles não estariam no escritório dele agindo civilizadamente. Semicivilizadamente. As pessoas estavam falando sobre ele, e não o contrário, era como Carney via. Um dos bandidinhos que trouxe um relógio de ouro ou um portátil Zenith até a loja de móveis acrescentou o nome de Carney, finalmente, ao rol clandestino de receptadores. Uma hora ia acontecer.

A última vez que Carney teve tanta gente assim no escritório foi naquela tarde estranha em que ele enfrentou as leis da física: como tirar aquela droga de sofá-cama do porão. O sofá tinha sido deixado lá por Gabe Newman, o inquilino anterior, antes que deixasse a cidade. Obviamente Newman tinha transportado o sofá-cama laranja passando pela grade de metal na calçada ou descendo a escada pelo alçapão do escritório. A não ser que tivesse usado uma máquina de teletransporte, como naquele filme *A mosca da cabeça branca*, ou um feitiço de vudu, ambas possibilidades remotas. Mas ninguém conseguia descobrir como tirar aquilo de lá, nem Carney nem os quatro italianos da Argent, que precisavam do espaço para terminar a entrega da primavera. Eles ofegavam e resmungavam. O sofá gigante não desmontava, não cedia, se recusava a passar pelos dois lances de escada, não importava quais truques antigos e consagrados pelo tempo como transportadores de móveis eles tentassem. Xingar não era um consolo. A tarde se arrastou e Carney pegou o machado de incêndio e cortou o filho da puta em pedacinhos. Era um modelo antigo e totalmente impopular. A coisa toda continuou um mistério.

Agora um grupo de homens tinha se reunido de novo no escritório e era apenas questão de tempo para que voltassem a atenção àquele outro objeto que não se encaixava: Carney. Ele esperava que o machado não voltasse à cena.

Uma sirene se aproximou, indo para leste pela 125. Ninguém se mexeu até ter certeza de que era um caminhão de bombeiros e não uma viatura policial. Eles eram sujeitos durões, mas aí apareceu uma brisa e eles se assustaram achando que seu palito de fósforo fosse apagar.

Miami Joe afrouxou a gravata. Estava quente. O ventilador não ajudava muito.

— O que eu quero saber é — falando de novo com Carney — você consegue dar conta do que a gente tem? Eu nunca tinha ouvido falar de você antes do Freddie mencionar seu nome. Operação pequena ou sei lá o que... não sei porra nenhuma sobre você.

O sujeito tinha razão, mais do que imaginava. Porque Carney não era um receptador.

Sim, uma porcentagem de seu showroom era de objetos roubados. Tevês, rádios na época em que ele ainda conseguia passá-los para frente, luminárias modernas de bom gosto e outros pequenos eletrônicos em perfeitas condições. Ele era uma parede entre o mundo do crime e o mundo da lei, um muro necessário, que suportava a carga. Mas quando se tratava de metais e pedras preciosos, ele atuava mais como um corretor. Freddie aparecia na loja com alguma coisa e Carney repassava para Buxbaum, seu contato na Canal Street. Buxbaum pegava a lupa e a balança, avaliava a mercadoria e dava cinquenta por cento do valor para entregar a Freddie. Carney recebia cinco por cento da parte de Buxbaum. Isso permitia ao judeu trabalhar com uma clientela de negros sem precisar ir ao Harlem, sem se encontrar com os negros, e dava a Freddie — e aos poucos personagens que apareciam com braceletes encrustados de pedras ou prataria — mais uma maneira de vender suas mercadorias, longe do drama do Harlem.

Carney não queria saber o que acontecia com os anéis e colares depois que o primo aparecia com eles. Freddie nunca perguntava, assim como Carney nunca perguntava de onde aquilo tinha vindo. Se ele acreditava que Carney tinha conexões com os distritos de diamante da região central da cidade, que fosse. Se Carney precisasse de um dia para aparecer com o dinheiro, ele não criava caso. Os dois eram família. Mas os sujeitos no escritório de Carney não eram família, e não iam entregar centenas de milhares de dólares em pedras preciosas a um estrangeiro e confiar que sua metade do valor estava "a caminho". Além do mais, Buxbaum não tinha como dar conta de uma carga daquelas, até onde ele sabia.

Na última hora, Carney vinha bolando um jeito de sair daquela confusão. Ele disse:

— Eu vendo móveis. As pessoas chegam da rua, dão uma olhada, decidem comprar em algum outro lugar, os negócios são assim. Se vocês quiserem procurar outro lugar, não vou levar para o lado pessoal.

Miami levantou uma sobrancelha.

Arthur disse:

— Hein?

Malagueta avaliou Carney. Ele se inclinou para a frente na otomana, alerta e rígido. Como se estivesse empoleirado em uma caixa de madeira em um barraco no meio do mato, agentes da Receita barrando a saída, e não em um Headley novinho com estofado suntuoso da era espacial. Ele não deixou Carney escapar.

— Ele sabe. Ele está dentro.

Freddie disse:

— Ele é confiável. Eu te disse.

Carney soara indiferente demais. As pessoas às vezes confundiam isso com confiança. Na loja, o trabalho dele era dar um empurrãozinho para que as pessoas fizessem aquilo que não sabiam que queriam fazer — gastar duzentos dólares em um novo canto alemão, digamos. Isso era diferente de convencer alguém a fazer o contrário. Aqueles homens foram até lá para ter certeza de que tinham tomado as decisões certas. Ele fez uma nota mental para corrigir seu discurso; seria útil da próxima vez que Elizabeth reclamasse de uma das ideias dele ou quando May exigisse uma bola extra de sorvete. Ele ia ter de se satisfazer em terminar a reunião vivo.

O arrombador de cofres dispensou a turma.

— Todo mundo de boca fechada — disse Arthur —, vamos ver o que acontece. Depois dividir como a gente planejou.

Miami Joe nunca dava um trabalho por encerrado até estar confiante de que eles estavam livres e limpos. Adiar a divisão às vezes era um problema com o grupo, mas Arthur era conhecido como um bom ladrão, confiável, e eles decidiram que não havia problema em deixar o butim com ele até segunda. Dar a Chink Montague um tempo para se distrair com outros negócios, um tempo para os policiais passarem a ser desleixados com outro caso.

Quatro dias, a não ser que Chink Montague pegasse um deles e o nome de Carney vazasse.

Quatro dias para Carney descobrir o que fazer.

SEIS

— Viu como é silencioso? — disse Leland. — O vendedor diz que tem um desses compressores novos.

O Westinghouse estava aparafusado na janela da sala de estar. Carney nunca tinha visto um aparelho de ar-condicionado na casa de alguém antes; segundo Leland Jones, o deles era o primeiro da quadra, mas o sogro era desavergonhadamente exagerado. Eles se aglomeraram em torno da grade de plástico do aparelho, Elizabeth na frente abanando o rosto com as mãos. Ela quase havia desmaiado de manhã e estava se tratando. May espirrou à medida que o suor de seu corpo esfriava.

O ar-condicionado era uma parte do tratamento, a outra era a antiga casa de Elizabeth. Ela crescera na casa da Striver's Row, e as visitas sempre a deixavam revigorada. O quarto estava do mesmo modo que fora deixado, no segundo andar com vista para a alameda. W. C. Handy morava do outro lado da rua e Elizabeth gostava de contar a história de quando via o Pai do

Blues em seu estúdio, as mãos como pombas flutuando no ar ao som das músicas em sua Victrola. O artista investigando um reino que só ele conseguia enxergar. Nas opções de vistas, aquela era melhor do que o elevado com sua sinfonia dissonante de metais contra metais. O cobertor predileto na cama, as marcas anuais no batente da porta acompanhando seu crescimento. Carney não sentia a mesma nostalgia pelo apartamento em que cresceu.

Leland girou o dial do ar-condicionado para demonstrar.

— Você devia dar uma olhada num desses — disse ele, sabendo que o orçamento de Carney não permitia uma despesa daquelas.

— Um dia — disse Carney.

— Eles fazem em prestações — disse Leland.

Elizabeth agarrou a cintura de Carney. Ele colocou a mão no ombro de May. Não sabia como a filha tinha encarado o mais novo torneio entre o pai e o avô, mas ela certamente entendia o ar fresco. Ela expôs a barriga à engenhoca e adormeceu.

Apesar da companhia, Carney gostava de ir à casa dos sogros na Striver's Row, o Quarteirão dos Esforçados. Quando menino, admirava as casas de tijolos amarelos e de calcário, assentadas no meio do Harlem. Olhando da Oitava Avenida, as calçadas estavam sempre varridas, os bueiros sempre desentupidos, os becos entre as casas domínios desconhecidos. Que tipo de quadra tem um nome? Qual seria o nome possível para o pedaço da 127 onde ele morava? *Rua dos Errados*. Esforçados contra errados. Os esforçados corriam atrás de algo melhor — pode ser que existisse, pode ser que não — e os errados faziam planos para manipular o esquema vigente das coisas. O mundo como poderia ser contra o mundo como era. Mas talvez Carney estivesse sendo muito rigoroso. Havia muitos errados que se esforçavam e muitos esforçados que iam contra a lei.

O sogro dele, por exemplo, Leland Jones, era um dos melhores contadores do Harlem, cuidando dos livros dos melhores médicos, advogados e políticos, de todos os estabelecimentos de proprietários negros da 125. Ele tirava as pessoas do aperto. Leland se gabava de sua coleção de brechas e truques, dos gordos envelopes com propinas repassados na sala de estar do Clube Dumas. Conhaque e um charuto: deixa comigo. *Fica entre nós dois*, mas ele não se importava se falassem porque era propaganda a custo baixo. "Eu como auditagens como se fossem sucrilhos", Leland gostava de dizer sorrindo. "Com leite e uma colher." Ele era um sujeito alto, com um rosto amplo, como uma lua, e um bigode grosso e branco e costeletas. O avô fora pastor, e ele herdara um certo gosto pelos sermões, o discurso da justiça feito diante da sala.

Alma chamou todos para o jantar. O cheiro vindo da cozinha era bom e a comida estava enganosamente bonita nos belos pratos de louça: um grande presunto com batatas doces e vegetais. Carney colocou May no velho cadeirote de Elizabeth, cortesia de uma extinta empresa de compras por correspondência que a família Jones tinha em alta conta, pelo modo como eles arrulhavam e cacarejavam ao dizer seu nome. O cadeirote rangeu. Leland sentou na ponta da mesa e enfiou um guardanapo azul-claro na blusa. Ele perguntou para quando era o bebê.

A conversa permitiu que Carney voltasse a seu dilema. Pela manhã, Ferrugem perguntou por que ele queria a porta da frente fechada num dia tão quente. Carney se sentia exposto com a loja aberta para a rua; não que uma porta destrancada oferecesse alguma proteção. Ele se preparava toda vez que um cliente entrava. Ninguém ficava muito tempo — a loja estava quente demais, as abordagens inquietas do dono eram desanimadoras. O tempo morto permitia que Carney pensasse em cenários hipotéticos, como aqueles que imaginava perto do fim do mês para encontrar a combinação de vendas que permitiriam pagar o aluguel do mês seguinte: *Um canto alemão, três sofás… Um conjunto de sala de estar completo da Argent, cinco luminárias e um tapete…*

Cenários:

Chink Montague descobre a identidade dos ladrões e se vinga, mas Carney fica de fora. Freddie é assassinado.

Chink Montague acha os culpados, incluindo a participação tangencial de Ray Carney — sendo meramente o receptador, será que ele se livra? Freddie é assassinado. *Ou só espancado*, gritou uma voz otimista que soava como Tia Millie.

Chink Montague descobre os culpados, mas há tempo suficiente para que Carney fuja da cidade. Com a família? Sozinho? Freddie é assassinado.

Carney procura Chink Montague por iniciativa própria, diz que não fazia ideia do que estava acontecendo. Ele recebe algum castigo. Freddie é assassinado. *Ou só espancado.*

— O que aconteceu com você?

— Ah, uma vez me espancaram um pouquinho.

Carney fechou a loja uma hora mais cedo e andou pela Riverside para se acalmar. Esse apartamento, aquele apartamento, ele não conseguia se concentrar. Um sedã quase o atropelou enquanto ele estava parado na rua olhando para cima. Depois, pegou as meninas para o trajeto até a rua 139.

Alma fez Carney voltar do devaneio para a mesa do jantar com uma menção a Alexander Oakes.

— Alexander foi aceito no Clube Dumas — disse ela, enxugando o canto da boca. — O seu pai disse que foi unânime.

— Foi mesmo — concordou Leland. — Ele está indo muito bem. Faz tempo que tentamos recrutar essa geração mais nova.

— Que bom para ele — disse Elizabeth. — É o tipo de coisa de que ele gosta.

Ela e Alexander cresceram juntos. A família dele morava a três quadras e socializava na mesma atmosfera pretensiosa. Alexander frequentou uma escola católica no ensino médio, por isso Carney não o conhecia daquela época, mas ao longo dos anos Alma deu todas as informações. Equipe de futebol americano, presidente do clube de debates, depois foi para Howard onde deu continuidade à escalada rumo aos Dez Por Cento Talentosos. O diploma de Direito lhe garantiu um emprego de promotor na Procuradoria do Distrito de Manhattan. Ele seria um dos juízes negros da cidade quando as peças se encaixassem, escreveria no *Amsterdam News* com uma foto granulada. Furtivo o suficiente para entrar para a política. Ser membro do Clube Dumas significava que ele teria ajuda dos outros sócios — e que daria uma mão se um deles estivesse com problemas.

Alexander foi ao casamento de Carney e Elizabeth. O olhar dele quando trocou um aperto de mão com Carney na fila da recepção: ainda apaixonado por ela. Dureza, meu irmão.

— Quem sabe um dia você entra para o clube, Raymond — disse Alma.

— Mãe — alertou Elizabeth, olhando fixamente. O Dumas era um clube para negros de pele clara, portanto isso era uma piada: Carney era escuro demais para ser aceito.

— A loja ocupa boa parte do meu tempo — disse Carney.

— Se bem que o Leland faz parecer bem divertido. Pelas histórias que conta.

Um bando de múmias esnobes, do ponto de vista dele. Mesmo que a pele dele fosse mais clara, seu histórico familiar era outra barreira. Além da profissão. A loja humilde não bastava — seria necessário ter uma loja de departamentos, uma Blumstein's negra, para entrar para a fraternidade deles.

A linhagem da família Jones era impecável. Pelo menos segundo os padrões deles. O avô pastor foi um dos anciãos de Seneca Village, servindo como ministro da comunidade de negros livres da região sul da cidade. Carney nunca tinha ouvido falar do lugar antes de conhecer os Jones, mas eles mantinham a lenda. Seneca tinha umas poucas centenas de pessoas, majoritariamente negras, com um pouco de irlandeses — os mestiços sempre viviam uns sobre os outros. Negros livres proprietários de terras reivindicando uma vida na nova cidade. Três igrejas, duas escolas, um cemitério. Nada parecido em nenhum outro lugar do país, segundo o sr. Jones, embora Carney soubesse que isso não era verdade. Ele lera sobre comunidades negras prósperas em outros tempos no *Negro Digest*. Bolsões em Boston, na Filadélfia. Negros sempre encontraram um caminho mesmo nas circunstâncias mais miseráveis. Se não tivesse sido assim, teríamos sido exterminados pelos brancos há muito tempo.

Então alguém apareceu com a ideia de um grande parque no meio de Manhattan, um oásis dentro da metrópole fervilhando de gente. Vários locais foram propostos, rejeitados, reconsiderados, até que os líderes brancos decidiram por um vasto trecho retangular no coração da ilha. Já havia gente morando ali; não importava. Os cidadãos negros de Seneca eram proprietários de terras, votavam, tinham voz. Mas não foi o suficiente. A Prefeitura de Nova York confiscou as terras, destruiu a vila e ponto final. Os moradores se dispersaram para vários bairros, para diferentes cidades onde poderiam começar de novo, e a cidade ganhou seu Central Park.

Dá para encontrar os ossos. Cave debaixo dos parquinhos e dos gramados e dos bosques silenciosos, Carney imaginava, e dá para encontrar os ossos.

Carney admirava a história. Nem tanto a altiva complacência daqueles que a mantinham viva. Alma vinha de linhagem semelhante: professores e médicos por gerações, um tio que foi o Primeiro Negro a frequentar uma faculdade da Ivy League, um primo que foi o Primeiro Negro a se formar naquela faculdade de Medicina. Primeiro isso, Primeiro aquilo. Conscientes de sua negritude e orgulhosos, até certo ponto — claros o suficiente para se passar por brancos, mas um pouco ávidos demais para falar que podiam se passar por brancos. Carney deu papinha de bebê Gerber com uma colher para May, viu sua mão contra a bochecha dela. Como o pai, ela era escura. Ele se perguntava se Alma ainda estremecia ao ver a cor da pele da neta, se ficava chateada por ela não ter saído clara como Elizabeth. Na maternidade, ele viu a sogra recuar depois do parto. Todo aquele empenho e aí veja só com o que a filha foi se casar. Será que ela olhava para a barriga da filha e se perguntava qual sangue ia ganhar daquela vez?

— Ray — disse Elizabeth.

Ela percebeu que os pensamentos dele estavam longe, ergueu as sobrancelhas e sorriu, puxando o marido de volta para a realidade. Elizabeth o ignorou na época da escola, mesmo quando ele sentou ao lado dela ou deu carona de guarda-chuva até em casa, mas agora estava grato por ser visto por ela. Naquela noite na festa da Stacey Miller, que estava passando o chapéu para alugar um apartamento, ela pediu desculpas tímidas por não se lembrar dele quando Carney disse que os dois frequentaram a mesma escola. Ele tinha se formado e trabalhava no estoque do departamento de móveis da Blumstein's. Foi a primeira festa em que ele foi em muito tempo. Freddie tentava convencer Carney a sair, ir a um bar, uma festinha, mas ele estava enfurnado demais nos estudos — os anos de ensino médio da Carver não o prepararam para os rigores da Queen's College —, e estava cansado demais desde que começara a trabalhar na loja de departamentos. Ele apagava à noite ouvindo o noticiário da rádio enquanto os gritos e risos do Harlem se esgueiravam pelas janelas.

    Mas a noite da festa ele reservou para um terno novo — um modelo marrom de risca de giz comprado pronto com caimento perfeito. Freddie levou o primo e o apresentou para os outros. Era diferente agora, sair. A conversa e a interação exigiam menos dele; terminar os estudos e estar se esforçando aumentaram sua confiança. Acontecimentos o puseram ao lado de Elizabeth na fila do lado de fora do banheiro da Stacey Miller. Alguém fumava maconha lá dentro. Freddie disse para ele mijar do telhado. Ignorar os conselhos do primo sempre foi boa política; naquela noite isso o colocou ao lado da futura esposa. Ele não tinha sido um dos meninos que teve uma quedinha por ela na escola. Aqueles Alexander Oakes com suas tramas. Ela estava acima do nível dele e por isso ele nunca perdeu tempo pensando no assunto.

— É claro! — disse Elizabeth naquela noite na fila do banheiro, como se de repente tivesse se lembrado dele. Mentindo.

Eles passaram duas horas no sofá calombento perto da saída de incêndio — apartamento cheio, dinheiro para o aluguel garantido — e ele chamou Elizabeth para jantar.

Ela trabalhava na Agência de Viagens Black Star havia dois meses. Ele gostava da honestidade na voz dela quando o assunto era trabalho, da urgência de sua missão. A Black Star organizava viagens de turismo e de negócios para negros, agendando hotéis de propriedade de negros e não-segregados nos Estados Unidos e no exterior, principalmente no Caribe, em Cuba e em Porto Rico. A empresa oferecia opções de entretenimento; dicas de bancos, alfaiates e restaurantes onde as pessoas seriam bem recebidas; panfletos que explicavam quais teatros de Nova Orleans ou em algum outro destino ofereciam assentos para negros e quais não deixariam você passar pela porta.

O país era grande e infestado de lugares tomados pela intolerância racial e pela violência. Visitando parentes na Geórgia? Tome aqui uma lista com os trajetos seguros que não passam pelas cidades onde negros têm toque de recolher e pelos territórios de brancos de onde você poderia não sair vivo, as cidadezinhas e distritos a ser evitados caso você desse valor à vida. Melhor ficar no Hotel Hanson a noventa quilômetros de distância e cair na estrada às cinco da tarde para voltar inteiro. Não era Medicina nem Direito, como os pais dela desejavam, mas era um serviço, prático e relevante.

— Quero que eles fiquem seguros — disse Elizabeth.

Carney estendeu a mão por cima da mesa e pegou a dela. Eles foram ao cinema na noite seguinte, e na outra também.

Carney conheceu os pais dela. Eles tinham suas ideias sobre rapazes que vinham de lares desfeitos.

— O que seu pai fazia? — perguntou Leland, sabendo a resposta, mas querendo ouvir como ele a formularia.

— Trabalhos eventuais.

Ele tinha que admitir em retrospectiva que talvez eles tivessem razão. Afinal, ele estava sendo perseguido por mafiosos agora.

— Quem vai acabar com isso? — perguntou Alma. O presunto, claro, ia durar dias, é para isso que presunto servia, mas eles tinham dado conta de quase todo o resto. Sobraram uns poucos bocados de batata-doce.

— Sei que você gosta de batata-doce — disse Leland para Carney. — Certo?

Carney pegou a travessa e agradeceu.

— Você não tinha uma história com batata-doce, Carney? — perguntou o sogro. Ele olhou disfarçadamente para Alma.

— Desculpe?

— Era uma história de Natal. Com seu pai numa manhã de Natal?

Carney contara, ao longo dos anos, histórias sobre sua criação. Sobre a morte da mãe quando ele tinha nove anos, os desaparecimentos do pai, e sobre como Tia Millie cuidou dele por alguns anos. Contou sobre a volta do pai e sobre as várias ocasiões dolorosas. Ser mordido por ratos, a enfermeira da escola tirando piolhos, os invernos sem calefação, a vez em que acordou no Hospital do Harlem com pneumonia sem ter ideia de como foi parar lá. Ele contou as histórias sem muito cuidado; por que ter vergonha de ter vivido tanto tempo tomando conta de si mesmo?

Foi difícil. Outros passaram por coisa pior.

Ao longo dos anos, em noites como aquela em volta daquela mesma mesa, Carney contou histórias porque eram verdade e faziam parte dele, e agora eles eram uma família. Só tarde demais se deu conta de que estava se expondo mais do que devia, pontos fracos em que alguém podia enfiar uma lâmina de aço. As histórias dele eram um entretenimento para os sogros, uma peça de *vaudeville*. Sim, havia a história da vez em que ele acordou no Natal e o pai só tinha uma pálida batata-doce para dividir com o filho, eles cortaram pela metade e colocaram em dois pratos, e ele viu seu hálito branco diante de si porque a calefação estava desligada outra vez naquela manhã gelada, e o pai saiu ao meio-dia e só voltou uma semana depois. Bom, pode ser que a história tivesse uma grandiosidade pitoresca em retrospectiva, mas podia ser também que ele não devesse mais falar tão livremente sobre aquela parte da vida. O sr. e a sra. Jones sorriam sutilmente e por vezes riam quando ele contava aquelas histórias, e por que não, elas eram engraçadas de um jeito sinistro. Talvez o jeito como contava fosse engraçado, ou pelo menos foi isso que ele disse para si mesmo. Foi há muito tempo. Agora, o que ele sentia ao contar aquele tipo de história — uma sensação de orgulho por ter sobrevivido àquilo — e o deleite que Leland e Alma sentiam ao ouvir eram pequenos comparados com o que ele tinha em sua vida. Ele tinha Elizabeth e May, e se sentisse um desejo ardente de enumerar seus problemas, havia coisas mais urgentes do que aquela triste manhã de Natal anos antes.

Carney recusou o convite. O bufão estava de folga. Ele disse a Leland que não sabia do que se tratava e que tinha visto vários pôsteres de *Porgy e Bess* no metrô, o que fez os sogros lembrarem, como ele sabia que ia acontecer, que um dos clientes de Leland arranjou ingressos para eles na noite de reestreia da ópera alguns anos antes.

— Eu estou cansada — disse Elizabeth. O tratamento caseiro funcionara, a paciente revigorada, mas estava ficando tarde. — É hora de colocar May na cama.

Pelo menos uma vez, os Jones não comentaram a picape. Ele tinha pintado a caminhonete havia pouco tempo, de azul noturno. Leland e Alma acenaram dos degraus de entrada, murmuraram algo entre si que Carney não ouviu e voltaram para sua bolha de frescor.

O trajeto de carro era curto, mas foi longo o suficiente para decidir. Dois telefonemas. O primeiro para um dos pontos de aposta de Chink Montague para dar o nome de Arthur. O segundo para Arthur dizendo que os gângsteres estavam a caminho. O arrombador teria que deixar a cidade — ele era sensato. Arthur teria tempo para pegar o butim do esconderijo, se é que havia um — pouco importava para Carney. Ele não se importava se Arthur ia dividir o produto do roubo com os outros mais tarde ou seja lá qual fosse o acordo; isso não era da conta dele. Dar um telefonema iria isolá-lo, e ele imaginou que era a melhor chance de manter o nome de Freddie fora daquilo. Estava fazendo o mesmo que Elizabeth — bolando um trajeto seguro para a viagem de seu primo. Como havia feito em outros tempos, mantendo Freddie longe da surra que Tia Millie daria com a escova de cabelos. Ele ia pensar nisso por mais uma noite, melhorar alguns detalhes, mas suspeitava que de manhã estaria decidido.

Quando ele estacionou, Freddie estava andando de um lado para o outro em frente ao apartamento. Eles ficaram surpresos em vê-lo — Carney ficou alarmado, Elizabeth feliz.

— Freddie — disse Elizabeth. — Quanto tempo.

— Como vai, madame? — Freddie abraçou Elizabeth, fazendo uma cena como se tivesse que desviar do barrigão dela. Carney estava com May no colo e Freddie deu um beijo na bochecha dela. A sobrinha olhou para ele com as pálpebras pesadas.

— Não quero acordar ela — disse Carney.

O rosto de Freddie estava preocupado.

— Eu não sou o bicho-papão — disse ele.

— Vou levar as meninas pra cima — afirmou Carney. Enquanto a porta fechava, Freddie desapareceu. Quando tornou a descer, o primo estava do outro lado da rua, nos degraus de uma espelunca. Houve um incêndio — um drogado fumando na cama — e as manchas pretas da fumaça faziam um halo nas janelas vazias.

— Vi que as luzes do seu apartamento estavam apagadas e esperei. — Freddie deu uma olhada na rua e levou o Zippo trêmulo até o cigarro.

— Que foi?

— O Arthur morreu.

SETE

Às vezes a estrada parecia ali pertinho nos pensamentos dele: curvada e cheia de cicatrizes, levada embora pelas monções, a selva agarrando firme num verde escuro sufocante. Desintegrando. Malagueta ouvia os meninos cantarem:

> *Engenheiros têm pelo no ouvido*
> *Sobrevivem numa gruta*
> *Limpam o rabo com vidro moído*
> *São uns durões filhos da puta*

Ninguém sabia por que os soldados do Batalhão de Suprimentos se chamavam de *orelhas peludas* — mais tarde ele descobriu que todos os engenheiros do país usavam o apelido —, mas entendia a parte dos *durões filhos da puta*. Foi por ser um durão filho da puta que ele acabou na Birmânia.

Malagueta nasceu numa casa de madeira cinza na Hillside Avenue em Newark. Úmido do útero e trêmulo, ele bateu na mãe quando ela o ergueu para dar um beijo.

— Primeiro soco — disse ele para a mãe anos depois, cansado de ouvir a história. No trabalho dele, dar um murro de bom dia era uma exigência, e o aprendizado começou cedo.

Ele abandonou a escola na quinta série para trabalhar varrendo a Companhia de Manufatura de Celuloide. Na hora do almoço, sentava nas docas em cima de uma caixa de teclas pretas e brancas endereçadas à fábrica da Pianos Ampico e via as prostitutas entrarem e saírem do Hank's Grill, que nos fundos tinha um jogo de dados, duas máquinas caça-níquel e uma prostituta chamada Betty, conhecida por arrulhar poemas infantis depois do coito. Era a Grande Depressão e os tempos eram estranhos e Betty era mais estranha ainda. Ela tinha seus devotos.

Uma tarde, Malagueta finalmente atravessou a rua e as visitas de hora do almoço se transformaram em trabalho. Vários tipos de vigaristas davam moedinhas em troca de pequenos serviços, mandavam o menino para cortiços devastados para entregar bilhetes escritos em papel de açougue e envelopes que ele não podia abrir. Como se Malagueta se importasse com os esquemas; ele não estava nem aí. Gostava do dinheiro. As moedinhas se transformaram em rolos de notas depois que a puberdade aumentou sua estatura em trinta centímetros e ele começou a bater. Ele trabalhava como leão-de-chácara em boates de negros na Barbary Coast — o Clube Kinney e a Taverna Alcazar — e fez seu nome com socos inesperados e tapas com as costas das mãos que deixavam o sujeito tonto. Os donos imploravam que ele se vestisse melhor, mas Malagueta se manteve fiel ao seu uniforme de macacão e camisa de manga curta. A camisa presa por dentro se quisesses parecer arrumado.

Malagueta não ia à igreja. Ele era seu próprio sermão. Na quinta vez em que espancou um homem até deixar o sujeito inconsciente, o juiz determinou que ou era cadeia ou ele se alistava para o esforço de guerra. Campo de treinamento e um dormitório no USS *Hermitage*. O juiz recebia uma comissão para cada um que mandava para a guerra.

Durante o caminho, Malagueta e os outros soldados negros comiam biscoitos duros e feijão no porão imundo enquanto os brancos recebiam rações adequadas lá em cima. Eles tomavam banho em água do mar, e Malagueta xingava o tempo todo, sem suspeitar que ia sentir falta desse luxo quando estivesse no meio da lama. Havia soldados negros que queriam matar nazistas e japoneses e que estavam irritados por terem sido colocados atrás das linhas. Malagueta, de sua parte, ficava mais confortável onde ninguém estava olhando, os lugares de passagem, fosse um beco que separava uma igreja de uma série de botecos ou algum lugar no mapa de que ninguém tinha ouvido falar, como o Passo Pangsau, nas montanhas Patkai. Difícil achar algo que se encaixasse melhor na definição de um lugar de passagem do que uma estrada que ainda não existe, difícil encontrar um trabalho mais perigoso do que criar uma linha de suprimentos entre a Índia e a China. Uma coisa era acreditar que o mundo era indiferente e cruel, outra era ter a prova disso todos os dias nas encostas traiçoeiras das montanhas, nas gargantas e ravinas famintas, na miríade de traições da selva. Só um Deus preguiçoso podia deixar tão manifesta a maldade das coisas.

Nenhum dos meninos negros tinha visto algo como aquilo. O batalhão estava lá para restabelecer uma rota até a China depois da invasão japonesa na Birmânia, para conjurar uma estrada do nada, abrir pistas de pouso para que fossem lançados equipamentos, criar quilômetros e quilômetros de dutos de combustível. O equipamento de segunda mão era uma piada — picaretas quebravam nas mãos deles, tratores tremiam e chacoalhavam enquanto os oficiais brancos olhavam. Mas os nativos, os trabalhadores braçais birmaneses e chineses tinham equipamentos de terceira mão, e sendo assim era de se dar graças a Deus pela sorte. Sete dias por semana, dia e noite — horário de puteiro. A estrada matava um homem a cada quilômetro e meio, era o que diziam, e quando a cota não era preenchida, a selva compensava com sobras. Malária, tifo. Na hora de encerrar o turno, deslizamentos levavam embora todo o trabalho do dia e por vezes também alguns homens. Enterravam os corpos caso conseguissem encontrá-los.

Na noite do terremoto, Malagueta achou que o Diabo estava vindo levá-lo embora, mas depois lembrou que não acreditava no Diabo nem nos lá de cima, e voltou a dormir.

Em casa, ele tinha dois inimigos constantes: os policiais e o azar. No batalhão de suprimentos, encontrou contrapartes para isso no comando, cujas operações estúpidas eram planejadas para destruí-lo, e na selva, com sua sede de sangue aleatória. Faça o trabalho, sobreviva ao dia; ele estava acostumado a viver assim, e agora todos os outros tinham que fazer o mesmo. Trabalhar e dormir. Não havia bordéis, nada de jogos de dados valendo alguma coisa, ninguém que valesse a pena espancar até desmaiar. Nada para fazer a não ser reclamar, fumar maconha e tirar sanguessugas dos testículos. As sanguessugas eram mitológicas. Como estar em casa de novo, Malagueta disse aos companheiros de beliche enquanto colocava o Zippo em um espécime particularmente grande. Isso foi na época em que ainda contava piadas. Ninguém riu porque eles estavam todos infelizes ou porque acharam que ele estava falando sério. A maior parte da unidade era composta por aqueles meninos burros do interior.

Ele não chegou a ver combate, mesmo assim cometeu seu primeiro assassinato. A cinquenta quilômetros de Mongyu, um novo grupo de trabalhadores nativos chegou, birmaneses que trabalhavam duro para substituir aqueles que a selva engolira. Basicamente eles ficavam no acampamento depois que o trabalho se encerrava, mas havia um rapaz de traços delicados que ficava andando para um lado e para outro, sempre no meio do caminho. Ele disse que queria aprender inglês. Um grupo de oficiais brancos gostava de ficar provocando e mexendo a língua para ele. Não era o primeiro homem afeminado que Malagueta havia visto — havia um prostíbulo na Warren Street que atendia clientes com essa inclinação. O birmanês só abordava os soldados brancos para treinar, como se os resmungos dos negros tivessem um idioma diferente. (Tinham e não tinham.) À medida que as semanas passavam, aqueles oficiais continuaram pegando no pé dele, fazendo barulho de beijinhos e zombarias. O sujeito só sorria e fazia um aceno lento, servil, com a cabeça, baixando seus olhos tristes.

Não havia dúvida de quem tinha espancado o sujeito. Numa noite escura no fim do período das monções, Malagueta foi fumar um pouco de maconha no Pátio — era assim que eles chamavam a área onde ficavam os tratores e guindastes quebrados, como se aquilo fosse um estacionamento de verdade. Ninguém por perto. Nunca tinha ninguém por perto quando Malagueta era testado, e ele não era do tipo que falava sobre coisas que disse ou fez, por isso o que aconteceu a seguir se juntou aos outros itens de seu sombrio caderno de lembranças. Os miolos do sujeito estavam espalhados na lama quando Malagueta o encontrou. As calças na altura dos joelhos. Se houvesse um hospital para trabalhadores nativos, talvez ele o tivesse levado lá. Se alguém pudesse ser responsabilizado, talvez ele tivesse relatado. Se um soldado branco diz que alguém é espião dos japoneses, pode fazer qualquer coisa sem ser punido.

Bolhas vermelhas se enchiam e estouravam nas narinas do birmanês enquanto ele engasgava. Malagueta colocou uma mão firme na boca do sujeito e fechou bem o nariz, depois colocou um joelho sobre o peito quando ele começou a resistir. As mãos de Malagueta estavam calejadas pelo trabalho na estrada. Ele não sentia nada da pele do homem, como se estivesse usando luvas grossas de borracha.

Você ouve as pessoas dizerem, "Ah, quando nosso menino voltou da guerra ele estava *mudado*". A guerra não mudou Malagueta, ela o completou. Ele se perderia em grutas diferentes e mais escuras quando voltasse aos Estados Unidos e desse início de verdade à sua carreira.

A chuva lavou o sangue do birmanês das mãos dele. No acampamento, a Rádio das Forças Armadas anunciou o placar do jogo entre Dodgers e Giants a treze mil quilômetros de distância. Lá onde estavam as pessoas normais e suas distrações. O mundo normal continuava girando quando ele estava fazendo coisas erradas e quando voltou como se nada tivesse acontecido. Esse truque à la Houdini.

Os Dodgers estavam jogando contra Cincinatti quando ele soube do Arthur.

Estava no Donegal's, na Broadway. Sexta à noite, três dias depois do assalto. Todo mundo sentado ouvindo o jogo. Que tipo de aberração torcia para os Dodgers no estádio dos Giants? Os Dodgers deixarem o Brooklyn para ir para Los

Angeles era um crime, e torcer para o time desertor tornava você um cúmplice, mas criminosos e cúmplices compunham a maior parte da clientela do Donegal. Uma tendência à irregularidade moral te tornava regular. Malagueta estava sentado num banco de mogno no mar com os delinquentes, ladrões e cafetões de costume. De ouvidos atentos para ver se escutava algo sobre o assalto ao Theresa.

Banjo, um trapaceiro que dizia ter sido o primeiro homem a roubar um carro na "Ilha de Manhattan", entrou mancando e anunciou que alguém tinha apagado Arthur. O jeito de andar era cortesia do time de assaltantes, que se decepcionou por Banjo soltar o cachorro neles na última vez em que foram pegá-lo. Uma decepção em forma de pé-de-cabra.

Banjo colocou a boina xadrez sobre o coração em homenagem a Arthur. O ladrão era conhecido, tinha fãs entre esses fãs dos Dodgers. Serve uma aqui em homenagem ao Jackie Robinson do arrombamento de cofres. Malagueta tomou sua cerveja e foi andando até o lugar onde o morto tinha caído. Oitava entrada, seis a um para os Dodgers.

Em frente ao prédio de Arthur na 134, duas viaturas policiais estavam com as luzes girando; vermelho e branco sobre os rostos de quem estava olhando. Nenhuma razão para o giroflex — os policiais estavam à espera do rabecão —, mas eles gostavam de demonstrar poder. Como se os brancos não passassem o dia todo lembrando essas pessoas do lugar delas. No trabalho, no banco dos brancos, na mercearia enquanto o caixa explicava que o crédito tinha acabado. Malagueta abriu caminho pela multidão até chegar na frente. Cenas como essa atraíam gente, matavam o tempo, especialmente em noites quentes, em que nada acontecia. Um dos policiais — um branco de rosto redondo — notou Malagueta e o inspecionou rapidamente. Malagueta encarou o policial e ele voltou a atenção para seus sapatos pretos engraxados.

Malagueta soube do resumo pelo bêbado cambaleando ao lado dele. Se quiser saber o que está acontecendo, pergunte para o bebum da rua. Eles veem tudo, e depois o álcool põe tudo aquilo em conserva, mantém fresco para depois. O bebum disse que um sujeito chamado Arthur — "tem cara de professor" — foi baleado na cama. A dona do lugar viu a porta aberta e ligou para a delegacia. "A cabeça explodiu igual um melão que caiu do carrinho." O bêbado fez um som evocativo de *splat*. A dona da casa era uma mulher bacana, ele acrescentou, sempre dava um oi simpático não importava o quanto ele estivesse torto.

— Que pena — disse Malagueta ao bêbado. Era péssimo, além de não saber onde a porcaria do dinheiro estava. Gostava de Arthur, do jeito que ele esfregava as pontas dos dedos enquanto pensava, como se estivesse prestes a socar um cofre. Depois que o grupo foi encontrar o dono da loja de móveis na noite anterior, ele e Arthur foram tomar uma. O arrombador ficou falando da sua fazenda. Lá no campo. "Vou comprar um cavalo e umas galinhas." Quando chegasse o Dia do Trabalho, Arthur disse, e o calor baixasse, ele queria voltar à Móveis Carney e falar com o sujeito sobre mobília. "A gente não vai falar uma palavra sobre o assalto do Theresa. Não vamos nem admitir que nos conhecemos. Só um vendedor e alguém querendo comprar algo. Só: esse é confortável? Vai durar?" Ele ergueu o copo para brindar à ideia.

Compra terras, aí bate as botas aqui na cidade. Queria terra, agora vai ficar embaixo dela. Mais provas para a filosofia de Malagueta quanto a fazer planos. Quem já ouviu falar de um bandido criando galinhas? É pedir pra Deus castigar pelo atrevimento. Veja a estrada, por exemplo. Três anos para construir, centenas de homens mortos, e aí os japoneses se rendem um mês depois. Aquilo só servia para a guerra, e quando a guerra acabou a selva invadiu tudo de volta. O que aquilo era agora? Uma faixa de entulhos no meio da lama.

Quando Malagueta acordou na manhã seguinte, o calor estava de matar e eram só sete da manhã. Uma boa noite para uma caça. Caçar um rato, descobrir um dedo-duro — fazia algum tempo que ele não fazia isso. Malagueta gostava do calor, que fazia as fuinhas correrem para varandas e para as sombras. Além do que hoje ele ia estar motorizado. Esperou Carney aparecer do lado de fora da loja de móveis e depois passou para os esconderijos prováveis, os prédios de fachada e as espeluncas e as garçonnières dessa caçada.

O calor transformou o Harlem em uma fornalha. Malagueta estava no banco do passageiro.

Encontrou Carney quando ele destrancava a porta da frente da loja de móveis, cumprimentando-o com "Sr. Comerciante". Carney deu um pulo, em alerta desde a visita de Freddie na noite anterior. As chaves em sua mão um talismã do mundo perdido, do mundo normal. Todo mundo sabia onde encontrar Carney — um dos problemas de ter seu nome em letras de sessenta centímetros de altura na rua 125. Os homens de Chink Montague, aquele delinquente. Freddie tinha todos os endereços dele e nos últimos três dias aparecera sempre com más notícias. Carney jamais tinha pensado muito sobre sua acessibilidade, mas agora reconhecia que era um risco no ramo do crime.

Miami Joe entendia isso. Ninguém sabia onde encontrá-lo.

— Eu quero falar com aquele crioulo — disse Malagueta a Carney depois de cumprimentá-lo. — Você dirige.

— Não posso — informou Carney.

— Você sabe dirigir, tem aquela caminhonete.

Carney apontou com o polegar para a loja.

— É pra isso que o seu funcionário serve, não? — disse Malagueta. — Você é o chefe.

Sim, Ferrugem podia abrir a loja e cuidar dos negócios. Dois minutos depois Carney e Malagueta estavam na picape Ford.

— Para o norte — disse Malagueta. Ele colocou no banco ao lado uma caixa de aço onde levava o almoço. Só mais um dia de trabalho. — O seu primo te contou o que aconteceu com o nosso amigo. — Dito como a afirmação de um fato.

— Para o norte onde? — perguntou Carney. Como se não reconhecer o assassinato de Arthur pudesse deixar o homem vivo por mais um tempo.

— Eu vou descobrir. Nessa direção por enquanto. — Malagueta abaixou a janela para sentir uma lufada de ar quente no rosto.

Contou sobre o Donegal's e sobre a cena na frente da espelunca de Arthur, que se desmanchou quando uma garrafa de refrigerante explodiu num carro da patrulha e fez quem estava em volta olhando sair em busca de refúgio. Garotos no telhado do outro lado da rua, provocando os policiais.

— A gente chamava isso de "fazer uma blitz" — disse Malagueta.

— Eu sei — disse Carney.

Ele tinha treze anos nos motins de 1943. Um policial branco atirara em um soldado negro que interveio na prisão de uma mulher negra que tomara umas a mais. Por duas noites o Harlem fervera. O pai dele fora "fazer compras" e voltara com roupas novas para os dois. Fazer compras pisando no vidro quebrado da vitrine sem precisar de ajuda do vendedor. Ele usou aquele chapéu até morrer, cor de chocolate com uma pena verde na borda, que ajeitava sempre que saía de casa. Carney ficou muito grande para as calças e para a blusa antes disso. Até então, sempre que passava pela T.P. Fox ou pela Nelson's, ele se perguntava se o pai tinha tirado as roupas dos manequins.

— Bons tempos — disse Malagueta. Jogar bombas nos policiais lá de cima. Ele deu uma risadinha e ficou com um olhar melancólico, lembrando alguma travessura. Carney reconheceu o olhar de seu pai. — E aí o seu primo Freddie apareceu — continuou. — Será que foi o Chink? Será que ele sabe de nós, ou o Arthur foi pego por outro problema com um velho conhecido? Eu disse para o Freddie ir pegar você e fui encontrar o Miami Joe. Mas aquele crioulo está tentando ser o Houdini.

Eis a origem daquela excursão matinal de sábado. Freddie provavelmente ainda estava dormindo depois de fugir às pressas para o Village. Ele aparecera no apartamento de Carney, com os nervos em frangalhos, e, depois de dar a notícia sobre Arthur, foi pegar o metrô. Com medo demais para ir ficar na casa da mãe — e se eles estivessem de tocaia lá? Freddie tinha essa namorada loira na Bank Street, uma aluna da Fordham que flertou com ele uma noite no Vanguard. Da primeira vez que ele levou a garota para sair, ela perguntou se ele tinha um rabo. O pai dela havia contado histórias sobre negros e rabos de macacos.

— Eu mostrei uma outra coisa pra ela, posso te garantir.

Freddie estava em segurança ou não, no sul da cidade em um bairro diferente com seus perigos diferentes. Carney voltara para o apartamento — será que devia pegar as meninas e sair da cidade? Duas vezes ele tinha ido de carro para New Haven para uma feira de trocas e sabia que existia um hotelzinho de beira de estrada no caminho. Sempre que via o lugar, brincava consigo mesmo que, se um dia precisasse fugir, era para lá que ia. TV A CORES PISCINA CAMA VIBRATÓRIA. Agora parecia menos engraçado, pensando que ele ia ter que explicar tudo para Elizabeth.

A falta de sono deixava Carney meio dormente ao volante. Malagueta disse:

— Salão de bilhar Grady, na rua 145. — E explicou a situação. Se fosse Chink Montague que estava atrás deles, era uma coisa. — Mas se o Miami Joe estava fazendo jogo duplo, aí a história é bem diferente — completou. — Com quem está o butim?

De um jeito ou de outro, Carney agora era parte do time e tinha que fazer a parte dele, na opinião de Malagueta.

Carney apertou o volante, soltou, apertou mais forte. Ao longo dos anos, esse ritual fazia parar os tremores quando ele ficava ansioso.

— A merda da caminhonete é assombrada — disse ele baixinho.

— Como é?

— Rua 145 — disse Carney.

Se queriam uma pista de onde Miami Joe estava, eles tinham que falar com algumas pessoas. Malagueta não conhecia Miami Joe muito bem, os dois se conheceram quando Miami o abordou no Baby's Best e disse que tinha um trabalho que o outro não ia querer perder.

— O Baby's, você vai sempre lá? Qualquer coisa que comece lá termina no chiqueiro. — Malagueta devia ter sabido que aquilo não ia terminar bem, ele disse. Ele bateu na caixa com o almoço.

Primeiro pararam num bilhar na Amsterdam. Carney passara a pé por aquela quadra várias vezes e era impossível que nunca tivesse visto o lugar, mas lá estava com as janelas cheias de fuligem e uma placa antiga: Salão de Bilhar Grady. Mais velho do que ele. Malagueta fez Carney esperar no carro. Carney pensou que tinha ouvido um barulho alto, mas uma série de buzinas — um sedã verde parado no sinal — encobriu o ruído. Malagueta saiu, limpando sangue em seu macacão azul-escuro. Sentou de volta no banco do passageiro e abriu a caixa de almoço. Lá dentro havia um sanduíche de ovo em papel impermeável, uma garrafa térmica desbotada e um revólver. Ele não disse nada enquanto comia metade do sanduíche e tomava café.

— Três quadras adiante tem outro cara — disse ele, por fim.

A segunda parada foi uma dessas mercearias porto-riquenhas. Carney pegou uma vaga em frente que permitia ver o interior. Malagueta ignorou o sujeito no caixa e desapareceu passando pela porta de Entrada Exclusiva para Funcionários nos fundos. Ele saiu fazendo que sim com a cabeça um minuto depois. Nem ele nem o sujeito no balcão registraram a presença um do outro.

Depois disso foram a uma barbearia — Carney não conseguia enxergar de seu ângulo, mas viu cinco fregueses saírem depois que Malagueta entrou — e a outro bilhar em que Carney nunca tinha reparado. Lugares da cidade de Malagueta que não faziam parte do seu mapa.

— Vamos para o bar da Mam Lacey — disse Malagueta. — Sabe onde é?

Carney tinha ido muito lá; era um dos favoritos de Freddie. Um dos favoritos dele também, por causa da dona, a gregária Lacey, uma mulher grande e feliz que sabia tudo que os clientes bebiam e conhecia suas preferências. O lugar dela era atrás do decrépito balcão, construído com velhas caixas de madeira de cereais, onde ela sussurrava ofertas com eufemismos demais para que Carney, careta que era, conseguisse decifrar. Moças nos quartos do andar de cima, narcóticos. Ele recusava com um "Não, muito obrigado, senhora", e ela piscava: *Um dia, meu rapaz...* Mas o lugar estava fechado havia anos depois de um tiroteio. Ou uma briga de faca. Sempre havia novos bares abrindo em porões.

A doença se originou no Mam Lacey e se espalhou. A quadra residencial sempre foi convidativa e organizada nos velhos tempos, rua para as crianças jogarem bola e bem arborizada. Agora os vidros do Lacey estavam estilhaçados, os dois prédios ao lado tinham os mesmos sintomas, com tábuas fechando as janelas e desabitados, e os dois outros prédios em volta desses pareciam inacabados. Carney franziu a testa. "Praga urbana" era uma descrição adequada; saltava de um lugar para outro como percevejos.

— Você vem junto — disse Malagueta. Ele acenou para Carney enquanto olhava para as janelas escuras do apartamento no porão.

Corra e suma. Pegue as meninas e suma.

Malagueta ia caçá-lo mesmo que ele estivesse a noventa por hora.

Carney tirou a chave da ignição.

A sala fedia a cigarro e charutos nos dias de glória, e à cerveja barata e álcool de baixa qualidade encharcando as tábuas do piso, mas o fedor agora era outro registro de sujeira. O grande sofá onde Carney sentava com seu drinque e balançava a cabeça ouvindo as excentricidades dos outros fregueses agora estava estripado e coberto de manchas nojentas, e o tampo do balcão de caixas de cereais era um altar de adoração dos drogados. Colheres empretecidas, papel amassado, cilindros vazios. Dois sujeitos esquálidos dormiam no chão, sujos e esfarrapados. Eles nem se mexeram quando Malagueta os rolou para ver os rostos.

— Eu vinha aqui — disse Carney.

— Era um lugar bacana — disse Malagueta.

Ele foi na frente até um jardim, passou por uma pequena sala cheia de lixo, e pela cozinha, onde Mam Lacey fritava frango a noite toda. A única coisa que havia ali hoje era miséria. Carney colocou as mãos nos bolsos para que não tocassem em nada. Respirou pela boca e ficou feliz quando eles saíram pelos fundos, chegando novamente à luz. O jardim estava cheio de mato e era assustador. Uma estátua alta de um anjo estava quebrada em duas. As pernas saíam de um monte de ervas daninhas, asas brancas apontando para lá e para cá. Encostado na parede dos fundos havia um banco de pedra. Um homem dormia nele, com um cobertor de lã, apesar do calor.

Malagueta acordou o sujeito com um tapa.

— Julius.

O sujeito se mexeu, sem se surpreender com a intrusão. Carney o reconheceu — o filho de Lacey, o adolescente que tirava os copos vazios das mesas e acendia os cigarros das mulheres. Alegre e cheio de energia nos velhos tempos, assim como o irmão mais novo dos clientes que morava no interior e se maravilhava com as histórias que ouvia sobre a cidade. Naquela luz de quase meio-dia, ele parecia mais velho que Carney.

— Acorda, Julius — disse Malagueta. — Estou procurando o seu amigo Miami Joe.

Julius sentou e bateu nos bolsos procurando algo. Ele apertou os olhos vendo o jardim à sua volta.

— Estou falando com você — disse Malagueta.

Julius puxou o cobertor para que ficasse em volta do pescoço e fechou a cara.

— Eu não sou confiável — disse. As palavras saíam amargas de sua boca; passou a língua pelos dentes para tirar o gosto. — Ele não me deixa ir com ele mais.

— Eu sei disso — disse Malagueta. — Eu quero saber onde aquele crioulo dorme.

— O Miami Joe é ocupado demais pra dormir...

O tapa de Malagueta ecoou pelos quintais da 145 entre a Oitava e a Sétima Avenida. Uma janela se abriu a alguns prédios de distância. Malagueta nem olhou. A janela fechou.

Carney se lembrou do garoto como era não muito tempo antes: banguela e sorridente. Ele disse:

— Precisa disso?

Malagueta o olhou — um olhar de aço frio — e se voltou para o inútil do filho de Mam Lacey.

— A sua mãe mantinha um lugar bacana — disse ele.

— Eu devia ter entrado para a Marinha — disse Julius.

A mãe dele morre, Carney pensou, Julius assume o lugar e em vez de ouvir as histórias de crime dos fregueses, decide participar. Uma coisa leva a outra. E os quartos do andar de cima, as meninas que trabalhavam lá? O que vivia nos quartos hoje?

— Onde ele dorme? — perguntou Malagueta.

Julius disse:

— Eu perguntei se ele estava preparando alguma coisa, e o Joe disse que ele não ia mais me levar junto se eu estivesse assim. Bons tempos aqueles... — Sua voz foi diminuindo. Então as costas da mão de Malagueta o fizeram acordar. — Ele está naquela espelunca na esquina da 136 com a Oitava, aquela com a placa velha de médico na frente. Terceiro andar...

Depois disso, ele ajeitou uma ponta do cobertor e a transformou num travesseiro. Carney olhou para trás enquanto tornavam a entrar na casa. Julius estava inconsciente de novo, aninhado em seu esconderijo de narcóticos.

Na rua, Carney girou a chave.

— Ele era um menino feliz.

— É desses que você precisa cuidar — disse Malagueta. — Eles precisam correr muito atrás se começam tarde.

A velha caminhonete deu um tranco como sempre fazia, e depois disso eles saíram. Julius tinha herdado uma casa e um bar ilegal, Carney herdou essa caminhonete Ford. Ele não viu muito o pai depois que saiu da Queens College. Mike Carney tinha ido morar com Gladys no Bed-Stuy e fez do Brooklyn sua área de caça. Carney estava trabalhando no departamento de móveis da Blumstein's e economizando dinheiro em uma meia dentro de uma bota debaixo da cama. Economizando para quê, ele não sabia.

Então veio a tarde em que Gladys apareceu na loja de departamentos para contar que o pai dele tinha sido morto pela polícia.

— Tem alguém aqui para falar com você.

O pai dele entrara numa farmácia para roubar um xarope contra tosse, um remédio forte que os drogados gostavam.

— Você ainda trabalha aqui — disse Gladys.

— Estou trabalhando para subir na vida — afirmou Carney. No inverno anterior tinham dado a ele um turno com a roupa de Papai Noel, uma marca de aprovação da Blumstein. O Papai Noel que fazia a função havia anos tinha começado a beber e estavam dando uma lição nele. *Não dá pra ter na cara dos filhos dos clientes alguém com bafo de pinga.*

— "Trabalhando para subir na vida", foi o que ele disse.

— Gladys era uma jamaicana roliça com um sotaque forte, doce. O pai dele sempre gostou de mulheres das Índias Ocidentais. — Manhattan também é uma ilha, então imagino que a gente tenha muito em comum. Ainda que eu não entenda metade do que eles dizem.

Carney não conseguiu se forçar a perguntar detalhes para Gladys. Morto pela polícia — era assim que ele sempre suspeitou que o pai ia deixar esse planeta. Morto pela polícia ou por outro bandido. O dia em que pegou a caminhonete do pai foi a última vez em que ele viu Gladys. Ela se atirou uivando sobre o capô como se fosse o caixão dele. Dois sujeitos que moravam na mesma quadra tiveram que tirar Gladys dali.

Carney estava com a caminhonete fazia mais de um ano quando passou por cima de um prego na Lenox Avenue. Ele foi pegar o estepe. E assim encontrou o dinheiro. Trinta mil dólares em espécie. Um estepe que era um banco. Se tivesse vendido a caminhonete, jamais teria descoberto. Era a cara do pai, fazer com que ele merecesse o dinheiro. Três meses depois, Carney assinou o aluguel da rua 125.

* * *

A companhia de Carney estava contente, virando o pescoço para conferir as bundas das beldades do bairro e narrando os trajetos delas pelas avenidas.

— Aqui é bom de comer frango — disse Malagueta. — Já comeu aqui?

O sangue no jeans dele tinha secado numa mancha escura, óleo ou sujeira visto de longe. Malagueta estava no banco do passageiro, mas era ele quem dirigia.

Disse que queria parar para almoçar *chop suey* no Jolly Chan's. O dono o conhecia e deu a eles uma mesa no canto, perto da janela. Tinha um aquário com água esverdeada perto da porta da cozinha. Algo se movia lá dentro. Dragões vermelhos-e-alaranjados se contorciam no papel de parede, se agitando como nuvens.

Eles não falavam muito e o estômago de Carney estava com muita azia para aceitar comida. Malagueta também estava preocupado e só comeu metade do prato. Ficou sentado de um jeito que pudesse ver a rua.

— O que te fez querer vender sofás? — perguntou ele, mexendo na comida.

— Eu sou um empreendedor.

— Empreendedor? — Malagueta pronunciou a última sílaba com um ô. — Isso é só um vigarista que paga imposto.

Carney explicou que recebeu uma dica sobre uma loja de móveis que estava fechando. O inquilino tinha fugido no meio da noite. O aluguel era barato. Era uma barganha. Carney estava nervoso e ficar tagarelando impedia que observasse o rosto de pedra de Malagueta. O que passava pela cabeça dele? Dava na mesma falar com uma calçada. Carney mencionou fragmentos de suas aulas de administração sobre a logística de assumir uma empresa falida. Manter ou cortar relações com fornecedores, como evitar assumir passivos. O sofá no porão, por exemplo. Estava lá, aquele problema herdado, e ele teve que descobrir como lidar com aquilo.

Malagueta disse:

— Não importa como chegou lá. O ponto é como resolver. Um machado resolve. Fogo e um fósforo também.

Carney tomou um gole de água.

— Se bem que já me disseram que às vezes sou rápido demais para pegar o galão de gasolina. — Malagueta fez um gesto para pedir a conta e jogou catchup no que não comeu. — Pro Chan não poder servir isso pro próximo cliente.

Malagueta tinha um tipo diferente de cérebro.

— De onde você é, cara? — perguntou Carney.

— Nova Jersey — disse Malagueta, como se fosse a pergunta mais estúpida que já tinha ouvido.

Os biscoitos estavam velhos e a sorte não era muito promissora.

A placa do médico do lado de fora da espelunca não estava mais lá; as duas correntes de metal penduradas no cano de metal. Carney foi junto com Malagueta sem que ele pedisse. A porta da frente estava destrancada. O dono do lugar, um gnomo de cabelos brancos, estava varrendo a entrada. Ele desviou o olhar quando viu Malagueta entrando. A essa altura Carney estava acostumado com o efeito que o homem tinha nas pessoas.

— Terceiro — disse Malagueta. Os pisos rangeram durante toda a subida. Como se um gigante tivesse sacudido bem o prédio e depois colocado de novo no lugar, bem comprimido.

Ninguém respondeu quando Malagueta bateu das primeiras duas vezes.

— Sim?

— É o Malagueta. E o Carney.

— Não conheço nenhum Malagueta. Nem calabresa. Vão em frente.

Não era a voz do Miami Joe. Esse cara parecia ter lido um livro em algum momento da vida.

Malagueta passou o dedo pelo batente, testando, depois chutou a porta.

Os moradores alugavam os quartos mobiliados, Carney supôs, pela mixórdia de estilos representada. O velho sofá Morgan dos anos 1930, antes de a empresa falir por pegar o estofamento de colchões velhos e sujos; a escrivaninha arranhada de pinho; e a mesinha de centro de compensado que parecia que tombaria se colocassem um cinzeiro em cima. Se enterrar aqui por semanas ou meses e depois passar para a próxima aventura. Enquanto isso a mobília manchada circulava de um quarto para o outro, por dois dólares por semana podemos arranjar uma cama se você precisar, e se você precisar de mais uma luminária podemos dar um jeito também.

O homem no quarto se encaixava no perfil, braços esqueléticos e barrigudo, com óculos pretos grossos, usando camiseta de dormir e cuecas amareladas, perdido diante desses estranhos.

— Por que fazer isso? — perguntou ele, apontando para a porta arrombada.

— Procurando o Miami Joe — disse Malagueta.

— Você tem olhos, ele não está aqui.

O sujeito disse que seu nome era Jones e que conhecia Miami Joe da Flórida. Estava aqui numa viagem de vendas e Miami Joe disse que ele podia dormir no chão. Não ia ficar muito tempo por ali, ou pelo menos foi o que ele disse para o Jones.

— Vendendo o quê? — perguntou Malagueta.

— Se você deixar eu mostro...

Jones foi pegar a pasta no pé da cama. Os lençóis tinham a silhueta vaga e suja de uma forma humana.

Malagueta sacou o revólver.

— Ele pode fazer isso.

Carney abriu as travas da surrada pasta azul. A mercadoria de Jones estava acomodada em bolsos acolchoados, frascos de um líquido de cor escura. Carney olhou um deles contra a luz da janela, pó girando à luz do sol: ÁGUAS VIRIS.

— Bacana, hein? — disse Jones. Ele se encostou na maltratada mesinha de cabeceira, cuja superfície estava coberta por manchas de queimado marrons feitas por cigarros que lembravam um enxame de baratas. — Eu sou fornecedor certificado de tônicos masculinos — Jones continuou —, seja para ajudar nos deveres conjugais ou para que a barba cresça.

— Cacete, eu tenho as minhas raízes — disse Malagueta.

Jones se virou para Carney.

— E o senhor? Tenho certeza que a sua esposa ia gostar de ver a sua nova empolgação. O senhor já ouviu falar de chama da paixão? Vai lhe dar o incêndio da paixão.

Antes que Carney pudesse responder, Jones estendeu a mão na direção da gaveta de cima da mesinha de cabeceira. Malagueta chutou a gaveta com a mão dele lá dentro. Carney derrubou as Águas Viris e o frasco quicou no chão de taco, mas não estilhaçou. A única coisa que quebrou foram os ossos da mão de Jones, pelo barulho. Ele caiu no chão e uivou.

Malagueta colocou a bota no pescoço do vendedor. E disse para Carney checar a gaveta. Lá dentro havia uma faca de caça enferrujada e alguns cartões de um clube de homens no Bronx.

— Eu não sei quem vocês são — disse Jones. Sem óculos ele parecia uma toupeira. — O Miami Joe anda com uns malucos.

— Quando ele volta? — perguntou Carney.

— Não volta... ele se mudou ontem — disse Jones. — O quarto está pago até o fim do mês.

— Pra onde? — disse Malagueta.

— Ele disse que estava com saudades de casa.

— Voltou pra Miami? — disse Carney.

— Nunca ouvi chamarem aquele crioulo de Chicago Joe — disse Jones.

— O que você acha? — perguntou Carney a Malagueta quando voltaram para a caminhonete. Tinha um calombo no bolso. Em algum momento ele pegou uma das poções de Jones.

— O Miami Joe está tramando alguma coisa sinistra, certeza — disse Malagueta. — Mas será que ele apagou o Arthur, ou será que o Chink matou o Arthur e depois o Miami Joe? A gente só sabe que ele está no Mount Morris Park.

Com o rosto estraçalhado, acrescentou Carney. Não queria saber onde estavam o dinheiro e as pedras. Queria saber se ia dormir tranquilo naquela noite.

Malagueta decidiu.

— Não, foi o Miami Joe. Ele matou o Arthur e pegou a grana.

— Eu tenho que voltar — disse Carney.

— Claro.

Eles dirigiram duas quadras em silêncio, e então Malagueta disse:

— Você ainda tem aquele olhar pensativo.

— O quê?

— A gente se conheceu, muito tempo atrás — disse Malagueta. — Com o seu pai naquele lugar que vocês tinham antigamente na 127. "O Montgomery" esculpido na frente do prédio. Parecia chique. Na época.

Eles estavam em um semáforo atrás de um caminhão de gasolina.

— Não era chique — disse Carney.

— Eu disse que parecia.

— Você conhecia meu pai?

— Big Mike Carney? Quem fazia esquemas no Harlem conhecia o Mike Carney. A gente fez muita coisa junto. Ele era bom.

— Bom?

— Você ficou com a caminhonete.

— Ele deixou pra mim.

Malagueta bateu no painel.

— Ainda funciona.

Talvez ele perguntasse sobre o pai em outro momento. Agora, tentou imaginar um jovem Malagueta no antigo apartamento e ficou se perguntando se ele era um dos caras que levava brinquedos, e se o brinquedo barato quebrara nas mãos dele depois de cinco ou dez minutos.

OITO

Ferrugem era um sujeito que obedecia às leis, mas não morria de amores por seus representantes mortais: xerifes e seus funcionários no lugar de onde vinha, policiais e detetives aqui. Quando a Ku Klux Klan queimou o mercadinho do pai dele — a loja atraía uma clientela variada, e portanto ficava com clientes da Myrtle's na Main Street —, o xerife disse que talvez eles tivessem que pensar duas vezes antes de reabrir. Ele cuspiu saliva com tabaco nas cinzas e pareceu entediado. Provavelmente foi a mão dele que jogou a gasolina. Os pais e a irmã dele se mudaram para Decatur, e Ferrugem se mudou para Nova York. A mãe dele tinha apelidado o menino de "Predestinado" quando era bebê e quando ele subiu no ônibus interestadual rumo ao norte, ela disse: "Viu, eu te falei". A polícia por ali era do mesmo tipo, mas o Harlem era tão grande e frenético que Ferrugem imaginava que eles não tinham tempo para assediar todo mundo do jeito que gostariam. Eles tinham que dar uma distribuída no assédio, o que era ótimo para Ferrugem. O detetive que parou na loja de móveis naquela tarde nem teve tempo de oprimir direito. Assim que Ferrugem informou que Carney não estava, ele foi embora.

— O que ele queria? — perguntou Carney. Tinha voltado para o escritório depois de dar carona para Malagueta e estava com o humor meio azedo.

Ferrugem deu o cartão do detetive para Carney. Detetive William Manson, 28º Distrito. Arthur alertara Carney que algum policial que estava no bolso do Chink ia fazer uma visita. Para sondar sobre o Theresa, mas também podia ter a ver com algum produto à venda. Ele forçara a sorte e agora o oposto da sorte estava dando as caras.

— O Freddie ligou?

— Não.

Ferrugem acrescentou que tinha feito uma venda grande naquela tarde, mas o outro não ouviu. Carney fechou a porta do escritório e ficou remoendo sua tarde com Malagueta, entre outros problemas, até a hora de fechar.

A porta do apartamento ficou presa no pega-ladrão — só Alma passava a tranca enquanto ele estava fora —, e Carney precisou bater na porta de seu próprio apartamento para entrar. Um vigarista de manhã e essa senhora à noite. Ele esperou. O casal estranho da porta ao lado tinha deixado um saco com alguma coisa nojenta no corredor, e as marcas e a sujeira da área comum estavam aparecendo mais do que o de costume. Às vezes o estrondo do trem passava pelas estruturas de aço e concreto, atravessando o prédio, e ele sentia o tremor nos próprios pés, como agora. Como tinha sujeitado sua esposa e a filha àquele lugar por tanto tempo?

Alma o olhou pela fresta por mais tempo do que ele achava que seria necessário, e essa foi a primeira coisa.

— A May caiu no sono na nossa cama — disse Alma. Elizabeth ficou por lá um tempo até que fosse seguro sair, ou então tinha caído no sono também. — Eu só estava limpando.

Carney tentou melhorar de humor. Ele se juntou à sogra na cozinha e começou a ajudar. Carne de panela e ervilhas para o jantar. Os dois ficavam cada um no seu canto da pequena cozinha, se apertando para passar um pelo outro e pedindo desculpas excessivas quando chegavam perto demais. Pelo silêncio, Alma tinha algo em mente e estava excepcionalmente reticente em contar o que era. Essa foi a segunda coisa.

Carney disse:

— Deu uma diminuída no calor.

— Está tão quente — disse Alma. Ela esfregou os pratos de louça branca com o pano xadrez branco e vermelho. O prato foi um dos presentes de casamento que ela deu para eles. Agora estava com marcas e lascado, com riscas pretas.

Carney esperou, como fazia quando um cliente agia de um jeito estranho. Tudo na loja era caro demais, ou a pessoa tinha entrado por um capricho e estava em busca de um pretexto para ir embora.

— O desmaio da Elizabeth esses dias — disse Alma. — Foi um susto. — Aquilo acontecera um dia antes. Por que não dizer *ontem*?

— Só mais umas semanas — disse Carney. Ele colocou com cuidado os talheres na pia para não fazer barulho.

— Leland e eu estávamos pensando — disse a sogra dele —, que tal se a Elizabeth ficasse com a gente até o bebê chegar? Com a recomendação do médico para que ela fique em repouso, tem sido difícil. O calor. — Aquele tom bondoso e gentil na voz dela. Ela nunca tentara vender algo e não tinha certeza de como fazer. — É confortável lá, e com você trabalhando na loja... Eu posso cuidar dela o tempo todo e você não precisaria se preocupar.

— É muito gentil da sua parte, mas a gente está bem.

— Ia ser mais fácil para a May, também — disse ela —, com o quarto extra. Foram construídos para ficarem ventilados.

— A May também? É esse o acordo?

— Ela não ia querer ficar longe da mãe, óbvio. Nessa idade. Com você na loja o dia todo. Faz sentido.

— Sentido.

— A gente acha que é sensato. A minha mãe sempre dizia...

— A sua mãe não dizia por acaso pra você não se meter na porra da vida dos outros?

— Raymond!

— "Eu na loja o dia todo." A sua mãe não dizia por acaso pra você não se meter na porra da vida dos outros?

— Você vai acordar a May — disse Alma.

— Ela dorme igual a uma pedra. Com esse trem a noite toda? Ela dorme igual a uma pedra. — Ele nunca tinha falado assim com a sogra. Mas estava esperando a oportunidade.

Ela também estava esperando. Alma enxugou as mãos no pano de prato. Colocou sobre a torneira da pia, perfeitamente simétrico.

— Falando assim comigo, quem você acha que é, seu crioulo? Eu vi crioulos de rua iguais a você a minha vida toda, com as mãos nos bolsos. — Ela andou gingando numa imitação e a voz ficou grave e negra. — *Só tô tentando ganhar uma grana.* Você acha que eu não sei o que você anda fazendo? Com toda essa sua conversinha?

Por um lado, a honestidade dela. Por outro.

O telefone tocou na sala. E de novo. Alma ajeitou o vestido e foi atender. Carney colocou as mãos na pia. Pela janela, viu quatro andares de janelas de cozinhas no prédio ao lado: uma escura; outra acesa, mas vazia; a próxima com duas mãos enfiadas em espuma; e na última uma magra mão marrom batia cinzas de cigarros para fora. Pessoas tentando sobreviver ao dia. O trem 1 parou na estação da rua 125; ele sentiu o tremor nos dedos dos pés. Não dava para ver as janelas nos vagões do trem, as pessoas desembarcando nas plataformas, descendo as escadas, mas ele as imaginou partindo para seus dramas privados. Regular como o pôr do sol e as discussões, esse movimento. As pessoas indo para casa rumo a seus carros particulares, luz derramando das janelas quadradas de suas cozinhas. Como se eles morassem em trens empilhados uns sobre os outros.

Um receptador, e também um ladrão. Ele tinha roubado a filha dela, afinal.

Ela não ia conseguir a filha de volta.

O relato passional de Alma encontrou ouvidos amigos e ele imaginou que era Leland no telefone. Se as palavras deles não acordaram Elizabeth, então ela ia dormir a noite toda, os braços estendidos na direção de May, com aquele novo bebê entre as duas. Carney saiu.

Na rua, o turno da noite de sábado estava agitado. Eles eram barulhentos: brincadeiras, *rhythm and blues*, disputas que beiravam à pancadaria. Carney andou entre os casais que iam na direção de um jantar especial, ou para um de seus antros de costume, onde saberiam o que evitar no cardápio. Ele se desviou dos meninos sujos que deviam estar na cama, correndo e gritando feito loucos, e os adolescentes espremendo o dia até o último segundo antes da hora em que tinham que voltar para casa para escalar a janela aberta perto de suas camas. Em cortiços e meias-águas, o pessoal do segundo turno da noite se preparava para entrar em cena. Deixando-se demorar na banheira, passando a ferro as melhores roupas, ensaiando álibis e confirmando ordens de trabalho: *A gente se encontra no Knights e segue dali.* Além daqueles que não iam encontrar ninguém, se certificando mais uma vez diante do espelho antes de se entregarem ao destino do sábado à noite.

E havia os vigaristas, que amarravam os sapatos e murmuravam músicas alegres, porque logo o apito da meia-noite iria convocá-los para a fábrica.

Não havia dúvida quanto ao destino dele: a Riverside Drive. Ele atravessou a rua para evitar o pregador, depois cruzou de novo e contornou a igreja na 128 e sua congregação noturna que enchia o lugar. Já tinha ouvido discursos de vendas demais por hoje. *Não me machuque, eu falo. Me diz o que eu quero saber ou então...* Depois Alma com o: *Deixe as meninas ficarem na nossa casa.* Dê tempo suficiente para Elizabeth e ela vai acordar, Alma e Leland devem ter dito um para o outro. Ver a pobreza de suas escolhas. Ele era o rato que saiu do esgoto e passou por baixo da porta.

A proposta de Alma fazia sentido, embora não pelas razões que ela deu. Carney tinha colocado sua família em perigo, e foi por isso que xingou a sogra. Deixou um rastro na porta que homens maus podiam seguir. Um dos membros da equipe morto, dois desaparecidos... mas isso era errado. Malagueta tinha razão. Foi Miami Joe, sem dúvida. Miami Joe não estava desaparecido. Ele matou Arthur e levou o dinheiro e as pedras do assalto do Theresa. Talvez tivesse machucado o primo. E se Miami Joe ainda não tivesse partido para o Sul, precisaria eliminar o resto do grupo para impedir a vingança de Chink. Ou para impedir que eles — bom, Malagueta — se vingassem da traição. Carney não sabia como aquela região específica do mundo da desonestidade funcionava. Talvez Miami Joe estivesse na Flórida, ou talvez só fosse deixar a cidade depois de ter certeza de que ninguém iria atrás dele.

Uma brisa vinha do rio. O cheiro era horrível, mas refrescava. A agitação da caçada da tarde e da briga com Alma se dissiparam. Um pouco tonto — Carney não comia desde o café da manhã. Atravessou para o lado oeste da rua e olhou para o norte, seguindo o muro da Riverside Drive, aquela linha irregular de majestosos tijolos à vista e calcário branco. O perímetro de um forte, para proteger os bons cidadãos do Harlem. Errado de novo — uma jaula para impedir que a louca multidão que chamava aquelas ruas de lar escapasse para o resto do mundo. Vá saber a destruição e a ruína que eles iam causar se tivessem permissão para andar livremente em meio aos cidadãos decentes. Melhor manter todos eles ali dentro, naquela ilha, comprada por vinte e sete dólares dos indígenas, segundo a lenda. Vinte e sete dólares rendiam muito mais naquela época.

Ele andou em frente ao número 528 da Riverside, o prédio que vinha sondando. Era para chegar ali que ele trabalhava. Quem não ia querer morar na Riverside? Chegar em casa ao voltar da loja, abrir a porta da frente e o aroma de Frango Cau Cau vem da cozinha. Rádio ligado, uma big band, e May abraça uma das pernas dele e o novo bebê — era um menino no devaneio dele — abraça a outra. A luz do crepúsculo vem do oeste, mesmo que também fosse preciso olhar para Nova Jersey. Um lugar bacana, como nenhuma outra casa em que ele morou na vida inteira. *Crioulo de rua*, ela tinha dito.

Uma mulher alta num vestido verde saiu pela porta da frente, salto alto batendo no concreto. Ela mexeu na bolsa em busca de chaves ou batom ou cigarros e continuou andando. Carney ficou numa diagonal em relação a uma das gárgulas na cornija do 528 — os olhos deles se encontraram. Nenhum traço da avaliação feita pela besta de pedra. O que o pai dele faria? Big Mike Carney. Ele iria para seu escritório, não que tivesse um; não iria para casa, isso sem dúvida. Ele não ia descansar a cabeça no travesseiro enquanto não tivesse caçado o traidor. Como Malagueta, ia revirar a cidade até achar sua vítima.

Quem não ia querer morar na Riverside? Umas poucas quadras ao norte ficava o Burbank. Onde a informante — a fonte de Miami Joe dentro do Theresa — mantinha um quarto. Era uma caminhada curta.

O saguão do cortiço estava na agitação típica de sábado à noite — moradores saindo para os lugares onde iam beber, correndo para casa depois do trabalho para se arrumar para seus esquemas da noite. O gerente desmazelado estava encarapitado atrás de um balcão arranhado, protegendo os escaninhos de correspondência. Um ventilador minúsculo soprava em seu rosto infeliz, duas serpentinas voando da grade como tentáculos. Carney disse que estava procurando sua amiga Betty; não conseguia lembrar o número do quarto.

— Betty do quê?

— Eu trabalho com ela no Theresa. Ela esqueceu a bolsa.

O gerente olhou em seu papel.

— Ela não tem aparecido aqui.

— Talvez eu pudesse entregar para o Joe?

O gerente empurrou os óculos nariz acima. Esperou que o visitante percebesse a falha em seu esquema.

— Onde está a bolsa?

Carney apontou na direção da rua.

— Na minha caminhonete.

O elevador abriu e duas mulheres com penteados bufantes levitaram rumo ao saguão como rainhas, os vestidos cintilando.

— Não conheço nenhum Joe — disse o gerente.

Carney foi até a esquina e parou para pensar. Freddie tinha mencionado o Baby's Best quando contou do assalto. Era na 136 ou na 137, indo pela Oitava. Ele não ia confrontar o sujeito — Malagueta podia dar conta disso. Mas ajudar na caçada antes de chamar o brigão era melhor do que ficar andando para lá e para cá na sala de casa. Alma raramente ficava depois das dez da noite. O apartamento logo ia estar em silêncio. Ele escolheu sua rota para o Baby's Best.

Miami Joe não era do tipo que seguia a lei e não morria de amores por seus músculos terrenos: xerifes e seus funcionários no lugar de onde ele vinha, policiais e detetives ali. Se dessem o azar de pará-lo quando Miami estava com o revólver no bolso, ele ia atirar. O desdém dele pelas pessoas que roubava era de um tipo diferente, parecido com o que uma criança sente ao esmagar uma barata com o sapato. Eles eram insignificantes, inúteis, e sumiam de seus pensamentos assim que o serviço terminava, fosse um estelionato ou um assassinato. Havia, por exemplo, um lugar vazio que antes era ocupado por Arthur. Uma hora o próximo serviço ocuparia aquela vaga. Até que aquele trabalho também estivesse concluído. Miami Joe desceu correndo a escada de incêndio depois que Gibbs, o gerente da noite, ligou para o quarto de Betty. Apertando o revólver contra a perna. Se fosse rápido o bastante. Ele ficou surpreso ao ver o vendedor de móveis descendo a 140. Malagueta teria sentido a aproximação. Chink teria mandado dois homens. Ele deu sorte. Miami Joe chegou o mais perto que pôde, caiu de joelhos, apoiou o cano no antebraço para fazer mira e puxou o gatilho.

NOVE

O dia dele terminou como começou: com sujeitos durões o confrontando debaixo das letras de sessenta centímetros de altura que formavam seu nome.

Como a maioria dos habitantes do Harlem, Carney cresceu com vidro quebrado no parquinho, o espetáculo da crueldade das ruas sempre que punha o pé para fora de casa, e o estampido das armas de fogo. Ele reconheceu o som. Carney se agachou e foi em ziguezague na direção das latas de lixo de alumínio. Quando olhou para trás, lá estava Miami Joe e o barulho da segunda bala batendo na tampa do latão ao lado dele. A esquina não ficava muito longe — ele correu para lá.

Nova York às vezes era assim — você dobra uma esquina e acaba em uma cidade totalmente diferente, como mágica. A rua 140 era escura e silenciosa, e a Hamilton era uma festa. O bar duas portas à frente tinha fila para entrar — um desses lugares que tocam *bebop*, pelo som —, e perto de lá uns hispânicos tomavam vinho e jogavam dominós na luz que vinha de uma barbearia. Os jogadores de dominós trabalhavam na barbearia; o lugar pagava o aluguel deles durante o dia e fornecia refúgio contra suas famílias à noite. Carney esbarrou nas pessoas da fila, atropelando, e correu quadra abaixo. Um carro da polícia passava do outro lado da rua. Ele olhou por cima do ombro. Nenhum sinal de Miami Joe. Se Carney viu os policiais, Miami Joe também viu. Ele correu depois que os policiais se afastaram o suficiente.

Carney fez um caminho excêntrico para o sul, costurando para um lado e para o outro por avenidas e ruas. Malagueta dissera durante a carona naquela tarde que qualquer coisa era para deixar uma mensagem no Donegal's. "Não importa quem estiver trabalhando — ali é o meu serviço de mensagens." Aquela definitivamente era mais a área do Malagueta — tiroteios e coisas do gênero. O homem era um *swami* quando se tratava de machucar os outros. Carney não podia ir para casa e levar Miami Joe até a família. Se Miami Joe fosse lá de qualquer jeito... Havia bares cheios de gente; ele podia se esconder num deles. Até a hora de fechar, e depois? Ele foi até a loja, pelo menos foi para lá que os pés o guiaram. Ligaria para Malagueta do escritório e esperaria.

A esquina da Morningside com a 125 estava tranquila quando ele chegou, dez minutos depois. Toda a atividade estava acontecendo no Apollo a poucas quadras dali. Ele não lembrava quem ia tocar, o nome pintado na lateral do enorme ônibus, mas a multidão e os gritos entregavam que era alguém famoso. As mãos tremeram enquanto punha a chave na fechadura.

Miami Joe disse:

— Rápido com isso.

Ele estava no asfalto, perto da calçada, entre dois sedãs escuros. Não teve tempo de vestir o paletó; estava com uma camisa branca aberta no peito, molhada de suor, com calças roxas de risca de giz. Apontava o revólver para Carney, baixo, onde os carros o escondiam da visão alheia.

A multidão do lado de fora do Apollo gritava e os motoristas enfiavam a mão na buzina. O artista saindo para cumprimentar os fãs.

Dentro da loja de móveis, Miami Joe disse:

— Deixe as luzes apagadas. — Eles conseguiam enxergar. A luz da rua sobre as belezas de seu showroom à noite em geral deixava Carney sentimental: eram só ele e esse lugarzinho que separou da cidade. Miami Joe encostou o cano nas costas de Carney. — Tem alguém aqui?

— A loja está fechada.

— Eu perguntei se tem alguém aqui, neguinho.

Carney disse que não. Miami Joe fez com que ele parasse na porta do escritório para se certificar de que estava vazio. Mandou Carney acender a luminária. A porta do porão estava aberta e Miami Joe deu uma espiada lá embaixo, se inclinando um pouco.

— O que tem lá embaixo?

— O porão.

— Alguém lá embaixo?

Carney fez que não com a cabeça.

Miami deixou para lá.

— Não tive tempo de ligar pra ninguém.

Ele sentou no sofá. Pela expressão, estava surpreso com o conforto do Argent. Carney resistiu ao impulso de vender o estofado aerado.

Miami Joe acenou com o revólver: Sente na mesa. Carney fez isso e percebeu o registro de vendas que Ferrugem deixou perto do telefone. Ele tinha vendido um conjunto completo de sala de estar Collins-Hathaway à tarde.

— Olha pra mim — disse Miami Joe. Ele conferiu para ter certeza de que não ia ser visto da rua. — Como você descobriu o Burbank?

— Eu me lembrei da garota.

Miami Joe fez uma careta.

— Sempre — disse ele. Esfregou o esterno e relaxou. — Quer saber o por quê?

Carney não disse nada. Ele pensou na mulher e na filha em segurança na cama. Aquele pequeno bote salva-vidas à deriva no escuro e enfrentando os mares do Harlem. Ele não vendia camas, mas um sujeito que conhecia ali de perto fez um preço bom. Carney estaria dormindo lá com as duas, em paz e tranquilo, se Alma não tivesse começado com aquela merda. Era por culpa dela que ele estava na rua. Mas antes dela, foi Freddie empurrando Carney durante todos aqueles anos para negócios estúpidos de todo tipo. Foi ele dizendo, sim. Carney pensou se o primo ainda estava vivo.

— Quando o Chink começou a procurar a gente — disse Miami Joe —, eu não quis esperar até segunda-feira para dividir a grana. Aí tive que pensar qual dos patetas ia falar enquanto isso. O idiota do seu primo. E se eu ia ter que atirar em um crioulo... — Ele esfregou as têmporas como se estivesse aparando as pontas de uma dor de cabeça. — Sabe o quê? Metade daquelas joias era falsa... não é uma merda? Que tipo de estúpido tranca porcaria falsificada num guarda-volumes?

— Eu tenho família — disse Carney.

Miami Joe assentiu, entediado.

— Já cansei aqui do norte, de qualquer jeito — disse ele. — O inverno é frio de matar. E vocês todos têm uma atitude esnobe. Odeio gente esnobe que não faz as coisas acontecerem. É patético. Pra mim, você primeiro tem que conquistar o direito de ter essa atitude. Não, pode ficar pra você. Eu sou descendente de africanos, preciso ficar debaixo do sol. — Ele se ajeitou no sofá e esfregou o queixo com o cano da arma. — Quero que você ligue para o Malagueta no Donegal's, ele usa aquele lugar para receber mensagens. Ligue e diga que você tem uma pista sobre mim e que ele tem que vir pra cá, rapidinho. A gente pode resolver isso. Vocês dois, depois o Freddie. Eu pego o butim no quarto da Betty e depois estou no próximo trem que saia deste lixo. Onde é que está o seu primo?

— Eu não sei.

— Você sabe. E quando eu tiver acabado com o Malagueta, vou fazer você falar.

Carney ligou para o bar seguindo as instruções. Estava barulhento, mas quando mencionou o nome do Malagueta, o barman disse para todo mundo ficar quieto. Disse que ia passar o recado.

— Onde você guarda o dinheiro? — perguntou Miami Joe.

Carney apontou para a gaveta debaixo da mesa.

— Você não se importa, certo? — Miami Joe deu uma risadinha. — Família, hein! Eu tinha um primo assim, meu primo Pete. A gente fez cada coisa, rapaz. Todo tipo de merda. Mas ele era burro demais e acabou encalhado naquela porcaria. Não dá pra confiar no sujeito depois que ele cai na rede.

Enquanto lembrava, a mão ficou pendurada. Depois, ele voltou a apontar a arma para Carney.

— Eu fiz o que tinha que fazer. Enterrei o cara num lugar que a gente costumava ir pra pescar. Ele sempre gostou de lá. Às vezes, o cara sabe o que vai acontecer, e sabe que é uma bênção. Especialmente quando é da família.

Carney teve que desviar o olhar. Ele viu de novo o registro de vendas de Ferrugem. Um conjunto de sala de estar completo Collins-Hathaway. Era o suficiente para pagar o aluguel.

Os dois viram Malagueta ao mesmo tempo, saindo do porão, mas Miami Joe não conseguiu dar nenhum tiro. A primeira bala pegou acima do coração dele, e a segunda, na barriga. Ele caiu no sofá, tentou se levantar, e caiu de cara. Malagueta subiu os últimos degraus até o escritório e chutou o revólver do sujeito para longe. Carney encontrou a arma uma semana depois, quando estava varrendo.

— Eu estava do outro lado da rua — disse Malagueta. Ele espantou a fumaça da arma para longe do rosto, incomodado. — Alguém ia aparecer. Se fosse você ou o seu primo, eu ia ter ajuda na caçada. Turno da meia-noite. Se fosse ele, eu acabava com a história. — Ele inclinou a cabeça na direção da rua. — Você vai precisar de uma tranca nova naquela porta lateral do porão.

O sangue de Miami Joe escorria em uma lenta maré rumo à mesa. Carney disse:

— Jesus. — E pegou uma toalha do banheiro.

— Faça uma barragem, é assim que eu faço — disse Malagueta. Ele enfiou um palito de dentes na boca. — Onde mora essa Betty?

Carney fez uma barragem.

— No Burbank — respondeu. — Rua 140.

— Qual apartamento?
— Não sei.
Malagueta deu de ombros.
— O seu primo está legal, parece.
— Normalmente ele está bem.
Malagueta foi para o showroom.
— Espera — disse Carney. — O que eu faço com ele?
Malagueta bocejou.
— Você tem uma caminhonete, certo? Você é filho do Mike Carney. Vai descobrir o que fazer.

Carney encostou na porta do escritório enquanto Malagueta fechava a porta da frente. Ele foi na direção do rio. Dois rapazes passaram pela janela da frente indo para o outro lado, brincando e uivando.

A noite seguia adiante em sua avenida. Era a Física.

A caminhonete do pai veio a calhar. Quando o sol nasceu, ele já tinha desovado o corpo em Mount Morris Park, seguindo a tradição local. Pela descrição que os jornais faziam, imaginou que talvez houvesse fila. Se livrar de um cadáver era mais fácil do que imaginava, ou pelo menos foi o que ele contou ao primo quando Freddie voltou das férias no Village. Carney quase foi flagrado por dois homens copulando debaixo de uma bétula, uma prostituta exausta em busca de clientes madrugadores e um sujeito com um colarinho de padre xingando a lua e que nem de longe soava como um homem de Deus. Além de tudo ele perdeu o dinheiro do tapete marroquino de luxo que usou para enrolar o bandido, mas mesmo assim: mais fácil. Se teve uma coisa que descobrira nos últimos dias é que bom senso e uma natureza prática eram grandes bênçãos na execução de atividades criminosas. Também que havia horas da noite em que as outras pessoas são menos visíveis, de tão vívidos que são os fantasmas particulares de cada um. Ele limpou o sangue no escritório. Deitou na cama com Elizabeth e May. Apagou em dois segundos.

A história daquele sábado à noite faz Freddie sacudir a cabeça e suspirar. Ele tinha um olhar ávido. Depois, perguntou:

— Num tapete?

Acabou sendo um mês bom depois que o calor cedeu. Os clientes voltaram e Carney e Ferrugem fecharam algumas boas vendas. Algumas delas eram para clientes fiéis. Venda produtos de qualidade e as pessoas vão voltar. As duas Silverstone encontraram compradores numa tarde de quinta-feira, uma logo depois da outra. "Tem mais de onde essas vieram", disse Aronowitz para ele.

Elizabeth não teve outros episódios de desmaio, e se é que a mãe contou para ela sobre a discussão da outra noite, não houve sinais disso. Essa conta ia chegar no devido momento.

Cerca de um mês depois, Carney recebeu um pacote. Ele teve uma sensação entranha e fechou a porta do escritório e cerrou as persianas que davam para o showroom. Dentro da caixa, embalada em jornais como um peixe, estava o colar da senhorita Lucinda Cole. O rubi cintilava na direção dele, um olho mau de lagarto. A caligrafia de Malagueta parecia a de uma criança. O bilhete dizia: "Pode dividir isso com o seu primo." Ele não fez isso. Ficou com a joia por um ano para esperar a poeira baixar. Buxbaum pagou e Carney reservou o dinheiro para o apartamento. "Eu posso estar fodido às vezes, mas não sou sacana", ele pensou. Embora tivesse que admitir que, de vez em quando, era.

DORVAY

1961

> "Um envelope é um envelope. Desrespeite a ordem e o sistema todo colapsa."

UM

Quinhentos dólares, pagamento único. Em termos de propinas e subornos, o fato de ser pagamento único depunha a favor. O detetive Munson batia na porta para receber seu envelope semanal; toda sexta Delroy e Imenso vinham à loja pegar o envelope de Chink Montague — Carney não tinha coragem de calcular quanto pagara aos vigaristas nos últimos dois anos. Custo fixo. O preço de se fazer negócios, assim como o aluguel e o seguro e a conta de telefone. Dependendo do ponto de vista, os quinhentos dólares para Duke eram um investimento.

— Vai valer a pena mais pra frente.

Foi assim que Pierce vendeu a Carney a ideia de se afiliar, quando o advogado viu a reação dele às palavras *Clube Dumas*.

A expressão de Carney: um misto de desdém e repulsa.

— Eu não tenho a cor certa — disse ele.

— Não é mais tão ruim assim — disse Pierce, sorrindo. — Olha pra mim.

Era verdade que Pierce tinha uma pele mais escura do que a média dos membros do Dumas. Certamente o advogado não era tão fechado e esnobe quanto, digamos, Leland Jones.

— Ele é o seu sogro?

— Sim — disse Carney.

— Lamento, meu irmão.

Eles se conheceram na reunião inaugural da Associação de Pequenos Negócios do Harlem. Porão da Igreja Metodista Episcopal Africana Zion da St. Nicholas Avenue. Calvin Pierce estava ali para oferecer serviços legais, gratuitamente.

— Nenhum de nós vai prosperar a não ser que todos prosperem, certo?

Carney sentou na primeira fila, como fazia nos tempos de escola. Pierce chegou cinco minutos atrasado e pegou a única cadeira que restava, perto dele. Em vez de bater palma para os oradores, Pierce batia numa cigarreira Chesterfield de prata com um monograma. Ele era um sujeito alto com cabelos escuros e ondulados cujos traços se concentravam em algo que lembrava uma águia. O terno era caro, cinza com riscas de giz prateadas. Carney vinha pensando em melhorar seu guarda-roupa e mais tarde perguntou sobre o alfaiate dele.

Eles começaram a conversar sobre os planos e os atrativos do comércio do Harlem, os donos de restaurantes e os políticos locais. Hank Diggs, o presidente da Companhia de Brilhantina Diggs e criador do slogan "Curta esse brilho!", subiu ao tablado.

— Com todas as sinapses neurais que temos nessa sala — disse ele —, daria para iluminar a Times Square!

Ele falou com uma voz lenta e profunda que evocava sua voltagem baixa e contradizia o que estava falando. Os cabelos, porém, eram ótimos. Carney era cínico com relação a grupos, especificamente no que dizia respeito a resultados, mas Elizabeth disse que ele devia ir. Não seria ruim se tornar mais conhecido, ela disse. Ainda que não desse em nada, era bom colocar um rosto no nome da placa. As letras da nova placa que ele tinha acabado de pagar se inclinavam para cima como um avião decolando rumo ao céu.

Adam Clayton Powell Jr. chegou a aparecer no final para alegrar o pessoal. Majestoso e elegante. Carney admirava a energia dele; um dia desses dariam um nome de rua para ele, pode acreditar.

— É um novo tempo no Harlem — disse o congressista. — Temos o presidente Kennedy em Washington, prometendo uma Nova Fronteira, por que não podemos ter nossa própria Nova Fronteira nos nossos quintais, nas ruas do Harlem, algo que o mundo nunca viu antes?

Ele tinha usado a mesma analogia na semana anterior na abertura de um supermercado na Nona Avenida. Carney leu sobre isso na *Harlem Gazette*. Um assessor apareceu, sussurrou no ouvido de Powell e ele deixou os comerciantes para ir fomentar a revolução econômica.

A associação naufragou depois do terceiro encontro — o tesoureiro estava saindo com a mulher do vice-presidente —, mas Pierce e Carney continuaram a se encontrar para almoçar no Chock Full o'Nuts. Eles eram os primeiros de suas famílias a frequentar a faculdade, embora o pai de Pierce fosse um cidadão de bem, batendo ponto em vez de bater nos outros, ralando por quarenta anos na fábrica de engarrafamento da Anheuser-Busch em Newark. Pierce estudou e conseguiu uma bolsa na Universidade de Nova York, depois se formou com honra na Faculdade de Direito St. John's.

— Eu queria ser o Clarence Darrow negro — disse ele, dando de ombros.

Franklin D. Shepard, o pitoresco advogado do Harlem, deu uma mesa para ele.

— Depois que entrei lá, grudei como se fosse um carrapato!

Shepard gostava de ver seu nome nos jornais, e calhou de o garoto de Newark ter afinidade com casos de direitos civis, do tipo que rendia manchetes. A NAACP contratou Pierce para cruzadas contra discriminação nos serviços de habitação popular, empregos sindicalizados e empréstimos. Ele representou os Seis de Dyckman contra a Prefeitura de Nova York — água marrom nos canos e ratos cinzentos nos corredores — e perdeu o famoso caso de Samuel Parker relacionado à brutalidade policial, embora "mesmo assim tenha sido boa propaganda". Em 1958 quando o prefeito Wagner anunciou a lei contra discriminação racial em projetos de habitação popular e revelou a Comissão de Relações Intergrupais, Pierce era uma imagem familiar no noticiário, ao lado dos líderes da NAACP com seus ternos de janota e seu sorriso de aço.

Com aquele jeito de falar, Pierce podia trabalhar no rádio. Enquanto comia torta de maçã, ele contou como um professor de inglês no ensino médio o levou a fazer aulas de oratória. Ele me disse, "Vai ser bom pra você, você precisa falar direito. Esse jeito de Newark não dá". Como se Newark tivesse um idioma diferente, mas eu sabia do que ele estava falando.

Carney assentiu — o professor de Economia do primeiro ano de faculdade, sr. Liebman, disse o mesmo para ele, substituindo *Newark* por *rua*. Liebman era um judeu do Lower East Side que declamava detrás do púlpito como um oligarca de Boston e sabia do que estava falando. Carney não podia pagar cursos — estava por conta própria e de onde ia arranjar o dinheiro? Em vez disso estudava a CBS News Radio e as sessões duplas de cinema com William Holden. Dê um passo para trás e o mundo se transforma numa sala de aula se necessário. Ele observava a boca no espelho enquanto a mandíbula pronunciava as palavras *baleia branca*. Era difícil pronunciar o *r* diferente do que estava acostumado, e anasalar menos o *n*. Sempre que pronunciava "Heywood-Wakefield" no showroom, percebia os antigos reflexos: a língua pressionava contra os dentes da frente enquanto a luz que vinha da ventilação passava sem muita força pelo vidro opaco da janela do banheiro.

Personagens improváveis: Pierce no tribunal e Carney administrando sua loja.

— Nenhum de nós devia estar onde está — disse Carney para Elizabeth —, considerando os lugares de onde viemos. É por isso que nos damos bem.

Assim como Carney, o advogado era um homem de família, a alegria modificando seus traços quando ele sacava as fotos da esposa e dos filhos. Carney não tinha fotos para mostrar, e fez uma anotação mental para comprar uma daquelas câmeras novas. Enfim fazer umas fotos de May e John. Capturar a imagem do filho, com seu vocabulário de dez palavras e seus dois dentes, e a da filha, cuja inteligência negra se intensificava a cada dia por detrás de seus olhos castanhos.

Pierce trabalhar pela candidatura de Carney a membro do Clube Dumas foi uma surpresa. Sujeitos como ele não deviam frequentar lugares como aquele.

Pierce estava no clube fazia dois anos, disse ele. Franklin D. Shepard apresentou sua candidatura, apesar das origens humildes, e fez questão de dizer aos colegas que eles viviam uma nova era. Não precisou explicar do que estava falando. De sua parte, Pierce tinha gostado do Dumas até então.

— Como aquele encontro da associação do Harlem onde a gente se conheceu. Tem uns sujeitos que só sabem falar do que querem fazer... e tem os que fazem acontecer. No Dumas, são esses caras que fazem as coisas acontecer.

Carney disse *não, muito obrigado*.

O amigo era um homem paciente.

— Venha na festa — insistiu Pierce. — Pelo menos tome alguma coisa. Você e eu estamos enfiando o pé na porta a vida toda, porque a gente sabe que é o único jeito de entrar na sala. Mas entrar naquela sala é tudo. Você entra na sala e vai mandar nela.

Carney ligou para o sogro para deixar avisado. Ali estava o mascate de tapetes, se intrometendo de novo — primeiro a filha dele, agora o clube.

Alma passou o telefone para Leland e ele disse:

— Quando o Wilfred disse que você ia, eu falei que estava empolgado.

O Clube Dumas, de acordo com a placa de latão no portão preto da sede, foi fundado em 1925. Os nomes dos fundadores eram familiares para Carney; eram sujeitos que fizeram palestras no ensino médio sobre o valor do bom trabalho e da saúde moral, eram os mestres de cerimônias nos piqueniques de Quatro de Julho e nos bailes de Dia de Trabalho no Mount Morris Park. O prédio era de 1898, uma época em que o bairro pertencia aos italianos e irlandeses. Sangue novo entra, sangue velho sai — essa visita ao Dumas marcou o momento em que Carney se tornou o sujeito novo perturbando o modo como as coisas são.

Carney usou seu novo terno marrom de verão. Ele conferiu mais uma vez para ver se não estava transpirando. A julgar pelos tormentos da semana, seria mais um verão sufocante. No fim da quadra, um velhinho servia raspadinhas para crianças que gritavam, garrafas de xarope brilhante dançando em suas mãos como malabares. Um adolescente de fraque preto esperava na escada de entrada do clube e fez gestos com suas luvas brancas.

À direita do auditório, o salão estava cheio de membros do Dumas soterrando seus candidatos de atenção. O pianista no pequeno piano de cauda no canto tocava ragtime, os ritmos frenéticos como um comentário nervoso a todos os apertos de mão. Pierce buscou Carney e o apresentou. Carney conhecia Abraham Frye dos jornais — um dos poucos judeus negros da cidade. Aquele sujeito no bar, apontando para seu gim preferido, era um vereador? Carney não conseguia lembrar quando votara pela última vez, mas sem dúvida fora naquele cara, do jeito que a máquina tinha tudo resolvido. Dick Thompson da Thompson TV e Rádio, a loja de eletrônicos da Lenox Avenue, trocava piadas sujas com Ellis Gray, que administrava a maior empreiteira de propriedade de um negro na cidade. A Sable Construction tinha feito a reforma da loja de Carney recentemente, o que o levou a pensar que estava pagando a gravata de Gray ou no mínimo o lenço no bolso do paletó.

Os membros usavam o anel do clube no dedo mínimo. Com letras tão miúdas era preciso ter um para descobrir o que estava escrito no selo. Ou chegar muito, muito perto — como Carney fez. Um dos caras, o Louie Tartaruga, levou um anel daqueles ao escritório para Carney se livrar dele, junto com várias outras coisas. Louie Tartaruga se alimentava inescrutavelmente e aparecia com as coisas mais estranhas. As palavras eram latim e Carney não se interessou em saber o sentido. Ele podia conseguir algo pelo ouro, mas por birra devolveu para o Tartaruga e disse não, muito fácil de rastrear.

Carney deu um aperto de mãos em Denmark Gibson, que reconheceu como o proprietário da mais antiga funerária do Harlem. Gibson tinha cremado o pai e a mãe dele.

— Como vão os negócios? — perguntou Carney.

— Os negócios vão sempre bem — disse Denmark Gibson.

E o amigo de infância de Elizabeth, Alexander Oakes, claro, experimentando com suíças. Oakes acenou com a cabeça do outro lado da sala. Era um grupo do Striver's Row, sem dúvida, e Carney o único representante do Beco dos Errados. Políticos, corretores das principais seguradoras negras, e vários advogados e banqueiros, como Wilfred Duke, cujo novo empreendimento surgia nas conversas. Ele era um mandachuva na Carver Federal Savings, supervisionando a maior parte dos empréstimos da vizinhança nos últimos vinte anos. Se um negro queria fazer algo andar, tinha que se ver com Wilfred Duke mais cedo ou mais tarde. Era o novo empreendimento que estava fazendo todo mundo falar. Ele estava conseguindo a autorização legal para montar um novo banco de propriedade de um negro para competir com seu antigo empregador: a Liberty National, ou simplesmente Liberty, para quem era do círculo mais bem informado. Hipotecas, empréstimos para pequenos negócios, habitação. Segundo Pierce, metade da sala estava tentando garantir um lugar no conselho diretor ou como investidor.

— Só água? — perguntou o barman.

— E gelo, se você tiver — respondeu Carney.

Alguém tocou no ombro dele. Era Leland, com o sorriso em geral reservado para os netos.

— Bom te ver, Raymond — disse ele, e saiu voando para falar com um amigo.

Durante uma hora houve as típicas bravatas, deliberações e politicagens, e então Wilfred Duke se posicionou diante das janelas com vista para a rua 120 e falou para o grupo. Mencionou tanto aqueles que encerravam seu mandato como líderes do clube quanto seus sucessores. Os que haviam falecido recentemente, como Clement Landford, que foi conselheiro de quatro prefeitos sobre o ponto de vista dos negros. Anunciou a criação de um fundo para que se oferecesse uma bolsa de estudos no nome de Landford, tudo pago em Morehouse para um aluno talentoso de Nova York. Todos aplaudiram. Pierce bateu em sua cigarreira Chesterfield.

Certamente Carney não foi o único a ver Napoleão. A *Harlem Gazette*, que antagonizava com Duke desde alguma disputa que vinha do período antes de Carney começar a ler o jornal, tinha um cartunista que gostava de retratar o banqueiro no papel do famoso general, mão dentro da jaqueta, boné com hélice na cabeça em vez do chapéu militar. Na mosca. Duke era baixinho e magro e falava em *stacatto*, no estilo ditatorial. Trinta anos atrás, teria sido uma ave rara no Jovem Harlem, um prenúncio das mudanças da cidade, não era difícil ver como ele escalou até chegar à sua posição de influência. Ou como fez inimigos. A *Gazette* cobria o plano de Duke de abrir um banco como se fosse um golpe ao estilo de Barnum.

Duke alisou seu bigode fino, aqueles bigodinhos de rato. Deu boas-vindas aos que se candidatavam a ser membros. O clube era batizado em homenagem a Alexandre Dumas, o banqueiro lembrou, filho de um oficial do exército francês e de uma escravizada haitiana que chegou ao topo do mundo literário.

— Se vocês se lembram da história do Conde de Monte Cristo, e sei que faz algum tempo que alguns de vocês saíram da escola — houve alguns risos —, ele era um homem que fazia as coisas acontecerem depois de ter optado por um caminho. E esse é o espírito que desejamos para nossa fraternidade. O espírito do esforço que libertou nossos ancestrais da servidão, e que hoje nos inspira a construir um Harlem melhor.

Bravo, bravo.

Duke disse a todos para tomarem um drinque e abriu caminho no salão para começar sua inspeção dos candidatos. Carney era um dos últimos na fila. Pierce deu uma piscadela para Carney e saiu.

Eles estavam perto da janela, o que permitia um pouco de ventilação.

— Raymond! — disse Duke. — Difícil acreditar que não nos conhecemos antes. — A mão estava pegajosa e a colônia era de primeira linha. — Como vai Elizabeth, e você tem dois filhos?

— Tudo ótimo.

— Diga para a sua senhora que o tio Willie manda um olá. — A rua chamou a atenção dele. — Isso é terrível. — Ele fez um gesto indicando a calçada, onde um rapaz cambaleava e batia nos bolsos em uma pantomima grotesca. O Passo do Drogado, aquela nova dança, muito popular. — É um flagelo. Alguns lugares onde eu jogava bola quando era menino, hoje não passaria a pé à noite.

— Wagner anda falando nessa força-tarefa para cuidar das drogas — disse Carney. Não acreditava naquilo, mas era alguma coisa para se dizer.

— Aquele tolo está pensando na reeleição. Contra aqueles mercenários do Tammany? Ele vai dizer qualquer coisa.

— É uma bagunça — disse Carney, e se lembrou de ligar para Freddie.

Duke ficou de costas para a 120 e perguntou sobre a loja de móveis. Carney presumiu que o banqueiro já sabia tudo o que precisava, mas falou sobre a expansão que acabava de terminar, ampliando para a padaria que ficava ao lado. A nova secretária trabalhava bem, embora ele achasse difícil delegar tarefas que fazia havia tanto tempo.

— Você dá adeus a antigos desafios e dá boas-vindas aos novos.

— Isso é ser um empreendedor — disse Carney.

— Dando trabalho para aquele velho judeu do Blumstein, espero. — Duke tinha lidado bastante com as grandes lojas de departamento ao longo dos anos, desde os protestos de 1931 pela ausência de funcionários e caixas negros. Era jovem durante o boicote do Compre Onde Você Pode Trabalhar, mas mesmo na época ele sabia da importância do jogo de longo prazo. — O Blumstein não ia ceder, nem nós! — disse para Carney. Parecia uma frase que ele usava havia muito tempo. Deu uma conferida por cima do ombro de Carney e adotou um tom de confidência. — Estou feliz por você estar aqui, Raymond. Estamos tentando ampliar nossas fileiras... para não ficarmos só com os mesmos tipos. Só podemos aceitar uns poucos membros por ano, essa é a parte difícil.

Carney pressentiu algo.

— Diante de algo tão seletivo, às vezes um homem, se quer chegar à linha de frente, tem que azeitar as coisas. Para não ser ignorado.

— De quanto azeite estamos falando?

— Isso depende do homem e de onde ele quer chegar. Ano passado tivemos um sujeito, não vou dizer o nome, sou discreto, você tem que ser quando é banqueiro, que chegou ao número cinco.

Depois de ser pressionado por criminosos de verdade — policiais corruptos, gente que corta o rosto dos outros —, a cobrança gentil de Duke quase fez com que ele risse. Como na semana anterior, quando May ficou com raiva de ser proibida de pular no sofá e deu um soco no braço dele — era para doer? Havia tipos de dor bem diferentes. Dores de distintas magnitudes, algumas que dava para suportar e outras não. Molhar as mãos e *molhar as mãos*.

Carney pediu o cartão de Duke. O banqueiro tinha alugado um escritório no Edifício Mill, na Madison, depois de se demitir da Carver Federal para fundar seu banco comunitário. As forças na sala mudaram de vetor e Duke foi levado para outra parte do salão. Para cobrar propina de mais alguém. Ou isso só era exigido de filhos de criminosos?

Quinhentos dólares. Mundo do crime, mundo da lei, mesmas regras — todo mundo com a mão estendida para receber o envelope. Um investimento de quinhentos dólares no futuro da Móveis Carney, se os negócios continuassem no ritmo que estavam. Um segundo andar, terceiro? Os membros do Dumas circulavam à volta dele no salão: uísque na mão, cotovelos cutucando costelas. Era uma coleção de patetas, mas ele precisava desses patetas do Dumas para alvarás, empréstimos, para que a prefeitura não pegasse no pé dele. Para dar o aval um dia lá no futuro, ou para levar propinas para inspetores, para gente nos departamentos da zona sul da cidade de que ele nunca ouvira falar. Departamento de Tirar um Pouco de Vantagem, Escritório de Subornos Ocasionais.

John ainda não tinha nem dois anos. Quando o filho tivesse idade suficiente para ajudar na empresa da família — de verdade, não trabalhando no estoque, como Carney começou —, as sementes do que ele havia plantado no Dumas teriam dado frutos. Era uma traição de certos princípios, claro, uma filosofia de ter sucesso apesar de gente como aquela — e tendo certo rancor dela. Condescender com tipos como Leland, Alexander Oakes e os cachorrinhos de madame que eram amigos deles. Mas eram novos tempos. A cidade muda constantemente, tudo e todos precisam acompanhar ou ficar para trás. Dumas precisava se adaptar, e o mesmo valia para Carney.

Quando ele contou a Elizabeth sobre o convite de Pierce ela disse: "Hmm". Dumas era incompatível com a personalidade dele, como qualquer análise dos comentários que fazia sobre o clube ao longo dos anos revelaria. Parte de Carney achou que ela tinha ficado feliz. Certo de que era um sinal de maturidade deixar de lado animosidades que ele mantivera em nome do pragmatismo. Baixar a guarda. Não havia nenhuma Nova Fronteira estendida diante dele, infinita e generosa — isso era para os brancos —, mas essa nova terra tinha algumas quadras e no Harlem algumas quadras eram tudo. Umas poucas quadras eram a diferença entre os esforçados e os errados, entre a oportunidade e a dificuldade.

Ela teve algo mais a dizer quando Carney voltou da festa e contou que ia tentar conseguir um anel daqueles.

— Mas por que cargas d'água você ia fazer isso? Aqueles homens são horríveis.

— Você disse que eu devia ficar mais conhecido. — Ele puxou a gravata para afrouxar. — Isso me deixa mais conhecido.

— Não desse jeito. Tem alguns FDPs nesse clube, eu andei perto dessa gente a vida toda.

— Como o tio Willie?

— Ele é o pior desses cretinos — disse ela.

O vocabulário de Elizabeth andava mais picante. Ela tinha voltado para a Viagens Black Star seis meses depois do parto de John e o trabalho mudou durante a ausência dela. Eles continuavam com a mesma clientela, mas agora a empresa fazia reservas para grupos de direitos civis, o Comitê de Coordenação de Estudantes pela Não-Violência e o Congresso de Igualdade Racial, conseguindo viagens e alojamentos seguros para excursões nos lugares mais hostis e retrógrados. Os riscos eram diferentes. Um dos hotéis com que eles mais trabalhavam no Mississippi foi atacado com bombas incendiárias. Foi um aviso — ninguém se machucou. Mas podia ter havido feridos. No mês anterior, a Ku Klux Klan parou um ônibus dos Viajantes da Liberdade em Anniston, no Alabama, e tentou queimar as pessoas vivas lá dentro. Um policial à paisana que estava a bordo apontou a arma e espantou a turba antes que o tanque de gasolina explodisse. As fotos estavam nos jornais, dando testemunho da pura loucura branca para onde ela estava mandando as pessoas. A Black Star não organizou a viagem para Anniston, mas organizava muitas do gênero. Sim, ela estava falando palavras mais fortes. Fazia sentido.

— Vai ser bom ter alguns deles do meu lado — disse Carney.

— Hmm — resmungou Elizabeth. — Quer que eu peça pro meu pai falar a seu favor? Você contou pra ele?

— Ele disse que ficou feliz de me ver lá.

Carney disse que ela não precisava incomodar o pai por isso. Depois, uma das crianças começou a chorar e a conversa parou por aí.

No almoço seguinte no Chock Full o'Nuts, Pierce disse que nunca ouvira falar de alguém entregar um envelope.

— Eu diria que foi um teste para saber se você toparia ou não, mas sei que aquele crioulo gosta demais de dinheiro. — Ele deu de ombros. — A gente está na área há tempo suficiente para saber como as pessoas funcionam, mesmo os "Srs. Comunitários", os Dukes da vida.

Pierce não disse para pagar. Nem disse para não pagar. Eles chamaram Sandra para outra xícara de café.

Carney juntou o dinheiro. Fez um buraco na reserva de compra do apartamento, mais um depois dos gastos recentes com a expansão, mas ele ia repor. A poupança do novo apartamento — o dinheiro já não ficava em botas debaixo da cama — minguava. O muro que separava o dinheiro da loja e a conta do padeiro estava sendo mais permeável do que ele tinha estimado. Cada dólar extra coletado por Gray causava dor nele. Além do salário de Marie a cada duas sextas-feiras. Elizabeth não queria se mudar enquanto estava grávida, depois a chegada de John complicou tudo e as coisas continuaram acontecendo. *Talvez a gente espere até Elizabeth se acertar de novo no trabalho.* A cada vez que a poupança encolhia, o mesmo acontecia com o apartamento: o corredor se fechava sobre ele, a sala comprimia. Elizabeth achava o quarto das crianças grande o bastante, mas Carney mal conseguia ficar entre as camas de May e John, pisando naqueles malditos brinquedos. E o banheiro, ele se sentia como um pé-de-cabra toda vez que ia mijar.

Contudo, o dinheiro da receptação entrava quando ele precisava. Os negócios iam bem nesse ponto, com o novo contato. Mais corrupto em um sentido, mais legítimo no outro — cuidado para não se partir em dois, Carney. Ele enfiou as cinco notas num envelope pardo, passou o fio em torno do botão e o dobrou três vezes.

Carney visitou o Edifício Mill duas vezes naquele mês. Da primeira vez para deixar o envelope, e da segunda para pegá-lo de volta.

O Mill, na esquina da Madison com a 125, era o lugar onde cavalheiros negros respeitáveis penduravam suas placas comerciais naquele tempo. Nomes em tinta dourada sobre vidro jateado. Médicos tinham um andar, dentistas outro, e Duke se instalou num corredor de advogados, escritório de canto. Carney teve que imaginar a vista, já que só chegou até a pequena recepção. A secretária Candace era uma moça alegre num vestido xadrez branco e vermelho, usando um penteado bufante como se fosse a quinta Supreme. Duke era casado — a esposa era uma figura importante na sociedade negra, convidando o grupo de sempre para eventos de caridade que iam parar nas páginas de fofoca —, mas tinha fama de mulherengo. Carney fez uma suposição.

Candace enfiou a cabeça no escritório do chefe. Carney não ouviu a conversa.

— O sr. Duke disse que o senhor pode deixar comigo — disse ela, fechando a porta como se estivesse saindo na ponta dos pés depois de colocar um bebê para dormir.

— Ele disse?

Ela fez que sim com a cabeça. Carney compreendia uma predileção por intermediários, sendo ele mesmo um. Entregou o envelope.

Uma semana depois, um mensageiro apareceu na porta do escritório de Carney. Este último reconheceu o rapaz da festa, um dos jovens barmen, que faziam pagamentos. Ele pegou o envelope e deu um dólar de gorjeta ao garoto pelo incômodo.

Às vezes você encomenda algo pelo catálogo da Sears e, quando chega, não é o que você pagou. Ele não pagou pelo que tinha em mãos: uma carta do Dumas lamentando que não podiam fazer um convite para que ele se tornasse membro.

Carney passou a próxima hora no escritório. Quando o telefone tocou, Ferrugem atendeu e disse que Pierce estava na linha. Ele fez um gesto para dizer que não ia atender.

Carney caminhou até o Mill. Candace respondeu à batida na porta dizendo: "Entre". Eles tinham acabado de almoçar, sanduíches, vazios quadrados de papel impermeável abertos como girassóis. Duke estava sentado na lateral da mesa de Candace, comendo balinhas de um pote de vidro que ela mantinha ao lado de uma pequena luminária de latão. Ele fez um gesto apontando para a boca — não posso falar — e levou Carney para o escritório.

Quinto andar, Duke de fato tinha uma bela vista do Bronx. Do outro lado do Rio Harlem, prédios industriais e depósitos e depois grandes cortiços cozidos no vapor, despontando na fumaça amarela que ficava pior a cada ano.

Emoldurado na parede, no meio de diversos diplomas e menções e depoimentos sobre seu caráter, estava um grande desenho de Duke como Napoleão, grande demais para ter saído na *Gazette*. Ele deve ter encomendado diretamente com o cartunista do jornal. Do tamanho de um Godzilla, a ponte George Washington atrás enquanto ele atravessava o rio Hudson com um pé imenso pronto para pisar na West Side Highway. O chapéu do general francês em seu lugar adequado, em vez do boné com hélice.

— Desculpe, não pude ajudar, Raymond — disse Duke quando os dois sentaram. — No fim, sou só uma voz entre muitas.

— Você me enganou.

— O que você achava que ia acontecer, Raymond?

— Que você ia respeitar o trato.

— Eu disse que ia colocar seu nome entre os primeiros e foi o que fiz.

— Você aceita uma propina, é uma garantia. — A fumaça amarela, era como se desse para ver os pensamentos maus de alguém à espreita no ar.

— De onde você é, homem?

— Rua 127.

— Um lugar desses. O que você achou que ia acontecer? — Duke tinha prática em conversas como essa. No banco, executando hipotecas e acabando com esperanças.

Eis ali afirmações nada passionais de como as coisas eram. Carney disse:

— Eu aceito o dinheiro de volta.

— Isso é loucura.

— É como eu disse. — Ele se levantou.

Duke olhou para o visitante do outro lado da mesa como se olhasse para o baluarte de um castelo. Seus olhos cintilaram. Desde que saíra do banco, o mundo só oferecia uma ou duas oportunidades por dia de ser maldoso. Três, se estivesse com sorte. Ele gritou para a recepção.

— Candace, pode ligar para a delegacia?

— Você quer que a polícia me prenda? — disse Carney.

Candace abriu um pouco a porta.

— O senhor está bem, sr. Duke?

Chamavam a polícia para prender o pai de Carney, não ele.

Duke olhou para Candace e lentamente abriu a gaveta de cima da mesa. Colocou a mão lá dentro como se houvesse uma pistola à espera. Banqueiros do Harlem são pessoas preparadas.

Na calçada, Carney mal conseguia enxergar. As pessoas na rua eram formas-sombras se movendo à volta dele. Era uma tarde normal e ele tinha sido expulso dela. Um taxista buzinou para uma velhinha e ela o xingou, arrastando uma surrada pasta verde. Um dos pregadores de rua gritou:

— Estou salvando almas aqui! — E ergueu os braços como se abrindo mares.

Mais adiante na quadra, dois jornaleiros de jornais rivais brigavam pelo terreno em frente a uma tabacaria. Os tabloides que os dois derrubaram se agitavam na calçada e tremulavam no cano de escape de um ônibus. Carney semicerrou os olhos. Aquele era um resumo de todas as esquinas da cidade, povoadas por personagens barulhentos e furiosos que eram todos vendedores, fazendo discursos sem graça para vender produtos vagabundos para fregueses que não estavam nem aí para eles, para começo de conversa. Ele moveu um pé, depois o outro.

Otário. O erro foi acreditar que ia se transformar em outra pessoa. Que as circunstâncias que o moldaram foram outras, ou que superar essas circunstâncias era fácil como se mudar para outro prédio ou aprender a falar direito. *Difícil falar o r de outro jeito*. Ele sabia onde estava agora, sempre soube, ainda que tivesse ficado confuso; havia a questão da reparação.

O pai dele — como ele teria dito aquilo? "Vou queimar a casa daquele crioulo enquanto ele estiver dormindo." Em tempos mais inocentes, Carney preferia pensar que era uma figura de linguagem; era mais do que provável que o pai tivesse feito isso uma ou duas vezes. Wilfred Duke morava num belo e imponente prédio de oito andares na Riverside Drive, o Cumberland, e as dificuldades de incendiar o local eram muitas e variadas, mesmo se colocar fogo em lugares fizesse parte do repertório de Carney. E não fazia.

Não. Fogo era rápido demais. E Carney por natureza era mais do tipo que gostava de esperar.

DOIS

A lanchonete Big Apple dava frente para uma série de casas no estilo *brownstone*, de quatro andares, construídas pelo mesmo empreiteiro no fim do século anterior. As mesmas escadarias em ângulo na entrada, os mesmos suportes em forma de folhas, as mesmas pedras angulares, as cornijas de madeira, enfileiradas, de esquina a esquina. Vendo do outro lado da rua, as casas foram se distinguindo ao longo do tempo pelas plantas na frente, pelas decorações atrás da porta de vidro, e pelo acabamento das janelas — o acúmulo de decisões dos moradores e de modificações feitas pelos donos. Uma alma equivocada pintou o exterior de uma das casas de pêssego e agora ali estava ela, a fruta podre no cesto. Um projeto único — financiado por especuladores, executado por grupos de imigrantes — formou essa safra irregular.

Carney imaginou como seriam as casas detrás das fachadas; ele estava à procura de algo. Lá dentro, as casas continuavam sendo lares de uma família, ou tinham sido divididas em apartamentos individuais, e os quartos eram marcados por escolhas diferentes de mobília, cor de tinta, o que foi colocado nas paredes, função. Depois havia as marcas invisíveis deixadas pelas vidas lá dentro, aquelas assombrações duradouras. Nesse quarto, o filho mais velho nasceu em uma cama com dossel perto da janela; naquela sala o solteirão pediu sua noiva por correspondência em casamento; aqui o terceiro andar foi o palco, de modos diferentes, de lentos divórcios e esquemas suicidas e tentativas de suicídio. Igualmente indetectáveis eram as impressões de atividades mais mundanas: os cafés da manhã satisfatórios e as confidências à meia-noite, os devaneios e resoluções. Carney se imaginou dentro das casas por estar em busca de indícios de si mesmo. Haveria perto da janela uma poltrona Argent ou um armário Heywood-Wakefield numa das casas, a prova de uma venda que ele fechou? Era um novo jogo que ele tinha inventado, andando por essa cidade que não perdoa: as minhas coisas estarão aqui?

Ele estava trabalhando em uma equação: x itens vendidos para x clientes ao longo de x anos. Os negócios eram intensos o suficiente para que umas duas vezes por dia, provavelmente, ele passasse pela casa de algum cliente. Talvez não naquela quadra, mas quem sabe na outra depois do poste. As coisas da loja dele tinham que ir para algum lugar; os clientes não estavam acorrentando os móveis a bigornas e jogando aqueles belos sofás de faia no rio Hudson. Um dia, tendo em vista a distribuição de seus clientes pelo Harlem, poderia haver uma peça vendida por ele em cada quadra da região. Ele jamais ia ficar sabendo quando atingisse esse marco, mas quem sabe sentiria uma comichão, uma sensação de satisfação ao andar pelas ruas.

Um dia.

A lanchonete Big Apple ficava na Convent perto da rua 141, na metade da quadra. Carney pegara uma das mesas na janela. Esperava Freddie. O primo estava atrasado e tinha cinquenta por cento de chances de não aparecer. Pelo menos não seria uma viagem perdida.

A lanchonete era um negócio em mau estado, as rachaduras no piso seladas por sujeira, as janelas nubladas. O ar cheirava a cabelos queimados, mas não eram cabelos, era a comida que serviam. Eles provavelmente tinham bastante movimento pela manhã e no horário do almoço, mas à tarde o lugar era morto. A garçonete estava meio bêbada, balançando e murmurando. Quando não estava resmungando ao ouvir os gentis pedidos de Carney, ela batia as cinzas do cigarro em um cinzeiro de metal no balcão e afastava as moscas. O trânsito de moscas naquela hora do dia era grande, mas Carney duvidava que isso pagasse o aluguel.

Ele pegou dois jornais da mesa atrás de si. Tinha o hábito de consultar os anúncios de móveis para ver que tipo de promoções a concorrência estava oferecendo na semana. A loja da Fischer, na Coney Island, estava vendendo móveis de jardim. Notável pelo fato de que a empresa tinha passado a fabricar móveis para ar livre; os negócios iam bem. Ele não vendia produtos da Fischer, mas era bom saber o que os grandes estavam fazendo. A All-American estava com um anúncio de quarto de página — não era barato — de uma promoção de produtos da Argent. Estavam vendendo o sofá dez dólares mais barato do que Carney, um desconto raro para eles. A All-American ficava na Lexington, no entanto, e os clientes dele não iam fazer a viagem. Ir até lá para serem ignorados por um vendedor branco e tratados como se nem existissem. Carney estava bem. Ele estava passando mais tempo longe da loja, deixando bastante coisa para Ferrugem, mas o rapaz dava conta. Agora que noivara, estava doido pelas comissões. E Marie fez Carney perceber rapidinho que devia ter contratado uma secretária há muito tempo.

A página A1 do *Times* tinha duas colunas sobre o anúncio de que o prefeito Wagner ia concorrer a um terceiro mandato, e ia tirar o Tammany Hall das costas dele. As intrigas da prefeitura eram incompreensíveis para Carney. Era como fazer compras quando você ia para uma loja de brancos — as regras eram diferentes na região sul de Manhattan. No Harlem, o candidato da máquina estava na cédula e pronto. Ele não tinha uma opinião forte sobre Wagner. O prefeito gostava de negros? Ele não estava saindo para nos caçar, isso era o que contava. O ímpeto recente contra as drogas tinha como objetivo salvar os brancos, mas os beneficiários imediatos eram as pessoas decentes que temiam andar por seu bairro, que se preocupavam com os filhos quando eles saíam do campo de visão da entrada de casa. Se alguém te ajuda por acidente, continua sendo uma ajuda.

Carney tinha terminado de comer seu misto quando Freddie enfim apareceu.

— Você não devia estar trabalhando? — disse Freddie.

— Almoçando tarde. Por que você não pede alguma coisa?

Freddie fez que não com a cabeça. Estava em um de seus períodos de magreza, o cinto apertado. Carney estava acostumado com as fases do primo. A novidade era a indiferença de Freddie quanto à aparência. A camisa polo cinza amarrotada era emprestada e ele precisava sentar a bunda numa cadeira de barbeiro. Era possível que tivesse acabado de sair da cama.

Lendo a testa franzida de Carney, Freddie disse:

— A Elizabeth me disse que você ia estar de mau humor.

— Como?

— Encontrei com ela na rua. Ela disse que você estava de mau humor.

— Se você dá duro todo dia, de vez em quando fica de mau humor. — Carney ficou pensando o que se passava na cabeça dela... o humor dele ou os novos horários que ele vinha fazendo.

— Não tenho como saber isso — disse Freddie. Os dois riram. A garçonete se aproximou e murmurou algo. Freddie deu uma piscadinha para ela, pegou uma crosta de sanduíche do prato de Carney e devorou. Quando a moça se afastou, Freddie disse: — O que está acontecendo na cidade?

No jargão dele, isso queria dizer me conte a sujeira. No que dizia respeito aos personagens do mundo do crime que os dois conheciam, Carney contou que Lester e Birdy foram presos e estavam passando um tempo em Rikers. Desde que eles eram crianças, Lester perdia a cabeça pelas mulheres. Dessa vez ele não estava correndo atrás de um rabo de saia — esfaqueou a irmã da namorada no churrasco do Dia do Memorial em Gravesend por tirar sarro das calças dele.

— A ambulância levou a moça e eles voltaram a comer o frango.

Já Birdy caiu de uma escada de incêndio enquanto escapava de um apartamento no terceiro andar, Carney informou ao primo. O sujeito estava apagado na calçada quando a polícia encontrou, a carteira de alguém saindo do bolso.

— O Zippo foi pego fraudando cheques — informou Freddie. — Foi preso na casa da mãe.

Os primos resmungaram e fizeram caretas.

— Ele devia ter continuado fazendo filmes — disse Carney.

Antes de enfrentar a maré de azar e começar a ter cheques devolvidos, Zippo estava fazendo fotos eróticas, ou "fotos glamourosas", como ele dizia, e em paralelo vendendo pornôs gays para quem gostava desse tipo de coisa. Na primavera, contratou uma moça que queria ganhar um troco, e o namorado ficou sabendo e fez uma confusão. Acabou com o equipamento de Zippo e com o rosto dele também. Fazia três meses e Zippo ainda estava tentando se recuperar.

— E pra você, como vão os negócios? — perguntou Freddie.

Freddie não aparecia na loja desde a reforma, que envolveu entre outras coisas abrir uma porta entre o escritório de Carney e a rua. Isso permitia que Carney saísse para a Morningside entre a 125 e a 126 sem passar pelo showroom. E as pessoas podiam entrar assim também, depois das seis da tarde, quando ele mandava Ferrugem e Marie para casa.

— Eles acham que eu sou um chefe bacana porque nunca faço os dois trabalharem até tarde — disse Carney.

Os primos riram de novo, como se estivessem contando uma piada dos velhos tempos, como quando citavam James Cagney em *Fúria Sanguinária* — "O topo do mundo!" — quando algum otário fazia algo especialmente estúpido.

Ele não tinha certeza de que ia mencionar isso, mas acabou mencionando. Chink Montague teve algum desacerto com Lou Parks, seu receptador de longa data, e agora mandava negócios para Carney. Em troca de um pagamento.

— Então agora o Chink recebe o envelope semanal mais uma taxa por indicar negócios — disse Carney. — Ele é pior que o Tio Sam.

Era uma inversão. Antes, Freddie era quem apresentava as propostas.

— Bom pra você — disse Freddie. — Se aquele crioulo soubesse...

Nos últimos dois anos, eles raramente mencionavam o assalto do Theresa. Freddie continuava com os pequenos roubos, mas agora eram joias, braceletes e colares, não eletrônicos. Ele não tinha chamado o primo para outros trabalhos depois daquela vez, e até onde Carney sabia, não tinha trabalhado mais em equipe. Até o inverno anterior, Freddie vinha trabalhando com contrabando para Chet Blakely, cuidando de uma boa rota na Amsterdam na altura do 130, com dois asilos de idosos e o tráfego da faculdade. Mas Chet Blakely foi preso no Ano Novo em frente ao Clube de Veteranos e isso acabou com a operação que eles estavam começando. Carney não sabia o que o primo vinha fazendo desde então. O encontro só aconteceu depois de ele deixar meia dúzia de mensagens no Nightbirds, tendo tentado todos os outros caminhos.

— Você anda se cuidando? — Carney quis saber.

— Eu que devia te perguntar isso, é você que está trabalhando com o Chink. — Freddie entendeu o propósito desse encontro. Cerrou os lábios. — Minha mãe andou falando contigo.

Carney admitiu que foi por isso que chamou o primo ali. Tia Millie não via o filho havia três meses. Normalmente ele não demorava tanto a aparecer, nem que fosse para comer algo.

A porta da frente de uma das *brownstones* do outro lado da rua se abriu. Duas adolescentes com saias de listras brilhantes desceram a escada saltitando e foram rumo ao norte.

— O que você está olhando? — perguntou Freddie.

Carney sacudiu a cabeça: nada.

— Eu disse pra Tia Millie que não te via faz tempo. — Se Freddie estava tentando entender por que o encontro era na Big Apple, e não em um dos lugares de costume, não perguntou. — Onde você anda dormindo?

— Com o meu amigo Linus. Na Madison.

— Quem é esse?

— Você sabe, é o cara que eu conheci no Village.

Freddie contou a história como se fosse um golpe. Foi no apartamento de alguma garota branca rica que estudava na Universidade de Nova York, depois de uma exibição na cafeteria na MacDougal Street.

— O Feijão Mágico ou o Toledo Peludo ou alguma coisa assim.

Freddie era o único negro na plateia, e depois de alguma conversa ("Como é crescer sendo negro?" "Meu pai trabalhou no caso dos Meninos de Scottsboro"), ele entendeu que estava ali para representar, fazer uma demonstração da autêntica magia do Harlem. De que valia uma noite em Nova York sem ir ao teatro?

— Eu podia só ter colocado o pau pra fora — disse Freddie, mas estava meio abobado pela maconha.

Tinha uma maconha de primeira circulando no Village aquele mês. Ele perguntou se eles ouviram falar do truque do monte de três cartas. A garota branca pegou uma mala grande, achou um baralho e acendeu velas votivas. Todas aquelas brancas tinham velas votivas. Freddie não sabia fazer o truque dos três montes de cartas — "Você me conhece, aquelas cartas todas voando me deixam tonto" —, mas estava se divertindo demais. Ele cantou alguma música que tinha ouvido ao longo dos anos na rua 125 e tentou não cair na risada com a empolgação deles.

Aí o Linus entrou na história. Todo jogo de monte de três cartas precisa de um assistente para enganar os trouxas, e de repente apareceu aquele branco cabeludo para dar uma mão, jogando notas de dólar na mala. Ele sabia o que estava acontecendo — qual era o papel de Freddie e o dos outros — e deu cobertura para as falhas da técnica de Freddie. Era difícil pegar a carta errada toda vez, mas Linus era diligente. Lá fora na rua, quando ficou claro que, com ou sem show, ninguém ia transar, Linus apareceu com um baseado e ele e Freddie deram boas risadas andando por aí até o sol nascer. Freddie até devolveu o dinheiro dele, tal o clima de cordialidade.

Linus acabara de passar um tempo num sanatório por "tendências invertidas", segundo Freddie. A família do cara era rica e paciente, e achava que ele tinha feito progressos depois dos tratamentos com eletrochoques, embora fosse fingimento. Era mais fácil parecer normal e receber os cheques.

— Aquele choque? Eles te amarram e ligam aquela bosta dez vezes seguidas.

— Brancos. — Carney deu de ombros.

— Brancos torturando brancos... taí o lance das oportunidades iguais.

O tal Linus parecia meio doido, mas no geral era a típica história de Freddie: desleixado, mas inofensivo. Carney voltou ao assunto principal.

— A Tia Millie diz que você tem andado com o Biz Dixon.

A mãe de Biz Dixon, Alice, participava do mesmo grupo de igreja da Tia Millie. As mulheres cuidaram dos filhos uma da outra quando eram pequenos, e continuavam fazendo isso agora que tinham crescido e virado criminosos. O eufemismo para Biz entre essa geração era que ele estava passando tempo com um "mau elemento". Outro jeito seria dizer que Biz era um traficante. Ele fora preso duas vezes por vender drogas, e sempre voltava às ruas com dedicação renovada, em busca de um renome no mundo do crime do mesmo modo que os músicos tentam chegar ao Carneggie Hall: treino, treino, treino. Pelas histórias que Freddie contou ao longo dos anos, Carney sabia que Biz gostava de trabalhar no sul do Harlem, perto do metrô, para facilitar a compra para os clientes brancos. Cinco minutos e eles estavam de volta à plataforma esperando o trem para a região sul. Cinco minutos que pareciam cinco horas se estivessem precisando muito usar o que tinham comprado.

Claro que Biz também vendia para o pessoal do bairro. Caras que cresceram com ele, qualquer um que precisasse. Alguns bandidos saíam da loja de móveis e iam direto encontrar Biz.

Carney tentou adivinhar se a aparência de Freddie era por causa de muito tempo se divertindo ou muito tempo ferrado.

— O Biz está por aí — disse Freddie. — Ele sempre está por aí. Qual é o problema?

— Ele é descuidado — disse Carney —, e é só uma questão de tempo antes de ser preso de novo. Ele vende aquilo no parquinho. — Essa última parte era baboseira de cidadão exemplar, mas ele não conseguiu evitar.

— Você tem lido jornal demais — disse Freddie. — O cara está tentando fazer o dele. Não está escondendo nada. Usa uma fantasia, igual a você. Terno e gravata todo dia, mulher bonita e filhos, tentando esconder as coisas. Ele está aí fora tentando trabalhar, como você.

— Você está trabalhando pra ele?

— O quê?

— Você está trabalhando pra ele?

— Como você pode me perguntar isso?

— Está?

— A gente pega comida no China e conversa. Sai pra beber... qual é o problema? Você sabe que a gente sempre foi chegado. — Freddie virou o rosto para a rua e viu o desprezo de Carney quando tornou a olhá-lo. — Estou vendendo pra ele, claro. Parquinhos e igrejas, todo tipo de lugar. Se encontro um bebê, escondo o bagulho na boca dele. Injeto em freiras. Elas levantam a saia e gritam por Jesus.

Atrás do balcão, a garçonete tirou algo úmido dos pulmões e o cozinheiro disse:

— Ai, ai.

Freddie disse:

— Me perguntar uma coisa dessas.

Carney investigou o rosto dele. Talvez aquela fosse a voz de Freddie quando estava mentindo, talvez não fosse. Ele não tinha certeza. É possível mudar a voz e a expressão que se usa ao mentir, se trabalhar nisso.

— Você me obriga a perguntar — disse Carney.

— Me perguntar uma coisa dessas — retrucou Freddie.

— Que coragem. Você é que devia tomar cuidado. Eu faço as minhas coisas, mas você não vai me ver na rua 125 com uma placa enorme dizendo: "Olha eu aqui, vem me pegar".

Uma assombração apareceu e bateu no vidro ao lado deles — um branco magricela com cabelos loiros engordurados, usando calça e colete jeans. Ele agitou os dedos na janela e sorriu. Os dentes eram brancos e perfeitos.

Freddie fez um gesto para ele esperar do lado de fora.

— Esse é o Linus. Tenho que ir.

— Esse é o Linus? — Se der um bongô pro cara ele vira um beatnik da revista *Life*.

— Essa é a aparência dele — disse Freddie. — Todo mundo precisa de uma aparência. — A cadeira fez um ruído no linóleo quando foi arrastada. Ele parou na porta e disse:
— Agora você pode dizer pra minha mãe que me viu.

Freddie bateu a mão na mão de Linus e os dois saíram gingando pela rua.

A garçonete estava encarando. Ela pegou Carney a olhando, ergueu uma sobrancelha e, entediada, voltou a encher um porta-guardanapos.

Os primos seguiram caminhos diferentes. As mães eram irmãs, portanto em parte eles foram feitos do mesmo material, mas assumiram inclinações diferentes ao longo dos anos. Como as casas do outro lado da rua — as pessoas e os anos afastando os dois dos planos originais. A cidade pegava tudo em suas garras e mandava para várias direções. Pode ser que fosse possível influenciar nessa direção, mas pode ser que não.

Quase quatro horas. Era a terceira visita dele à Big Apple. Ele era um freguês? O lugar não era o Chock Full o'Nuts e a garçonete não era nenhuma Sandra. Eram os funcionários do lugar que decidiam quando alguém passava a ser freguês, e não a pessoa. Talvez um dia ela passasse a ser mais amistosa. Reconhecesse Carney, no mínimo. Aqui ele não ia esbarrar no Pierce. Fazia três semanas que tinha recebido o envelope do Clube Dumas. Ele prendeu a carta debaixo da janela que dava para o showroom, ao lado de tiras de papel amarelo que identificavam compradores delinquentes e prestações atrasadas. Aquele papel era uma prova de que tinha dinheiro a receber, uma dívida a ser honrada. Clientes, fornecedores — algum dinheiro atrasado, algum problema na entrega, mas assim que recebem tudo volta ao normal. Outras vezes, se recebe o que era devido e não faz mais negócios com aquela pessoa.

Faltando um minuto para as quatro da tarde, Wilfred Duke saiu de uma das *brownstones*, o número 288. O banqueiro ajeitou a gravata e deu tapinhas nos bolsos da calça de risca de giz procurando a carteira. Algumas pessoas saem de um lugar onde não deviam estar e olham em volta para ver se foram vistas. Fogem. Duke não. Ele espiou o relógio e foi para o sul na direção do escritório.

Carney havia contratado um sujeito para seguir o banqueiro e a informação batia: terças e quintas às três da tarde, nunca mais do que uma hora. Ele pagou a conta. Andava rápido. Passou para a Amsterdam para não ultrapassar o banqueiro no caminho para o sul. Além do que tinha uma nova loja de móveis na rua 130. Não havia mal algum em dar uma olhada na concorrência.

Não, a viagem não foi perdida de jeito nenhum.

TRÊS

Da última vez em que ele esteve na Times Square, a sirene de ataque aéreo soou e subitamente os bons cidadãos de Manhattan eram baratas depois que Deus acendeu a luz da cozinha. Eles correram para saguões de prédios e teatros, se agacharam nas entradas do metrô, se acotovelaram em portas. Mais um tedioso exercício roubando dez minutos da hora do almoço. Os últimos civis a sair das ruas eram taxistas e caminhoneiros e motoristas, que se espremeram com os outros depois de estacionar. Carney achou essa última parte estranha — manter as vias abertas para evacuação. Se os soviéticos jogassem uma bomba, o trânsito da Broadway seria o menor dos problemas.

Depois ficou um único policial na esquina vazia, vigiando o nada.

Ensaio para o Dia do Juízo Final. Ao ouvir a sirene, Carney correu para a Horn & Hardart e pegou um lugar perto da janela junto com os outros refugiados. Pelo menos num abrigo antibombas, no porão de um arranha-céus, era possível se iludir achando que tinha uma chance. Que proteção um vidro laminado ofereceria contra uma bomba atômica? Carney imaginou as janelas dos prédios altos explodindo e se transformando em estilhaços, rasgando o ar. As divisórias das máquinas de venda automática eram minúsculos espaços para sanduíches e sopas, e ele fez suas janelas explodirem também, sobre o linóleo gasto. Todos olhando para a rua. Era isso que eles faziam durante ataques aéreos. Olhar feito tontos para a rua. Como se dessa vez algo pudesse acontecer. Carney se espremia entre desconhecidos brancos: em elevadores, trens e no Dia do Juízo Final. A velhinha branca ao lado dele deu colo para um poodle e disse:

— Espero que joguem a bomba mesmo. — O cachorro pôs a língua de fora.

A sirene parou e a imensa engenhoca da cidade bufou e tremeu, retomando seu funcionamento. Carney seguiu para seu compromisso com Harvey Moskowitz, e no caminho de volta para casa viu Ernest Bornigne comendo dois cachorros-quentes no trem para o norte.

Naquela noite ele ia se encontrar de novo com Moskowitz, mas a Times Square perto da meia-noite era uma criatura diferente, um bazar incandescente e estarrecedor. Lâmpadas brancas piscavam em ondas atravessando as largas marquises, finos tubos de neon saltavam e davam piruetas — um copo róseo de martíni, um cavalo galopante — em meio a um clamor de buzinas e assobios e naipes de metais de big bands saindo dos salões. A última sessão de *O sol tornará a brilhar* tinha acabado do outro lado da rua (ele prometeu que ia levar Elizabeth, mas ainda não aparecera a oportunidade), na sala ao lado de *Canhões de Navarone* (que teria sido uma estreia para ele ir com Freddie, mas agora isso não acontecia mais), e as plateias saíam pisando no concreto cintilante e lavado.

Alguns escoaram para as plataformas de metrô e outros estavam apenas começando a noite, indo para bares nas ruas transversais ou boates não identificadas em que era preciso saber a senha para entrar. Lá no alto na rua 44, o enorme anúncio da Timex que havia quebrado estava funcionando de novo, o braço mecânico com o relógio da era espacial em seu pulso levantando e baixando: O Relógio da Ação para Pessoas Ativas. A Broadway certamente estava cheia de pessoas ativas, conhecedores de teatro e jogadores, valentões e bêbados — e também criminosos, vários deles trabalhando em busca do próximo grande golpe.

Meia-noite, é hora de brilhar. Ele vinha acordando e dormindo em horários de criminosos desde que esbarrou novamente em *dorvay*, depois de todos aqueles anos. Carney ouviu falar da palavra pela primeira vez na aula de contabilidade financeira, que acontecia em um auditório sujo no subsolo do prédio de Economia. Ninguém era escalado para dar aulas naquela sala se tivesse alguma reputação, Carney imaginou, mas o professor Simonov estava acostumado a humilhações em sua vida pregressa num país do Leste europeu jamais especificado. Ocasionalmente o professor contava anedotas daquele período: vigilância, humor sombrio na fila do pão, uma esposa acamada. A polícia secreta era chamada de "Muntz" ou "Mintz", Carney não sabia ao certo. Sempre que o aquecedor estalava, Simonov parava a aula até os canos pararem diante de seu olhar assassino. Dizia a lenda que ele só dava notas 10, como se quisesse colocar uma constante neste mundo cheio de caprichos.

Um dia em outubro, enquanto ressaltava a importância de manter uma escrupulosa vigilância sobre as contas, Simonov recomendou que eles escolhessem uma hora do dia para fazer a contabilidade e que mantivessem esse hábito.

— Não importa quando vocês vão fazer isso, o importante é fazer. — O pai dele, um comerciante de têxteis no antigo país (Romênia? Hungria?), preferia o *dorvay*, aquele pasto da meia-noite, para fazer a contabilidade. — Hoje as pessoas não lembram mais disso, mas antes do advento da lâmpada, era comum as pessoas dormirem em dois turnos — dizia Simonov. — O primeiro começava logo depois que o sol se punha, quando o dia de trabalho se encerrava. Se não havia luz para enxergar, que sentido fazia continuar de pé? Depois as pessoas acordavam à meia-noite por algumas horas antes da segunda fase do sono, que durava até a manhã. Esse era o ritmo natural do corpo, antes de Thomas Edison permitir que definíssemos nossos horários.

Os britânicos chamavam esse intervalo entre os dois períodos de sono de *a vigília*, explicava o professor Simonov, e na França o nome era *dorvay*. Você cuidava de seus negócios, fossem eles quais fossem — ler, orar, fazer amor, cuidar de trabalhos urgentes ou de prazeres adiados. Era uma trégua do mundo normal e suas exigências, um vácuo de atividades privadas construído de horas perdidas.

O professor Simonov retornou à aula e à sua pronúncia singular de *recebíveis*. Carney desejava saber mais sobre os voos noturnos. Ele se pronunciava nas aulas, mas não na disciplina de Simonov — o velho era imponente demais. Uma ida à biblioteca se mostrou infrutífera até que outro bibliotecário ouviu Carney atazanando o sujeito na mesa de informações e sugeriu que o termo francês era escrito assim: *dorveille*, que vem de *dormir* e *veiller*, estar acordado. O professor Simonov dissera a verdade; o corpo mantinha um horário diferente em outros tempos. Estudiosos medievais registraram isso; Dickens, Homero e Cervantes faziam referências. Carney não tinha lido nem Homero nem Cervantes, mas se lembrava de *Grandes expectativas* (começos humildes) e de *Um conto de Natal* (fantasmas arrependidos) com muito carinho. Benjamin Franklin se entusiasmava com o *dorvay* em seus diários, usando o período para andar nu pela casa e esboçar invenções.

Deixando de lado os eruditos, Carney conhecia o horário de um criminoso quando via — o *dorvay* era o paraíso dos bandidos, quando o mundo dos certinhos dormia e os vigaristas começavam a trabalhar. Uma arena para roubos e golpes, arrombamentos e sequestros, quando o golpista dá polimento à sua isca e o estelionatário frauda livros contábeis. Entre uma coisa e outra: a noite e o dia, o descanso e o trabalho, o que não presta e o certinho. Pegue um pé-de-cabra, você sabe que é entre uma coisa e outra que tudo acontece. Leal a seus erros, ele manteve a grafia errada na cabeça.

Na época de escola, Carney era um rapaz solitário, livre de tudo, exceto de ambição. Ele decidiu ouvir o chamado primitivo em seu sangue e passou facilmente a fazer dois turnos de sono. A arte perdida do *dorvay*. Ela o reconheceu e ele, a ela. As horas de escuridão eram a tela para seus trabalhos escolares e autoaprimoramentos eventuais. Gatos vadios e ratos de sarjeta corriam lá fora, o cafetão do andar de cima falava sua ladainha para a recém-recrutada e Carney bolava planos de negócios, anúncios para produtos improváveis e sublinhava furiosamente os *Conceitos Econômicos de Richmond*. Nada de festas para arrecadação de dinheiro para aluguéis, nada de namoradas para mantê-lo acordado até tarde da noite — só ele abrindo seu futuro à força. Durante nove meses, fez progressos rumo ao que queria: só notas dez. Toda manhã, Carney acordava descansado e cheio de energia, até seu turno na Blumstein's impedir os passeios noturnos e o *dorvay* se tornar uma recordação daqueles dias passados de ambição solitária, antes de Elizabeth, antes da loja e das crianças.

E então três semanas antes Carney apagou quando chegou em casa do trabalho e foi direto até a uma da manhã. Ele acordou alerta, zunindo. Sua antena capturava estranhas transmissões que passavam por cima dos telhados. Elizabeth se agitou na cama ao lado dele e perguntou se havia algo errado. Sim e não. Ele foi para a sala, e na noite seguinte também, quando acordou, andando inquieto de um lado para o outro, até descobrir por que tinha voltado ao *dorvay*. O banqueiro, a ofensa. Ele transformou a sala depois do corredor em um segundo escritório para seu segundo emprego, uma vingança. O trem elevado ressoando no trajeto norte e depois rumo ao sul como sua única companhia. Ele recebera a convocação para o antigo horário por um motivo. Se antes Carney estudava séculos de princípios financeiros, agora repassava suas anotações sobre Wilfred Duke e tramava esquemas.

A loja de Harvey Moskowitz ficava no Distrito do Diamante no norte da cidade, na 47 entre a Quinta e a Sexta, segundo andar. Um trecho solitário àquela hora da noite, mas a luz estava acesa no escritório do joalheiro. Se andasse numa rua assim no Harlem, era preciso ficar alerta esperando algum drogado pular e rachar sua cabeça, mas a epidemia ainda não tinha transformado a zona sul. O que não quer dizer que não houvesse gente tramando maldades naquela parte da cidade. Ou seja: Carney apertou o interfone. Estava devendo uma visita havia algum tempo, negligenciando os negócios desde que começara com a história de Duke. Ferrugem estava dando conta das vendas na loja, mas havia áreas em que Carney era o único que podia atuar.

Um dos sobrinhos de Moskowitz deixou Carney entrar e foi logo para a sala dos fundos assim que alcançaram o andar de cima. A maior parte dos estabelecimentos do Distrito dos Diamantes havia se convertido ao estilo moderno de aço lustroso e vidro, mas Moskowitz se atinha às tradições, com painéis de madeira escura e luminárias em tons verdes. Você andava sobre tábuas rangentes, não sobre carpete branco feito em linhas de montagem. Durante o horário comercial, a loja de Moskowitz tinha uma iluminação ofuscante, as filas de joias em seus mostradores de veludo brilhando sob a iluminação estratégica, e era barulhenta como um estádio com gente falando alto e gritando, já que os sobrinhos de Moskowitz ameaçavam e xingavam uns aos outros o tempo todo, sem ligar para os clientes. A briga era parte de uma estratégia de vendas, pois quando Moskowitz olhava nos olhos de alguém e a pessoa também sorria das excentricidades dos parentes dele, se tornava um freguês, um membro da família.

A loja era um circo durante o dia, mas era séria e calma tarde da noite, quando o verdadeiro trabalho era feito. O tempo, as regras do mundo da honestidade, o que o seu relógio dizia — tudo isso ficava turvo então. O temperamento e o espírito dessas horas, o que era colocado nelas, importava mais do que o lugar que elas ocupavam no mostrador do relógio.

O escritório de Moskowitz tinha vista para a rua, com divisórias de vidro jateado que permitiam à luz do sol entrar no showroom. Tendo em vista o volume de negócios ilícitos que passavam pela mesa dele, e a agência de viagem no segundo andar do outro lado da rua, Moskowitz precisava abrir e fechar as persianas várias vezes por dia. Sempre que Carney entrava, Moskowitz se levantava para desempenhar seu ritual robótico, mesmo quando era tarde da noite e todo o prédio em frente era um navio morto e afundado.

— Quero ver o que você acha — disse Moskowitz. Um item sobre a mesa estava embrulhado num lenço com monograma.

As aulas deles haviam terminado, mas o joalheiro provocava e testava Carney de tempos em tempos. Carney pegou a lupa e desembrulhou o bracelete. Era uma peça bonita. Rubis sangue de pombo e diamantes alternados, encrustados em platina. Ele contou: quinze elos ovais. Talvez dos anos 1940? Leve nas mãos, mas não excessivamente delicado — ficaria bem no pulso de uma garota da alta sociedade e também numa mulher que trabalhava para pagar as contas e que jamais tinha tocado algo assim na vida.

Era uma bela peça, uma acusação à miscelânea de itens que Carney trazia. Ele viu no desafio uma chance de admirar o trabalho do artesão, e não um desrespeito.

— Fabricação americana — disse Carney. — Raymond Yard? Pelo design.

Moskowitz era fã do trabalho dele e mostrara a Carney um texto de uma revista sobre as peças que Yard fez para Rockefeller e Woolworth.

— Não se apresse — dizia Moskowitz frequentemente. — Levou um milhão de anos para ser feito, o mínimo que você pode fazer é gastar um pouco de tempo.

Carney semicerrou os olhos mais um pouco e deu o melhor palpite que pôde.

— Passou perto. Na trave — disse o joalheiro. — Com o mercado de platina do jeito que está, talvez mais.

Moskowitz era um sujeito magro com pouco menos de sessenta anos, traços delicados de raposa. Os cabelos eram grisalhos, mas o fino bigode era brilhoso e negro, fora de moda, porém tingido e penteado religiosamente. Ele era uma mistura estranha — simpático, mas reservado de um modo que te fazia perceber que ser amistoso exigia força de vontade.

O joalheiro tinha um jarro com ovos cozidos imersos em vinagre num armário e pegou um deles com um par de compassos de calibre. Carney sempre via aquilo com suspeita — os ovos lembravam os botecos para onde o pai costumava arrastá-lo —, e por isso Moskowitz não ofereceu.

Moskowitz mordeu o ovo e esfregou a língua nos dentes da frente.

— Arranjei mais um ventilador — disse ele. — Esse calor.
— Na Times Square todo mundo está suando.
— Acredito. O que você tem? — quis saber Moskowitz.

A história de Duke manteve Carney no Harlem, por isso a pasta estava mais pesada do que o normal. Depois do assalto ao Theresa, Chink passou a mandar seguranças para cobrar de quem fazia negócios no território dele, mas também começou a mandar ladrões para negociar com Carney. Em troca de uma comissão. Ao longo do tempo o que Chink indicava se tornou um negócio estável e lucrativo. Metade do que levava hoje era cortesia do gângster. Braceletes, alguns colares que não chegavam a ser ruins e vários relógios e anéis, cortesia de Louie Tartaruga, que devia ter assaltado algum Capitão da Indústria. Ou roubado alguém que fez isso. Algumas peças boas. No dia seguinte Carney pretendia desovar as coisas de menor valor no sujeito do Hunt's Point.

Moskowitz acendeu um cigarro e começou a avaliar. Ele não era muito de conversa fiada, outro motivo para Carney não sentir saudades de Buxbaum. Carney não gostava de criminosos que se gabavam de sua esperteza, se vangloriavam da burrice de suas observações, cuja paranoia derivava não de cautela, mas sim de uma noção exagerada da própria importância.

— Boca grande, peixe pequeno — dizia o pai dele.

Buxbaum enganava Carney; a ignorância desse último em relação ao ofício exigia isso. Quando o joalheiro contava suas histórias de como tinha enganado algum parceiro, Carney sabia que era astro de histórias semelhantes que Buxbaum contava para outros tipos suspeitos.

Também tinha isso: muitos tipos suspeitos na Top Buy Ouro & Joias, homens brancos com a barba por fazer e garrafinhas de bolso de paletó que cheiravam a gim, que paravam de falar quando ele entrava. Uma loja — especialmente uma joalheria — é feita para se olhar. Tipos que cuidadosamente olhavam para o nada chamavam a atenção. Evitando contato visual, checando a rua para ver se algum erro cometido estava vindo cobrar seu preço. Disfarce um pouco, pelo amor de Deus. Um excesso de fracassados, um tráfego excessivo de fracassados com língua solta demais.

Mas Carney tinha ficado dependente de Buxbaum, e o sujeito sabia disso. O distrito de joalherias da Canal Street encolhia cada vez mais — comerciantes sendo presos ou entrando para o grupo da rua 47. Por isso, quando a loja de Buxbaum foi alvo de uma batida, Carney viu aquilo como parte de um processo natural: é assim que a cidade funciona. O joalheiro acabou na cadeia e Carney estava totalmente sem sorte. Ele fez uma pesquisa por meio do advogado de Buxbaum. O nome voltou: Moskowitz.

Carney ficou surpreso com duas coisas: quanto dinheiro Buxbaum tirou dele e a recusa de Moskowitz em fazer o mesmo. Talvez aquele jogo fácil não estivesse à altura do comerciante da Quarenta e Sete. Da primeira vez que Carney apareceu com pedras — o nome de Buxbaum serviu como atestado e as persianas foram fechadas —, o joalheiro perguntou quanto Buxbaum teria oferecido. Carney disse um valor.

— Você não tem a menor ideia de quanto essas coisas valem, tem? — disse Moskowitz.

O tom do branco irritou Carney, antes de ele entender que era franqueza e não condescendência.

— Buxbaum queria manter você dependente — disse Moskowitz. — Se vier até aqui, vou negociar direito com você.

Sim, Buxbaum enganara Carney, mas o novo contato e as taxas mais favoráveis compensaram o prejuízo. Logo ele recuperou o que havia perdido.

Uma noite, Moskowitz perguntou a Carney quanto dinheiro ele tinha em mãos.

— Olhe — disse ele —, você está perdendo muito dinheiro.

No arranjo de Buxbaum, Carney era um mensageiro e era pago por esse serviço. Ele fazia intermediação com bandidos, arriscava seu negócio legítimo, transportava mercadorias e dinheiro pra um lado e pro outro — por meros cinco por cento.

— Você faz negócio com o Buxbaum — disse Moskowitz — e ele repassa o material para negociantes com quem trabalha, o cara do ouro, o cara das pedras preciosas, sei lá. Às vezes sou eu. — Se Carney pudesse manter esse volume, e se o vendedor de móveis conseguisse adiantar o dinheiro a seus "parceiros", o termo que o joalheiro usava para os indivíduos de má reputação do Harlem, ele tinha o direito de ficar com a fatia que antes era de Buxbaum. — Você tem dinheiro para isso?

— Tenho.

— Imaginei. Vamos fazer assim, então. — Eles fecharam o acordo. — E as *khazeray* que você sabe que eu não vou ficar, não precisa trazer. Desperdiça meu tempo e o teu.

Buxbaum ficava com tudo, mesmo as porcarias. Moscowitz não podia perder tempo. Ele dizia algo como:

— Não vou nem encostar nisso, meu caro. — Com o desprezo que o objeto merecia.

— Vou pagar você para me ensinar — disse Carney. — Para me ensinar a enxergar.

— Ensinar você?

— Eu sou formado em Administração pela Queens — disse Carney.

O sorriso do joalheiro era de diversão ou de lisonja. Eles fecharam aquele acordo também.

Subir na cadeia de fornecedores custou algo ao fundo do apartamento da família, mas não por muito tempo. Ele já não era um mero garoto de recados de bandidos do Harlem, era um verdadeiro intermediário. Como aceitara o antigo acordo por tanto tempo? Subir na vida em parte depende de você perceber quanto estavam te fodendo. Ele recebeu uma dica de um cara em Hunt's Point que podia ficar com as coisas mais baratas, os anéis de clube e itens de vestuário, e outro cara que trabalhava com moedas raras. Logo tinha como escoar tudo que fazia Moskowitz torcer o nariz.

O joalheiro ganhava muito dinheiro, mesmo com a fatia maior de Carney. A maior parte da operação ilegal de Moskowitz ia acabar no exterior. Um sujeito da França aparecia duas vezes por mês e levava tudo. De lá aquilo seguia sabe-se lá para onde. Apesar das preocupações internacionais de Moskowitz, ele não dispensava as coisas pequenas, como as aulas de Carney. Durante seis meses, Carney fechava a loja de móveis, pegava o trem 1 para a zona sul e suportava a fumaça dos cigarros enrolados a mão de Moskowitz. O joalheiro deu aulas a ele sobre cor, claridade e corte. Explicou como uma montagem das contas destacava pedras com várias facetas, por que um tipo de moldura se prestava a ouro de dezoito quilates. Sem perceber, Carney descobrira muita coisa nos últimos dezoito meses; Moskowitz juntou todo aquele jargão desconexo e as noções semiacabadas que flutuavam pela mente de Carney e transformou tudo em objetos sólidos. Ele tinha uma boa noção do que era precioso e do que era falso, do que tinha valor e do que era chita; Moskowitz incentivou Carney a confiar em seus instintos.

— Você tem faro — disse ele. — Todo mundo pode treinar o olho. Mas faro? Você tem que ter faro. — Ele não explicou.

A maior parte do conhecimento que compartilhava era menos etéreo. Como distinguir um rubi da Birmânia de um rubi tailandês, lápis-lazúli de boa qualidade da pedra tingida que se encontrava em todo lugar hoje em dia. Depois havia a difícil ciência da cultura e da moda que decidia quando as coisas estavam de acordo com o estilo de uma época, a miríade de modos pelos quais a história deixava sua marca.

— A Grande Depressão — disse Moskowitz — gerou designs excêntricos, de um modo que o vestido da sua esposa podia parecer valer um milhão de dólares, mesmo ela tendo feito em casa. — O que levou à explosão de bijuterias depois da guerra? — As pessoas queriam exibir seu dinheiro, mesmo que não tivessem. Não tinha importância ser imitação, o importante era como aquilo as fazia se sentir.

Carney disse a Elizabeth que estava fazendo um curso noturno de marketing. Às vezes um dos sobrinhos de

Moskowitz, um rapaz bochechudo chamado Ari, sentava para aprender o lado ilícito dos negócios da família. Carney pegava Moskowitz olhando para os dois estudando alguma pedra, lado a lado, o negro e o judeu, e o joalheiro ficava com um sorriso esquisito no rosto, como se estivesse feliz com essa virada em sua vida. Ensinar um sujeito de cor e o caçula da irmã o funcionamento de seu comércio ilegal. Ari e Carney se davam bem nas aulas. O rapaz fingia que não o conhecia se os primos estavam por perto.

— Isso é tudo que você precisa saber para teus propósitos, eu acho — disse Moskowitz para ele ao fim de um dos encontros. O professor pegou uma garrafa de xerez doce. Eles brindaram.

Para os propósitos dele. Os ladrões que apareciam na porta lateral da loja de móveis de Carney tinham sua posição, Moskowitz tinha outra, e Carney tinha a sua.

Moskowitz colocou preço no material daquela noite e eles fecharam negócio pelas pedras. Agora vinha a parte predileta de Carney em suas visitas a Moskowitz, exceto pelo dinheiro: a abertura cerimonial do cofre da Hermann Bros. Era um cofre imponente, um corpo de metal negro e porta quadrada que se empoleirava na ponta de pés incrivelmente delicados. A couraça utilitária escondia o luxo interno, as gavetas de nogueira com peças de latão, os compartimentos forrados com seda. O disco dizia *clique, clique, clique.* Carney se sentia o primeiro assistente em um navio grandioso — o mostrador com o segredo era uma bússola apontando o caminho; o disco com cinco raios um leme para guiá-los por um continente de dinheiro. Terra à vista!

Ele perguntara sobre a procedência do cofre uma vez e o joalheiro disse que aquele modelo não era mais fabricado. A Herman Bros tinha sede em São Francisco. Houdini aparecia na propaganda deles, com um rosto triste porque a linha de produtos Herman o deixava confuso. A Aitken comprou a empresa e deixou de produzir as linhas de cofres e caixas-fortes para consumidores finais. Carney não tinha uma tendência natural à inveja, mas toda vez que via o cofre de Moskowitz ele realmente era tomado de desejo.

— Se você for comprar um novo — disse Moskowitz —, compre do tamanho certo. Um homem deve ter um cofre grande o suficiente para conter seus segredos. Maior, até, para que você tenha espaço para crescer.

O joalheiro retirou um tijolo de dinheiro do cofre e contou as cédulas. Depois colocou carinhosamente os produtos de Carney nas gavetas que lhes cabiam dentro da caixa metálica. As gavetas de nogueira sussurravam ao abrir e fechar, de um modo tão elegante que fazia Carney tremer.

— Minha mulher acha que devíamos ir ver aquele filme com o Sidney Poitier — comentou Moskowitz.

— As críticas são boas. O *Times*. Ele está bem no filme, dizem.

— Ela sabe que eu não vou ao cinema, não sei por que diz isso.

— Qual é o problema? — perguntou Carney.

— Buxbaum pegou sete anos.

— Ah.

— O advogado não era o melhor.

— Cadeia — disse Carney.

Os dois não manifestaram compaixão nem especularam quais informações Buxbaum podia compartilhar. Ele ainda não tinha caguetado. Precisavam ficar satisfeitos com isso.

Moskowitz fechou a porta do cofre e girou o disco.

— Meu amigo da França vem neste fim de semana. Carney disse:

— Ótimo. — Ele se levantou para ir embora.

— Você parece bem — disse Moskowitz. — Os negócios vão bem?

— Os negócios vão bem — confirmou Carney. — Então eu vou bem.

Quando voltou para a Broadway, era quase uma e meia da manhã. As calçadas praticamente vazias. Logo seria a hora dos caminhões com os jornais, a hora do caminhão dos pães, a hora do turno da noite bater o cartão de fim de expediente e ir embora. Carney bocejou, o feitiço do *dorvay* indo embora. Hora de ir para casa.

Havia uma loja de câmeras perto do metrô. Carney tentou abrir a porta e deu uma risadinha. A loja fechara havia muito tempo — nem todo mundo seguia aqueles horários malucos. Ele se satisfez em ver os produtos. Pierce tinha mencionado qual câmera usava para fazer fotos da família? Carney não se lembrava, e não ia perguntar nada para aquele safado escorregadio.

Ele não gostou da vitrine lotada de produtos. Qual era o sentido se ninguém conseguia ver? Mas com o tanto de gente que passava a pé pela Times Square, o mercado cada vez maior, os vários tipos de clientes que queriam câmeras naqueles dias, talvez fizesse sentido abarrotar a vitrine. Era o mesmo que acontecia no ramo dele, móveis para casa — havia muito de tudo. Ele passou os olhos pelas engenhocas. A Nikon F tinha algo chamado "Reflexo Automático". Sabe-se lá o que era aquilo. "Ao usar o Controle de Visualização, *é impossível causar uma exposição acidental.*" Ele não era um aficionado, queria algo simples.

Dois bebuns brancos cambaleavam na esquina. Eles correram para a Broadway atrás de um táxi. Carney carregava bastante dinheiro naqueles tempos, uma pasta cheia de pedras ou ouro ou dinheiro, o equivalente a um ano de salário, mas não queria deixar de ser vigilante. De volta à vitrine. Todo mundo estava falando da Polaroid e do filme instantâneo, essa era a novidade. No mostruário da Polaroid Pathfinder, uma família de brancos fazia um piquenique perto de um profundo lago azul. Gente branca em piqueniques estava em todo tipo de anúncio naqueles dias. O Sistema de Rodovias Interestaduais e onde ele podia te levar. Só sorrisos no pôster na vitrine, o pai com uma polo listrada dando instruções para a ninhada.

Uma câmera instantânea era bacana, Carney decidiu. Dava para comprar no dia seguinte durante o horário comercial. Horário comercial de pessoas normais.

Descendo a rua, o show de luzes da Times Square resplandecia, sem força total àquela hora da noite, mas mesmo assim magnífica. Ele nunca tinha visto daquele ângulo, da 47 — a luz emergindo da curva na Sétima Avenida como se irradiando de alguma terrível criatura entrando em seu campo de visão. Naqueles dias, ele tinha a sensação permanente de estar entrando em outro lugar. Sair das ruas que conhecia e descobrir que havia leis diferentes, uma lógica torta. Os pensamentos dele passavam para aquelas histórias de crianças sobre brinquedos que ganham vida própria depois que seus donos vão dormir e imaginou quais surpresas silenciosas se desdobravam naquelas grandes marquises e letreiros luminosos quando ninguém estava olhando.

Ele desceu para o metrô, se apressando ao ouvir o rangido do trem que chegava. Talvez na rua lá em cima, como em uma história infantil, as grandes letras escuras se reorganizassem para formar novos nomes e palavras, e dez mil luzes piscantes fizessem um show nunca antes visto em plena madrugada. Expondo declarações filosóficas. Afirmações da verdade universal. Pedidos por socorro e compreensão. E talvez entre essas coisas, uma afirmação dirigida para ele e para mais ninguém: uma perfeita mensagem de ódio, inscrita sobre a cidade.

QUATRO

A mãe de Marie gostava de confeitaria. Bolos, biscoitos, bolos de frutas, tortas da estação que cheiravam como o Alabama de sua juventude. Marie fazia as vontades dela. Desde que começou a trabalhar como secretária, a Móveis Carney contava com um pequeno suprimento de produtos de confeitaria para Carney e Ferrugem, clientes extasiados, criminosos e para os policiais brancos que eventualmente apareciam por lá. Na maior parte das manhãs, Marie deixava um prato de vidro na pequena mesa do lado de fora da porta de seu escritório, e o trabalho da noite anterior se transformava em migalhas antes da hora do almoço.

O detetive Munson era um fã. Quando Carney apareceu para a reunião deles naquela manhã de agosto, o policial já estava lá, tentando fazer Marie contar a receita. No arsenal de métodos de interrogatório do sujeito, os que ele estava usando então eram os mais gentis, e de suas várias investigações, certamente essa era a mais doce. Marie não cedeu.

— Basicamente você tem de prestar atenção ao que está fazendo — disse ela ao policial com um pequeno sorriso.

Carney chegou no horário para a reunião. Munson estava adiantado. Não estava claro se o policial lutava por uma posição melhor ou se simplesmente tinha fome.

A comida não foi a única melhoria na Móveis Carney naqueles últimos meses. A Sable Constructions cobrou os olhos da cara pelo serviço, mas ficou esplêndido; não havia o menor indício de que o showroom algum dia ocupara metade daquele espaço. As mais novas linhas da Argent e da Collins-Hathaway, as cadeiras de jantar com patas de gazela e as mesinhas laterais em forma de bumerangue estavam elegantemente colocadas na área onde antes ficavam o balcão e as mesas da padaria. Os fornos, fogões e vários outros equipamentos foram vendidos para um ferro-velho, e o azul-claro da nova pintura combinou bem com a paleta da estação, cheia de tons pastel.

Enquanto guiava seus clientes pela loja, Carney começou a dizer para eles:

— Se você não consegue achar, é porque não precisa.

E a reação — um pequeno sorriso e uma expansão da caminhada pela loja — fez com que acrescentasse essa frase a seus anúncios de jornal.

Nos fundos da loja, ele reservou espaço para Marie e o número cada vez maior de arquivos. Tendo em vista o amor dela por pães e bolos, a contratação de Marie foi quase uma homenagem ao estabelecimento desaparecido.

Carney manteve seu escritório no mesmo lugar, com o acréscimo da porta para a Morningside Avenue, aquela entrada para a clientela especial.

Eles sabiam que deviam ir à noite, os ladrões, só com horário marcado, e se batiam na porta durante o horário comercial Carney mandava embora — encontre outro para negociar. Ferrugem e Marie guardavam para si as perguntas que tinham em relação aos visitantes suspeitos de Carney. Ferrugem estava preocupado com seu casamento iminente e montando o ninho para si e a noiva. Beatrice era uma graça, um pássaro que falava mansinho e que crescera a duas cidades de distância de Ferrugem na Geórgia. Eles se conheceram no coro da igreja no ano anterior, na fila do ponche. Os lugares favoritos de ambos eram os mesmos e aqui eles encontraram uma mesma melodia na cidade. Ela ria do estranho humor caipira de Ferrugem e ele a chamava de "meu bichinho de estimação", algo que ouvira em um filme. Ferrugem não reclamou quando Carney pediu para ele assumir mais tarefas na loja naquelas últimas semanas.

Da parte de Marie, Carney imaginou que ela estava grata demais pelo emprego e cansada demais para ser curiosa. A moça morava na Nostrand Avenue no Brooklyn com a mãe e a irmã mais nova. Uma tinha dificuldade de andar, a outra estava doente; era difícil acompanhar. Marie era a única que levava dinheiro para casa. Só era possível imaginar a vida doméstica dela por meio das citações da mãe: "Minha mãe diz que esses biscoitos são difíceis de fazer sem gordura", "Minha mãe diz que tem que deixar a massa descansar perto de uma janela aberta, para pegar vento". Carney reconheceu o ar ensaiado de competência de seus próprios anos de ensino médio, depois que a mãe dele morreu, o pai se esgueirando, e ele se criando por conta própria. Aquele fardo de carregar um apartamento nas costas; às vezes você cambaleia com o peso, mas vai em frente, qual seria a alternativa? Vinte e duas moças responderam ao anúncio dele. O diploma de Marie na Escola de Datilografia Executiva na rua 44 foi decisivo.

"Treinando Dedos para os Negócios." Ela carregava o diploma numa pasta de couro falso.

Marie era uma moça com costas largas, torso curto e pernas magras; o efeito geral era um funil, como se ela tivesse brotado da terra como uma árvore. Considerando a personalidade afável, uma árvore robusta de sombra confiável. Era rápida, eficiente e, sim, fazia vistas grossas para eventuais criaturas estranhas que batiam na porta do escritório do patrão. Ela se adaptou ao sistema de Malagueta sem comentários.

Não muito tempo depois do assalto ao Theresa, Malagueta começou a usar a loja de móveis como um serviço de recados. Numa noite de novembro, perto do horário de fechamento, o telefone tocou.

— É o Malagueta — disse ele, embora Carney fosse reconhecê-lo de qualquer jeito. O sujeito tinha um silêncio que o denunciava.

— Malagueta — respondeu Carney.

— Tem um recado pra mim?

— Desculpa?

— Tem um recado pra mim?

Desconcertado, Carney olhou para a rua 125 para ver se o cara estava ligando da cabine telefônica do outro lado da rua. Ele gaguejou e o suspiro de Malagueta o interrompeu.

— Se ligarem pra mim — disse Malagueta —, você me passa a mensagem.

Ele desligou.

No dia seguinte, Ferrugem disse que alguém perguntou por um certo Malagueta, mas parecia um bêbado querendo pregar uma peça. Depois disso, Carney deixou um bloco amarelo perto do telefone para anotar os recados inescrutáveis de

Malagueta. Tentar embelezar as mensagens com a palavra *enigmáticas* seria o mesmo que vestir um porco de smoking. Aquilo era uma colcha de retalhos de horários, lugares e objetos sem referentes, o mundo reconhecível reduzido a uma série de grunhidos. Reduzidos ao Trabalho.

Diz pro Malagueta onze horas. Pra ele levar a mala.
Vai acontecer naquele lugar. Vou estar lá meia hora depois.
O Malagueta não pode esquecer as chaves. Vou estar lá atrás, debaixo do troço.

Carney disse a Ferrugem, depois a Marie, que o misterioso destinatário das mensagens era um velho amigo do pai dele, um velhinho excêntrico. Sem nenhum parente; era triste, na verdade. Quando ligou horas depois, Malagueta se identificou e repetiu a mensagem com sua própria entonação, como se pensando sobre mistérios da antiguidade — "Vai acontecer *naquele* lugar" — e depois desligou. Podiam se passar meses até o próximo contato.

O detetive Munson colocou o último pedacinho de um biscoito cor-de-rosa na boca.

— Eu podia comer esses teus biscoitos o dia inteiro — disse ele. Se é que percebeu a insinuação, Marie não deixou transparecer.

— Detetive — chamou Carney.

— O sujeito está sempre trabalhando — disse Munson, para tornar Marie cúmplice no comentário sobre a caretice do patrão dela. Ela fechou a porta depois que os dois entraram no escritório.

Havia uma poltrona reclinável Collins-Hathaway para visitantes, mas Munson sentou no cofre Ellsworth de Carney. Era um modelo modesto, cinza-escuro com uma abertura de alavanca. Carney não mantinha um livro de etiqueta em cima da mesa, mas tinha certeza de que não eram bons modos sentar no cofre de alguém.

O detetive colocou o blazer sobre o braço. Carney fechou as persianas.

— Eu devia vir tomar café da manhã aqui todo dia — disse o policial. — Que tal?

— Isso é para os clientes.

— Você não está tentando me vender algo? O que aconteceu que não podia esperar a quinta-feira?

Quinta era o dia em que Munson normalmente coletava seu envelope. Depois do assalto ao Theresa, Chink Montague informou os nomes de todos os receptadores do Harlem para conseguir pistas sobre o colar da namorada. O efeito foi que Carney entrou para as páginas amarelas dos bandidos, e Munson passou a fazer as visitas.

Naquele primeiro encontro, o detetive perdoou Carney por não pagar nada até então.

— Quem sabe você não entendesse como as coisas funcionavam? Agora eu estou te dizendo como as coisas funcionam.

— Claro, algumas coisas que eu vendo já tiveram outros donos — disse Carney.

— Sei como essas coisas são. Às vezes as coisas aparecem na sua porta. Vai saber de onde vieram ou por quê. Mas aquilo está ali, igual um parente caloteiro, e você tem que lidar.

Carney cruzou os braços.

— Vou aparecer às quintas-feiras. Você está na loja às quintas?

— Todos os dias, como diz a placa.

— Quinta então. Sem falta. Como na igreja.

Carney não ia à igreja. Blasfemos de um lado da família, céticos do outro e os dois lados gostavam de dormir até tarde.

Mas ele entendia a importância de pagar as contas em dia, e agora havia mais uma mão estendida à espera toda semana.

Carney manteve quinta como o dia das transações. Até aquele dia.

Munson se esparramou e esticou as pernas. Ele passava a Carney a impressão de um subxerife tagarela num filme de Velho Oeste, presunçoso e contando piadas, e com grandes chances de morrer antes do fim da fita. Munson era esperto demais para um final tão ignominioso; quando os bandidos chegassem à cidade, ele ia se esconder nos estábulos até o tiroteio cessar e depois sair para conferir como estavam as coisas.

Os parceiros de negócios de Carney contaram a história de Munson. Ele trabalhou em Little Italy, no sul de Manhattan antes de ser transferido para o Harlem. Trabalhar numa delegacia de crimes contra a moral era o equivalente a fazer doutorado em Ciências do Suborno. Ligações na máfia, sem dúvida. No novo cargo, além de resolver um caso de vez em quando, ele agia como uma espécie de diplomata para os criminosos do Harlem, aparecendo para resolver disputas por território entre gangues e traficantes ou para garantir que rotas concorrentes não se cruzassem. Havia um fluxo de envelopes, e a paz preservava o trânsito sem obstáculos desses envelopes. Um homem que mantinha a paz era de fato valioso.

— Não tem a ver com o seu pagamento — disse Carney.

— Eu tenho uma informação que podia ser útil pra você.

— Você. Pra mim.

— Você sempre diz: "Se ouvir alguma coisa".

— E você sempre diz que é um humilde vendedor de móveis, tentando ganhar a vida.

— E é verdade. Eu sei de uma coisa que pode te interessar. E quem sabe você também possa me ajudar.

— Homem de Deus, desembucha de uma vez.

— É o Biz Dixon — disse Carney. Ele tinha como dar um mapa para que o sujeito fosse preso. — Eu não preciso te convencer da conveniência de uma prisão que chame a atenção, certo? Lá em Albany o governador Rockefeller está com a força-tarefa antidrogas tentando fazer incursões, o legislativo estadual despejando milhões de dólares para tratamento de dependência química, e nada acontece. Só piora. Todo dia os jornais falam sobre meninos viciados, ruas perigosas demais para as pessoas andarem...

— Estou por dentro do problema das drogas, Carney.

— Claro. Está destruindo o Harlem. Como na semana passada, aquele tiroteio na Lenox. Em plena luz do dia. Andam dizendo que foram os caras do Biz Dixon que balearam aquela menininha que estava passando. — Ele estava fazendo gestos de vendedor com as mãos, como se tentando fechar a venda de um canto alemão. — O que eu estou dizendo é que sei onde ele opera, onde guarda o bagulho. — *Bagulho* não era parte do vocabulário dele e isso ficou evidente. — Acho que é um caso que você vai gostar de ver associado ao seu nome. Confronto. Prisão.

— Cara, o que você sabe sobre o que eu gosto ou não gosto? — Munson se endireitou. — Qual é a sua história com o Dixon?

— Cresci com ele. Conhecia na época, sei quem ele é hoje.

— E no que você está pensando?

Carney deu o nome: Brucie Sovina.

Munson ergueu a cabeça.

— O cafetão? Por que você se importa com ele?

Era uma boa pergunta. Carney vinha se perguntando isso ultimamente. Um mês antes, nunca tinha ouvido falar do homem.

— Ele é um vigarista — disse.

— Se ser vigarista fosse crime, todos nós íamos estar presos — respondeu Munson. — Ele tem amigos.

— Só porque uma pessoa tem amigos você não faz o seu trabalho?

— Não é meu trabalho ir atrás de alguém só porque um civil, que eu sei que tem lá seus problemas com a lei também, me pediu pra fazer isso. O seu envelope não é tão gordo assim.

— Ele devia estar na cadeia.

— Eu devia estar na cadeia, isso é conversa de maluco.

Ao ver a expressão de Carney, o detetive tirou o chapéu e o girou na mão com as pontas dos dedos na aba.

— É assim — disse Munson —: existe uma circulação, um movimento de envelopes que mantém a cidade funcionando. Se o sr. Jones tem um negócio, ele precisa espalhar o amor, dar um envelope para essa pessoa, para outra pessoa, para alguém na delegacia, em outro lugar, para todo mundo desfrutar daquilo. Todo mundo está pagando ou repassando. A não ser que você esteja no topo. Gente do andar de baixo como nós não precisa se preocupar com isso. E aí nós temos o sr. Smith, que também tem um negócio, e ele está fazendo a mesma coisa se for uma alma sábia e quiser continuar trabalhando. Espalhando o amor. O movimento dos envelopes. Quem pode dizer qual deles é mais importante, se é o sr. Jones ou o sr. Smith? A quem devemos ser leais? Devemos julgar um homem pelo peso do envelope, ou pela pessoa que recebe?

Ele parecia estar dizendo que Dixon pagava por proteção, e que um outro traficante estava fazendo o mesmo, e que algum tipo de arbitragem precisava ocorrer. Então em que pé as coisas estavam?

Munson enfiou os braços no blazer e partiu para cobrar a próxima propina. Era um blazer xadrez que o deixava parecido com Victor Mature, no segundo filme de uma sessão dupla na matinê. Será que Victor Mature tinha feito o papel de um subxerife tagarela? Carney tinha certeza que sim. Mais de uma vez.

— Vou dar uma olhada nisso... nas duas coisas — disse o detetive. — Dar uma sondada se o Dixon está por cima ou por baixo. Pode ser que alguém se interesse no que você tem.

Na saída, Munson perguntou a Marie quando ela ia fazer bolinhos de novo, aqueles com a cobertura.

A circulação dos envelopes. Aquilo lembrou Carney de sua ideia do giro, o movimento das mercadorias — tevês de gabinete, poltronas, pedras, casacos de pele, relógios — entrando e saindo das vidas das pessoas, passando por compradores, negociantes e pelo próximo comprador. Como uma ilustração em uma reportagem na *National Geographic* sobre o clima do planeta, mostrando as invisíveis correntes de ar e as correntes profundas que determinam a personalidade do mundo. Se você recuasse um pouco, se se concentrasse, poderia observar essas forças secretas em ação, como tudo funcionava. Se você se concentrasse.

Será que tinha sido tolice, tentar convencer o policial? Na noite anterior ele usara todo o tempo entre o primeiro e o segundo turno do sono avaliando o plano como se fosse algo saído do cofre de Moskowitz, a mais preciosa das pedras. Fazendo pequenas modificações para um lado e para o outro, desafiando a luz a revelar suas planícies e facetas. Conferindo as cores, identificando falhas. Ele aprovou. E com isso, seus planos da meia-noite invadiram sua outra vida, aquela que se passava durante o dia.

O resto do dia foi de trabalho na loja. Carney chamou Ferrugem para ouvir a opinião dele sobre quando deviam colocar o resto da linha de outono em exposição.

— Eu queria ver tudo exposto — disse Ferrugem. — Acho que o pessoal vai gostar.

O rapaz estava confiante. Era bom de ver. Carney agradeceu por ele estar dando conta de tudo nas últimas semanas.

— Eu que agradeço por você estar deixando que eu faça mais coisas, Ray — respondeu Ferrugem. — Sempre que você quiser mais tempo com a família, estou aqui.

— Tem sido bom, ficar com eles toda noite. — Carney descreveu sua rotina recente. Ficar com a família, ir dormir cedo, levantar de novo. Exceto pela parte da vingança.

— Então você vai dormir às oito? Dá pra dormir bastante.

— Não, eu levanto e cuido da papelada. Leio. Depois volto a dormir.

— Por que não ir deitar mais tarde? Primeiro fazer tudo e ir dormir depois?

— Não é assim. É o corpo que te diz o que quer, e aí você faz. Era assim que as pessoas faziam antigamente.

— Como assim?

O surgimento de um possível comprador para uma otomana poupou-os de continuar a conversa. Eles tiveram vários clientes perto do fim do dia e antes de Carney se dar conta, era hora de fechar.

Em casa, o choro de John foram as boas-vindas. May disse que John enfiou a mão de uma boneca dela na boca, ela teve que puxar e ele ficou chateado por perder o brinquedo. Elizabeth estava embalando o menino e, num gesto de arrogância, Carney tirou John dos braços dela. O que só fez o bebê chorar mais. O que levou Carney a devolvê-lo para a mãe. Ele voltou para o vestíbulo para pendurar o paletó.

O jantar eram os restos do rosbife com batatas da noite anterior. Como estava indo dormir cedo, ele não ficava até mais tarde na loja, o que significava que durante a maior parte do verão os quatro jantaram juntos. Era uma novidade agradável, e provavelmente era por isso que Elizabeth não questionava os horários estranhos de sono dele. No final de julho, ele percebeu que aquele era o período mais longo de jantares consecutivos com a família que já tivera. Antes da morte da mãe, o pai dificilmente estava presente na hora das refeições, e depois disso, a presença dele era mais rara ainda. O *dorvay* era um período de raiva concentrada; seu contrapeso era a hora do jantar, feliz com a mulher e os filhos.

Ele gostava de olhar para os rostos deles quando podia, e ficava se perguntando: como é possível que alguém que você ama pareça tão estranho? Quando John nasceu, tinha o nariz e os olhos de Carney — dizem que a natureza planeja as coisas assim. Para que o pai saiba que o bebê é dele, um Certificado de Autenticidade. Quase dois anos depois, Carney já não tinha tanta certeza de que o filho se parecia muito com ele. May, por outro lado, ainda tinha os traços graciosos e os olhos sagazes de Elizabeth. Mas John já estava seguindo seu próprio caminho, e ainda mal falava. Quem ele vai ser daqui a vinte anos, quão perto ou quão longe vai estar do original? Vai haver algo de Carney nele? Carney, por outro lado, ficava a cada dia mais parecido com Big Mike. Não, ele não estava batendo com chaves de roda nos joelhos de ninguém, mas a fundação original o mantinha de pé, de um jeito que não se via no barro.

Colocar John e May para dormir deixava Elizabeth exausta, por isso as refeições eram uma chance de conversar antes que ela ficasse cansada demais. O trabalho estava engatando, o que era bom para ela. Horas mortas eram um tédio. Ficar sentada no escritório sem nada para fazer a não ser ficar com o rosto diante do ventilador. Com a temporada de viagens de verão acabando, a Black Star estava no meio dos passeios de outono e inverno, agendando diversas convenções. A Associação Americana dos Diretores Negros de Funerárias, A Associação Nacional de Dentistas Negros. Porto Rico estava com tudo naquele ano, graças aos novos panfletos, seguido por Miami. Alguns grupos com que eles tinham trabalhado no ano anterior, os Advogados Negros, os Contadores Negros, contaram sobre a experiência para seus amigos. Eles estavam com um bom boca a boca.

— A gente devia ir este ano — disse Elizabeth, se referindo a Miami, uma viagem que vinha defendendo. — Tem uns hotéis novos querendo hóspedes negros.

— Vamos ver. Eu ia gostar — respondeu Carney.

O Natal era uma época agitada, com as pessoas gastando o dinheiro de fim de ano com coisas práticas que tinham adiado. Ele estava testando *Eu ia gostar* como resposta para ir empurrando com a barriga, em vez do costumeiro *Quem dera eu pudesse*.

Elizabeth entendeu aquilo como um sim e disse que ia encontrar o hotel perfeito.

— Tive que dar uma bronca no meu pai hoje — disse ela.

Leland visitara um cliente perto da sede da Black Star na Broadway e parou para dizer um oi. Ele mencionou, entre outras coisas, que estava investindo na Liberty National, e comparou isso com uma dica sobre um cavalo vencedor. Como se fosse fazer algo tão comum quanto apostar em um cavalo de corrida. Ela não tinha falado da história do Clube Dumas, mas ele provocou.

— Perguntei por que ele ia dar dinheiro para o sujeito que humilhou o genro dele…

— Eu não diria…

— Que tratou a família tão mal. E sabe o que ele disse? "O Dumas tem um a reputação a zelar." Aí ele ouviu.

— Ok.

— Expulsei ele do escritório, de tão brava que eu estava. Minha mãe me ligou para acalmar as coisas, mas fiquei com raiva o dia inteiro.

Carney disse para a esposa que era bondade dela sair em defesa dele, mas que não era preciso. Ele mudou de assunto.

— O gosto fica melhor no dia seguinte.

Imaginou que Leland devia ter sentido um pequeno prazer ao saber da rejeição de seu genro mascate, mas se recusou a admitir o óbvio — que o pai de sua esposa tinha ativamente trabalhado contra ele. Permitir o pensamento era aceitar que Leland jamais seria seu sogro em outro sentido que não o meramente legal.

Elizabeth tirou a mesa, sinal de que ia preparar as crianças para dormir. Carney disse para esperar um minuto: era hora de finalmente experimentar a Polaroid.

Ele chegou a dar uma olhada dentro da caixa algumas vezes e recuou; as instruções eram amedrontadoras. Mas conseguiu adiar a conversa com Munson e isso tinha ido bem, dentro do possível, então por que não tentar? John tentou pegar a Polaroid quando Carney colocou na mesinha de centro e ele mandou o menino parar com uma voz tão forte que os dois se assustaram. A câmera não era barata.

Ele abriu a parte de trás da Polaroid e inseriu o rolo de filme enquanto a família se ajeitava no sofá Argent. O estofado tinha a cor de menta desbotada, um belo fundo para a pele marrom deles, mas a câmera só fazia fotos em preto e branco. John no colo de Elizabeth, May ao lado deles. May ainda não sabia como sorrir — todas as instruções para que fizesse isso faziam surgir uma expressão perturbadora, com gengivas à mostra, que não ficaria deslocada em um bêbado da Bowery dormindo de ressaca em um vestíbulo.

— Sentem paradinhos — disse Elizabeth.

— Posso pedir para o Ferrugem tirar uma de nós quatro — disse Carney.

Na 125, com a loja atrás deles, elegante. Ele também queria uma da loja. Arranjar uma bela moldura e colocar na parede do escritório. Eles estavam com boa aparência, os três sentados ali. Uma onda de indignação o fez murchar. Era bom que não estivesse na foto porque não merecia aquelas pessoas. Tia Millie tinha algumas fotos da mãe dele, ele lembrava. Carney não tinha nenhuma — todas ficaram com o pai, vá saber onde foram parar quando ele morreu —, e nos últimos tempos o rosto da mãe se transformou em sombra na memória dele. Da próxima vez que fosse à casa da tia, ele ia perguntar se podia ficar com uma das fotos.

Que tipo de homem não tem fotos de sua família?

O obturador e as lentes se moveram para a frente e para trás fluidamente.

— Prontos?

— Antes que eles comecem a se mexer — disse Elizabeth.

Ele borrou a imagem. Havia um botão vermelho na parte de trás da câmera para começar o processo de revelação e de acordo com as instruções era preciso esperar sessenta segundos. Ele não esperou. Da próxima vez ia acertar, mas por agora era suficiente, já que John tinha voltado a chorar. Jesus, se Carney chorasse assim, o pai ia ter dado um tapa na cara dele — e ao pensar nisso ele sentiu a pancada, reverberando por todos aqueles anos. Ressoando nos ouvidos, a bochecha latejando quente. Ele deixou aquele pensamento de lado.

Abriu a parte de trás da câmera e os quatro se aglomeraram em torno do filme molhado. Eles esperaram, mas nada aconteceu. A foto permaneceu um quadrado marrom-claro com três silhuetas onde sua família devia estar. Eles pareciam fantasmas.

CINCO

O nome da mulher que morava no apartamento do terceiro andar do 288 na Convent não aparecia no aluguel. O inquilino oficial era um certo Thomas Andrew Bruce, conhecido em lugares sórdidos e luas pouco iluminadas da cidade como Brucie Sovina. Quando o dono do lugar descobriu o que ele fazia da vida, fez um alvoroço, e Brucie Sovina colocou mais cinquenta dólares no aluguel mensal. Isso calou o sujeito.

Miss Laura morava ali fazia três anos e considerava um terço do apartamento como dela, por justiça. A sala era para negócios, assim como a cozinha. A geladeira emitia um zumbido desolado, mas a cozinha tinha um pequeno bar, caso alguém quisesse molhar a garganta antes de ir ao que importava. O pequeno quarto dos fundos era o domínio dela. Ninguém tinha permissão para passar da porta. Ela dormia ali, nunca muito tranquila, e sonhava ali, e embaixo da cama guardava uma caixa de couro branca com memórias de sua vida anterior. Ao longo das décadas o lado do apartamento que dava para a rua inclinou um pouco, mas o quarto dela estava nivelado.

Sempre que batia na porta, Carney hesitava antes de entrar na sala, como se algo estivesse agachado do outro lado para lhe dar um susto — a equipe da delegacia de crimes contra a moral, ou a esposa dele. A essa altura, Miss Laura estava acostumada ao jeito assustadiço de Carney. As intenções dele não eram puras, mas era majoritariamente um sujeito sério; no fundo, dava para ver. Ele trabalhava com vendas, segundo dizia. Miss Laura também estava no ramo das vendas, e sabia reconhecer um alvo. Ele podia agir assim ou assado, falar de um jeito irônico, mas ela sabia quem ele era, o que valia, de que maneiras abordá-lo.

Ela era um caso difícil. Ele não sabia como lê-la naquele primeiro dia e nem conseguiu descobrir depois como fazer isso.

Na tarde em que a abordou, a hora do rush do almoço tinha acabado, mas ainda não era hora de encerrar o expediente, a zona intermediária. O único outro cliente na Lanchonete Big Apple era um velhinho branco com uma japona amarela, quase dormindo em cima do balcão de fórmica. Carney sentou perto da janela de novo e olhou para o 228 da Convent. Ela morava no terceiro andar. As cortinas rosa da sala deixavam entrar o sol de julho.

A garçonete naquele dia era uma versão menor da garçonete infeliz de costume, com uma estranha proporção e semelhança, como se ele fosse servido por bonecas russas — tire a metade de cima de uma e tem outra dentro. Carney tinha um vigarista que ia sempre ao escritório dele com coisas cafonas como aquelas bonecas, quinquilharias cobertas com strass e sabe-se lá o que mais. Ele acabou tendo de dizer para o estúpido ir embora e não voltar mais. Uma coisa era o sogro desdenhar dele como mascate, mas um bandidinho comum achar que Carney traficava aquele tipo de porcaria era um verdadeiro insulto. A garçonete fez uma careta quando ele pediu leite no café; qual fábrica produzia monstruosidades vivas como ela e seus duplos? Algum lugar em Nova Jersey.

A garçonete e o cozinheiro começaram a brigar e os epítetos que eles usavam um com o outro eram tão horríveis e precisos que a única opção para Carney foi por fim atravessar a rua.

Ela apertou o botão que abria a porta sem se surpreender ao vê-lo subir até o patamar. A porta escancarada, sem medo de um estranho nas escadas. Ele disse que era amigo de Wilfred Duke. Ela deixou Carney entrar.

Miss Laura estava arrumada naquele dia, com um vestido vermelho e branco de festa, pequenos brincos de argola pendurados debaixo dos cabelos cacheados e curtos. De uniforme, hora do expediente. Ela disse: "Olá". No primeiro olhar, ele achou que era uma adolescente — ela era pequena e magra —, mas a impaciência presente em cada sílaba soava antiga o suficiente para ser anterior à civilização.

Uma cama Burlington Hall com dossel, cortinas malva e borlas dominava a sala, no centro de um tapete Heriz de um vermelho exuberante. A pessoa que mobiliou o lugar foi a uma loja de brancos na zona sul — não havia revendas da Burlington Hall ao norte da rua 72. O armário laqueado, as poltronas e a namoradeira com o estofado de *chenille* eram todas do catálogo de 1958 — 1958 ou 1959. Nos três retratos nas paredes, mulheres brancas nuas e roliças se reclinavam sobre divãs enquanto eram banhadas ou vestidas ou servidas por criados negros.

— Atmosfera.

Miss Laura ofereceu uma bebida e ele aceitou uma lata de Rheingold. Ela abriu outra para si e sentou na namoradeira.

— Quer que eu ponha música? — perguntou.

Ao lado do armário ficava um aparelho de som Zenith RecordMaster 1958, com espaço e divisórias de metal na parte de baixo para guardar LPs.

Ele fez que não com a cabeça. Hora de fazer a venda.

Carney cogitara várias abordagens em seus períodos de atividade noturna, entre os sonos, naquele novo horário que tinha redescoberto. Fale do dinheiro: "Quanto você cobraria para...?" Ela tinha um preço para os clientes; talvez tivesse vários preços. Ou apelar para o senso de justiça dela: "Talvez você não saiba, mas Duke é um homem mau". Bastava o homem dizer uma palavra e o banco dele jogava viúvas e famílias na rua. Esse vive e esse morre, como se fosse Deus. Carney tinha uma história no bolso sobre um garoto com paralisia cerebral que precisava ser operado, e a família enquanto isso tendo que lidar com o despejo. História conhecida. Verificável. A *Harlem Gazette* publicou duas reportagens sobre o caso. Certamente a ofensa contra Carney não era nada comparada com isso, mas não era necessário ser específico quando à queixa dele.

Caso dissesse não, ela não conhecia a identidade de Carney. Ela podia descobrir, mas ia levar tempo, e havia outros modos de chegar ao banqueiro. Carney tinha um caderno cheio de estratagemas. Os dois primeiros esquemas não deram certo. Então esse era o próximo candidato.

Sentado no apartamento, investigando os olhos castanhos estreitos dela, ele não conseguia ler Laura.

No final, não precisou fazer um grande discurso de vendas. O que se quer no ramo dele, a maior perfeição, é um produto que se venda sozinho, algo tão bem-feito e novo que torne o vendedor supérfluo. Ele mal tinha começado sua lenga-lenga quando ficou claro que a ideia de Tirar Vantagem de Duke se vendia sozinha.

— Diz assim, tão calmo — disse ela. — Como se estivesse me vendendo um sofá.

— Você quer comprar um sofá?

— Quanto eu ganho?

— Quinhentos dólares.

O número impressionou.

— Quem é você? — perguntou ela.

Ele não disse.

— Certo. Homens vêm aqui — disse Miss Laura. — Aceito qualquer nome que queiram dar. Aceito o dinheiro deles também. — Ela tomou um gole de cerveja. — Mas esse negócio é pra valer, e preciso saber o nome do meu sócio. Como um banco precisa saber.

Era como Freddie no assalto do Theresa — uma coisa era ficar no carro, outra estar no meio da ação.

— Raymond Carney. Sou dono da loja de móveis na 125, Móveis Carney, conhece?

— Nunca ouvi falar.

Em muitas negociações acontece uma pausa, um intervalo de silêncio em que ambas as partes ponderam os próximos passos e as consequências. Como a pausa antes de um beijo ou antes de alguém colocar a mão na carteira.

Ela disse:

— Eu sabia que você não era amigo do Willie. Sabe por quê?

— Por quê?

— O Willie não gosta de dividir nada.

Miss Laura sorriu para Carney pela primeira e última vez, para dizer que tinha descoberto algo sobre ele, e se deliciou com sua superioridade. Os lábios dela se cerraram em seguida, os olhos com um tipo mau de prazer, e os dois fecharam um acordo quanto a Duke.

O primeiro sono era um trem do metrô que o deixava em diferentes bairros de comportamento duvidoso, e o segundo sono o devolvia à vida normal com um estrondo. O Expresso Dorvay? O nome era elegante demais, galopando cintilante ao luar. Era um trem local: barulhento, sujo e não te levava a nenhum lugar em que você não tivesse estado antes.

Carney acordou na primeira noite de verão — que parecia mais outono do que verão — com a brisa que mandava fechar as janelas e abrir um cobertor bolorento. Elizabeth não se mexeu quando ele se vestiu. As crianças estavam dormindo esparramadas na cama, com o rosto aninhado no braço. Todos os Carney dormiam assim, como se ainda se encolhessem diante de uma fealdade primitiva.

Ele não conhecia a Convent à noite, por isso pegou a Amsterdam, entrando e saindo de trechos de movimento e de desolação — homens tomando cerveja em cadeiras dobráveis de alumínio, jogando dominós e depois quadras seguidas de vazio e ruínas, lugares de vida noturna barulhenta ao lado de cortiços incendiados para recuperar o dinheiro do seguro — até chegar à rua 141.

O primeiro encontro dele com Miss Laura foi em julho, e eles se encontraram algumas vezes desde então. Agora havia se passado um mês e ele foi chamado por ela. Tinha um pressentimento do motivo e não era nada bom. Ela apertou sem demora o botão que abria a porta. Carney sugerira a lanchonete mais de uma vez, mas a mulher se recusava a encontrá-lo durante o dia. Era quase meia-noite.

O gesto irritado de cabeça dela serviu de boas-vindas. Miss Laura estava com um fino roupão azul e os cabelos estavam presos com grampos. Ela era magra, e o roupão fazia com que parecesse ainda mais, expondo a linha da clavícula e sardas abaixo da garganta.

O aparelho de som Zenith vibrava com um saxofone alucinado do Village. Freddie teria identificado quem estava tocando, e saberia em qual porão tinha visto os músicos durante uma noite de *bebop*, mas sempre que Carney ouvia aqueles sons ele se sentia preso em uma sala com lunáticos. No outro extremo do corredor, a banheira estava enchendo e a anfitriã mandou que ele esperasse. Ela desapareceu nos fundos.

O nariz de Carney enrugou ao sentir os aromas oleosos por baixo da fumaça de cigarro. Ele decidiu que o cheiro vinha das flores roxas no vaso sobre a lareira. Miss Laura voltou e o pegou cheirando as flores.

— Minha mãe tinha um jardim cheio dessas flores — disse ela. — Lá em Wilmington. A floricultura da Amsterdam vende nessa época do ano.

— É de lá que você é?

Ela esfregou as pontas dos dedos.

Depois daquele primeiro encontro, ela fazia Carney pagar pelas conversas, embora fossem só conversas. Negócios. Às vezes dez dólares, às vezes trinta, ele nunca sabia. Carney perguntou sobre a variação e ela disse que nem tudo tem o mesmo preço. Naquela noite, ele estendeu uma nota de vinte, tentando adivinhar.

A quantia foi satisfatória.

— Wilmington é de onde eu venho — respondeu Miss Laura.

Carney sentou ao lado dela na namoradeira. Ele em geral escolhia uma das poltronas Burmington Hall do outro lado da sala e imediatamente se arrependeu da escolha daquela noite. A namoradeira tinha dois lugares, feita para um casal ficar perto, e ali estava ele, um homem casado na sala de uma "trabalhadora", como seu pai dizia.

— Saí de lá — continuou Miss Laura. — Imaginei que Nova York tinha um tamanho mais adequado pra mim. Minha tia Hazel fez as malas e veio pra cá quando eu era menina, e, sempre que voltava, tinha os vestidos e os chapéus mais bonitos e todas aquelas histórias da Cidade Grande. Foi o primeiro lugar que me veio à cabeça, Nova York.

Observando o desconforto dele, ela se endireitou na namoradeira e cruzou as pernas para que a barra puída do roupão revelasse três centímetros de coxa.

— É bom ter família — disse Carney — quando você chega a um lugar novo.

— *Bom* é uma palavra. Ela não fazia a menor ideia de quem eu era quando bati na porta. Pela aparência, passara a noite em claro. Mas ela disse que eu podia dormir no sofá por uns dias até encontrar um lugar. Fiquei lá seis meses. — Por mais desmazelada que Tia Hazel parecesse de manhã, disse Miss Laura, ela era a imagem do glamour sempre que saía de casa. — Você tem que ter um lado interior e um lado exterior. Não é da conta de ninguém quem você realmente é, então você é quem decide o que mostra para os outros.

— Ela ainda mora aqui?

Miss Laura havia marcado aquele encontro e Carney estava se perguntando quando chegariam ao ponto. Passou pela cabeça dele que Laura não era o nome verdadeiro dela.

— Morava — respondeu ela. — Agora não mais. Foi ela que me pôs para trabalhar na Mam Lacey's, sabe onde é?

— Claro — disse ele, semicerrando os olhos..

— Eu não trabalhava na parte de baixo. — No bar, ela quis dizer.

— Certo.

Ele e Freddie sempre faziam piadas sobre *subir a escada*, mas não mexiam com prostitutas. Bom, Freddie topava todo tipo de coisa. Eles sabiam de muitos caras que iam ao andar de cima, ou que frequentavam os outros puteiros que as pessoas conheciam. No aniversário de catorze anos de Carney, o pai se ofereceu para ir com ele "num lugar que eu conheço", e Carney disse não, e só muitos anos depois caiu a ficha do que Big Mike estava falando. Se Freddie brincava que essa ou aquela mulher saindo do ônibus ou entrando na farmácia estava *trabalhando para a Mam Lacey*? Bunda grande, maquiagem demais, um jeito de olhar. Claro. Isso estava no campo do humor, e Carney sem dúvida ria. Você ficava mais velho e as piadas antigas iam perdendo a graça.

Miss Laura disse:

— Eu costumava ficar deitada lá escutando a música. Todo mundo se divertindo lá embaixo. Aquela música... Se ficava entediada, ou tinha um cliente difícil, eu me imaginava num daqueles grupos de mulheres. Vestidos longos. Luvas até aqui. — Ela enfiou outro cigarro na boca. — Lá embaixo era diversão, e lá em cima era outra coisa.

— Fechou faz um tempo — disse Carney.

— Já vai tarde. Todo mundo falava tão bem dela, eu ficava louca da vida.

Da última vez que ele esteve no Mam Lacey's, o lugar estava fechado fazia um tempo, em ruínas. Ele e Malagueta estavam atrás de pistas sobre o butim do assalto ao Theresa e acabaram lá. Mam Lacey tinha morrido e o filho viciado, Julius, transformou o lugar numa galeria para uso de drogas. Havia uma estátua branca de pedra quebrada, de um anjo, no quintal e Julius estava deitado em um banco, num estupor causado pelas drogas, as pernas da estátua em pé sem o corpo e o torso e as asas irrompendo ao lado, em meio às ervas daninhas do Harlem. Será que a estátua estava lá quando Miss Laura olhava para baixo? E quando se partiu em duas? Carney não sabia por que estava pensando nisso — ele, Julius e Miss Laura em um triângulo no Mam Lacey's e olhando para a estátua, cada um com sua visão. Olhando de um ângulo, não era um lugar adequado para um anjo. Olhando de outro, ligeiramente diferente, era um lugar que precisava de um anjo. E outro jeito de ver é que, se aquilo era bonito, não ia durar muito ali.

Ele ia mencionar o garoto, Julius, depois mudou de ideia. Miss Laura disse:

— Você veio dizer o que eu quero escutar?

— Ainda não — informou Carney. Um atraso acontecera.

Na quinta anterior, o policial Munson pegou seu envelope semanal. Carney lembrou a ele a proposta em relação a Biz Dixon.

— Eu disse que ia trabalhar nisso — falou o detetive. — Como eu te disse, esse pessoal tem amigos. Nada impossível de superar, mas complica. Todo mundo precisa ir preso de vez em quando, independente do que esteja fazendo, para manter as coisas democráticas. Estamos nos Estados Unidos.

Carney cogitara entregar algo a mais para Munson para azeitar o acordo, mas o que ele tinha? Ladrões de segunda.

Bandidos incompetentes. O que o pai dele teria pensado, ele caguetando para a polícia? Caminhando para ser um dedo-duro em tempo integral.

Ainda que pudesse explicar o atraso para Miss Laura, ela não era do tipo compassivo.

— Um "atraso"? — disse ela, esmagando o cigarro num *L* no cinzeiro a seu lado. Acendeu outro. — Então de que você me serve?

Resumo da história, tinham um acordo e Carney não cumprira com a parte dele. Se as janelas estivessem abertas, o cheiro de flores e dos cigarros ficaria menos enjoativo. Era um telegrama, ele pensou. Um ditado da mãe dele sobre noites como essa. Ela só recebia telegramas quando eram notícias ruins, e por isso a mãe chamaria aquela noite fria no fim de agosto de telegrama, para alertar que o verão acabara.

Miss Laura ajeitou o roupão no pescoço.

— Você perguntou se minha tia ainda mora na cidade? Ela saiu da nossa casa um dia, com dois meses de aluguel atrasado. Não disse uma palavra. Eu tava liso. Ela não me levou pela mão até a Mam Lacey, mas me deixou a Mam Lacey como única escolha. Ali foi o começo. E agora estamos aqui.

Ela estava caminhando para um ultimato. Fazendo movimentos nesse turno da meia-noite, como Carney. Ele imaginou que Miss Laura também tivera um primeiro sono, e agora estava acertando as contas antes de se deitar para o segundo. Em toda a cidade havia gente como eles, um exército inteiro do mau, de conspiradores e cérebros tramando seus planos. Milhares e milhares de pessoas trabalhando e tramando em seus apartamentos e quartos de albergues e pés-sujos à espera do dia em que iriam testar seus planos à luz do dia.

Miss Laura se levantou para abrir a porta para Carney.

— O tempo passa — disse ela —, e a garota começa a pensar que um sujeito como o Willie não ia gostar de saber que tem alguém atrás dele. Ele é um mão-de-vaca desgraçado, mas com certeza essa informação deve valer alguma coisa. Certo? Saber que tem alguém tentando te pegar.

Ela gritou para Carney lá embaixo quando ele colocou a mão na porta da rua.

— Resolva isso, Carney. Resolva.

SEIS

Marie deu o recado de que a tia de Carney ia esperá-lo às quatro. Também disse que ela e Tia Millie acabaram conversando e agora a tia ia visitar a loja na semana seguinte para as duas almoçarem sanduíches juntas.

— Quando ela disse que não viu a loja desde que você fez todo esse trabalho, fiz uma promessa para ela.

Carney, por sua vez, não ia à casa da tia havia muito tempo. A maior parte da interação deles girava em torno dos telefonemas dela em pânico por causa de Freddie. *Onde ele está? Você viu ele?* Agora ela queria que Carney saísse cedo do trabalho, no meio dos preparativos para o Fim de Semana de Super Descontos do Dia do Trabalho. Em que tipo de encrenca o primo teria se metido agora? A última vez que ele viu Freddie foi na Lanchonete Big Apple, em junho.

Tia Millie morava na rua 129 desde antes de Carney nascer. Ficava a duas quadras de onde ele cresceu. Na época, as irmãs Irving jantavam com os meninos na maioria dos domingos — os maridos em geral Deus sabia onde — e frequentemente na Tia Millie. Big Mike era imprevisível e raramente ficava feliz de chegar em casa e encontrar gente em sua cozinha, fossem ou não da família.

Carney evitava a quadra em que crescera. Só se pegava ali se estivesse preocupado com a loja, ou com dinheiro, e o mecanismo que o teleguiava falhasse. Mais seguro dirigir a nostalgia por aqueles dias para a casa do primo na rua 129. Ele conhecia a 129 entre a casa deles e a Lenox Avenue de cor e considerava aquele trecho seu reino, ainda que ninguém lhe pagasse impostos. Os vizinhos novos eram identificados pelas cortinas e luminárias diferentes e pelos quadros de Jesus visíveis pela janela, o surgimento de uma intrépida planta num peitoril, a bandeira porto-riquenha pendurada em uma escada de incêndio. O dono do imóvel no número 134 finalmente arranjou latas de lixo novas. Ele e Freddie explodiram as antigas com bombinhas no Dia da Independência de 1941. Os primos nunca correram tão rápido nem antes nem depois.

— Olha só pra você — disse Tia Millie, inspecionando o sobrinho no corredor do apartamento. Ela puxou Carney e deu um beijo nele. — Aquelas crianças estão te fazendo bem, você está ótimo. — Ela sim estava bem. Ele fez as contas; se a mãe dele, Nancy, nascera em 1907, e a irmã era dois anos mais velha, Tia Millie estava com cinquenta e seis. Ele entendeu quando sentiu o cheiro do bolo. Não tinha a ver com Freddie. Era aniversário da mãe dele.

— Você sabe o caminho — disse Tia Millie, se referindo à cozinha.

Claro que ele sabia. Por dois anos, aquela havia sido a casa dele. Quando a mãe morreu, o pai desapareceu como sempre, só que daquela vez não voltou depois de um dia ou de uma semana. Deixou Carney e só voltou à tona dois meses depois. Pensando agora sobre isso, Carney achava que o pai podia estar preso. Quando Mike voltou, Tia Millie sugeriu que o menino ficasse. Ele não protestou.

Era divertido. Tio Pedro construíra um beliche para o quarto de Freddie. Ele era muito mais presente na época e fazia coisas de pais e filhos, como levar os dois ao parque ou ao cinema. Tia Millie cozinhava bem, e Carney só voltou a contar com essa bênção em sua vida quando casou com Elizabeth. A melhor parte era Freddie e ele viverem como irmãos. Freddie chutava a parte de cima do beliche para acordar Carney: *Ei, está acordado? Dá pra acreditar na cara dele? Eu tenho outra ideia...* Eles inventaram uma escrita taquigráfica de brincadeira e um jeito de olhar para o mundo. Quando compartilhavam um quarto, era como se essa mitologia privada fosse gravada em tábuas de pedra, por um fogo dançante, como em *Os dez mandamentos*.

Carney chorou no dia em que o pai foi buscá-lo e fez com ele aquele trajeto de duas quadras. O mesmo prédio e a mesma planta de apartamento, só que dois andares abaixo. Todo o resto igualmente sujo.

Carney e Tia Millie sentaram em seus lugares de sempre na mesa da cozinha. A cadeira de Freddie tinha uma pilha de revistas, a *Amsterdam News* da semana anterior no topo. Tia Millie estava com um vestido azul simples e o cabelo preso num coque, o que significava que Pedro não estava. Ela só se arrumava quando o marido estava em casa visitando; para quem mais ela ia parecer bonita? Ultimamente ele passava a maior parte do ano na Flórida, onde tinha outra mulher e uma filha.

Tia Millie fizera um pão de ló com cobertura de cereja. Carney elogiou com veemência.

Ela perguntou das crianças e ele atualizou a tia sobre May e John. O pai de Elizabeth tinha feito um comentário desdenhoso no casamento deles, e agora era difícil conseguir que a tia e a mulher ficassem no mesmo ambiente. Os quatro, ele e Elizabeth e as crianças, encontraram Tia Millie por acaso na rua no Dia da Independência, o que foi bom.

— A senhora vai trabalhar no hospital hoje à noite? — perguntou ele.

— Às seis. — Ela tinha feito o turno do dia por um longo período, depois passou para a noite. Alguns anos antes fora promovida a supervisora, mas a maior parte do trabalho continuava sendo de enfermagem. — Gostei de falar com aquela Marie. Ela faz o caminho do Brooklyn pra cá todo dia?

— Todo dia.

— Raymond! Com funcionários que pegam o metrô no Brooklyn! — Ela disse que a mãe dele ia ficar orgulhosa, da educação dele, da loja, do jeito como ele cuidava da família. Por consequência: em oposição ao modo como o pai dele levou a vida.

A mãe morreu de pneumonia em 1942, e no ano seguinte começaram essas reuniões de aniversário, naquela mesa de cozinha, Millie e os meninos. Nada chique, nada longo, às vezes eles nem mencionavam a mãe de Carney. Conversavam sobre filmes. Freddie foi o primeiro a perder um, quatro anos antes. No ano anterior, Carney não apareceu por causa de uma bronquite. Dessa vez ele havia esquecido totalmente.

Envergonhado, ele disse:

— Freddie? — Para passar a atenção para aquele que nem sequer tinha aparecido.

— Ele não retorna minhas ligações — disse Tia Millie.
— Eu encontro com alguém, a pessoa viu o Freddie aqui, viu o Freddie ali. Ele não liga.
— Ele pareceu bem quando a gente se encontrou.

Ela suspirou. Depois de tirarem Freddie do caminho, Carney e a tia fizeram o que parentes e amigos fazem às vezes: fingiram que o tempo e as circunstâncias não levaram os dois a trilhar caminhos diferentes, e que eles eram tão próximos quanto antes. Representar era fácil para Carney; ele andava tão cheio de tramas naqueles tempos. Para a tia, era como um refúgio bem-vindo. Ela disse que um porto-riquenho comprou a Mercearia Mickey's e encheu com aquelas comidas e bebidas hispânicas; a senhorita Isabel do andar de cima havia se mudado para o novo conjunto habitacional na rua 131, onde antes ficava a Maybelle's Beauty; e não coma naquele novo lugar na frente do Apollo, Jimmy Ellis comeu um bolo de carne estragado e precisou de uma lavagem estomacal.

Coisas que ela teria contado para o marido, para o filho, para a querida irmã mais nova, caso eles estivessem por perto. Mas só havia Carney.

Para passar a impressão de que estava animado com o encontro anual, ele pediu para ver o álbum de fotos. Tia Millie procurou, mas não sabia onde o álbum estava. Quando ela ligou mais tarde naquela noite, ele achou que era para contar que tinha encontrado. Em vez disso ela disse que Freddie fora preso. A polícia foi atrás de Bismarck Dixon, e ele estava lá e falou o que não devia, você sabe como ele é. Acabou indo junto.

* * *

Malagueta foi a primeira pessoa que Carney chamou para a Operação Duke. No começo de junho, três dias depois da tentativa malsucedida do vendedor de móveis de recuperar os quinhentos dólares. Malagueta ocasionalmente usava a loja como secretária eletrônica. Dessa vez isso lhe rendeu um convite para um trabalho.

O que aconteceu foi que Malagueta ligou para a Móveis Carney para receber instruções de onde encontrar os outros integrantes de seu trabalho anterior, um assalto a um depósito. O roubo aconteceu sem problemas. Um atacadista de tapetes na Atlantic Avenue, no Brooklyn, a Royal Oriental, recebia uma carga de um fornecedor estrangeiro específico duas vezes por ano. O navio chega no porto, espera na alfândega, descarregam os tapetes e carpetes e o que mais houver, e a Royal Oriental entrega o dinheiro. Na noite anterior ao pagamento, o cofre do depósito está cheio de grana, já que tapetes estrangeiros são um jeito célebre de lavar dinheiro.

Alguns trabalhos eram como voltar à Birmânia. Gente cujos rostos você nunca viu, com quem você nunca falou, planejam a operação e você tem que torcer para terem feito tudo certo. Quando sabe que eles não fizeram. Ele nunca conheceu o financiador do roubo do Brooklyn, nem o informante, nem o infiltrado que tinha as informações sobre o fluxo de caixa do atacadista. O parceiro de Malagueta era o Roper, um arrombador com quem ele havia trabalhado algumas vezes. Roper era um sujeito sensato, e se a coisa deu errado aquela vez a culpa não foi dele. Os sujeitos que bolaram a operação chamaram Roper que chamou Malagueta, e se Malagueta não sabia os outros nomes envolvidos não havia problema, desde que ele recebesse sua parte.

Era lua cheia. Uma brisa empurrava o ar úmido para Nova Jersey. Era uma noite bonita para estar na cidade planejando alguma coisa errada. Malagueta dominou o vigia noturno e tirou o sujeito do caminho. Roper abriu o cofre na porrada. Em algum momento apareceu um cão de guarda. O principal é que nada saiu errado e eles voltaram para o Chevy Bel Air na ponte e dois dias depois, quando era hora de pegar sua parte, Malagueta usou Carney como secretária eletrônica. Malagueta só usava a loja de móveis quando as coisas estavam tranquilas. Tão tranquilas quanto podiam estar, tendo em vista o tipo de trabalho que fazia. Ele não queria colocar Carney em encrenca se pudesse evitar. Se não desse, que se foda, o ponto era que ele não ia se esforçar para ferrar com o sujeito.

Roper deixara o endereço para Malagueta pegar o dinheiro. Carney repassou as instruções. Ele pigarreou.

— Eu queria te colocar num esquema.

— Tipo o que, carregar um sofá?

— Não, é um esquema.

Malagueta disse que ia aparecer lá. Depois de pegar o dinheiro.

Ele aparecia na loja de vez em quando. Se ele ia usar Carney para receber recados às vezes, era dever dele. Além disso, era o filho do Big Mike.

A ampliação da loja pareceu inteligente — o trabalho com móveis estava indo bem para o Júnior. Ferrugem, o empregado, arranjara uma garota que parecia ter chegado numa carroça de batata. Puro interior. A nova secretária carregava um olhar cansado na rua, mas começava a sorrir quando abria a porta da loja. Malagueta, porém, teria feito a placa diferente. Fazer as letras mais fortes, para você poder ver, colocar um vermelho ali. Ele leu uma reportagem que dizia que o vermelho era a cor que a natureza preferia para fazer os animais prestarem atenção, e em Nova York você precisava ser parte da vida animal. Fazia sentido usar vermelho em placas, Malagueta pensou. Mas ninguém perguntou para ele.

A porta que Carney colocou na Morningside Avenue era útil, oferecendo mais uma saída. Ele evitou fazer comentários sobre o cofre.

— Aquele outro tapete foi embora? — perguntou Malagueta. Carney muito provavelmente tinha enrolado Miami Joe nele e jogado no Mount Morris. Era o que Malagueta teria feito.

— Sim, esse é novo — disse Carney.

O vendedor de móveis explicou o golpe. Primeiro, não parecia algo que vinha de Carney. Mas pensando bem, Big Mike cuidava de sua plantação de rancores como se fosse um fazendeiro, inspecionando as fileiras, cuidando para que recebessem água e fertilizante o suficiente para crescerem grandes e saudáveis.

— Você quer sujeira para chantagear o sujeito — disse Malagueta.

— Chantagem é quando você quer alguma coisa da pessoa — respondeu Carney. — Eu quero incendiar a casa dele.

— Mas não colocar fogo de verdade. Você quer foder com ele.

— Isso, não colocar fogo de verdade, mas ver o sujeito queimar.

— Não sabia que você fazia assim.

Carney deu de ombros.

Tal pai, tal filho. Eles fecharam um acordo para a tocaia e para a vigilância em geral.

Malagueta nunca ouvira falar desse tal Duke. *Acho que frequentamos círculos diferentes*, ele pensou. Encostado no pé sujo em frente ao Edifício Mill na 125, ele tinha uma visão clara da janela do escritório do banqueiro e da entrada do prédio.

O avô de Malagueta, Alfred, trabalhava com uma churrasqueira portátil lá em Newark, na Clinton Avenue. Fazia costelinhas, peito bovino e produzia as próprias linguiças. Vô Alfred havia trabalhado como açougueiro e cozinheiro em uma fazenda de índigo na Carolina do Sul e ensinou os truques da profissão.

— Você joga a costelinha num carvão — dizia ele —, esse é um jeito de assar uma carne. Minutos depois, fica com aquela parte preta, está pronto. Mas churrasco é devagar. Você começa com aquela fumaça, tem que estar pronto para esperar. O calor e a fumaça vão dar conta do trabalho, garoto, mas você precisa esperar.

Um jeito era rápido e o outro era lento, e o mesmo valia para assaltos e tocaias. Assaltos eram como assar no carvão — é rapidinho, você entra e já sai. Uma tocaia era como um churrasco — fogo baixo, lento, sem pressa.

Malagueta era um guloso que gostava da carne dos dois jeitos. Fazia anos que ele não planejava uma operação, com todo o trabalho braçal que isso envolvia: examinar o lugar; cronometrar o tráfego de passageiros e de veículos, e a frequência com que a viatura da polícia fazia a ronda; os horários dos funcionários, gerentes e vigias. Descobrir quando dava para ir mijar. Em outros tempos ele sentia prazer nisso — conceber o plano, organizar tudo, escolher quem ia participar. Naqueles dias ele se deixava levar pela maré dos golpes. Não era mais tão sagaz nem tão faminto quanto em outros tempos. As coisas caíam no colo dele, ou não. Um sujeito saía da prisão e queria voltar, ou um outro cara estava tramando uma operação grande. Pode ser que Malagueta já não fosse tão sagaz, mas com os bandidos que andavam por aí hoje? Ele era sagaz o bastante. Não, fazia tempo que ele não fazia churrasco, mas reaprendeu rapidinho.

Esperar e observar sendo pago por Carney. Ele encontrou os antigos bloquinhos minúsculos que usava para planejar trabalhos. O tempo bom ajudou. Aquelas semanas de junho foram quentes, mas quase não choveu. Nos primeiros dois dias, Malagueta pegou emprestado o Ford Crestliner de Tommy Lips, mas para sorte dele Duke gostava de andar a pé, um desses baixinhos com complexo por ser pequeno e que andavam feito um galo por aí. A cabecinha pequena aparecendo em cima do volante do carro provavelmente fazia com que ele se lembrasse das provocações que tinha ouvido. Sorte porque Malagueta odiava a Crestline de Tommy Lips, aquilo era uma lata-velha.

Os dias se passaram. Uma nova versão da esquina da 125 surgiu enquanto ele não estava prestando atenção, com vários bares antigos sumindo e cafés e lojas de eletrônicos bonitos surgindo. Mesmo não sendo o mais sentimental dos homens, Malagueta se permitiu lembrar da última vez que foi ao Edifício Mill. Ou tentou lembrar. Ele definitivamente deixou o otário pendurado pelos tornozelos na janela (sapatos sociais pretos e meias pretas presas com ligas) e ameaçou jogá-lo na Madison Avenue (a janela dava para o leste); até aí ele tinha certeza. Lembrava o nome do homem, Alvin Pitt, e o fato de que ele trabalhava como osteopata, mas não tinha jeito de Malagueta lembrar por que estava segurando o sujeito. Não lembrava de jeito nenhum. Quem sabe quando o trabalho acabasse ele fosse visitar o Alvin Pitt, perguntar para o próprio sujeito qual foi o motivo da confusão.

Durante a semana, Duke saía ao meio-dia para almoçar com outros figurões. Malagueta reconhecia alguns do jornal: juízes, advogados, políticos. Eles comiam nos lugares famosos do Harlem em que Malagueta jamais pôs os pés, pedindo Lagosta ao Termidor no Palm e Bife Wellington no Royale, e tomando conhaque no Salão Orquídea do Hotel Theresa. Depois voltava ao Edifício Mill. O banqueiro era membro do Clube Dumas na 120, que ao ser observado se revelou uma fábrica de sacanas de vários tipos. O andar de galo de Duke depois de visitar o Dumas era cambaleante, portanto Malagueta presumiu que havia um happy hour de ricaços. Então ele voltava para a Riverside Drive, um daqueles edifícios monumentais com porteiro sonado e entrada de serviço com tranca quebrada. Depois de voltar pra casa, Duke não saía mais.

Era isso, exceto por um encontro duas vezes por semana com uma prostituta chamada Miss Laura numa *brownstone* com um apartamento por andar na esquina da Convent com a 141. Quando Malagueta estava com todos os horários de Duke, Carney colocou ele atrás da moça.

— Legal, mas o que você quer que eu faça com o banqueiro? — perguntou Malagueta. Ele estava em um telefone público no saguão do Cine Maharaja na esquina da 145 com a Broadway. Em cartaz, *O esquife do morto-vivo* e *Criaturas do fundo do mar*. Em outros tempos o lugar fora um refinado teatro de *vaudeville*. Agora suas maiores virtudes eram a parede cheia de telefones públicos no saguão e a sala escura mais além. Um lugar conveniente para autônomos falarem de negócios.

— Nada — disse Carney. — Só fique de olho na senhora da Convent.

Senhora.

— Outra pessoa vai dar conta do banqueiro?

— Não. Estou mapeando o terreno.

Malagueta desligou, abriu a porta da cabine telefônica. A luz apagou. O Maharaja estava decadente, olhando agora. Àquela hora do dia o saguão era ocupado principalmente por drogados e putas. Traficantes e clientes. Quem estava na plateia estava sendo chupado, chupando ou fazendo um garrote, tanto fazia se *O esquife do morto-vivo* fosse ou não um triunfo cinematográfico.

Será que ele precisava encontrar outro lugar? Ou será que todos os outros lugares estavam assim agora — malcuidados e tristes e perigosos? Da última vez que foi ali, Malagueta observou dois ratinhos copulando na pipoca, procriando naquela caixa amarela gordurosa. Talvez ele devesse ter prestado atenção àquele sinal.

Os telefones continuavam funcionando e nunca tinha fila. Ele ia voltar.

Malagueta adotou uma mesa regular na lanchonete Big Apple, um lugar acima da média para o Harlem na Convent. O rango era bom, as garçonetes eram bacanas, dava para ver o número 288. Ele não ficou surpreso quando o cafetão que apareceu para receber o dinheiro era o Brucie Sovina.

Brucie Sovina era o tipo de cara que colocava suas meninas em apartamentos, com clientes regulares. Ele vinha trabalhando com isso fazia muito tempo, desde antes de Malagueta voltar da guerra no Pacífico. O sujeito era eterno; as mulheres dele ganhavam rodagem rápido. Malagueta ouvira mais de uma história sobre ele desovar corpos no Mount Morris. Seis anos antes, viu Brucie Sovina fazer um talho no rosto de uma de suas mulheres, às três da manhã, no Hi Tempo Lounge. Abriu a bochecha dela. Uma daquelas longas noites que teriam sido mais longas se não fosse por aquele grito. Aquilo te deixava sóbrio rapidinho.

Miss Laura tinha uns poucos clientes por dia. Os homens traziam coisas que ele via ser jogadas no lixo depois: grandes buquês de flores, caixas vermelhas de bombons da Emilio's. Os que davam as caras duas vezes por semana, como Duke, tendiam a se vestir melhor. Quanto mais bem vestidos, mais vazias as mãos.

Às vezes Miss Laura botava a cabeça para fora da janela do terceiro andar para ver os clientes irem embora, com uma expressão de raiva incandescente que fazia Malagueta olhar para seu café.

No começo de julho, Malagueta apareceu na loja de móveis. Marie o viu enquanto ele atravessava o showroom. Ele fez um aceno de cabeça e ela desviou o olhar, assustada com o afeto impassível dele.

Carney fechou as persianas do escritório. Parecia mais magro, ou ausente, como se não tivesse dormido direito.

— Belo cofre — disse Malagueta.

— Qual é o problema dele?

— Fora o fato de ser tão pequeno?

— Sim.

— É um Ellsworth, e eu sempre fico feliz de ver um Ellsworth. Mas você não quer ter um cofre que deixa um ladrão feliz.

Isso deixou Carney de mau humor pelo resto da reunião.

— Passei pelo apartamento dela na Convent, sentei na lanchonete — disse ele. — As visitas do Duke, tudo bate.

— Claro que sim — disse Malagueta. — Você acha que eu invento essas coisas?

Ele pagou Malagueta pelo trabalho e disse que tinha uma outra pessoa para ele ficar de olho — Biz Dixon.

— É amigo do meu primo Freddie.

O outro deu de ombros.

— Nós crescemos juntos — acrescentou Carney.

Malagueta sabia quem era Biz Dixon e não tinha uma opinião muito boa sobre ele. Era daquela nova safra de bandidos do Harlem: esquentado, selvagem, sempre fútil. Uns dois anos antes, Corky Bell contratou Malagueta como segurança para o jogo de pôquer que fazia em janeiro, no fim de semana depois do Ano Novo. Corky Bell gostava de ter algumas pessoas honestas na mesa, e não tinha como fazer que eles viessem se fosse para serem ameaçados pelos bandidos. Era um jogo de três dias, um trabalho tranquilo, todo mundo se comportando, não fosse por Biz Dixon ter aparecido naquele ano.

Corky contratou o barman de sábado à noite do Hotel Theresa. Ele servia doses generosas, como era de se esperar em uma sala de jogos. Rosbife com centeio e molho russo circulando, e ao nascer do sol, ovos. Num ano, Corky conseguiu que Sylvester King aparecesse e fizesse uma versão à capela de seu sucesso "Summer Romance". Eles eram primos, foi assim que conseguiu. Além disso, Corky trabalhava com agiotagem de vez em quando, e um show curto cobriu uma semana do empréstimo que King fez para sua nova piscina em Long Island. A piscina tinha forma de rim, Corky disse, com uma caixinha com um mecanismo que de tempos em tempos liberava um aerossol de jasmim, um conhecido afrodisíaco.

Um contador branco de Connecticut, chamado Fletcher, estava levando dinheiro de Dixon. Fletcher não disse nada quando Dixon começou com as provocações — *Por que você ficou no jogo com um seis, Por que você joga com essas cartas de merda* —, o que irritava o traficante tremendamente. O contador era um civil que ia ao Harlem como aquelas meninas brancas da Park Avenue que iam ao Mel's Place todo fim de semana. Bandidos e civis precisavam confraternizar de vez em quando para reforçar suas decisões de vida. O jogo do Corky Bell era um dos lugares em que isso acontecia.

Quer dizer, se negros como Biz Dixon não estragassem tudo. Para ser honesto, houve um certo ar de provocação no jeito que Fletcher disse "Três reis" da última vez e empurrou os óculos nariz acima, mas nada fora dos limites. Dixon jogou seu uísque no rosto do sujeito e pulou para cima dele. Malagueta interceptou Dixon e o arrastou para a rua pelo colarinho. Dixon estava fumegando. O traficante tinha um sujeito com ele, mas Malagueta imaginou que eles deviam ter ouvido sobre uma ou outra coisa que ele fez, porque os dois saíram rapidinho e foram andando. Fletcher deu uma gorjeta de cem dólares para ele quando o jogo acabou, dinheiro que Malagueta usou para comprar um cobertor elétrico.

— Eu conheço o Dixon — disse Malagueta.

— Isso quer dizer que você não topa?

— Não quer dizer que eu não topo. Só quer dizer que aquele crioulo não pode me ver. — Ele passou as juntas dos dedos pela barba por fazer no queixo. Duke e Miss Laura estavam ligados; Malagueta não via onde o traficante se encaixava. — O que ele tem a ver com o Duke?

— Eu tenho que cuidar de uma coisa antes de poder fazer outra coisa, e antes disso preciso fazer uma outra coisa.

Malagueta não estava sendo bem pago o suficiente para decifrar isso. Tem mais: tanto fazia. Ele foi embora, mas não sem antes dar uma última olhada no Ellsworth e sacudir a cabeça.

Ele pegou emprestado o carro de Tommy Lips para a próxima parte. Dixon iria reconhecer Malagueta, apesar dos anos e dos inimigos que se acumularam desde então, por isso ele colocou Tommy Lips na história. Tendo em vista o número de pessoas que precisava acompanhar, seria necessário um assistente para revezar com ele. Tommy Lips deixou um visível contorno marrom de seu corpo na cadeira reclinável quando se levantou para apertar a mão de Malagueta. Ele estava agradecido pelo trabalho e repetiu isso *ad nauseam*.

Assim começou um período em que eles andaram de carro pelo Harlem seguindo o traficante. Dixon era um rapaz bonito, negro de pele clara, em forma por lutar boxe ou sabe-se lá o que no pátio da cadeia. Malagueta não tinha como comentar as opções de recreação da cadeia, já que nunca teve esse prazer. Dixon manteve o regime de exercícios e se aplicava igualmente ao cuidado com os cabelos, que brilhavam em cachos soltos.

Carney disse para ele que Dixon andava dormindo num cortiço da Quinta Avenida, e a partir dali Malagueta seguiu o sujeito a vários lugares. A casa da mãe na 129, dois apartamentos de namoradas na esquina da Madison com a 112 e na 116, respectivamente, e uma sucessão de restaurantes medíocres que vendiam frango ou comida chinesa. Ele comeu uma vez com Freddie. Malagueta anotou isso.

Depois havia a movimentação do trabalho de Dixon. Todos os integrantes do grupo dele vinham do mesmo clã de jovens que se encontrava no Harlem naqueles dias, rancorosos e burros. Desleixados em certo sentido. No Maharaja exibiam aqueles filmes sobre delinquência juvenil e carros envenenados com jovens brancos e raivosos. Ninguém fazia filmes sobre as versões de pele escura do Harlem desses garotos, mas eles existiam, com um ódio visceral pelo modo como as coisas funcionavam. Se fossem boa gente, marchavam e protestavam e tentavam consertar o que odiavam no sistema. Se fossem ruins, iam trabalhar pra caras como Dixon.

— Olha esses caras — disse Tommy Lips. — Odeio esse pessoal. Bota a camisa pra dentro!

Os bandidos mais novos eram desleixados, sem dúvida. Tommy Lips detestava o comportamento deles na mesma medida que invejava sua vitalidade. Ele estava fora do jogo desde que um policial bateu com um cassetete na cabeça dele. Desde então tinha momentos de blecaute e as mãos tremiam. Mas por outro lado estava em condições de trabalhar como babá, embora fosse um tagarela.

— É simplesmente indecente — disse Tommy Lips.

Malagueta seguiu os sujeitos que trabalhavam para Dixon — traficantes e seguranças incompetentes — até identificar aquele que era o menos incompetente e o mais ocupado. De acordo com um barman no Clermont Lounge, o sujeito hispânico diligente e orelhudo se chamava Marco. Supervisionava os traficantes de nível mais baixo no principal ponto de Dixon, na Amsterdam com a 103. Clientes brancos regulares, já que era uma quadra com metrô. Universitários esfarrapados e trabalhadores com um hábito secreto. Funcionários da prefeitura com crise de abstinência. Mais dois dias seguindo Marco e eles identificaram a casa onde a droga era guardada, duas quadras acima. Também perto da Amsterdam, num apartamento subterrâneo de uma casa malcuidada.

— Esses chacais tomando conta — disse Tommy Lips uma tarde. Um monte de lixo perto do lugar onde eles estacionaram fazia moscas pretas os atormentarem. — Você esteve na Quinta ultimamente?

— Me dê um tanque e quem sabe eu vá lá — respondeu Malagueta.

— Andei fazendo esse curso por correspondência — disse Tommy Lips. — Devia ter feito anos atrás. Podia ter começado alguma coisa em outro lugar, longe daqui.

— Sério mesmo?

Seguindo seus dois alvos, o banqueiro e o traficante, Malagueta tinha de dizer que eles estavam no mesmo negócio. Havia pessoas no Harlem que obviamente eram drogados, cambaleando, dançando de acordo com algum refrão interno, e havia outros que você jamais saberia que usavam drogas. Pessoas normais com empregos honestos que iam andando até os homens de Dixon, pegavam o que interessava e saíam para suas tocas. E havia Duke. Todos os dias Duke traficava, entregando sua mercadoria em restaurantes e clubes, vendendo aquela droga interior: influência, informação, poder. Não dava pra saber quem estava usando o que hoje em dia, qual era a droga preferida de cada um, mas se você estivesse de olhos abertos veria que metade da cidade estava usando algo.

De volta ao escritório de Carney, Malagueta leu o que havia anotado em seu bloquinho minúsculo e entregou seu relatório para o vendedor de móveis. Ele mencionou o encontro com Freddie no restaurante de frango frito.

— Ele não estava trabalhando para o Dixon. — Carney disse isso como uma afirmação, para fazer com que se tornasse uma.

— Não que eu tenha visto.

Carney assentiu.

— Eles cresceram juntos.

Malagueta não tinha nada a acrescentar.

— E agora? — Aquelas costelinhas estavam assadas.

— É isso — disse Carney. — Mais nada. — Ele pagou a Malagueta o que devia por Dixon.

Alguns dias depois, um velho amigo incluiu Malagueta num golpe em Baltimore. Isso fez com que ele passasse algumas semanas no sul. Caranguejos na praia de Delaware como um mimo. Ele não sabia se Rose ainda morava ali, mas morava. Vinte anos são um bom tempo. Os dois estavam mais velhos, mais gordos e mais tristes — "que é a trajetória geral" — e os dias foram bons.

Na primeira noite depois de voltar, ele está no Donegal's e olha só, a tevê dizendo que Biz Dixon foi preso, está no *Report to New York*. O prefeito Wagner e essa múmia do esquadrão antidrogas e um monte de policiais posando diante de uma mesa cheia de tijolos de heroína. Num preto-e-branco tremeluzente. Felizes como porcos rolando na bosta.

Trabalhando para a polícia.

Malagueta pediu que o barman passasse a droga do telefone.

Aquele filho da puta fez ele trabalhar para a polícia.

SETE

No início de setembro, duas notícias aparentemente não relacionadas estavam nos jornais de Nova York. Uma pequena, a outra com cobertura mais ampla e mais importante.

    A notícia menor dizia respeito à prisão de um cafetão do Harlem chamado Thomas Andrew Bruce, também conhecido como Brucie Sovina. "Velho conhecido da polícia", Thomas Bruce foi preso em uma operação armada pela polícia em uma boate local e acusado de promover prostituição. A história teve três parágrafos no *Amsterdam News*, único jornal que mencionou o assunto.

    A notícia maior, dias depois, era sobre o desaparecimento do destacado banqueiro Wilfred Duke, que havia trabalhado para a Carver Federal Savings. "Ainda não ouvimos nada sobre ele", diz a sra. Myrna Duke, esposa do banqueiro desaparecido, segundo um repórter. "Absolutamente nada." O sr. Duke era um conhecido executivo negro, e o desaparecimento foi noticiado nos jornais dos brancos na zona sul da cidade.

Poucas pessoas compreenderam o elo entre essas duas histórias. Três delas — Ray Carney, Miss Laura e Zippo — estavam ou dentro do número 288 da Convent Avenue na quarta-feira, 6 de setembro, às 21h30, ou nas proximidades. O encontro foi marcado às pressas.

O detetive Munson dissera a Carney que ia avisar quando eles estivessem indo pegar Brucie Sovina. O acordo que Carney propôs em seu escritório semanas antes — o traficante pelo cafetão — perto de se fechar.

Mas Munson não ligou com antecedência. O cafetão foi preso no fim da noite de terça, e Munson ligou para Carney pouco antes das três da tarde do outro dia.

— Andei superocupado, o que é que eu posso te dizer?

Carney esfregou as têmporas e andou de um lado para o outro no escritório. Agora precisava correr.

— Quando ele sai?

— Amanhã cedo, se pagar fiança. Não sei.

Do outro lado da janela do escritório, Marie circulava no showroom, registrando números de série dos modelos da Argent em exposição. Ela acenou. Carney acenou também.

O detetive suspirou alto no telefone.

— Você não parece agradecido. Você me fez um favor, eu retribuí.

Do ponto de vista de Carney, Munson não era o único que ia se beneficiar muito da incursão aos pontos de venda de Biz Dixon.

Semanas antes, o detetive disse a Carney que com o tipo de droga que Dixon distribuía, ninguém no 28º Distrito estava inclinado a encostar nele. Pela qualidade do produto, Dixon devia estar trabalhando para um italiano que estava driblando a proibição imposta pelo seu clã à venda de narcóticos e que não queria seu nome circulando por aí. Mas a prisão dele podia ser mais bem-vista em outros lugares, Munson opinou, com outras pessoas. Na sede de polícia, com a pressão de Wagner para apresentar resultados para a iniciativa antidrogas do governador Rockefeller. Com a própria Delegacia de Narcóticos, onde eles gostavam de prender traficantes que não pagavam propina, ou não pagavam propina suficiente, ou tinham rivais que pagassem para vê-los com as pernas quebradas. Até mesmo com o prefeito, que enfrentava as primárias no mês seguinte. Para punir Wagner por romper com a máquina, os chefes do Tammany estavam trabalhando para seu candidato, Arthur Levitt. O prefeito podia se beneficiar de uma manchete positiva.

Em 31 de agosto, uma semana antes das primárias, os policiais da Narcóticos prenderam Biz Dixon. Vintes e duas acusações por posse de narcóticos com intenção de vender, por vender para um policial e por outros delitos ligados a entorpecentes. Catorze mil dólares em dinheiro confiscados, sem contar sabe-se lá quanto dinheiro embolsaram os policiais na cena do crime. E daí que o produto apreendido não era nenhuma quantidade recorde, e que as drogas sobre a mesa precisaram ser complementadas com contrabando de outras prisões para oferecer uma boa imagem para as câmeras? A notícia apareceu nos jornais e nos noticiários noturnos. As fotos saíram boas. A imagem ficava bem emoldurada e pendurada na parede pintada de verde-vômito industrial no prédio da prefeitura.

O que Munson conseguiu com aquilo? Carney só tinha como especular o que no fim das contas acabou tornando o acordo atraente para o detetive. Dar brilho à sua reputação como parte do jogo. Apaziguar os concorrentes de Dixon que entregavam envelopes para ele. De qualquer modo, ele vendeu a informação sobre Dixon para a Narcóticos, eles o seguiram com agentes à paisana e com sua própria vigilância, e tudo saiu bem.

— Eles querem saber quem é meu informante — disse Munson para ele. — Deixe especularem. Esta semana eles me adoram. Semana que vem? Mas esta semana eles me adoram. — Ele disse que ia honrar o acordo e fazer Brucie Sovina ser preso.

— Você quer saber o porquê — afirmou Munson.

Carney disse que estava curioso, sim.

— Ele passa navalha em mulheres. Eu jamais ia aceitar dinheiro de um filho da puta de um cafetão, nem dar cobertura pra um cara desses, e não respeito quem faz isso. — O que pareceu meio simplório. Poucos anos antes — quando o jogo mudou e o dinheiro envolvido também aumentou, e um relacionamento de longo prazo com alguém que te entendesse passou a ser um ativo inestimável — Munson admitiu para Carney que Brucie Sovina tinha um cara na delegacia cuidando dele, e Munson detestava o sujeito por ter roubado o almoço dele da geladeira uma vez. Um x-egg que ele esperou o dia inteiro para comer. — O filho da puta tem a coragem de se dizer policial.

Talvez não fossem os envelopes que movessem a cidade, mas sim os rancores e as vinganças.

Carney terminou o telefonema com o detetive. Eram três e meia da tarde. Se o Sovina saísse amanhã, eles só tinham uma noite para fazer acontecer. Era uma quarta-feira, nem terça nem quinta, dias em que Duke tipicamente tinha seu compromisso no 288 da Convent Avenue.

Miss Laura estava determinada, Carney sabia. Ela ia fazer acontecer nem que tivesse que arrastar sozinha o peso nas costas pela Broadway, desde o Battery até o Cloisters.

* * *

Carney informou a Ferrugem e Marie que ia passar o resto do dia fora.

— Tudo bem, chefe — disse Ferrugem. — Hoje está parecendo melhor.

— É mesmo, verdade — acrescentou Marie.

Ele encostou no calombo debaixo do olho direito. O dia tinha sido tão frenético que se esqueceu do olho roxo.

Na sexta anterior, o vendedor de móveis saía do vestíbulo do prédio onde morava e foi imediatamente derrubado. Caiu na porta da frente e deslizou até o chão. Malagueta tinha dado um soco magnífico nele. Ele não se entusiasmou com o uso que Carney deu a seu trabalho.

— Você me fez trabalhar pra polícia? — disse Malagueta.

Carney estava tonto. Do outro lado da rua, dois adolescentes pararam de jogar basquete para olhar embasbacados. Carney olhou para Malagueta e tentou sentar. O último a lhe dar um soco assim tinha sido o pai dele. Ele não conseguia lembrar o motivo, o que havia feito de errado aquela vez.

— Se você não fosse filho do Mike Carney eu ia estrangular você — disse Malagueta.

Em seguida, saiu. O lado direito do rosto de Carney latejava, quente. Ele voltou para cima pelas escadas, cambaleando. Elizabeth saíra com as crianças. A área em torno do olho estava lívida e sem cor. O que ele ia dizer? Com todo aquele tráfico que andava acontecendo por aí, decidiu colocar a culpa na droga. Um viciado deu um soco na cara dele, gritando alguma coisa, saiu andando, nem tentou pegar a carteira. *Alguém devia fazer alguma coisa para parar esses traficantes.* Uma encenação de como as pessoas decentes se sentiam hoje em dia: as coisas estavam fora dos trilhos, o mundo está tomado pelas sombras.

O olho dele fechou no primeiro dia. A pele inchou, ficou roxa e com tons diversos. Ele não conseguiu abrir o olho por vinte e quatro horas. Carney era uma atração; Ferrugem lidou com os consumidores do Super Fim de Semana de Descontos do Dia do Trabalho. Dois dias depois da promoção, Brucie Sovina foi preso e começou a correr o tempo que eles tinham para a Operação Duke, estivesse ele pronto ou não.

Antes de ir para a Convent, Carney parou para ver sua placa. MÓVEIS CARNEY. Se ele fosse preso, será que iam apreender a loja? Ele passou tanto tempo tentando manter uma metade de si separada da outra, e agora elas estavam prestes a colidir. Mas por outro lado — as duas metades já compartilhavam um escritório, não? Ele vinha aplicando um golpe em si mesmo.

Miss Laura se encontrou com Carney na lanchonete Big Apple. Foi assim que ele soube que a história estava quase no fim: ela concordou com o encontro no pé-sujo. A garçonete de hoje era a terceira da série de bonecas russas, com traços idênticos em escala menor. A magnitude do desdém por Carney permanecia a mesma. Quando ele sentou, a garçonete perguntou a Miss Laura:

— Você conhece esse cara?

Ela disse:

— Não muito.

As duas riram.

— As garçonetes… — disse Carney.

— Elas são irmãs — informou Miss Laura. — O que é isso? — Falando do olho roxo.

— Levei um soco.

Ela contraiu os lábios em desdém. Depois esfregou os dedos no gesto de pode-ir-pagando. Ele passou uma nota de vinte.

Antes de descobrirem como iam agir, Miss Laura tinha que xingar Carney pelo tempo que eles perderam. Carney disse que a culpa era do Munson e deixou que ela desabafasse. A irritação dela escondia o medo. Estava lá fazia tempo. O homem podia sair amanhã e precisava de meninas em quem descontar a fúria. Ela concordou em trabalhar na Operação Duke, mas só se primeiro ele cuidasse do Brucie Sovina — essa foi a exigência no encontro em julho quando eles fecharam o acordo. *Tire o Brucie Sovina de cena e eu topo.*

Às vezes quando Carney, ainda menino, pulava no Hudson, entrava um pouco daquela água na boca. Na Lanchonete Big Apple eles serviam aquilo e chamavam de café.

— Como fazer ele vir aqui numa quarta-feira? — perguntou. — De noite.

— Esse é o problema.

— Dizer que você está com um problema? Que vai contar pra mulher dele?

Miss Laura deu de ombros.

— Ele não liga se eu estiver com um problema ou precisar de dinheiro. E não se importa com a desgraçada da mulher. — Ela colocou a gorjeta da garçonete no cinzeiro de alumínio. — Não dá para ameaçar porque ele só fica nervoso e incomodado, confie em mim.

Ele olhou para o apartamento. Se conseguissem fazer acontecer, ia ser ali.

Ela disse:

— Vou dizer pra ele vir porque estou com desejo dele.

— Só isso?

— Só isso.

Tinha o problema do Zippo. Carney precisava encontrar o Zippo e dizer que o plano ia acontecer.

— Você sabe onde aquele crioulo está? — perguntou Miss Laura.

Era uma boa pergunta. O fotógrafo era imprevisível.

Zippo foi o último que Carney trouxe para a Operação Duke. Estava claro que ele precisava de alguém para tirar as fotos. Ele comprou a Pathfinder porque a Polaroid dizia que era fácil de usar. Mais importante, não era preciso mandar o filme para revelar. Uma olhada nas fotos que pretendia tirar e eles chamavam a delegacia de crimes contra a moral.

Os testes com a Polaroid mostraram que ele era um imprestável para aquilo.

— Tem gente que é boa em algumas coisas e não em outras — disse Elizabeth, falando do jeito mais carinhoso possível. Ela e as crianças foram pacientes com as várias tentativas dele de ser um daqueles pais talentosos dos anúncios de tevê e revistas, registrando os grandes e pequenos momentos da vida. Ele falhou diante da entrada da loja, com o nome da família no alto; no Riverside Park, enquanto o sereno rio Hudson passava sussurrando; em frente da antiga torre de vigia de incêndios no Mount Morris Park, depois de servir de guia para a família adiante do ponto onde havia desovado o corpo de Miami Joe num tapete marroquino de luxo.

Ele precisava de outra pessoa.

Tinha que ser o Zippo.

Zippo — fraudador ocasional de cheques e provedor em tempo integral de fotos íntimas e filmes pornográficos — conhecia Freddie, mas Freddie andava sumido. Linus pagou a fiança do primo de Carney quando ele foi preso com Biz Dixon por desacato. Freddie não ligou para Carney nem para a mãe para pedir ajuda, ligou para o garoto branco. Ele apareceu na Tia Millie depois de sair da prisão, para dizer que estava tudo bem, e sumiu de novo nos subterrâneos.

Elizabeth ficou horrorizada ao saber que ele passou uma noite na Sepultura. A cadeia da cidade era famosa.

— Ah, aquele lugar é horroroso!

Carney torceu para a coisa não ter ficado feia demais. A última coisa que Carney queria quando bolou a cilada era ver o primo ferido. Como ele ia saber que Freddie ia acabar envolvido naquilo? Foi azar, só isso — embora fosse bom se Freddie visse naquilo um sinal para tomar juízo e se endireitar. Teimoso como era, talvez aquilo tivesse algum lado positivo.

Um dos fregueses regulares de Carney — ele tinha um poço dos desejos que fazia aparecer novas tevês portáteis da Sony, aparentemente — era amigo do fotógrafo e arranjou um encontro no Nightbirds. Quantas vezes o pai de Carney encontrou seus amigos naquele lugar? Para planejar um golpe, ou para celebrar um.

Zippo chegou com sua postura de coitadinho, magro e relaxado, as mangas da camisa azul curtas demais. Carney não via o sujeito havia anos. Ele ainda tinha aquela estranha energia, continuava provocador e agitado, como um pombo do Bronx.

— Você tem uma câmera? — perguntou Carney. Da última vez que ouviu falar, um namorado furioso de uma modelo tinha tirado Zippo dos negócios.

— Aquilo foi um revés temporário — disse Zippo. — Se é que dá para chamar de "revés" uma oportunidade de reavaliar o que você está fazendo e pensar em como pode melhorar sua vida.

Carney nunca ouvira alguém descrever a cadeia assim. Carney lembrou como Zippo mudava rapidamente de jeito, como um motorista bêbado andando pela rua às três da manhã. Uma pessoa agora, outra daqui a um segundo. *Competência perturbada*, Carney definiria mais tarde.

— Estou trabalhando de novo — disse Zippo. Deu uma olhada por cima do ombro para comprovar sua discrição. — Você e a sua senhora querem tirar umas fotos...

— A minha mulher não é... é uma outra coisa. É aquilo que você faz, fotos íntimas.

— Certo, certo.

— Mas uma pessoa está dormindo.

— Claro, tem todo um mercado para isso. Mulher se fingindo de morta. Homem fingindo ser túmulo. Cenas de cemitério...

Para evitar maiores questionamentos, Carney explicou o trabalho em detalhes. O fotógrafo não teve pudores quando ficou sabendo o nome do alvo.

— Odeio aquela merda da Carver Federal — disse Zippo. — Sabe que eles puseram meu nome numa lista? — Ele havia se mantido ocupado fazendo um encosto de copo em picadinhos e então organizava uma pilha de pedacinhos brancos.

— Tem que ser um flagrante — instruiu Carney.

— Flagrante, sem flagrante, você manda. — Zippo enfatizou sua superioridade para a tarefa. — Quando era mais novo, eu estava mais no lance das "belas artes", se é que você me entende. — Certamente não era o primeiro nem o último cliente do Nightbirds a falar sobre as promessas de tempos passados. — Eu queria ser um dos grandes cronistas, como o Van Der Zee. Carl Van Vechten. A vida do Harlem, o povo do Harlem. Mas sempre fui um azarado. Você sabe disso. Toda chance que tenho eu cago tudo. Agora faço foto de peitinho. E gente se fingindo de morta.

— Acho que você vai curtir a grana — disse Carney.

— Não é a grana — disse Zippo. Ele catou os pedacinhos do encosto de copo e pôs na palma da mão, perguntando quando ia acontecer. Eles fecharam um acordo pelas fotos e pela revelação.

Agora a operação tinha aparecido diante deles, sem aviso. Cinco da tarde. O número de telefone no cartão que ele deu para Carney não atendia. No verso, Zippo anotara um endereço. Ele pegou um táxi.

A Fotografias Andre ficava na esquina da 125 com a Quinta, em cima de uma floricultura. A escada rangeu de um jeito que, se caísse, ninguém podia dizer que foi por falta de aviso. Carney bateu na porta do estúdio e uma mulher nervosa de meia-idade passou apressada, de rosto virado para não ser reconhecida.

O estúdio era uma grande sala, com um sofá gasto e cadeiras perto da porta, e depois o espaço para as sessões de fotos com as luzes sobre suportes, um refletor, um guarda-chuva. Lá atrás, elementos variados e panos de fundo com estampas encostados uns nos outros. Uma cena de praia com céu azul e águas azuis meio que encobria um cenário de biblioteca com prateleiras lotadas de encadernações de couro.

Zippo não se deixou perturbar pela presença de Carney. Um gato preto correu rumo aos pés do fotógrafo e ele pegou o bichano, segurando-o contra o peito.

— Acabei de terminar — informou. — O marido da senhorinha está na Alemanha numa base da Aeronáutica e pediu que ela mandasse fotos para ele ter como se lembrar dela.

— Você andou fumando aquilo?

— Ela era tão certinha, achei que ia ajudar ela a se soltar — disse Zippo. — E funcionou! Se entregar para a câmera é uma dança complicada. A sociedade coloca esses grilos na cabeça da gente...

— Vai ser hoje — disse Carney. — Vai ser hoje à noite.

Zippo fez um sinal de concordância solene com a cabeça.

— Preciso trancar aqui. Este lugar não é meu, é do Andre. É por isso que tem o nome dele em tudo.

Carney e Zippo caminharam quatro quadras até o estacionamento onde Carney tinha deixado a caminhonete. Ele pressentira que aquela ia ser uma noite para usá-la, uma noite para tentar-ser-mais-rápido-que-o-azar. Será que ele ia precisar da caçamba? Carney não gostava da ideia de colocar corpos na caçamba da caminhonete, mortos ou não mortos ou de qualquer outro jeito. Uma vez é azar; na segunda parece que você está se acostumando.

O fotógrafo carregava uma grande mochila de vinil no ombro. A mala já estava pronta quando Carney chegou, mesmo que Zippo nem soubesse que o trabalho ia ser naquela noite.

— Ah, eu tive um pressentimento — explicou ele. — Metade da minha arte é confiar nos meus instintos.

Zippo fuçou no rádio e encontrou um DJ beatnik nas ondas curtas, falando coisas desconexas. Eles pararam em frente ao apartamento de Miss Laura, do outro lado da rua, de onde Carney, sentado no banco do motorista, podia ver a janela. As cortinas abertas significavam que ela estava sozinha, de acordo com o sinal deles. Ele mandou Zippo ficar onde estava e andou até a Amsterdam para encontrar um telefone público.

— Ele disse que vai tentar vir — informou Miss Laura.

— Tentar? Ele vem ou não vem?

— É isso. Ele disse que tinha uma reunião.

Carney contou isso para Zippo quando voltou para a caminhonete.

— Esperando — disse Zippo —, sempre esperando. Às vezes eu trabalho pra um advogado branco... Milton O'Neil, conhece? Tem foto dele nas caixinhas de fósforos, sabe? O trabalho é pegar os caras no ato. Tem que esperar muito.

— Zippo.

— Diga.

— Você ainda incendeia coisas?

O incêndio mais famoso de Zippo foi o que consumiu um terreno baldio na St. Nicholas. Alguns trapos no lixo pegaram fogo, as chamas se alastraram e a vizinhança inteira apareceu para ver o trabalho dos bombeiros. O brilho primitivo do fogo e as luzes hipnóticas do caminhão de bombeiros dançaram pelos prédios abandonados e pelos rostos inexpressivos e tornaram tudo belo. Zippo tinha catorze, quinze anos. O tio da mãe dele morava em Riverdale, e tinha dinheiro de uma patente, aqueles suportes para escovas de dentes em cima da pia no banheiro de todo mundo. Uma genuína história do imigrante-que-se-deu-bem. Ele pagou pelo tratamento de Zippo.

— Eu causava incêndios porque na época não sabia que bastava ver o fogo na minha cabeça — explicou Zippo. — Eu não precisava fazer aquilo. É por isso que o pessoal curte minhas fotos íntimas. Ver as coisas pode ser o mesmo que fazer.

— Foi isso que você aprendeu? — O tom paternal, em geral reservado para Freddie, colocou Zippo no papel de alma perdida que precisava se espertar.

— Eu não ia falar disso — disse Zippo —, já que não é da minha conta, mas, como você está me perguntando coisas que não são da sua conta, o que aconteceu com seu olho? Ele está todo ferrado. Você está feio pra cacete.

— Levei um soco no olho — disse Carney.
— Ah, isso acontece comigo o tempo todo.

Às 20h45, Wilfred Duke, vestindo um terno marrom-claro de risca de giz e assobiando feliz, tocou o interfone do apartamento do terceiro andar do número 288 da Convent Avenue. Mãos delicadas fecharam as cortinas.

O vendedor de móveis e o fotógrafo esperaram. Era a primeira noite em que Carney pulava o primeiro sono desde junho. Nos dias que se seguiram, ele tentou determinar quando a Operação Duke de fato começou. Foi com a prisão do traficante, aquela manobra de fim de jogo? Com a volta do *dorvay*, e Carney usando todas aquelas noites de verão para bolar esquemas, ou foi no dia em que o banqueiro cometeu uma ofensa que exigia vingança? Ou teve origem na natureza dos dois, algo profundamente enraizado neles? A corrupção de Duke, a veneração que o clã de Carney sentia por rancores. Se você acreditava na santa circulação de envelopes, tudo que acontecia se devia ao fato de um homem pegar um envelope e não fazer seu trabalho. Um envelope é um envelope. Desrespeite a ordem e todo o sistema colapsa.

— Vamos — disse Carney. Ele deu um cutucão em Zippo. O sujeito estava dormindo.

Zippo olhou para a janela dela e as cortinas estavam escancaradas.

— Sonhei que estava sentado em uma caminhonete — disse ele.

Miss Laura apertou o botão para os dois entrarem. Enquanto contornava o patamar do segundo andar, Carney pensou: ela matou o sujeito. Duke estava deitado na cama com dossel com os miolos esparramados e agora ele e Zippo iam ter que ajudar a encobrir o caso. Isso se ela já não tivesse chamado os policiais e saído pelos fundos e deixado os dois com o pepino. A cilada foi dela o tempo todo, não dele.

Carney ficou aliviado ao ver Wilfred Duke nos lençóis vermelhos brilhantes, a boca aberta e o peito tranquilamente subindo e descendo. Ele ainda estava com o terno de risca de giz e os sapatos, embora a gravata amarela brilhante estivesse frouxa, como se a cabeça estivesse sendo enfiada em um nó de forca. Ele parecia sorrir. Miss Laura estava de braços cruzados, olhos fixos no banqueiro. Ela tomou um gole de sua lata de Rheingold.

— Ok — disse Zippo, esfregando as mãos uma na outra.
— É uma cena de túmulo? Esse não é exatamente um terno que usam pra enterrar as pessoas.

— Chega de falar de cemitério — repreendeu Carney. — Eu deixei isso claro. Mas a gente tem que colocar ele na posição.

— Esse filho da puta — disse Miss Laura. As gotas do sonífero iam durar algumas horas. — Dei uma dose dupla pra ele. Pra ter certeza.

— Você não quer matar o sujeito.
— Ele está respirando, não está?
— Já ouviu falar do Weegee? — perguntou Zippo. — Mesmo que nunca tenha ouvido o nome dele, você viu os trabalhos. Ele fazia cenas de crime…

— Zippo, pode me ajudar com essa perna?

Missa Laura se encostou na lareira, contemplando Duke e batendo as cinzas do cigarro no tapete Heriz.

Carney, semanas antes, sugeriu que eles se limitassem a umas poucas fotos de Duke na cama com os braços em volta de Miss Laura em roupas sugestivas. Umas poucas poses escandalosas bastavam. O suficiente para envergonhar e desonrar, excomungá-lo de um segmento da sociedade do Harlem. Perder alguns negócios. Nada de muito mau gosto. Ela concordou. Depois pensou de novo.

— Ele não é essa pessoa — disse ela a Carney no encontro seguinte. — Acho que a gente devia mostrar quem ele realmente é.

— E como ele é?

— A gente devia fazer várias fotos mostrando lados diferentes dele, tipo na revista *Screenland*, quando colocam o Montgomery Clift por páginas e páginas em cenas diferentes.

— A gente não vai ter muito tempo — disse Carney.

— Cenas e acessórios diferentes, eu acho.

— Isso...

— É assim que a gente vai fazer — determinou Miss Laura. — Depois de tanto tempo pensando? É isso que você quer. — E ela assumiu a responsabilidade pela coreografia, assim como a pessoa com o carro responde pela fuga e como o cofre é terreno do arrombador.

Era hora de trabalhar. Miss Laura apagou o cigarro.

— Pronto?

— Posso colocar um disco? — perguntou Zippo. Ela fez um gesto com a lata de Rheingold na direção do Zenith RecordMaster. Ele soltou a agulha sobre o *Mingus Ah Um*.

Zippo abriu sua sacola de equipamentos. Laura foi pegar a dela.

A empresa Burlington Hall de Worcester, no Massachusetts, estava no ramo de móveis desde meados do século dezoito e era reverenciada no mundo todo por sua qualidade ímpar e pelos detalhes soberbos. Dizem que o príncipe Afonso de

Portugal fez levarem uma das camas com dossel deles por mil quilômetros, passando por pântanos e desfiladeiros, subindo montanhas, até sua casa de férias na Amazônia, para que um herdeiro pudesse ser concebido na cama mais luxuosa em um dos lugares mais sagrados do mundo. A mulher dele acabou se revelando estéril, mas o príncipe e a esposa desfrutaram das mais magníficas noites de sono de suas breves vidas. Caso Francis Burlington, o fundador da empresa, pudesse ver a variedade da parafernália erótica que Miss Laura guardava em seu armário laqueado de 1958, com sua silhueta majestosa e o trabalho magistral na madeira, ficaria chocado.

Ou agradavelmente satisfeito. Como vendedor, Carney sabia que não se devia presumir o gosto de estranhos. Ele tentou não especular como cada objeto era usado, ou onde. Insinuava-se a existência de um reino além do papai-e-mamãe, fora de seu mapa. Ele tirou os sapatos de Duke enquanto Zippo se ocupava com as lentes e a câmera, e Laura tramava a ordem dos eventos.

— De onde é isso? — perguntou Zippo. — Vi uma coisa parecida no *Catálogo Crispus*.

— Veio da França — disse Miss Laura.

Pop. O barulho da combustão da lâmpada do flash era perturbador, algo sendo triturado, como o som dos ossos de um monstro se estilhaçando. A conversa mundana de Miss Laura e Zippo — *Levante a cabeça dele, Você consegue erguer aquela perna?* — enlouquecia Carney. Aquele era o mundo normal agora? Ele apertou o calombo debaixo do olho até doer.

Pop. Carney traçou a linha que ia da recepção do Dumas no início do verão até aquela noite de vingança lasciva. Os pequenos ladrões, os assaltantes bêbados e os criminosos malucos com quem ele negociou desde que começou a vender as ocasionais tevês e luminárias usadas não serviram como preparativo para essa escória que era sua equipe hoje. Aquela era a aparência de uma vingança, a grotesca coreografia que estava acontecendo no apartamento de Miss Laura? Aquela era a sensação da vingança? Para ele, não passava a sensação de vingança.

Zippo disse:

— Na verdade ele é bem fotogênico.

Pop. A pele de Miss Laura brilhou. Ela, por outro lado, tinha a aparência da vingança: feroz e obstinada, alheia à compaixão. Humilhação: essa foi a palavra que Elizabeth usou para descrever a rejeição de Carney no Dumas. Duke podia fazer o que quisesse porque tinha dinheiro. Despejar você de sua propriedade, dificultar seu empréstimo, pegar seu envelope e mandar você à merda.

Pop. Era assim que a merda do país funcionava, mas eles precisaram mudar o discurso para o mercado consumidor do Harlem, e foi assim que Duke surgiu. O homenzinho era o sistema dos brancos escondido por trás de uma máscara negra. A humilhação era sua moeda corrente, mas naquela noite Miss Laura bateu a carteira dele.

— O que eu quero mesmo — disse Zippo — é entrar para o cinema.

Carney saiu depois de dez minutos e ficou no corredor. Quando Zippo disse para ele entrar, o banqueiro estava dormindo debaixo de lençóis vermelhos de cetim, o armário fechado e trancado. Miss Laura tinha se trocado e agora estava de calça jeans e uma camisa de algodão azul-escuro. Uma mala vermelha grande estava aos pés dela. Brucie Sovina tinha apresentado Miss Laura a Duke. Quando acordasse, o banqueiro ia reclamar com a gerência. Ela vistoriou o apartamento e disse:

— Está feito.

Zippo terminou de guardar o equipamento.

— Vou fazer umas cópias bonitas — informou. — E aí levar para o cara do jornal.

— Vamos começar aqui. Ver o que acontece.

— E deixar ele aqui assim? — perguntou Zippo.

Miss Laura fez um ruído de desdém.

— Ele pode dormir até o efeito passar, como a gente conversou — disse Carney. — Às vezes você acorda e o sono levou você aos lugares mais horríveis.

Zippo foi embora rapidinho depois que o trio chegou à rua, dobrando a esquina da 142, cantando baixinho.

— Minha caminhonete está ali — disse Carney. Foi pegar a mala, mas Miss Laura repeliu a tentativa. Ela a deixou na caçamba da caminhonete e subiu para o banco do passageiro.

Carney ligou a caminhonete e deu uma última olhada para o apartamento, para a janela com as cortinas abertas. *Merda. A gente devia ter colocado um chapeuzinho de Napoleão nele.*

OITO

Era uma tarde quente e resplandecente de sábado no início de setembro. O plano de Elizabeth era pegar Carney na loja perto do meio-dia e seguirem os quatro para um piquenique no Riverside Park. Deixar as crianças correrem livres no Claremont Playground. Ia ser bom fazer alguma coisa juntos no fim de semana para variar.

— Você é o patrão. A loja vai ficar bem.

Carney checou o olho no banheiro do escritório. Parecia melhor. Bom o suficiente para a foto. Quando saiu, os entregadores estavam esperando que ele assinasse o recibo do cofre.

— Feito para durar — disse o chefe dos entregadores.

— No mínimo durar mais do que a gente — disse Carney.

O cofre Hermann Bros. lembrava uma peça de artilharia militar, letal em sua impassividade negra. Ele girou o segredo de cinco pontas; fluía como água. As prateleiras internas estavam nuas, mas se ele quisesse cobrir as gavetas de nogueira com algo macio, não faltariam lugares na 125 para isso.

O cofre ficou no lugar perfeito, descrevendo um triângulo com o sofá Collins-Hathaway e a poltrona. Ao contrário desses dois itens, o Hermann não ia ter modelos novos todo ano. Foram necessárias semanas até ele achar o negociante no Missouri que tinha dois num canto do depósito. Aquilo fazia o Ellsworth parecer um pigmeu. Ele deu uns dólares de gorjeta para os entregadores levarem o cofre antigo embora.

Um homem deve ter um cofre grande o suficiente para guardar seus segredos, Moskowitz dissera. Por enquanto aquele bastaria.

Elizabeth e as crianças chegaram e ele cercou Ferrugem para fazer uma foto. Ferrugem sabia manejar a Polaroid Pathfinder, pois tinha uma. Coney Island era um dos lugares aonde ele e Beatrice mais gostavam de ir a passeio; tinha várias fotos de praia pregadas sobre sua mesa. Ferrugem ensinou o processo a Carney passo a passo enquanto organizava a pose da família em frente à loja.

— Tem que esperar — disse ele. — Não pode tirar a parte de trás antes do tempo.

— Preciso ser mais paciente — respondeu Carney.

As fotos saíram maravilhosas. Carney e Elizabeth estavam um ao lado do outro, May e John na frente. May conseguiu dar um sorriso adequado. Os olhos arregalados de John traíam o esforço para ficar imóvel, mas era preciso realmente prestar atenção para perceber. Atrás deles, depois do vidro laminado, os modelos em exposição da coleção de outono mal ficavam visíveis nas sombras, como animais ágeis saindo do meio do mato. A luz do sol transformou as letras da placa numa majestosa proclamação.

Marie escolheu uma moldura adequada uma semana depois e a foto permaneceu na parede do escritório dele por muitos anos. A lembrança desse dia dava ânimo a Carney quando ele se sentia mal.

— Viu? — disse Ferrugem. — É mais fácil do que você pensa.

Carney agradeceu e eles foram andando para oeste, rumo ao parque.

— Como o seu pai está lidando com a história? — perguntou Carney.

— Não muito bem — disse Elizabeth.

Certamente eram tempos turbulentos para boa parte da elite negra. A *Harlem Gazette*, inimiga local de Duke, gostou muito das fotos do apartamento de Miss Laura. Mais uma vez, não era preciso convencer as pessoas a ferrar com Duke; as pessoas compravam a ideia sem precisar de convencimento. A *Gazette* publicou três das fotos na edição de sexta, primeira página, e anunciou que outras sairiam no sábado: BIZARRO NINHO DE AMOR DO BANQUEIRO. As partes mais sórdidas — assim como o rosto de Laura — foram cobertas por tarjas pretas, deixando que a imaginação dos leitores compusesse sua própria verdade lasciva.

Era natural que uma pessoa quisesse ficar longe dos holofotes depois disso, especialmente alguém vaidoso e controlador como Wilfred Duke. Ele foi visto pela última vez na quinta-feira, quando saiu do Edifício Mill. Candace, a secretária dele, não relatou nada extraordinário.

A *Gazette* publicou a série de fotos que passou a ser chamada de "Safari" no sábado. Os textos que acompanhavam as imagens citavam clientes desapontados da Carver descrevendo como Wilfred Duke arruinou suas vidas, roubou suas casas. As fotos, mesmo sem mostrar tudo, revelavam uma negligência com a higiene mental; as palavras dos clientes eram um testemunho de uma corrupção moral absoluta.

Na segunda, os jornais cobriram o desaparecimento de Duke, e na terça noticiaram que ele cometeu estelionato e roubou o capital inicial da Liberty National. Duke levantara mais de dois milhões de dólares com os primeiros investidores, a maior parte membros de destaque da comunidade do Harlem, seus amigos e parceiros de negócios e colegas de clube por décadas. Com quanto o banqueiro fugiu não ficou claro de imediato; uma primeira contabilidade sugeria que ele ficou com a maior parte do dinheiro, quem sabe tudo. Os policiais emitiram um mandado de prisão pelo telégrafo para qualquer órgão policial que o encontrasse. Os Duke tinham uma propriedade em Bimini; as autoridades de Bahamas estavam atentas.

Carney e sua família esperaram o semáforo abrir.

— Ele e minha mãe talvez tenham que vender a casa — disse Elizabeth. — Ele colocou todo o dinheiro na Liberty e eles já estavam numa situação difícil antes. Vários amigos deles tinham colocado dinheiro no negócio, parecia tão garantido. O dr. Campbell disse para a minha mãe que talvez eles tenham que entrar com um pedido de falência. É uma burrice sem tamanho.

— Quem fez burrice? — perguntou May.

— O seu avô e os amigos dele — respondeu ela.

Carney disse:

— Quando se é amigo de alguém por tantos anos, você acha que conhece a pessoa.

— Claro que ele fugiu com o dinheiro — disse Elizabeth. — Ele sempre foi um malandro.

— É um passo e tanto sair do emprego assim e começar seu próprio negócio — disse Carney. — Eu devia saber. Ele devia estar sofrendo uma pressão enorme.

No apartamento de Miss Laura naquela noite, a execução do plano deixou Carney enojado. Aquilo não parecia vingança, parecia rebaixamento; ele tinha descido degraus rumo ao esgoto e se tornado mais um membro maltrapilho do elenco do sórdido teatro da cidade. Pornógrafos, putas, cafetões, traficantes, assassinos — aqueles eram os companheiros na nova trupe. Acrescente a isso: estelionatários.

Mas isso... isso parecia uma vingança. Prolongada, sem falha. Era o sol no rosto numa tarde de domingo, era o mundo sorrindo brevemente para você. Ele não tinha previsto a fuga de Duke, mas não ficou desapontado com essa virada. Não só um homem, mas um bocado deles, no lugar onde doía. Uma pena que o banqueiro jamais fosse saber que foi ele quem armou tudo, mas aquele era o acordo desde o começo. Será que Pierce tinha investido? Carney devia ligar e ver se ele estava disponível para um almoço. Ele teria informações que não estavam nos jornais. Quem sofreu mais, quem estava mal se aguentando nas pernas. Fazia um bom tempo que eles não iam almoçar juntos.

Ele ficou pensando para onde Miss Laura foi. Na noite da operação, deu carona para ela até a esquina da 36 com a Oitava, seguindo instruções. Autoridade Portuária ou Penn Station. Será que ônibus e trens partiam àquela hora da noite, ou ela ia passar a noite num hotel? Se ela quisesse que Carney soubesse, teria contado.

— Eu não tinha como deixar uma mala pronta se ele estivesse solto — disse ela —, pronto para pular e me cortar a garganta. Ele faz você ver o que fez com as outras meninas, como propaganda do que é capaz. — Ela acendeu um cigarro com um isqueiro de latão. — Ele vai ter muita coisa com que se ocupar para ter tempo de ir atrás de mim. E eu não vou ser a única a fugir ao saber que ele está preso.

Miss Laura não estava falando com Carney; não estava claro a quem se dirigia. Ela checou o rosto no retrovisor e foi pegar a mala. Ele desceu junto.

Ali estava: o último envelope. Ele entregou quinhentos dólares e ela enfiou no sutiã.

Ela disse:

— Eu estudei você, sabe. — Só os dois na esquina, num daqueles redemoinhos de Nova York que deixam o palco liberado por um minuto. — Depois daquela primeira vez que me encontrei com você. Eu pensei: o que um sujeito como ele tem contra o Duke? Depois pensei: ele deu um golpe em você como faz com todo mundo. É por isso que você está puto.

— Ele deu mesmo.

— Eu me perguntei: o que vou ganhar com isso? O que quero com isso? — Ela acenou para a cidade suja empilhada à volta deles em concreto e aço frio. — Não posso ficar aqui e não posso ir para casa. Sobram todos os outros lugares. — Ela o olhou. — Pode ir.

E ele foi.

Miss Laura tinha razão quanto a Brucie Sovina estar muito ocupado. Quando pagou a fiança, o cafetão se fixou em culpar uma das meninas pela cilada. Encorajada pela prisão dele naquela semana, ela procurou a polícia e eles prenderam Sovina de novo, dessa vez por agressão. Essa notícia chegou via Munson. Brucie não ia sair tão cedo.

Carney içou John até seus ombros. O menino cobriu os olhos do pai, que fingiu cambalear, *Ah não*! Ele estava grato por Elizabeth ter proposto a saída. Ele não estava indo jantar em casa toda noite, mas os quatro continuavam fazendo refeições juntos com mais frequência do que antes. Era bom. Na noite da operação ele ficou acordado durante o primeiro sono, trabalhando no caso, e quando chegou em casa depois de deixar Miss Laura onde ela pediu, estava muito cheio de energia para dormir. Acabou apagando perto do amanhecer e quando acordou estava de volta ao horário normal, mais uma vez em sincronia com o mundo honesto. Expulso do esquecido mundo do *dorvay*, como se aquilo jamais tivesse estado ali. Qual foi o significado daquelas horas sombrias? Talvez fosse um modo de manter separados os dois lados dele, a versão noturna e a versão que existia durante o dia, e agora não precisava mais disso. Se é que algum dia precisou. Talvez ele tivesse inventado uma separação que não existia, quando tudo aquilo era ele e sempre tinha sido.

Quando eles passaram pelo Nightbirds, ele conferiu se Freddie estava sentado no bar, contando piadas. Mas não o viu.

Enquanto o filho puxava as orelhas de Carney, ele fez as contas dos custos da operação. Os quinhentos dólares iniciais para Duke, registrados como despesas operacionais junto com os outros envelopes. Ele teve que pagar Malagueta, Miss Laura e Zippo. Tommy Lips e o carro. Era preciso somar ainda as comissões do Ferrugem, aquelas que ele não ia precisar pagar caso tivesse ficado no escritório. Nas contas de Carney — ainda que não nos livros contábeis — havia algum modo de contabilizar aquilo como despesas de trabalho?

Até mesmo uma auditoria meia boca revelaria os pecados dele. Deixando de fora o olho roxo, tinha sido puro prazer.

RELAXE MEU BEM
1964

"...quem sabe se você não jogar o mesmo número toda vez. Faça um jogo diferente, veja o que acontece. Quem sabe você andou jogando o número errado o tempo todo."

UM

O número 547 da Riverside Drive ficava de frente para o parque em um trecho que na maior parte do tempo era tranquilo. Até se mudar, a família Carney não tinha ideia de como o trem elevado havia tornado raso o sono deles. Como acontece com muitas coisas na cidade — o barulho do trânsito lá embaixo, os vizinhos briguentos no andar de cima, uma caminhada no escuro desde a esquina até a porta de casa —, seu efeito era imensurável até sumir. O trem era como um pensamento ruim ou uma memória falha nesse sentido, um cutucão persistente e um sussurro constante. Na primavera, os ovos dos filhotes de pombo eclodiram no telhado do número 547 e um arrulhar prodigioso acordava a casa na maior parte das manhãs, mas quem não ia preferir isso ao elevado, quem não ia preferir uma nova vida ao guincho do metal?

Era um apartamento de terceiro andar de frente para o trecho norte da pequena colina onde colocaram o túmulo de Grant. Em vez de ficarem sobre o rio Hudson, as janelas mostravam uma onda de folhas de carvalho durante a maior parte do ano, e uma encosta marrom irregular no resto do tempo.

— O nome disso é vista sazonal — disse Alma. Estava chateada desde que John recusou "um abraço na Vovó". Em geral John atendia aos adultos quando eles apresentavam imerecidas demandas de afeto, e por isso Carney achou que aquele era um sinal de bom caráter.

— No inverno, todas aquelas folhas verdes vão ter caído — disse Leland.

— Sim — confirmou Carney. — É isso que acontece com as árvores. — Ele fez uma breve oração pedindo que Elizabeth voltasse rápido da cozinha com os biscoitos. Carney perguntou aos sogros o que eles estavam achando do Park West Village, o complexo perto da Columbus para onde tinham se mudado.

— Estamos adorando — disse Alma. — Vai abrir uma Gristedes.

Era o terceiro apartamento desde que eles venderam a casa em Strivers' Row. O primeiro eles abandonaram porque a quadra se transformava num bazar de drogas quando o clima mudava. Haviam feito uma visita numa tarde de neve e o lugar parecia suficientemente sonolento.

O segundo apartamento ficava em um edifício bonito e limpo na Amsterdam. O vizinho de porta era um juiz e no outro extremo do corredor morava um pastor. Seis meses depois de alugar o apartamento, os Jones ficaram alarmados com um aroma estranho. Eles presumiram que um camundongo tinha morrido dentro da parede. Um líquido vermelho-amarronzado pingou do teto e fez com que fossem correndo chamar o zelador, que depois de uma rápida investigação identificou a substância como sendo os restos mortais do vizinho do andar de cima em putrefação.

Um vazamento sem restrições como aquele passando pelo piso abaixo do padrão apontava para questões estruturais mais importantes do prédio, quanto a isso as opiniões eram unânimes. Os Jones ficaram no Hotel Theresa até desembarcarem no Park West Village. Quanto ao vizinho do andar de cima, ele tinha espantado amigos e parentes por décadas, e a prefeitura o sepultou em Hart Island numa tarde excepcionalmente quente de domingo.

Tinha havido muitas relocações e mudanças ultimamente. Leland mudou sua empresa da esquina da Broadway com a 114 para um espaço mais barato na 125. A família de Carney e Elizabeth finalmente deu um uso adequado ao fundo do apartamento e partiu para o rio e o boulevard que eram o sonho e a ambição de Carney. O prédio era integrado, e muitas famílias negras com filhos estavam chegando. Elizabeth já tinha feito duas amigas. Historicamente, a rotatividade era baixa, com pouco desgaste dentro dos apartamentos. As áreas comuns eram bem iluminadas e com boa manutenção. Havia uma lavanderia no porão com uma série de máquinas Westinghouse novinhas, um grupo ativo de inquilinos e como era evidente o parque estava logo ali.

A loja de móveis continuou onde estava, como uma âncora na esquina da 125 com a Morningside, e continuou a prosperar tanto em seus negócios legítimos quanto nos ilegais.

A nova sala de estar tinha bastante espaço para as crianças se esparramarem. Em cima do felpudo tapete Marroquino de Luxo, May folheava seus gibis do *Riquinho* e murmurava desarticuladamente canções da Motown enquanto John perseguia uma frota de Matchbox com seu brontossauro de brinquedo. Naquele ano Carney escolheu a Argent para a mobília da casa, optando pelo sofá de três peças com a estrutura de madeira de lei seca em estufa e estofamento Hercúleo azul e verde. Sentado no sofá com as pernas esticadas e os tornozelos cruzados, vendo a sala e a vegetação lá fora, Carney se permitiu, a contragosto, um momento de contentamento. Ele passou as pontas dos dedos pelas almofadas de tweed para se acalmar enquanto os sogros tagarelavam.

Finalmente Elizabeth chegou com os biscoitos. A cozinha do novo apartamento era mais hospitaleira do que a anterior, permitindo que se visse um batalhão de telhados do Harlem, em vez do beco sem saída com o sistema de ventilação. Marie andava compartilhando receitas, e essa certamente era uma delas, o aroma fazendo com que todos se curvassem à sua vontade. Elizabeth e Carney deram um sorriso para recompensar a paciência dele.

As crianças pularam para escolher primeiro os melhores biscoitos.

— Ele comprou isso na Feira Mundial? — perguntou Leland, falando do pequeno dinossauro.

Carney disse que sim. Eles haviam ido de metrô até Flushing para conferir a exposição em maio. "É isso que eles chamam de 'Queens', pessoal." A máquina publicitária inflou tanto o evento que não havia como não ser frustrante, e as páginas editoriais se dedicaram a cobrir como a cidade pagou pela Feira, mas a produção como um todo era impressionante. Anos depois, May e John iam olhar em retrospecto e entender que foram parte de algo especial. A Sinclair Oil deu versões de plástico de seu mascote brontossauro no pavilhão Dinolândia. John dormia com ele debaixo do travesseiro.

— Mesmo assim queríamos levar as crianças — disse Leland. — O Max e a Judy disseram que Futurama é sensacional.

May e John deram gritinhos. A feira era grande demais, cheia demais de coisas para dar para ver tudo em uma visita. Os netos davam um álibi para que Alma e Leland se misturassem com a plebe.

— Tudo bem — disse Carney.

— Se não tiverem saqueado o lugar — acrescentou Alma.

— Acho que incendiar a Feira Mundial não era uma das prioridades deles, mãe — disse Elizabeth.

John disse:

— Incendiaram a Feira Mundial? Por quê?

— Vá saber o que eles podem fazer, esses ativistas estudantis — respondeu Alma.

— Agora você é contra o movimento de protestos? — Elizabeth quis saber. — Depois de todos aqueles benefícios para os Viajantes da Liberdade?

— Eu não me importo tanto com os estudantes — disse Leland —, mas sim com os parasitas que se aproveitam e vão junto. Viu o que fizeram com aquele supermercado na Oitava, perto da Metodista Africana? — A echarpe dele era sempre ridícula e o calor de julho a deixava ainda mais patética. Ele ofegava perto da janela e bebericava sua limonada. — Saquearam tudo num dia, limparam como abutres, e no outro dia incendiaram. Por que você faria isso com a loja do próprio bairro?

— Por que aquele policial ia matar um garoto de quinze anos a sangue frio? — disse Elizabeth.

— Dizem que ele estava com uma faca — respondeu Alma.

— No dia seguinte, dizem que acharam uma faca e você acredita.

— Policiais — disse Carney.

— Eu queria ir no "Mundo Pequenino" de novo — informou May, e Elizabeth mudou o rumo da conversa.

Os motins tinham minguado. Estava quente — trinta e três graus — quando eles começaram, e o fogo se alastrou rápido. A chuva de quarta extinguiu as marchas e a desordem no Harlem, e a violência em Bedford-Stuyvesant acabou na noite seguinte. Todo mundo estava com medo de que outro incidente ou novos confrontos — iniciados pela polícia, por um manifestante — pudessem servir de gatilho para mais uma rodada de violência. Era por causa dessa próxima erupção que eles falavam sobre os motins como se fosse um céu com nuvens escuras. As nuvens estavam longe agora, mas bastava se virar e lá estavam elas sobre sua cabeça.

Carney disse que precisava ir até o escritório para cuidar de umas coisas e pediu licença aos sogros.

A caminhada até o trabalho era mais longa saindo do novo apartamento, mas permitia que Carney saboreasse umas poucas quadras de calmaria antes de mergulhar de novo na loucura maníaca do Harlem. Depois de passar por baixo do elevado — olhar para cima para ver as grades como se fossem a porta de uma cela — e atravessar a Broadway, tornava-se a entrar na agitação.

Na esquina da 125, perto da entrada do metrô, a Sapataria Lucky Luke era uma ruína escurecida. Era o lugar que dava o melhor polimento? Não.

Um sujeito pesadão com macacões amarelos manchados gritou enquanto Carney se aproximava, e ele ficou alerta. Depois reconheceu o homem — o cavalheiro tinha comprado um canto alemão usado no ano anterior, com pagamento em depósito. Jeffrey Martins. Carney acenou e sorriu. A vida moderna tirou deles a capacidade de diferenciar amigos de inimigos, mas isso voltou rápido. Naqueles dias seguintes ao que acontecera, as pessoas avaliavam os estranhos para ver em que ponto do espectro de indignação eles se encaixavam. A expressão deles dizia *Que dias estranhos, não acha?*, ou seus punhos cerrados passavam a mensagem *Dá pra acreditar que eles vão escapar impunes de novo?*. Será que a pessoa que estava diante de você passou três trancas na porta do apartamento e esperou no escuro que tudo acabasse, ou será que cortara o rosto de um policial com uma garrafa? Aqueles eram seus vizinhos.

Algumas quadras estavam intactas e eram o Harlem que você reconhecia. Depois você dobrava uma esquina e dois carros estavam virados de ponta-cabeça como besouros gordos, um indígena de uma tabacaria estava decapitado diante de uma série de vitrines estilhaçadas. A entrada de uma mercearia destruída por bomba se abria como um túnel para o submundo. As vans da Sable Construction ficavam em frente aos endereços de seus clientes prioritários, e operários pagos por dia jogavam drywall e isolamento encharcado por mangueiras de incêndio em caçambas. O departamento de limpeza urbana fez um trabalho excelente tirando lixo e detritos das calçadas, o que tornava a caminhada mais perturbadora, como se os endereços tornados ruínas tivessem sido transportados de uma outra cidade, uma cidade pior.

Enquanto andava pela 125, Carney se pôs a pensar nos grandes pavilhões em Flushing, no Queens. A poucos quilômetros de distância, a Feira Mundial celebrava as maravilhas no horizonte. Claro, Carney curtiu todas aquelas coisas espantosas em Futurama — as lustrosas bases lunares e as estações espaciais girando lentamente, os ambientes subaquáticos —, mas eram mais impressionantes as demonstrações daquilo que a humanidade já havia realizado. Numa sala, a Bell Labs tinha um Foto-Fone que mostrava o rosto da pessoa na outra ponta da linha; em outra, computadores gigantes falavam entre si usando cabos telefônicos. O Parque Espacial tinha réplicas em tamanho natural do foguete Saturn V, da espaçonave Gemini, de um módulo lunar. Ali estavam objetos impossíveis que foram ao espaço — e voltaram em segurança, tendo viajado toda aquela distância.

Não era preciso ir longe, certamente não eram necessários foguetes de três estágios e de cápsulas com tripulação e arcana telemetria para ver do que mais éramos capazes. Se Carney andasse cinco minutos em qualquer direção, as casas imaculadas de uma geração seriam os lugares onde a geração seguinte injetava drogas, quadras de pobreza davam seu testemunho num coro de negligência e viam-se sedes de empresas devastadas e demolidas depois de noites de protestos violentos. O que fez aquilo começar, a confusão da semana? Um policial branco matou um garoto negro desarmado com três tiros. O bom e velho jeitinho americano em exibição: fazemos maravilhas, cometemos injustiças e estamos sempre ocupados.

O Harlem estava calmo novamente, ou tão calmo quanto ficava. Por vários motivos, Carney estava aliviado com o fim dos protestos. Pela segurança de todo mundo, claro. Só uma pessoa morreu, um milagre, mas centenas foram baleadas, esfaqueadas, apanharam com cassetetes ou foram atingidas na cabeça com pedaços de pau. Ele ligou para saber da Tia Millie — Pedro e Freddie não estavam na cidade —, e ela descreveu a cena no Hospital do Harlem como um campo de batalha.

— É pior do que a loucura de sábado... dez vezes pior!

Descontados os longos plantões, ela estava bem, obrigada por ligar.

E ele estava feliz pelo fim dos motins por seus colegas comerciantes. Os alvos óbvios foram atacados, dizimados: supermercados, lojas de bebidas, lojas de roupas, comércios de eletrônicos. Roubaram tudo e depois pegaram uma vassoura para roubar o pó também. Carney sabia por experiência pessoal o quanto era difícil para um comerciante negro convencer uma seguradora a assinar uma apólice. O vandalismo e os saques deixaram muita gente sem nada. O lugar de onde as pessoas tiravam seu sustento desaparecido, de uma hora para outra.

A maior parte da destruição estava a leste da Manhattan Avenue; a Móveis Carney ficava fora da fronteira. Lojas de móveis não estavam no topo da lista de estabelecimentos saqueáveis, já que os objetos eram difíceis de carregar — mas é claro que qualquer morador que conhecesse o local sabia que Carney vendia televisores e belas luminárias de mesa, e o que falar daquele camarada furioso que teve seu crediário recusado e que estava com sede de vingança? Não dá pra carregar um sofá nas costas, mas dá para arremessar uma garrafa com gasolina pela vitrine. Esse foi o motivo para Carney e Ferrugem passarem quatro noites diante do showroom, segurando tacos de beisebol que compraram da Gary's Sports na mesma quadra. Tela de proteção fechada, luzes apagadas, de sentinela no abraço requintado de suas poltronas Collins-Hathaway, cujas virtudes os vendedores não exageraram ao longo dos anos, não, nem um pouco.

Metade dos negros no Harlem tinham uma história de um avô no Sul, aquele que passou a noite toda na varanda com uma espingarda, esperando os racistas que atacavam à noite virem ferrar com a família deles por causa de algum incidente ocorrido na cidade. Negros lendários. Carney e Ferrugem bebiam Coca-Cola e mantinham a tradição da vigília da meia-noite. Na maior parte dessas histórias, a família faz as malas e foge para o Norte na manhã seguinte, seu período no Sul encerrado. Rumo ao capítulo seguinte da crônica ancestral. Mas Carney não ia a lugar nenhum. Na manhã seguinte, ele abriu a tela, mudou a placa de Fechado para Aberto, e esperou os clientes.

O movimento estava lento. Era um bom momento para vender vidros laminados.

Mais importante, Carney gostava da paz porque tinha uma reunião importante marcada, um encontro que vinha tentando fazer funcionar havia anos: uma conversa cara a cara com a empresa Bella Fontaine. Deus sabe o que o sr. Gibbs, o representante de vendas regional, viu no Walter Cronkite ou no *The Huntley-Brinkley Report*. Lojas saqueadas, policiais enfrentando malfeitores, moças com sorrisos loucos arremessando tijolos em repórteres fotográficos. Pedir que o sr. Gibbs lutasse para abrir caminho em meio ao pandemônio não era pouco. Especialmente tendo em vista que a Bella Fontaine jamais havia aceitado um revendedor negro antes.

Na manhã de quarta, Carney convencera Gibbs a não cancelar a ida ao Harlem. *Parece que estão incendiando a loja? Estamos abertos normalmente.* Carney era peixe pequeno; não fosse pela reunião com a All-American na Lexington, na parte branca do sul da cidade, e com algumas contas do Distrito de Suffolk, o sr. Gibbs jamais teria embarcado no avião em

Omaha. O Harlem estava em chamas, mas a parte branca de Manhattan continuava fazendo seus negócios como sempre.

O cartaz dizendo PROPRIETÁRIOS & ADMINISTRADORES NEGROS continuava na vitrine, ao lado do FORMAS DE PARCELAMENTO NEGOCIÁVEIS amarelado pelo sol. Carney sorriu — de certo modo, talvez os dois cartazes fizessem um par. Marie tinha feito o cartaz do PROPRIETÁRIO NEGRO em estêncil e trazido do Brooklyn na segunda-feira após o assassinato do garoto.

— Para deixarem a gente em paz — disse ela.

Quando os protestos pularam para Bed-Stuy, Carney disse para Marie ficar em casa para cuidar da mãe e da irmã. Ele e Ferrugem podiam dar conta. Marie concordou, depois de muitos soluços e pedidos de desculpas. Quinta-feira pareceu ser o fim dos protestos e Marie apareceu para trabalhar no dia seguinte, no horário, como se nada tivesse acontecido.

Não faria mal deixar o cartaz ali, só para garantir.

— Nada de vendas — disse Ferrugem. — Mas o pessoal passa bastante tempo dando uma boa olhada no sofá da Argent. Estão curtindo o padrão de espinha de peixe do tecido.

— Percebi.

Cinco anos antes, não tinha como errar com um Collins-Hathaway. Agora os clientes estavam passando para o Argent, com o visual limpo e as emanações de riqueza. Pegue aquele estofado aerado, cubra com o novo tecido Velope resistente a manchas — eles realmente arrasavam.

— Sabe o Projeto Manhattan, quando reuniram os principais cientistas do mundo? — perguntava Carney aos clientes. — Foi o que a Argent fez, mas em vez de produzir uma bomba eles fizeram um tecido resistente a manchas. — Isso em geral bastava para sentarem um pouco como teste.

Carney mandou Ferrugem cedo para casa. Agora que tinha dois filhos, Ferrugem não fazia tanta questão de ficar até o fechamento, e as vigílias noturnas fizeram daquela uma longa semana. Na terça, entediado pela noite de motim, Carney deu um novo título para ele: gerente associado de vendas. Sabendo que o patrão não ia fazer isso, Ferrugem foi em frente e mandou fazer o crachá. Enquanto esperava a chegada, colou uma versão provisória num button de Capitão Júnior da Pan Am que ganhou em algum lugar.

— Que tal?

Estava mais ou menos.

— Ficou ótimo — disse Carney. Em todo caso, os negócios continuavam lentos.

Elizabeth tinha comprado livros para os filhos de Ferrugem e Carney deu a ele.

— De onde veio isso, você pilhou da loja? — perguntou Carney quando ela tirou os livros da sacola de compras. Seria uma visão e tanto: Elizabeth escalando a vitrine da loja, pisando em vidro quebrado para pegar alguma coisa. Ele não ia achar impossível, se ela tivesse nascido a poucas quadras de onde nasceu.

Ferrugem agradeceu o presente e depois foram duas horas sem acontecimentos, exceto por viaturas policiais se arrastando como uma morte lenta lá fora.

Carney sentou em frente à mesa depois de fechar a loja para trabalhar num novo anúncio para o *Amsterdam News*. O outro estava ficando velho e durante a vigília do motim ele ficou pensando.

O sofá em três peças da Argent... Carney preferia colocar a mão na massa nos anúncios, mas havia resistência. O sujeito que cuidava dos anúncios no jornal, Higgins, era um tipo teimoso, com uma tendência autoritária normalmente associada aos escalões mais baixos do funcionalismo público de Nova York. "É essa a mensagem que você quer passar para o público?" Como se Higgins conhecesse toda a história e a realidade contemporânea dos móveis para casa. Uma vez Carney usou a palavra *divã* e calhou de Higgins ter uma prima chamada Diva, e o gerente assistente de contas teve que apartar a briga. Resumo: se um homem quer colocar um anúncio e tem os recursos para isso, você publica. Guarde a censura para a primeira página.

Carney tentou algo mais impactante.

Projetado tendo em mente o Amotinado-Ativo de nossos tempos

Depois de um longo dia combatendo o sistema, por que não colocar seus pés para cima — em uma nova otomana Collins-Hathaway.

Apresentando a nova Poltrona Reclinável

Alguém bateu na porta da Morningside. Nenhum de seus visitantes regulares tinha marcado um encontro, mas era sábado de tarde e algum camarada podia estar querendo colocar dinheiro no bolso para a noite que se seguiria. Carney deslizou a cobertura e olhou pelo buraco da fechadura. Ele deixou o primo entrar, dando uma olhada para ter certeza de que ninguém vinha atrás.

— Tudo bem? — Freddie não tinha estado tão magro desde a sétima série, ele existira como uma criatura de braços de galinha até a puberdade. A pele brilhava, a camiseta com listras vermelhas e laranjas estava suada. Ele segurava uma pasta de couro com peças metálicas douradas e um fecho minúsculo.

— Por onde você andou? — perguntou Carney, colocando o braço no ombro de Freddie para testar se ele de fato estava ali.

Freddie se contorceu para se livrar do braço do primo.

— Queria dar uma passada e ver como você está... como vocês todos estão. — Ele sentou na poltrona e se recostou. — O pessoal andou fazendo loucuras nos últimos dias.

— Estamos bem — disse Carney. — As crianças também. Você tem falado com a Tia Millie?

— Vou lá logo que sair daqui. Fazer uma surpresa.

— Certamente ela vai ficar surpresa.

Freddie aninhou a pasta de couro no peito. Gentil, como se mantivesse um viveiro de pombos e aquele fosse seu melhor voador. Carney perguntou o que era aquilo.

— Isso? Ah, claro! Escuta só, tenho que te contar como eu descobri o que estava acontecendo – eu estava lá! Era sábado à noite, o dia mais tenso.

Freddie tinha ido até a Times Square para ver *A inconquistável Molly* — a inclinação dele por Debbie Reynolds era duradoura e comprovada — e no caminho para o norte o trem foi engolido por uma sensação estranha. Todos nervosos, olhando em volta. O calor fazia todo mundo falar grosso uns com os outros. Desde o assassinato, os noticiários falavam sobre grupos de jovens fazendo tumulto no metrô, assediando brancos, ameaçando condutores.

— Eram nove horas — disse Freddie. — Saí do metrô para procurar um sanduíche e a rua estava cheia de gente. Erguendo os pulsos, erguendo cartazes. Cantando: "Queremos Malcolm X! Queremos Malcolm X!" e "Chega de policiais assassinos!"'. Alguns deles seguravam fotos do policial assassino, tipo: Procurado: Morto ou Vivo. Eu estava com fome... não queria lidar com aquilo tudo. Queria comer um sanduíche.

O Congresso Pela Igualdade Racial estava na ativa desde que o menino foi assassinado, organizando um comício na sexta e outro no sábado no 28º Distrito.

— Alguém disse que eles estavam na delegacia fazendo discursos e pensei: talvez eu seja um ativista. Por que não? Você sabe que eu gosto daquelas meninas da Igualdade Racial, todas sérias e tal, falando sobre mudanças. Da última vez que fui no Lincoln's, comecei a falar com uma menina da Igualdade Racial. Parecia a Diahann Carrol, sabe? Podia ser irmã dela. Mas ela não estava caindo na minha. Dizia que queria um universitário e eu disse que fiz faculdade...

— UCLA — Carney ajudou.

— Isso, a Universidade da Calçada da Lenox Avenue! — A velha piada.

Freddie seguiu a multidão até a delegacia na rua 123, onde um secretário de campo do Congresso Pela Igualdade Racial com óculos de aros grossos e escuros e uma gravata borboleta vermelha ouvia as demandas: renúncia do Comissário de Polícia Murphy; criação da comissão civil de revisão de casos, pedida havia tanto tempo.

— Tinha esses negros lá gritando "Assassino! Assassino! Assassino!" de um lado, do outro um crioulo com um megafone dizendo "Quarenta e cinco por cento dos policiais de Nova York são assassinos neuróticos!". Estava um tumulto, com tudo aquilo ali acontecendo, eu devia ter ficado no metrô. E você sabe que aqueles policiais não toleram isso. Eles fizeram barricadas, encurralando o pessoal. Usando aqueles capacetes porque sabiam que o pessoal ia arrebentar com eles.

Um merdinha de um policial pega aquele megafone especial deles e diz pra gente: "Vão pra casa! Vão pra casa!" E todo mundo gritou: "A gente está em casa, querido!"

"Uma velhinha me deu uma cotovelada no estômago, estamos comprimidos. Calor. Todos esses negros raivosos em um lugar, e eles estão putos — mas eu só quero um sanduíche. Comecei a andar de volta para a 125 e as pessoas estão agitadas, dizendo que a polícia bateu num pessoal do Congresso Pela Igualdade Racial e prendeu os caras. E aí pronto! Bum — começou! Derrubando barricadas. Crioulos no telhado fazendo chover coisas na polícia — tijolos, garrafas de refrigerantes, pedaços de telha. Sacudindo carros, jogando coisa pelas janelas.

"E eu tipo, como é que eu vou conseguir um sanduíche no meio dessa confusão?

"Na 125 estava tudo fechado ou fechando mais cedo por causa do tumulto. Aquela lanchonete cubana que coloca picles na carne fechada. O Jimmy's, o Coronet's, com as luzes apagadas. Foi aí que eu fiquei com fome de verdade — sabe como você quer uma coisa ainda mais quando sabe que não vai conseguir? A negada passando corrente em volta daquelas telas de metal e arrancando tudo com o carro. Depois eles quebram o vidro e entram. Eu sou um cara simples. Só colocar uma coisinha no meio de duas fatias de pão e estou feliz. Mas como é que vou arranjar um sanduíche com essa merda toda acontecendo? Gente correndo pra lá e pra cá. Eu estou tipo, cacete, esse motim aí vai acabar com o estilo do negão aqui."

O único recurso que sobrou para Freddie foi partir para o Harlem e comer na Lanchonete Gracie.

— Finalmente consegui um sanduíche de peru. Bem bom, inclusive. Mas foi muito maluco, irmão — disse ele. — Você não quer estar no meio daquilo, de jeito nenhum. Eu e o Linus decidimos ficar escondidos em casa.

— Escondidos. — Deixar o mundo pra lá e ficar doidão por uns dias.

— Melhor do que levar porrada na cabeça. O que você fez?

Carney disse:

— A Elizabeth e as crianças ficaram em casa a maior parte do tempo. A colônia de férias delas foi cancelada... ficava na mesma quadra da delegacia, então era perigoso. Eu fiquei aqui. O Ferrugem ficou comigo boa parte do tempo.

Ele contou para Freddie sobre a vigília. Uma turba passou marchando rumo ao leste, depois voltou a ficar visível numa corrida alucinada no outro sentido, seguida por um grupo de policiais brancos. Para lá e para cá. No final, a loja ficou incólume, como Freddie podia ver.

— Então, o que tem aí? — perguntou Carney de novo.

— Isto? Preciso que você fique com isto por uns dias — disse Freddie.

— Freddie.

— O Linus e eu conseguimos dar um golpe e teve uns caras que ficaram putos. Uns caras peso-pesado. E agora a gente tem que ficar na moita por um tempo. Pode quebrar essa pra mim?

— O que é isso?

— Tem muita gente atrás disso, é a única coisa que eu posso te dizer.

— Você é doido — disse Carney. Havia policiais a mais no bairro para manter a situação sob controle, viaturas e homens nas esquinas e Freddie estava andando por aí com uma pasta ao estilo da Madison Avenue que obviamente não era dele. Aquilo eram drogas? Ele não ia levar drogas na loja, ia? — No que você está me metendo?

— Eu sou seu primo — disse Freddie. — Eu preciso que você faça isso. Não tenho mais ninguém.

Não dava para ouvir o metrô que passava na esquina da 125 com a Morningside, mas aquele trem Carney ouviu. Seguindo seu cronograma maldito e já parando na estação e abrindo as portas, estivesse você pronto ou não.

— Ok.

— Pra que mais você usa essa coisa? — Freddie falava do cofre.

— Eu disse ok.

— Eu volto daqui uns dias para pegar.

— Eu disse ok.

Carney girou o segredo do cofre Hermann Bros. e colocou a pasta lá dentro. Fechou a porta e bateu no metal escuro para criar um efeito cênico.

— Onde você vai estar?

Freddie deu a ele o endereço de um albergue bem ao norte na rua 171, quarto 306.

— Eu venho pegar daqui uns dias, Ray.

— E se eu abrir isso?

— Melhor não. Pode sair alguma coisa voando.

Carney bateu a porta da Morningside depois que Freddie saiu. Ele olhou para o cofre.

A ideia apareceu na cabeça dele: *Um sofá confortável dura mais do que as notícias do dia — ele é construído para durar a vida inteira.*

Carney conhecia o sr. Diaz, proprietário da Bebidas MT, de encontros na associação comercial da rua 125. Era um imigrante porto-riquenho, gentil por natureza, exceto quando o assunto era criminalidade. Ele desprezava drogados, trombadinhas e assaltantes. Tinha uma cruzada pessoal contra gente que urinava na rua.

Quando estouraram a vitrine dele na noite de sábado, o sr. Diaz substituiu o vidro no dia seguinte. Substituiu quando estouraram de novo na noite seguinte. Tanto fazia se a loja tivesse sido roubada e se não tivesse sobrado nada para levar a não ser a registradora vazia e arrebentada. Estouraram o vidro de novo. Ele substituiu. Estouraram o vidro quatro vezes e por quatro vezes ele substituiu. O sujeito era um monumento à esperança ou à insanidade? Ele era um homem se agarrando a uma solução impossível. Por quanto tempo você continua tentando salvar algo que se perdeu?

DOIS

O dia seguinte era um domingo. O plano era sair depois do almoço e conferir a linha da Bella Fontaine para aquela estação, na New Century da Union Square. Ver pessoalmente, não só no catálogo, passar as mãos. A All-American na 53 era mais perto, mas ele não queria ser reconhecido. Por medo de sabotagem, ou de ridículo, ou por medo de que o entusiasmo deles pelo produto fizesse com que se sentisse um fracasso se as coisas não dessem certo. O decalque da empresa era elegante — REVENDA AUTORIZADA BELLA FONTAINE em torno de uma imagem de Poseidon irrompendo dos mares, segurando um tridente de ouro. Mentalmente, Carney já via o adesivo em sua vitrine, à esquerda de quem entra. Para todo mundo ver.

A Bella Fontaine estava numa fase excelente desde que a *Life* publicou aquelas fotos de Jackie sentada no canapé no solário do complexo dos Kennedy em Hyannis Port. Carney gostava das coisas deles desde a convenção da Associação de Móveis para Casa de 1956. Foi a primeira e última vez que ele participou do baile anual da associação — gente branca demais, perucas demais e blazers xadrez demais —, mas a agitação do pavilhão onde ocorreu a convenção ficou na memória. Era como se aventurar na Futurama da Feira Mundial, o mesmo espanto e a mesma abundância. "Um minimalismo ousado, porém avuncular." Modernidade escandinava e novos plásticos. Ele passeou por entre os estandes e as exibições — a Miss Montana do ano anterior de biquíni, sentada num conjunto de mobília de praia St. Mark — até chegar no estande da Bella Fontaine. Tragam os raios do sol e o coro celestial, porque certamente uma manifestação do divino ocorreu no Centro de Convenções Bridgeport na Interestadual 79.

A Coleção Monte Carlo da Bella Fontaine rodava suavemente sobre a plataforma giratória, o acabamento em bétula do conjunto de jantar brilhava sob as lâmpadas fluorescentes. A cintilante mesa extensível; o espaçoso aparador multiportas; a esguia arca com as bordas chanfradas e o bar oculto — eles subvertiam noções de entretenimento doméstico. O slogan era uma canção de ninar vinda de um reino de luxo: *Mobília que é bela, exala beleza e permanece bela — móveis para um modo de vida inteiramente novo.* Carney sussurrava essas palavras no ouvido de May quando ela era bebê, para acalmar as cólicas. *Comece com duas peças e vá acrescentando com o tempo.* Em geral funcionava.

As conversas e a agitação do pavilhão de convenções começaram de novo. Carney se aproximou do representante para pegar um catálogo promocional. Era um sujeito branco num terno azul, com rosto rosado, que o cumprimentou com um conhecido semblante de desprezo racial.

— Não trabalhamos com cavalheiros negros — disse ele, e virou as costas para atender dois homens corpulentos com sotaque do Texas.

Oito anos depois, Carney conseguiu uma reunião com o sr. Gibbs. Em todo o país, era possível perceber sinais de progresso racial; quem sabe o ramo de móveis para casa acompanhasse o ritmo das mudanças.

Carney estava a meio caminho da estação de metrô da zona sul quando um homem segurou seu braço e disse:

— Espere, irmão.

O sujeito não apertou firme. O tom de voz fez Carney parar. O homem era magro, com pele vermelho-amarronzada como se viesse das ilhas. Quando Carney se virou para ver quem era, seu braço foi torcido às costas, dolorosamente. Ele usava óculos de sol à la James Bond e uma camisa havaiana azul e branca por cima da regata. Até que tinha um certo estilo.

Carney nunca fora assaltado. O visual pouco chamativo ajudava; ninguém sabia exatamente que tipo de volume ele transportava. O lado ilegal de seus negócios continuava discreto e ocorria só fora do horário comercial. Ele cortava contato com os malucos e os drogados assim que suas naturezas se manifestavam. Moskowitz sabia dos objetos valiosos, mas não o resto; as moedas e quinquilharias ele levava à parte para outros negociantes em vários distritos. Comparado ao típico malandro chamativo do Harlem, Carney parecia, bem, parecia um vendedor de móveis.

Munson, o policial, talvez tivesse noção. Uma noite o detetive, bêbado, abordou Carney no Nightbirds e propôs um brinde à saúde.

— Ao maior ninguém do Harlem. — Um elogio por ficar fora das brigas ou um comentário sobre quanto ele estava ganhando?

— Se você diz — respondeu Carney, e tomou um gole da cerveja.

Mas isso não era Munson pegando o que era de Carney. O desconhecido o levou até a esquina. Nenhum dos passantes notou nada de esquisito. Será que ele ia forçar Carney a voltar para o escritório, tentar roubar o cofre? Era domingo, portanto Marie não estava trabalhando. Mas Ferrugem estava cuidando da loja, e ele podia fazer algo que levasse os dois a ser mortos.

— Aqui — disse o sujeito. Um Cadillac DeVille verde-limão vibrava na faixa de pedestres. Ele abriu a porta de trás e fez Carney entrar no sedã, entrando em seguida.

Delroy estava ao volante, portanto aquela era uma produção de Chink Montague. A não ser que o sujeito estivesse fazendo bicos. Ou que tivesse ido trabalhar para a concorrência.

— Diga olá para o Chet Veterinário — disse Delroy. Ele saiu dirigindo pela Broadway.

Chet Veterinário exibiu caninos de ouro.

— Conta pra eles sobre a guerra, Chet.

Pela idade, Carney imaginou que ele tinha ido para a Coreia.

— Foder com um exército de brancos — disse Chet.

— Chamam o Chet de Veterinário porque ele frequentou a faculdade mesmo. Por um mês.

— Não era pra mim — admitiu Chet.

— Delroy — disse Carney —, o que está acontecendo aqui?

— Tem que perguntar pro chefe.

Os olhos de Carney se encontraram com os dele no retrovisor. Mas o capanga desviou o olhar.

Fazia cinco anos que Chink Montague tinha mandado Delroy e Imenso à loja de móveis para recuperar as joias roubadas da namorada. O objetivo da visita era intimidação; o resultado foi uma promoção, já que Chink começou a mandar negócios para Carney em troca de uma comissão. Delroy e Imenso passavam toda semana para pegar o envelope, e cinco anos era um longo tempo. A certa altura, um observador externo talvez caracterizasse a relação deles como um tipo de camaradagem.

Pelo menos no que dizia respeito a Carney e Delroy. Uns meninos que estavam jogando bola numa manhã de janeiro encontraram Imenso no Mount Morris Park, marca de corda no pescoço. Ficou desaparecido por uma semana antes que a neve derretida o revelasse, junto com merda congelada de cachorros e bitucas de cigarros. Isso foi no ano anterior, no início da guerra entre Bumpy Johnson e Chink Montague. Bumpy Johnson saiu de Alcatraz em 1963 depois de cumprir pena e pretendia reconquistar o império perdido onze anos antes. Jerry Catena, um subchefe da família genovesa, deu apoio, enquanto Chink operava sob auspícios dos Lombardi, o que tornava o conflito uma guerra indireta travada em nome dos negócios escusos do Harlem. O fato de Chink ter sido protegido de Bumpy dava ares bíblicos ao conflito.

— Estão fazendo a gente de marionete — disse Delroy para Carney quando foi pegar o envelope. Estava acordado havia dias. Passava o dedo pela cicatriz na bochecha como se debulhando uma vagem. — A gente se mata e esses carcamanos filhos da puta ficam lá sentados rindo. — Foram duas semanas quentes até eles concordarem com uma trégua e fatiarem o bairro como os açougueiros indisciplinados que eram.

Depois da morte de Imenso, Delroy ia sozinho buscar o envelope. Ele e Carney tinham uma ligação agora — duas marionetes, membros da confederação dos desonestos e ambos residentes do Harlem, Estados Unidos, que Deus abençoe. Eles compartilhavam alguns marcos. Delroy foi o primeiro cliente de Carney quando a loja de móveis reabriu depois da expansão; o criminoso precisava de mais um canto alemão para a nova namorada. Alguns homens comemoravam um novo romance dando um colar cintilante ou belos brincos comprados de seu joalheiro predileto. Com Delroy, eram cantos alemães.

— Essas mulheres nem sabem arrumar a mesa direito. Como é que você vai alimentar seu homem se nem tem uma droga de um lugar decente pra comer? — A lógica era sólida. Durante um tempo, a vida romântica de Delroy foi particularmente frutífera e ele comprou três conjuntos Riviera! de mesas com pedestal da Collins-Hathaway num mesmo ano. Carney deu um desconto no terceiro.

Será que Chink achava que Carney estava pagando menos do que devia? Ou alguém tinha armado uma pra ele?

Delroy estacionou na esquina da 155 com a Broadway, em frente ao Sid o Rei da Espuma. O mascote na placa era uma cópia do Mr. Clean, um negro careca mostrando o muque em uma camiseta branca. O sorriso era largo e psicótico. Chet Veterinário arrancou Carney do carro e o levou para dentro da lavanderia.

A LAVAGEM MAIS SECA DA CIDADE. Espuma branca batia nas portas transparentes das máquinas tombando preguiçosamente. Velhinhas contando moedas e velhinhos usando suas últimas cuecas limpas arrastavam os pés pela sala suja onde ficavam as máquinas movidas a trocados. O lugar era uma espelunca, um ambiente onde velhas máquinas Maytag chacoalhavam e pulavam à espera da morte. *Tem alguma coisa que a gente possa fazer, doutor?... Pode demorar dias, pode demorar semanas. Agora está nas mãos de Deus.* Cada moedinha levava as máquinas um chacoalhão mais perto do ferro-velho mais próximo. Ou, mais provavelmente, de um terreno baldio.

O tempo abafado de julho mais o calor das secadoras gigantes tornava o lugar insuportável. Não se ouvia uma única palavra por cima do barulho das máquinas e dos ventiladores que empurravam o ar quente para todos os lados. E isso provavelmente era proposital.

ÚLTIMA LAVAGEM 19H. Naquele dia, soava como um alerta.

Chet Veterinário levou Carney até o escritório, passando pela máquina que vendia várias marcas de sabão em pó. A sala dos fundos era mal iluminada e a maior parte da luz vinha da porta que dava para o beco. Chink Montague estava sentado em uma cadeira executiva de couro verde com rodinhas, uma perna cruzada sobre a outra, mãos entrelaçadas. Anéis de diamante gigantescos formavam protuberâncias em seus dedos, como verrugas.

Chink Montague usou uma faca para construir a reputação de alguém a ser temido, mas agora já não evocava a imagem de alguém que fazia cortes rápidos como se dançasse balé. As pessoas ainda se lembravam do sadismo audacioso da primeira campanha dele, depois de Bumpy Johnson ser mandado para Alcatraz. Aquele exercício sanguinolento inicial de ambição foi muito útil ao longo dos anos, mas ele aprendera a usar outros meios de controle. Pense no truque publicitário com os presuntos, por exemplo. Bumpy tinha começado com a distribuição de benesses no Natal, entregando perus para os necessitados do Harlem da caçamba de um caminhão. Chink seguiu o que ele havia começado, distribuindo presuntos na véspera da Páscoa, às vezes para pessoas que não sabiam que ele tinha matado seu marido ou filho. Ou que estavam famintas demais para se importar. Agora, era mais provável que ele fosse visto sendo o centro das atenções do que pondo a faca no pescoço de um otário, sempre cercado por seus capangas no bar do Hotel Theresa ou pagando uma rodada para todo mundo numa de suas boates, o 99 Spot ou o Too True.

E nesse lugar, por trás de uma das inúmeras fachadas da cidade, onde os operadores do poder mexiam suas alavancas e pedais. Às vezes os negócios só eram negócios se houvesse caipiras e caretas andando do lado de fora, sem ideia de como estavam sendo fodidos.

O gerente da lavanderia era um sujeito magricela com uma camiseta frouxa tingida por manchas de suor. Lavadeiro, cura-te a ti mesmo. Ele se encostou na porta do banheiro e coçou o pescoço. Chink Montague estalou os dedos e o homem saiu rapidinho.

O mafioso explicou que estava reformando o piso de seu escritório no andar de cima, na 99 Spot.

— Pedreiros — disse ele. — Prometem e prometem que não vai demorar muito, e aí você tem que dobrar o prazo. Está quente aqui hoje, mas gosto do som dessas máquinas batendo. Como se tivesse alguém apanhando na sala ao lado.

Um cliente berrou pela porta para reclamar que a máquina roubou seu dinheiro. Chet Veterinário botou a cabeça pra fora. Seja lá qual for a expressão que fez, aquilo encerrou a disputa.

— Da primeira vez que nos encontramos — disse Chink para Carney —, eu estava te dizendo para encontrar uma coisa. As pessoas me diziam que tinha um receptador novo na cidade passando despercebido.

— Eu tento me manter fora das coisas — disse Carney.

— E eu estava ajudando uma jovem estrela, a senhorita Lucinda Cole. Está em Hollywood agora. Viu algum filme dela?

— Aquele sobre o orfanato, que as pessoas cantam.

— *A promessa da srta. Pretty*. Ela não estava nada mal nesse. Devia ter ficado com o papel principal, mas eles têm o jeito deles de pensar. — Ele sorriu para si mesmo. — Eu podia contar uma ou duas coisinhas pra eles sobre quem ela realmente é, todo mundo quer ouvir.

Havia um pôster de Sid o Rei da Espuma em cima da mesa, com o personagem em pose de gênio da lâmpada, como se tivesse lançado um raio limpador nas roupas de uma mãe e seus dois filhos, que estavam com um sorriso grotesco. O quintal era do tipo que você vê no jornal em reportagens sobre novas áreas habitacionais em Long Island, tipo Levittown ou Amityville, que não vendiam nem alugavam para negros. Carney pensou: *Será que preciso de um mascote?*

— Nunca achei os pertences dela — disse Chink —, mas você e eu começamos uma associação, portanto alguma coisa boa saiu daquilo, certo?

Carney assentiu.

— Você consegue algo grande, é melhor me dar um gostinho do resultado. E se por acaso sei de alguém que precisa de um receptador, posso mandar para aquela loja de móveis na 125. Alguma coisa cai no meu colo e se acho que você é o cara certo pra ligar, eu te ligo, certo?

O acordo deles financiou a ampliação da loja de Carney e a mudança para a Riverside Drive. Carney e Chink só tinham se falado pessoalmente uma vez antes, seis meses depois do assalto do Theresa. Imenso e Delroy foram pegar o envelope e levaram Carney para um Cadillac vermelho-cereja estacionado lá fora. Chink no banco de trás. Ele abaixara o vidro, olhando por cima dos óculos de sol, e dera uma examinada em Carney.

— Muito bem, então — dissera o mafioso, e o Cadillac fora embora. *Muito bem, então* era um contrato a ser seguido, assinado com tinta ou sangue, você decide.

— Tem sido lucrativo — disse Carney. — E a parte que fica com você tem sido sempre razoável. Espero que esteja satisfeito.

— É por isso que eu disse para Delroy e Chet serem educados. Esse sujeito vende sofás, tragam ele até a lavanderia e vamos conversar. — Ele arregaçou as mangas. — É sobre o seu irmão. Ele andou fazendo besteira e eu gostaria de uma palavrinha.

— Primo.

Chink olhou para Delroy.

— Achei que você tinha dito que era irmão.

— Primo — disse Delroy.

— É isso? — perguntou Chink para Carney.

— Sim.

— Quero falar com o seu primo.

— Certo.

— Nada de "certo"... onde? Onde ele está?

— Não vejo meu primo faz meses — disse Carney. — Ele tem andado com outra turma. Falei esses dias com a mãe dele por causa do motim, ela também não viu o filho.

— A mãe dele — disse Chink. — O que você acha disso? Essa correria toda da semana passada?

— É o mesmo de sempre. Eles escapam impunes, e aí as pessoas querem ser ouvidas.

— Sabe o que eu acho? Acho que não deviam ter parado. Aqueles crioulos todos ali. Em todo lugar. Deviam ter queimado o bairro todo e depois continuado. O centro da cidade, o sul, a Park Avenue. — O mafioso imitou uma explosão com as mãos. — Incendiar a merda toda.

— É ruim pros negócios — disse Carney. — Pelo menos no meu ramo... móveis para casa.

— "Ruim pros negócios." — Chink Montague esfregou o queixo. — Você sabe alguma coisa sobre loteria? Sobre apostar dinheiro? Eu vejo esses otários, pego o dinheiro deles. Sei que eles querem incendiar a porra toda. O que eu digo é, quem sabe se você não jogar o mesmo número toda vez. Faça um jogo diferente, veja o que acontece. Quem sabe você andou jogando o número errado o tempo todo.

Ele acenou para Chet Veterinário e Delroy.

— Se encontrar o seu primo, me avisa. Quero ele.

Chink se virou para a mesa e murmurou uma versão apaixonada de "My Heart Is a Pasture (Tema de *A promessa da srta. Pretty*)".

Na rua, Carney foi na direção do Cadillac.

Chet disse:

— O patrão não disse nada sobre serviço de chofer.

— Te vejo no carro — disse Delroy para Chet Veterinário. O outrora estudante de veterinária cuspiu na sarjeta e atravessou a rua.

Delroy deu uma olhada por cima do ombro e fez sinal para Carney se aproximar.

— Vou te falar uma coisa — disse ele — porque você me deu desconto naquele canto alemão para a Beulah. E quero que me escute. Eu já vi aquele negão jogar piche numa mulher, já vi ele em guerra. Vi ele cortar a pálpebra de um crioulo porque o cara piscou alto demais. Quando ele fala daquele jeito, esquisitão e calminho, a coisa está fodida pra cacete. Se encontrar seu primo, melhor contar. É o melhor pra todo mundo.

O Cadillac virou para leste. Carney esperou que desaparecesse. Depois foi para a Amsterdam e caminhou até a 171, de onde voltou para a Broadway.

Fazia anos que não visitava aquele trecho da Broadway. Desde que parara de comprar móveis usados. Por que Freddie tinha decidido fugir pra lá? Porque não ia esbarrar em ninguém dos velhos tempos. Embora estivesse fazendo um bom trabalho ficando fora de vista no sul da cidade com o Linus. Então Carney viu — o antigo cinema, o Imperial. Com a sessão dupla por cinco centavos. Ele e Freddie passavam o dia lá dentro, viam a sessão dupla — em geral uma bobajada de caubóis — e depois olhavam um para o outro: Vamos fazer de novo. Nem precisavam falar. Eles raramente chegavam ao fim do quarto filme, algum velho sujo normalmente vinha se arrastando pela fileira de bancos para tentar alguma coisa, e aí eles saíam correndo e gritando e rindo para a rua.

Pela aparência, fechado havia anos. "O Cinema Onde as Pessoas Veem Filmes." Forçando a venda. O cortiço ficava logo do outro lado da rua.

Ele precisava tirar a pasta do cofre, seja lá o que houvesse lá dentro. Carney tinha cogitado forçar a tranca barata, mas era bom demais em imaginar conteúdos estranhos: heroína, lingotes de ouro, estrôncio 90 em uma caixa de chumbo com um escrito em russo. Ter guardado aquilo por uma noite bastava para cumprir com a obrigação familiar. Freddie tinha que ir para o sul da cidade e levar aquilo embora e só voltar depois que a poeira baixasse.

Que tipo de lunático tenta dar um golpe no Chink Montague? Ou tenta dar um golpe em alguém que tem bala na agulha o suficiente para mobilizar Chink para agir em seu nome? Foi Freddie quem colocou Carney no mapa do mafioso com o assalto ao Theresa, e então fez Carney voltar à atenção de Chink, fodendo com ele outra vez. *Eu não queria te causar problema.* Tudo bem quando eles eram moleques. Problemas de adultos eram mais permanentes do que Tia Millie te batendo com a escova de cabelos ou o pai dele tirando o cinto. Ele ainda tinha como ir à zona sul para ir à Union Square e conferir a linha da Bella Fontaine se resolvesse tudo rapidinho.

Em todas as vezes que Carney foi ao Imperial, não houvera motivo para que ele reparasse no lado oeste da Broadway com a 171. Café, tabacaria, barbearia, a insignificante porta de entrada do número 4043 da Broadway. O nome do lugar era Eagleton — como a casa de infância dele, um prédio que não merecia um nome, apesar das ambições de seus arquitetos. O destino tem um jeito de iluminar os lugares de modo que você nunca os veja da mesma maneira. Carney estendeu a mão para a maçaneta — em alguns lugares a porta de metal era cinza por baixo da tinta vermelha — enquanto um sujeito branco baixinho com uma barba longa e cheia de nós saía do albergue, uma mão segurando o chapéu marrom na cabeça.

— Presta atenção — disse o sujeito, carrancudo. Uma sacola de lona manchada estava pendurada no ombro dele e os cotovelos balançavam para a frente e para trás enquanto ele ia na direção do metrô.

Carney entrou no saguão. Uma fina e inexplicável camada de gordura cobria as paredes verde-amareladas, como se ele estivesse explorando um restaurante de cinco andares especializado em frango frito. A mesa da recepção estava vazia. Carney ouviu alguém dando descarga; ele subiu rápido para o segundo andar antes que o funcionário voltasse.

Havia seis quartos por andar. No segundo andar, um dos moradores via *The Andy Griffith Show* com o volume alto, a tevê ao lado passava um comercial da Ford e um terceiro homem simplesmente gritava sobre "eles".

O quarto 306 estava silencioso. Uma brisa fez a porta abrir um pouquinho. Pela fresta, o espelho encostado na parede revelava poucos detalhes.

— Freddie? Linus? — Carney empurrou a porta.

Eles estavam ali fazia poucos dias, mas o primo e seu amigo tinham criado um ninho. Os lençóis na cama de casal eram uma trouxa suja, e uma cama improvisada no chão fora montada com almofadas gastas de sofá. Num dos cantos, Freddie e Linus construíram uma montanha de garrafas de refrigerante, latas de cerveja e papel impermeável encharcado de gordura; moscas ziguezagueavam sobre a pilha em círculos enlouquecidos. Eles tinham levado suas roupas para o Harlem em fronhas, que agora estavam perto da janela, meio esvaziadas.

— Freddie? — disse Carney, alto, para alertar caso alguém estivesse na banheira antes de abrir a porta.

Mas Linus já não escutava. Ele estava contraído na banheira numa posição esquisita, de lado, como se tentando romper o ferro forjado com as costas. A overdose deixou os lábios e as pontas dos dedos azuis. Contra o branco da banheira, ainda que encardida, eles pareciam meio roxos.

TRÊS

Elizabeth jogou o lençol para o lado e foi até o banheiro.

— Esses suspiros todos não me deixam dormir.

Carney suspirou a noite toda e até a madrugada, várias vezes murmurando "Meu Jesus" em seguida. Ele se arrependeu de ter feito piadas com o amigo de Freddie ao longo dos últimos anos, a tiração de sarro com os beatniks e os comentários sobre bêbados da Bowery. A família trancafiou Linus num hospício, os médicos amarraram e deram choques de um milhão de volts nele. Ele escapuliu para um buraco cheio de drogados, onde morreu. A zombaria de Carney foi um jeito de extravasar, de manifestar decepção e preocupação com o primo. Agora pensava no pobre desgraçado e na última visão que teve na Terra: a ferrugem da torneira com vazamento da banheira, como sangue se esvaindo de uma ferida.

Será que uma morte assim era rápida? Ele torcia para ter sido.

Será que Freddie voltou de um restaurante de frango frito ou de uma trepada e descobriu o cadáver do amigo, ou será que acordou com aquela cena no banheiro? Ele devia estar assustado. E triste. Além do receio pela vingança pelo golpe que ele e Linus deram, fosse lá qual fosse. Uma porta destrancada num prédio como o Eagleton, entreaberta — a essa altura já iam ter chamado a polícia. Algum indigente entra para ver se deixaram alguma coisa sem ninguém vigiando e leva uma baita surpresa.

Ninguém havia como identificar Carney, exceto pelo sujeito que esbarrou nele na entrada do Eagleton, aquele barbudo rabugento. O que aquele cara vai fazer quando voltar e encontrar os policiais andando de um lado para o outro, ou quando ouvir falar da história dali a uns dias — falar ou ficar de bico fechado?

Quando voltou, Elizabeth passou o braço em torno do peito dele e encostou o rosto no pescoço do marido.

— Amanhã você vai arrasar.

— É muita coisa. — Quando ele tentava se concentrar na reunião com a Bella Fontaine, orquestrar a visita, um buraco se abria no chão e ele caía de volta no quarto 306, a mão indo pegar na maçaneta do banheiro.

— Você vai fazer história.

Eles deram uma risadinha.

— Não acho que o Primeiro Negro a se Tornar um Revendedor Autorizado Bella Fontaine vá ser manchete nos jornais. Não é como se eu estivesse fazendo um milhão de coisas com um amendoim.

— Como?

— George Washington Carver.

— George Washington Carver. Só porque ninguém sabe não quer dizer que não esteja acontecendo. Você trabalhou duro nisso.

— Tentando acompanhar o ritmo da minha mulher — disse Carney. Ele apertou a mão dela. A Viagens Black Star tinha aberto duas filiais no ano anterior. Com Dale Baker, o presidente da empresa, passando metade do ano em Chicago e Miami, alguém precisava gerir o escritório de Nova York, e Elizabeth ficou com essa função. Era mais dinheiro e menos horas depois que eles contrataram funcionários, o que agradou os meninos, e Carney também.

Elizabeth estava ganhando o suficiente para levar Carney de tempos em tempos a cogitar deixar de vez o trabalho de receptor. Eles não precisavam da grana; qualquer análise sóbria tornava a recepção indefensável. Eles certamente não precisavam do risco. Com Freddie mais uma vez arrastando Carney para as complexidades do mundo do crime, sair dessa fazia mais sentido do que nunca.

— Vou tentar dormir — disse ele. E ficou imediatamente enredado de novo.

Digamos que Freddie apareça para pegar a pasta e se mude para Timbuktu. Alguém olhando a loja de móveis conta para Chink que Freddie apareceu e Carney não disse nada. Por um momento, ele imaginou uma câmara de tortura, no porão da lavanderia: jogando um balde d'água no chão para que o sangue escorresse para o ralo. Encontrar Freddie para entregar a pasta em algum outro lugar? E se ele estivesse sendo seguido? De volta ao porão, uma lâmpada nua balançando sobre uma mesa coberta por ferramentas pontiagudas, brilhantes, embalagens de detergente com cores de desenho animado empilhadas até o teto. Carney estava com problemas.

Carney estava quase adormecendo quando lhe ocorreu que a overdose de Linus não tinha sido acidental.

— Meu Jesus — disse ele, dessa vez em voz alta. Elizabeth colocou um travesseiro em cima da cabeça.

Onde estava Freddie?

Ele pegou um cobertor no armário de roupas de cama e passou o resto da noite no sofá.

Apesar de toda a preocupação com a possibilidade do sujeito da Bella Fontaine cancelar, de que os protestos fossem impedir o encontro, a reunião estava acontecendo. Os fatos deixaram pouco tempo para preparativos. Carney fez Ferrugem e Marie chegarem meia hora antes para um ensaio. Ferrugem fez seus discursos de venda para a Argent e a Collins-Hathaway enquanto Carney procurava falhas. O sr. Gibbs sem dúvida tinha uma concepção mental de como um vendedor de móveis negro andava e falava, de qual seria a aparência da loja; os dois iam mostrar que ele não sabia coisa nenhuma. Carney se envergonhou por estar aliviado pelo fato de que seis anos na cidade tinham aparado as arestas do sotaque caipira de Ferrugem.

Marie parara de levar os produtos de confeitaria no ano anterior, porém nesta manhã ela abençoou a loja com uma bandeja de biscoitos de maçã caramelizada cobertos com nozes.

— Do jeitinho que eles comem lá, ou pelo menos foi o que ouvi dizer.

Lá no Nebraska. Se aquele era o tipo de presentinho que eles queriam, Carney pensou, quem teria como saber quais outros tipos de costumes primitivos os brancos de lá diriam ser seus por direito.

Carney arrumou a mesa e enrijeceu quando o corpo frio e contorcido de Linus surgiu em sua mente. Ele afastou o pensamento. Tinha visto um cadáver ali mesmo naquela sala — Miami Joe. Mas a banheira — aquilo lembrou a Carney a imagem de um ventre, o modo como Linus estava recurvado e encostado contra as laterais de ferro.

— Prontos? — perguntou.

Marie fez um sinal de positivo para ele, como um ás da aviação em um filme de guerra.

O sr. Gibbs chegou às 11h05.

Ele era mais novo do que Carney imaginou, magro, com sardas numa faixa que ia do nariz às bochechas. Tinha um corte de cabelo militar curtinho, típico do interior, e estava com uma camisa social branca com gravata marrom escura. Ele carregava uma bolsa preta na mão direita e usava um dedo da outra como gancho para segurar o paletó no ombro.

Carney deu boas-vindas a ele.

— Quente o bastante pra você? Como está o clima em Omaha? — Nos fundos da loja, Ferrugem estava encostado na mesa de Marie, os dois fingindo que estavam conversando.

O sr. Gibbs sorriu e olhou por cima do ombro para a rua 125. Carney apostava que ele tinha visto mais negros em cinco minutos do que no resto da vida.

O representante de vendas contou de maneira amistosa os detalhes enfadonhos de sua visita semestral à Costa Leste. Um simples telefonema resolvia a maior parte das relações com os clientes, ele disse, mas era bom colocar rostos nos nomes.

— O senhor sabe como é, sr. Carney.

— Pode me chamar de Ray.

— Um belo estabelecimento este seu — disse o sr. Gibbs. Era de suma importância visitar possíveis revendedores pessoalmente, por motivos óbvios. Para saber se as coisas se encaixavam. A Bella Fontaine tinha uma personalidade corporativa; às vezes certas personalidades não se misturavam bem com outras. E claro que havia o problema geográfico, ele disse. Não é bom transformar estabelecimentos locais em rivais que canibalizam os negócios um do outro.

Os eufemismos estavam deixando Carney tonto e ele ia precisar conferir com Elizabeth se a história dos canibais era uma ofensa.

O sr. Gibbs perguntou há quanto tempo ele estava no ramo e Carney contou o resumo. O capital inicial foi fruto de "dedicação e economia", e não o dinheiro que o pai roubou e escondeu num pneu velho. A importância das vendas reiteradas, de ter um relacionamento com os clientes, do conhecimento íntimo da vizinhança; Carney fez uma alusão à inquietação da última semana — "A cidade pode mudar, mas todo mundo precisa de um sofá de qualidade" — como transição para opinar sobre as ondas de migrantes do Sul.

— Eles vieram para ficar. Estão construindo uma família e, como toda família, precisam mobiliar a casa.

Carney levou Gibbs para um pequeno circuito pelo showroom e agora o guiava para o escritório. Estava prestes a passar a falar das virtudes específicas da Bella Fontaine, e depois fazer uma breve incursão sobre a harmonia racial, quando foi distraído por Marie.

Dois policiais brancos — só podiam ser policiais — foram andando na direção do escritório de Carney.

— Senhores, por favor, vocês precisam escutar — disse Marie. Eles passaram por ela.

Ferrugem perguntou aos homens se tinha como ajudar. Os policiais se materializaram na porta do escritório, com cara de poucos amigos. Eles eram ao mesmo tempo roliços e robustos, como lutadores da tevê, se movendo mais rápido do que você imaginaria, tendo em vista seu físico pesadão.

— Eu sou o detetive Fitzgerald, do 33º Distrito — disse o policial mais alto —, e esse é o meu parceiro Garrett. Estamos investigando uma morte ocorrida ontem à noite no Harlem. Um falecimento.

Mais uma semelhança com lutadores de tevê: eles gostavam de exagerar.

O que não teria sido um problema caso o sr. Gibbs não estivesse presente.

A pedido de Carney, os policiais exibiram seus distintivos com petulante resignação. O sujeito com cara de vaca, Garrett, avaliou o sr. Gibbs como se tivesse dado de cara com uma compra de drogas. O queixo do sr. Gibbs caiu e ele começou a piscar rápido.

Fitzgerald pegou um bloco. O outro, Garrett, conferiu o relógio e suspirou alto.

— Olha só, eu estou no meio de... — disse Carney.

— É melhor eu ir. — O sr. Gibbs interrompeu, se levantando.

Os policiais abriram caminho para que ele passasse.

Carney seguiu o representante regional de vendas pelo showroom. Marie e Ferrugem ficaram perto da poltrona marrom da Collins-Hathaway, perplexos. Ela cobriu a boca com a palma da mão.

— Talvez essa visita não devesse ter acontecido — disse o sr. Gibbs. Ele foi desviando dos modelos em exposição. — A semana passada. Todas aquelas coisas desagradáveis.

— Isto é... — Carney começou. E então parou.

Ele não ia implorar para que aquele branco lhe desse migalhas. Foda-se ele. Fodam-se os policiais também.

O sr. Gibbs andou dois metros na calçada e olhou para o rebuliço do Harlem. Os ombros murcharam.

— Como eu saio daqui?

— Ferrugem! — gritou Carney.

Enquanto o gerente associado de vendas entregava o sr. Gibbs nos braços do Departamento de Táxis da Prefeitura de Nova York, Carney voltou aos detetives. Haveria bastante tempo para sentir raiva caso conseguisse passar por essa outra entrevista, não agendada.

Carney se sentou em sua mesa e os detetives assomaram na porta. Fitzgerald falou enquanto seu parceiro usava a visão de raios-X para vistoriar o que estava à volta.

— Um jovem morreu na noite passada em uma casa de alta rotatividade na rua 171 — disse Fitzgerald. — O Eagleton. O nome dele era Linus Van Wyck. Nós achamos que o senhor conhecia ele.

— Van Wyck?

— Como a via expressa.

Carney tinha confiança em sua habilidade de vendas, especialmente estando em seu território. Os pratos do dia: surpresa e tristeza e curiosidade. Sim, ele conhecia Linus, era amigo do primo dele, Freddie.

— O que aconteceu?

— Se nós soubéssemos, o senhor acha que íamos estar aqui? O seu primo é Frederick Dupree?

— Sim.

De acordo com o gerente do prédio, disse o detetive, Freddie foi a última pessoa a ver Linus vivo.

— Ele foi preso faz um tempo por acusações ligadas a drogas. O senhor sabia disso?

Porque Freddie estava comendo com Biz Dixon quando a polícia prendeu o traficante. A prisão que Carney armou. Carney sacudiu a cabeça, dizendo que não. Garrett perambulou pelo escritório. Ele se abaixou para ver os itens do mural, inspecionando.

— As acusações foram retiradas — disse Fitzgerald. — Não dizia o porquê. O seu primo é usuário de narcóticos?

— Não que eu saiba.

Fitzgerald tirou os olhos do caderno.

— E o senhor?

— E eu? Eu vi o Linus uma vez.

Garrett ficou diante do cofre e puxou sem força a alavanca. Ela não se mexeu.

— Quando foi isso?

— Faz anos.

— O seu pai era Michael Carney? — perguntou Fitzgerald.

— Não éramos próximos.

Os detetives se entreolharam.

— Sujeito durão, se é quem estou pensando — disse Garrett. Ele tirou algum resto de comida dos dentes de trás com a língua. — Quando foi a última vez que o senhor viu Frederick Dupree?

Carney respondeu às perguntas deles. Quando ficou claro que o sujeito do Eagleton ainda não tinha falado dele, Carney ficou quieto. Ele ficou quieto a vida toda, dando cobertura para Freddie. Tudo fora treino para isso: Chink Montague, os policiais.

Quem mais ia vir atrás de Freddie?

Garrett enrijeceu.

— O que é aquilo? — perguntou.

— O quê? — disse Carney.

— Aquilo. — Ele apontou para o showroom.

Carney não tinha muitos clientes policiais, até onde sabia, mas em geral eles queriam peças decorativas, chamativas por algum motivo. Nos dois meses em que a escultura de Egon ficou pendurada na parede, nenhum cliente jamais comentou. A peça de metal tinha um metro e vinte de diâmetro, com três camadas de pontas de cobre que irradiavam de um centro de latão polido. A peça de acabamento perfeita para uma sala de estar contemporânea, ou era o que Carney dizia para si mesmo. Mas ninguém mordeu a isca, nem mesmo depois de Marie colocar uma etiqueta de preço. O detetive Garrett pediu que a peça fosse reservada para ele até quarta-feira, dia de pagamento, até porque tinha todas aquelas horas extras para receber por causa dos motins.

— Independente disso ainda queremos falar com seu primo — disse ele. — Esse tal de Linus era de uma família rica da Park Avenue. O senhor sabia que ele tinha dinheiro?

— Só vi o Linus uma vez.

— Freddie vê esse menino rico indo para a parte pobre da cidade, pode ser que ele consiga algum dinheiro rápido — disse Garrett. — Alguns itens foram roubados, segundo a família. Desapareceram.

— E essa família tem suas conexões — acrescentou Fitzgerald.. — Na verdade... — Ele não foi em frente. Fechou o caderno. — Se o senhor encontrar seu primo, diga para ele ir até a delegacia. E ligue pra gente. O senhor não quer se envolver nisso.

— Já vão tarde — disse Ferrugem depois que os policiais foram embora. Ele e Marie fizeram o melhor possível para animar Carney.

Carney disse para eles que aquele era um revés pequeno. Depois, ligou para o hotel do sr. Gibbs e deixou uma mensagem que duvidava que seria respondia.

A decoração do Clube Dumas era a mesma havia décadas, exceto pela ausência do retrato em tamanho real de Wilfred Duke que ficava na biblioteca. Uma luz brônzea conferia a Duke um brilho confiável, imponente. Depois do "infeliz incidente", como os membros diziam ao se referir ao caso, pessoas retiraram anonimamente o quadro numa noite de inverno e o queimaram na rua com querosene.

Wilfred Duke — assim como o dinheiro que ele surrupiou — ainda não tinha reaparecido, embora Patrick Carson, dentista da elite do Harlem, jurasse ter visto de relance o banqueiro caído em desgraça numa festa de Ano Novo em Bridgetown, Barbados. Carson havia tentando passar às pressas pela multidão, mas não conseguiu alcançar o homem. Um grupo lembrava que Duke tinha mencionado em algum momento ancestrais de Barbados, o que emprestava certa credibilidade à história. Um detetive particular foi enviado, mas a investigação deu em nada.

Os membros, porém, mudaram. As falências, as diversas ruínas e as mudanças de sorte de múltiplas camadas causadas pela traição de Duke exigiram uma campanha para conseguir sangue novo. Como vice-presidente recém-empossado, Calvin Pierce fazia questão que os candidatos a membros representassem a variedade da vanguarda do Harlem. Raymond Carney, empreendedor local, ficou encantado de receber o convite. Ele foi aceito sem contratempos.

O sogro de Carney seguia sendo sócio, mas não fazia mais parte da diretoria. Sendo um dos integrantes da velha guarda, amigo de Duke, Leland era visto com suspeita pela maior parte dos colegas do Dumas. Ele não aparecia mais com a mesma frequência.

Na noite do fiasco da Bella Fontaine, Carney marcou um encontro para tomar drinques com Pierce. Chegou mais cedo. Como era hábito agora, ficou mexendo no anel do Dumas enquanto esperava por algo. Ele pediu uma cerveja.

Às seis horas, o salão começou a encher. Carney usou um gesto com o copo de cerveja para cumprimentar Ellis Gray, que respondeu com aquele estranho olhar malicioso dele, como se fossem parceiros de um mesmo golpe. Agora que estava do lado de dentro, Carney conseguia entender até que ponto ia a soberania do clube sobre o Harlem. Uma conversa, uma piscada, uma promessa dentro dessas paredes se manifestava de maneira magnificente, permanente, nas ruas lá fora, nas vidas individuais, nos destinos ao longo dos anos.

Pense nos protestos da semana anterior, por exemplo: eles modificaram as energias no local. Tagarelando do outro lado do salão estava Alexander Oakes, o vizinho de infância de Elizabeth. Ele continuava sua ascensão na procuradoria; os chefes dele se certificaram de que ele ficasse perto de Frank Hogan, o procurador-geral de Manhattan, durante as entrevistas coletivas relacionadas ao assassinato do garoto. Era uma questão de tempo para que o velho Alex entrasse para a política — ele era desses. Oakes estava sentado perto da lareira com Lamont Hopkins, que administrava a filial da Seguradora Empire United no Harlem. Nas semanas seguintes, à medida que Hopkins fosse aceitando e rejeitando pedidos, ele moldaria a nova versão do Harlem. Quando se tratava de limpeza e reconstrução, a Sable Constructions seguia sendo a empreiteira a ser procurada no Harlem. O proprietário, que sabia distribuir sorrisos em troca de futuras vantagens, Ellis Gray, era uma presença constante nas degustações de uísque do Dumas e neste momento trocava piadas de polacos com James Nathan, que estava encarregado de empréstimos para empresas na Craver Federal e desse modo decidia quais entidades assumiriam os lugares demolidos, quais operações receberiam verbas para um resgate, separando os afogados dos salvos.

Homens pequenos com grandes planos, Carney pensou. Se aquela sala era a sede do poder e da influência dos negros em Nova York, onde estava sua contraparte branca? Qual era o lugar na zona sul da cidade onde aconteciam os mesmos conluios, mas em escala maior? Com coisas maiores em jogo. Você não consegue respostas para perguntas como essa a não ser que esteja do lado de dentro. E jamais conta.

Pierce tirou Carney de seu devaneio com um tapinha no ombro. Ele se sentou na cadeira de couro vermelho em frente e fez sinal para pedir sua bebida de sempre.

— Vi você na tevê — disse Carney.

— Dias de correria — comentou Pierce, afrouxando a gravata. Casos como o de James Powell eram a especialidade de Calvin Pierce, Cruzado dos Direitos Civis; você ligava para ele assim que terminava o telefonema com a funerária.

O menino fora assassinado cinco dias antes, em Yorkville, no East Side, na altura da rua Setenta. Um zelador de um prédio branco chamado Patrick Lynch estava lavando a calçada e pediu que uns estudantes saíssem dali para não se molhar; a Escola Robert F. Wagner de Ensino Médio estava fazendo cursos de verão no fim da rua. Quando os meninos se recusaram a sair, Lynch disse:

— Seus pretos sujos, vou lavar vocês. — E jogou água neles com a mangueira. Em retaliação, os meninos jogaram latas de lixo e garrafas nele, além de uns xingamentos, que atraíram mais alunos dos cursos de verão para a provocação.

O tenente Thomas R. Gilligan, de trinta e sete anos, estava de folga e sem uniforme, vendo televisores em uma loja de eletrônicos. Ele foi investigar a agitação e parou James Powell, aluno da nona série que se unira à turba de alunos furiosos. Powell estava desarmado, segundo testemunhas. Gilligan afirmava que o garoto tinha uma faca. Ele atirou três vezes no menino.

Dois dias depois, o Harlem explodiu.

Pierce contou a Carney:

— Por um lado você tem as pessoas que estão furiosas. Com razão. Por outro tem a polícia. Como eles vão defender uma merda dessas? De novo! E a prefeitura e os ativistas. E lá no fim da sala, você mal ouve uma voz baixa, e lá está a família. Eles perderam um filho. Alguém tem que falar por eles.

— Eles vão processar?

— Vão processar e vão ganhar. Você sabe que não vão demitir o canalha. — Um tom de sermão se infiltrou na voz dele nesse momento. — Que tipo de mensagem isso vai passar, que a força policial deles tem que responder pelo que faz? Nós vamos entrar com um processo, e vai levar anos, e a prefeitura vai pagar porque milhões e milhões de dólares continuam sendo mais baratos do que colocar um preço verdadeiro no assassinato de um menino negro.

— Essa foi boa — disse Carney. Uma das melhores invectivas de Pierce. Membros do clube que estavam por perto tinham olhado e voltado a falar com suas companhias quando viram que era Pierce fazendo sua encenação.

— Você tem que ter essas coisas na manga — disse ele — numa cidade como esta.

Eles contaram sobre os filhos e as esposas. A esposa de Pierce, Verna, estava doida pelo Lenox Terrace — duas amigas tinham se mudado para lá e ela não parava de falar no lugar. Tudo que o prédio oferecia, as pessoas famosas no elevador.

— Se tem uma coisa que ela detesta é gente se exibindo — disse Pierce. — Como a Riverside Drive está te tratando?

— Deixa eu perguntar uma coisa. Você já ouviu falar na família Van Wyck?

— Van *Wick*? Você quer dizer *Wike*?

— Igual à via expressa.

— A pronúncia é *Wike*, mas sim. Eles têm influência nesta cidade desde que o mundo é mundo. Daqueles filhos da mãe originais de verdade da Holanda. Daqueles que cobravam aluguel dos indígenas Lenape nas terras deles mesmos, esse tipo de coisa.

— Ah.

— Isso — disse Pierce. — Robert Van Wyck foi o primeiro prefeito de Nova York, lá em mil oitocentos e bolinha. E eles ainda usam o nome assim, como se fossem da realeza. Da última vez que fui ver um jogo dos Yankees, levaram o velho Van Wyck para as cadeiras logo atrás do rebatedor, praticamente carregaram o sujeito numa liteira como um marajá. — Ele pegou a cigarreira. — Estão metidos em tudo, política, bancos, mas o principal é o ramo imobiliário. A Van Wyck Realty, é isso que significa a sigla vwr, naquelas plaquinhas em metade dos prédios no centro de Manhattan. — Pierce deu uma conferida na sala e se inclinou para a frente. — O que aconteceu?

— Apareceram por lá.

— Foram lá dar uma olhada nuns sofás? Eles me parecem mais do tipo que compra na zona sul. — Pierce não insistiu. Ele pegou um Chesterfield King e acendeu. A VWR era conhecida por ganhar dinheiro com os movimentos de terceiros, disse Pierce. De acordo com a lenda, a rua 34 estava morta quando prepararam o terreno para construir o Empire State Building, mas Van Wyck viu o que estava por vir e ergueu seu próprio edifício comercial do outro lado da rua. — Veja o que aquilo virou hoje. — Eles perderam os principais contratos do Lincoln Center, mas construíram um grande complexo residencial na Amsterdam, prontos para ficar com a fatia deles quando o centro cultural foi concluído.

— Eles são sorrateiros.

— Ser sorrateiro dá dinheiro por aqui. — Ele ergueu uma sobrancelha fazendo referência aos colegas do Dumas. — Não foi meu caso, eu tinha começado a trabalhar no Shepard um pouco antes, mas teve um processo de homicídio culposo que a gente defendeu. Parecia líquido e certo, morte por negligência. Condições inseguras em um canteiro de obras… um guindaste cai e esmaga dois homens. E é uma obra da VWR, perto do prédio da ONU. Eles viram que o acordo seria terrível. Tinha um funcionário da VWR que ia depor dizendo que o chefe dele deu ordens para subornar o inspetor de obras e que ele fez o mesmo em outras obras, durante anos. Ele ficou meses fechado com a gente, até o julgamento.

— E? — O pescoço de Carney ficou quente.

— Ele não apareceu. Queria fazer seu dever cívico ou sei lá o quê. Cidadão correto, feliz no casamento, puf. Desapareceu. — Pierce fez uma pausa para deixar Carney assimilar a informação. — O corpo apareceu na praia em Nova Jersey três semanas depois, o pescoço com um corte tão profundo que a cabeça mal estava presa ao tronco. Como aquelas embalagens de balinha que você abria inclinando a cabeça do personagem para trás. Acabou com o caso, claro. E foi isso. Não estou dizendo que alguma coisa nefasta tenha acontecido, só contando o que aconteceu. — Ele fez um gesto pedindo para completarem sua bebida. — Uma coisa que aprendi no meu trabalho é que a vida é barata, e que quando as coisas começam a ficar caras, fica mais barata ainda.

QUATRO

Era do Linus, pelo L. M. P. V. W. em alto-relevo no couro. Um presente de alguém que um dia acreditou no futuro dele. Carney abriu a trava da pasta com o abridor de cartas que a vizinha do andar de baixo deu para ele como presente de formatura. Porque viu que não tinha ninguém para cuidar dele, ou porque acreditou no futuro dele.

Dentro da pasta havia alguns papéis pessoais, uma miscelânea importante para alguém em particular — um cartão de Dia dos Namorados de uma certa Louella Mather, um cartão de beisebol duplo com Joe DiMaggio e Charley Keller — e a maior esmeralda lapidada que Carney já vira. A pedra estava incrustada em um colar de platina decorado com diamantes e flanqueada por seis esmeraldas menores igualmente esplêndidas de cada lado; se você segurasse o colar por qualquer um dos lados, a pedra central era a cabeça de uma linda ave de rapina, com as pedras menores se curvando como asas. Carney fechou a pasta e recuou um passo. Quando brincou que havia estrôncio 90 ali dentro ele não foi longe o suficiente; ele havia sido banhado por uma radiação ancestral.

O telefonema da Tia Millie na terça de manhã forçou Carney a finalmente abrir a pasta. Ele dormira mal de novo. Quando Tia Millie ligou às seis da manhã, ele havia caído no sono. Eles deixaram tocar a primeira vez. Quando Elizabeth atendeu da segunda vez, Carney ouviu a tia grasnar do outro lado da cama: a casa dela fora saqueada. Ele se vestiu.

Tia Millie tinha chorado; ele reconheceu os olhos inchados das discussões relacionadas a Pedro. Mas ela tinha parado de chorar e passado a ser a Millie Irada, o Terror da rua 129. Ela contou que estava voltando do turno da noite às quatro da madrugada e encontrou a casa revirada.

— Sabe, se eu não estivesse trabalhando — disse ela — ia dar uns tapas no neguinho que fez isso. Entrar na minha casa e fazer uma bagunça dessa. — Tia Millie permitiu um rápido abraço tranquilizador, que a fez recuar, já que ela não queria ser tranquilizada. Ela queria briga.

Quem revirou o lugar, fez um trabalho minucioso. Eles tinham aberto as almofadas à faca, tirado os livros baratos das prateleiras da sala, levantado as tábuas rangentes do piso do corredor para ver se continham segredos. A cozinha estava um horror — todo recipiente maior que uma lata de sopa da Campbell's foi esvaziado e remexido. Farinha, feijões, arroz e pés de porco com picles formavam um monte repulsivo nos velhos azulejos pretos e brancos do piso da cozinha. No quarto, Carney colocou as gavetas do guarda-roupas de volta no lugar enquanto Tia Millie pegava braçadas desajeitadas de roupas.

Ela podia ter dado uns tapas num drogado ou no imprestável do sobrinho da vizinha do andar de cima — o domínio que tinha de sua arma preferida, a escova de cabelos, era incontestável —, mas seja lá quem fosse o responsável por isso, não era um bandidinho qualquer. Quem fez aquilo tinha um propósito. Era obsessivo. Procurava algo específico.

Uma sensação ruim foi crescendo enquanto eles vistoriavam a bagunça; ela afastou aquele pensamento. Tia Millie se esforçava para ver o que podiam ter levado.

— Por que iam fazer isso? — Ela agarrou o braço de Carney, sussurrou: — Você acha que o Freddie está envolvido em alguma coisa de novo?

— Eu não tenho visto o Freddie — disse Carney. — Não ouvi nada. — A resposta padrão dele agora para todas as partes interessadas, que aumentavam em número a cada hora, ou pelo menos era o que parecia.

— Tal pai, tal filho — disse Tia Millie. — Caiu no mundo, sabe-se lá onde.

Pedro era um nômade. Quando Carney era jovem, o pai de Freddie passava talvez um terço do ano em Nova York e o resto em algum outro lugar, vivendo suas aventuras. O pai do próprio Carney, ele imaginava, tinha feito uma encenação para parecer confiável e honesto enquanto cortejava a mãe de Carney. Pedro nunca parou num mesmo lugar e mesmo quando conheceu Millie não tentou passar outra impressão. Nem Tia Millie nem o primo jamais manifestaram qualquer emoção em função da "viagem" de Pedro e desde cedo Carney aprendeu a não perguntar sobre isso. Foi uma das poucas vezes que ele levou uma bronca da mãe.

— As outras pessoas têm as coisas delas, você tem as suas.

Freddie idolatrava Pedro. Dava para saber quando ele estava na cidade porque aí Freddie só falava disso, e quando estava no Sul, era como se o pai não existisse. Ligado e desligado, como um interruptor. Até Freddie entrar na adolescência, e correr atrás de meninas se tornar algo importante — ou imitar o jeito mulherengo de Pedro se tornar uma forma de venerar o homem. Pelo jeito como Freddie andava desleixado hoje, parecia que as mulheres tinham deixado de ser sua maior prioridade.

Tia Millie pegou um abajur e arrumou no lugar.

— Pelo menos você não pegou o Mike como exemplo — disse ela.

Carney assentiu. Ele se certificou de que não havia ninguém escondido debaixo da cama ou no guarda-roupas.

— Esses drogados — disse. — Precisam arranjar dinheiro pra droga de algum jeito.

Gladys, a vizinha, apareceu com uma vassoura e Carney disse que ia pedir para Marie dar uma mão na limpeza. A tia dele e a secretária de vez em quando iam ao cinema juntas, quando o nome de Rock Hudson aparecia acima do título. Não seria terrível fazer Marie sair do escritório. Pessoas inesperadas demais aparecendo por lá ultimamente.

Carney foi direto para a loja, em linha reta até o cofre. Ele tivera receio de descobrir pacotes de — o quê? heroína? maconha? — na pasta. O colar de esmeraldas era pior; as drogas se explicavam sozinhas. Freddie parara de procurar Carney para receptar joias ou ouro, e nem de longe tinha aparecido com algo daquela qualidade. Será que ele e Linus roubaram a família do próprio Linus, ficando literalmente com as joias da família, como os policiais insinuaram? Ou era alguma disputa à parte entre Linus e os parentes dele, e Freddie e o amigo roubaram algum peso pesado que estava querendo se vingar? Mesmo que Carney devolvesse a pasta para o primo e mandasse Freddie se foder, ele continuaria sendo vigiado por alguém por ser próximo do primo. Era tarde demais: Carney era parte daquilo.

Munson acenou da calçada.

Carney trancou a loja. Era meio-dia e meia. De agora em diante, Ferrugem e Marie estavam de licença remunerada da Móveis Carney; a loja funcionava quando Carney se sentia seguro para deixar a porta da frente aberta. Como explicação, ele pôs a culpa na falta de pessoas passando a pé depois do motim e exagerou a probabilidade de uma nova rodada de violência.

— Vejo vocês quando as coisas voltarem ao normal — disse ele aos empregados.

Ter os dois em segurança gerou um alívio maior do que Carney havia antecipado.

O detetive estava sentado no capô do sedã marrom-escuro, acendendo um Winston com a ponta ainda fumegante do anterior. Carney não o via à luz do dia havia um bom tempo. O policial estava pálido e mais ofegante, desgastado pela quilometragem. O rosto era um registro do histórico dele com a bebida, avermelhado e salpicado de vasos capilares saltados. Refeições grátis de comerciantes locais e clientes escusos acabaram com o físico dele.

Ele estava relaxado como sempre.

— Achei que você ia ligar — disse Munson. — Por que você não vem comigo enquanto eu pego a correspondência?

A correspondência: o termo que ele cunhara recentemente para sua rota de envelopes.

— Nem chuva, nem granizo — disse Munson enquanto Carney entrava no banco de passageiros. — Mas os motins acabam com a rotina.

— Estamos todos no mesmo barco.

— Não é bom que as pessoas pensem que você é do tipo que não se lembra das coisas. Preciso fazer a coleta antes que eles pensem que o dinheiro é deles e gastem. — Munson inclinou a cabeça na direção da loja de móveis. — Você se saiu bem.

— A maior parte foi pro lado de cá. — Ou seja, a leste da 125.

— Eu sei, eu estava lá. — Ele dirigiu por uma quadra e estacionou em frente a uma revistaria num buraco em que Carney nunca tinha colocado os pés. A Grant's Jornais e Tabaco, em frente ao Apollo. Por anos, as bandeirolas encardidas vermelhas, brancas e azuis na fachada vibraram ferozmente nas manhãs de inverno e vento, e ficaram flácidas em dias quentes como aquele.

— O Buck Webb está de férias de novo? — disse Carney.

— É, foi pescar. — Era a piada de sempre de Carney: *Onde está o Buck Webb?* Como as propinas de Munson, presumia-se, não faziam parte de seu trabalho oficial na polícia, Carney raramente via o parceiro dele. Era provável que Buck estava indo coletar seus próprios envelopes.

Munson disse que voltava num instante.

A marquise do Apollo prometia os Four Tops, mas um grande cartaz branco de CANCELADO cruzava a janela da bilheteria. Olhe para ele, no banco da frente do carro de um policial. Ele ficou pensando em quantos garotos negros Munson e seus amigos tinham surrado e depois jogado no banco de trás a caminho da delegacia. Os dedos de Carney deslizaram pelo vinil: lavável. O ramo em que Munson trabalhava não era do tipo em que queriam revestimento de tecido.

— Você joga de vez em quando? — disse Munson quando voltou.

Carney não sabia do que o policial estava falando.

— O Grant, o neto do Grant, agora, mantém um dos mais antigos jogos de dados do Harlem nos fundos da loja. Você nunca jogou?

Carney esfregou as têmporas.

— A uma quadra e você nunca entrou? — perguntou Munson. — Não, você não faz o tipo. O menino do Grant me disse que manteve o jogo funcionando durante o motim. Ninguém queria ir embora, e quando foram, sempre tinha alguém batendo na porta, tentando ganhar algo. O pau comendo lá fora, e lá atrás os negócios funcionando como sempre.

Carney comprava seus jornais em outro lugar; a fachada decrépita do Grant's desencorajava forasteiros, como era a ideia. Toda uma operação de jogos lá atrás — Freddie provavelmente sabia disso. O carro do policial transformou Carney num provinciano, como se a própria rua não fosse mais seu lugar.

Munson dirigiu mais uma quadra e parou um pouco antes da Lenox. O detetive entrou rapidinho na Lavanderia a Seco Manda-Chuva. O lugar existia desde que Carney se entendia por gente. Outro lugar em que ele nunca havia entrado; o sr. Sherman subindo a rua era mais acolhedor. Pode ser que ele soubesse de algum modo que a Manda-Chuva tinha negócios escusos, pode ser que algo lá dentro dele tivesse lhe dito isso, e nesse caso ele evitara o lugar por ser um cidadão honesto. Para negar as inclinações desonestas de sua natureza.

Munson voltou para o carro e disse:

— Ele é apontador da loteria do Bumpy Johnson.

— No caso do Bumpy você também pega a grana e depois deixa ele na mão? — disse Carney.

Um sujeito andou na direção do carro de Munson ao sair de um táxi. O detetive buzinou.

— Eu estava esperando que você dissesse algo assim — disse Munson. — Olha, desculpa. Dá uma olhada na minha Cara de Desculpas, é tipo a Medusa, você só vê uma vez.

Depois disso, o detetive deu para Carney sua versão sobre os dias de motim, como prelúdio para por que ele não tinha interferido no trabalho dos detetives da Homicídios.

— Eu sabia que aquela merda ia explodir — disse Munson — no instante que ouvi na rádio. Atirar num menino? Uma onda de calor como aquela? Isso não é um barril de pólvora, é a fábrica de munição. — Munson estava saindo de férias, ia para Rehoboth no Maryland com uns amigos que trabalhavam com ele na polícia. O tio de um deles tinha um bangalô na praia. Diziam as más línguas que algumas damas locais gostavam de beber de vez em quando. — Ele disse que tem uma mulher que gosta de dançar pelada, faz todo um show com saltos altos de chá-chá-chá e canta músicas da Patti Page. — Aí o garoto foi baleado e ninguém mais ia a lugar nenhum.

Nos primeiros dois dias, Mundon cuidou de uma equipe de vigilância que fez rondas em grupos de negros — as igrejas, a NAACP — para medir a resposta deles. O Congresso Pela Igualdade Racial, claro, que estava fazendo bastante barulho.

— Dois dos caras que trabalham comigo são do tipo universitário, parecem agitadores judeus de direitos civis, e os outros dois são jovens negros que andam por aí com exemplares de *Da próxima vez o fogo* no bolso de trás da calça. Você ouve o pessoal antigo reclamando que tem policiais negros demais, mas quem mais ia se infiltrar? Algum irlandês gordo coradinho que não trabalha faz anos? Eu? Os meus caras sentam e ninguém olha pra eles duas vezes. — Ele fez uma pausa. — Eu sei que você não é ligado em política, por isso que te conto.

Havia conhecidos ativistas e agitadores que exigiam uma averiguação. A polícia queria saber se eles estavam explorando a situação, jogando gasolina no incêndio. A equipe de Munson foi ao protesto do Congresso pela Igualdade Racial no Colégio Wagner na sexta-feira à tarde e apareceu na funerária na tarde de sábado, se misturando à multidão, identificando as pessoas. Concordaram com a cabeça com as banalidades ditas pelos muçulmanos negros em uma esquina da rua 125. Arquivos ganharam novas informações. Arquivos foram abertos.

— Tinha que ter certeza de que ninguém estava tendo ideias. — Munson disse que sua esposa ajudou a pintar os cartazes de protesto. Ela dava aula de artes para alunos de primeira série.

— As ideias a gente já tem — disse Carney. — Tarde demais para isso.

Munson deu de ombros.

— Harlem, Harlem, Harlem — disse ele, ligando o carro. — Aí veio o sábado à noite. — Quando tudo explodiu no sábado, Munson estava nas trincheiras com todo mundo, apagando incêndios, enfrentando os amotinados. — Com um desses capacetes idiotas na cabeça para não transformarem meus miolos em ovos mexidos.

Desnecessário dizer, isso atrasou o serviço de correspondência, a circulação dos envelopes. Cinco dias depois as coisas ainda não tinham voltado ao normal, por isso o Chefe Murphy e seus auxiliares trabalharam para impedir mais uma rodada de protestos e vandalismo. Caso tivesse sido uma semana normal, Munson teria ouvido falar dos detetives da Homicídios vindo de Washington Heights até o 28º para investigar um cadáver.

— Se você aparece na minha casa, é melhor me dar um oi — disse ele. — Eu teria conversado com eles primeiro, informado aos meus colegas que você é um cidadão de bem. Como qualquer um pode ver pelo showroom da sua loja de móveis. E ia ter te dado um aviso.

— Eu tinha uma reunião importante. Eles entraram bem na hora.

— Eles tinham um cadáver de um cara da Park Avenue, o que você queria? Essa é a outra parte. — Dessa vez ele parou em frente à Belos Bolos, meia quadra adiante na 125. A loja era sempre motivo de piada para Elizabeth, porque todos os bolos e confeitos falsos na vitrine estavam enfeitados com pó e moscas mortas. Olhando mais para dentro da escuridão, dava para ver a confeiteira fumando um cigarro e cortando as unhas.

Onde você comprou esse belo bolo de aniversário?
Na Belos Bolos, é claro!

Munson entrou apressado depois de fazer uma reverência para uma moça dirigindo um carrinho de bebê. Ela tinha uma bunda prodigiosa. Ele a deixou passar, sorrindo, e piscou para Carney.

Gibbs. Carney não ouvira falar dele desde a reunião abortada. A telefonista do hotel recebeu os recados, que ficaram sem resposta. A sede da Bella Fontaine em Omaha só dizia que ele estava viajando a trabalho. Quando voltou do apartamento da Tia Millie, Carney ligou para a All-American, para ver se Gibbs tinha comparecido à reunião. Carney precisou aturar um pouco de Humor Condescendente do Homem Branco sobre o tumulto no Harlem.

— Ouvi dizer que o tempo ficou meio ruim nos últimos dias... — Depois que essa parte ficou para trás, o vendedor do centro de Manhattan não deu nenhuma pista.

— Não, ele não mencionou nada. Como é que foi? Ele é bem direto, não?

De qualquer forma, o que é que Carney ia dizer a Gibbs? *O morto era um drogado que era parceiro do meu primo, mas a overdose foi acidental — ou talvez não — e como você pode ver o tráfego de pedestres na rua 125 é bem impressionante.*

O policial branco demorou mais na confeitaria do que nas paradas anteriores. Carney lembrou de quando saiu com Malagueta na caçada a Miami Joe, as fachadas e os esconderijos que o bandido revelou durante a busca pelo traidor. Daquela vez, lugares que Carney jamais tinha visto de repente ficaram visíveis, como cavernas que a maré baixa deixou descobertas, ramificando-se num propósito obscuro. Eles jamais tinham estado ali antes, oferecendo uma rota oculta para o submundo. Esse passeio com Munson pelas rotas dele levou Carney a lugares que ele via todos os dias, estabelecimentos que ficavam ao lado da porta dele, lugares por onde passava desde moleque, e revelava que eram fachadas. As portas eram entradas para cidades diferentes — não, entradas diferentes para uma vasta e secreta cidade. Sempre próximas, adjacentes a tudo o que é conhecido, só que um pouco abaixo. Se você soubesse onde olhar.

Carney deu uma risadinha e balançou a cabeça de um lado para o outro. O modo como ele fraseou aquilo, como se não fosse parte de nada disso. A loja dele mesmo, caso soubessem a batida secreta, caso soubessem a senha, permitia que vocês entrassem naquele mundo de crime. Você jamais tinha como saber o que se passava com outras pessoas, mas as vidas privadas delas nunca estavam muito longe. A cidade era um fervilhante e miserável cortiço e as paredes entre você e todos os outros eram finas o suficiente para quebrar com um soco.

Munson voltou, arrotando e batendo no peito com o punho como se estivesse com azia.

— Bolos — disse Carney. — Deixa eu adivinhar, é um puteiro?

Munson disse:

— Melhor você não saber, Carney. O que me lembra do outro motivo que te deixa por conta própria no caso do Fitzgerald e do Garrett.

— Faz um minuto você estava pedindo desculpas e agora eu estou por conta própria?

— Você leu o jornal hoje?

— O que faz você pensar que nós dois lemos o mesmo jornal?

Munson pegou o *Tribune* no banco de trás. Virou para a página 14 e passou para Carney.

A polícia investiga a morte de Linus Milicent Percival Van Wyck, da dinastia dos Van Wyck, do ramo de imóveis. Van Wyck, 28, primo de Robert A. Van Wyck, que foi o primeiro prefeito da cidade de Nova York, em 1898, foi encontrado morto na noite de domingo em um hotel de Washington Heights...

Hotel — chamar assim era um ato de bondade. Criado em Manhattan, formado na St. Paul's School e na Universidade de Princeton, e tendo como último emprego uma passagem pelo escritório de advocacia Betty, Lever e Schmitt. Roupas chiques à moda antiga, Carney imaginou, dignas de uma pasta de couro com um monograma. Havia quanto tempo? Antes de Linus conhecer Freddie. *A exata causa do óbito ainda não foi determinada, porém autoridades caracterizaram a natureza da morte como suspeita. Quaisquer informações...* A foto que acompanhava o texto mostrava Linus adolescente com um corte de cabelo militar e um sorriso presunçoso, de iate clube.

Milicent Percival — o bastante para que mesmo o mais durão de nós passasse a usar drogas.

— Essa é a versão pública — disse Munson. — O que você não vê é o prefeito sendo enrabado pelo conselho da família Van Wyck no gabinete dele. O amigo do seu primo... é da Park Avenue. Era. — Ele deu de ombros. — E agora estão fazendo pressão. Aquele tipo de pressão que eu faço quando piso numa barata. O gabinete do prefeito liga para a chefia de polícia pra enrabar o comissário, e aí o comissário liga pro pessoal dele, puto pra caralho. A merda vai rolando ladeira abaixo. Eles querem o amigo do Van Wyck e o que ele roubou.

Van *Wike* — Munson pronunciou certo, como Pierce.

— Roubou o quê? — disse Carney.

— Eu que te pergunto.

Carney percebeu: Munson estava interrogando ele o tempo todo.

— Por que não ir a pé? — disse Carney. — Por que você fica andando uma quadra, estaciona, anda mais uma quadra? É burrice isso.

— Eu tenho um carro, o que eu vou fazer? Andar por aí igual um imbecil? Não entendi a pergunta.

— Estou fora. — Carney devolveu o jornal e procurou o trinco da porta.

— Ei, Sr. Mobília.

— O quê?

— Essa merda vai feder, sem brincadeira. Eu não queria estar na pele do seu primo agora. Nem na tua.

Carney abriu a porta. Munson disse:

— Ouviu falar da Sterling Gold?

A Sterling Gold era uma respeitável joalheria na Amsterdam, a dez quadras dali. As lâmpadas laranja empoeiradas na placa em frente à loja piscavam para simular movimento, como um galgo correndo por uma pista. Jovens namorados conheciam os anéis de noivado e as alianças de casamento da vitrine, mas as pedras brutas e as mercadorias roubadas nos fundos atendiam a uma clientela mais duvidosa. Tendo em vista as taxas escorchantes que o proprietário, Abe Evans, cobrava, ele era um receptador e um agiota só procurado como último recurso, mas tinha uma política de dar uma semana para os débitos atrasados antes de mandar alguém quebrar uma perna ou um membro à escolha do freguês. Ninguém ouvira falar antes daquele truque, daquele fraturamento à la carte, embora certa vez no Nightbirds Carney tenha entreouvido alguém dizer que aquela era uma marca registrada de um ramo da máfia estoniana. Vá entender.

— Alguém invadiu e devastou o lugar — disse Munson.
— Não, não foi um roubo. Aconteceu ontem à noite. Destruíram, está uma bagunça, acabaram com mostruários, o alarme disparou, mas olha isso... Abe Evans diz que não levaram nada. — O detetive seguiu com os olhos um sujeito corpulento com um chapéu que andou atrás de Carney, depois voltou a atenção para ele de novo.

— Então o que isso quer dizer? — perguntou Carney.
— Eu é que te pergunto — disse Munson. — Pode ser que eles quisessem mandar um recado para alguma operação ilegal, dizer que alguém está levantando as pedras para ver o que sai correndo lá de baixo. Alguém com dinheiro e braços longos está dizendo: estou procurando o que é meu.

Carney bateu a porta do carro. Fazer o trajeto de três quadras até a loja era mais rápido a pé.

A porta da frente da loja estava destrancada. As luzes estavam apagadas, mas a porta estava destrancada. Não era nem Ferrugem nem Marie que tinham voltado para pegar algo.

O taco de beisebol estava no escritório dele, perto do cofre. Carney se arrastou pela parede até os fundos da loja. Ele parou perto da poltrona reclinável da Argent e ficou escutando. Deu um grito.

Freddie berrou do escritório:

— Ei, Ray-Ray!

O primo estava sentado no sofá comendo um sanduíche italiano da Vitale's, uma garrafa de Coca-Cola em cima do cofre. Chink Montague, detetives da Homicídios e gente rica pagando brutamontes para encontrar aquele filho de uma puta e ele comendo uma merda de um sanduíche no escritório de Carney.

— Eu tenho a chave — disse Freddie, mastigando. — Lembra quando a May estava pra nascer e você teve que ir correndo pro Hospital da Universidade? Antes do Ferrugem chegar. Você me pediu pra trancar. Me deu a chave.

Carney disse:

— Isso foi sete anos atrás.

— Você nunca pediu de volta, então presumi que você queria que eu ficasse com ela. Por que você está me olhando assim? — Freddie sorriu. — Fique feliz que você nunca me contou o segredo do cofre.

CINCO

Linus bolou o golpe em St. Augustine, até onde Freddie podia saber.

— Não era típico dele ficar com uma coisa na cabeça — disse Freddie a Carney. — Ele tinha ideias, hoje era uma coisa, amanhã já era outra.

Uma "tecla apagadora" na máquina de escrever, e uma tampa especial para frascos de remédios para impedir que crianças pequenas abrissem. Um sistema de boca a boca entre os usuários monitorava quais médicos eram tranquilos para receitar morfina e quais farmácias vendiam agulhas sem fazer perguntas — e que tal se existissem as "Páginas Amarelas para Drogados" que listassem os médicos e as farmácias escusos ou sem noção da semana? Os esquemas eram forçados ou cheios de falhas, eram compartilhados uma vez e nunca voltavam a ser mencionados. O assalto foi diferente.

— Linus ficava voltando ao plano, ficou revirando aquilo na cabeça durante todo o caminho de volta. A essa altura a gente era como irmãos — disse Freddie.

Carney considerou isso um insulto, como era para ser, e Freddie gostou de ter irritado o primo. Quando foi a última vez que tinham feito alguma coisa juntos assim, só os dois? Como nos velhos tempos. Agora, como antes, era função de Freddie romper o silêncio. Silêncio demais e você pode começar a pensar nas coisas. Freddie o contador de histórias, Carney o homem sério, a plateia. Funcionou por muito tempo.

A porta de entrada da Móveis Carney estava trancada. As persianas da janela do escritório que davam para o showroom estavam fechadas. O escritório de Carney era a cabine do capitão em um submarino: *O mar é nosso túmulo*. O mundo não sabia o que estava acontecendo aqui embaixo e os que estavam embaixo não tinham como ver nada em cima.

Não era a primeira incursão de Freddie em águas profundas. O submarino era a analogia predileta dele para períodos de exílio da sociedade decente, desde uma viagem ao Sepulcro três anos antes. Os beliches de aço presos às paredes cinzas da cela faziam com que ele se lembrasse do alojamento da tripulação em *Viagem ao Fundo do Mar*, embora com menos vermes e menos lotada. Quatro camas para seis homens. Freddie se encolhia no chão de cimento embebido em urina. Quarenta e oito horas na cadeia quase acabaram com ele. Ele ainda tinha pesadelos vívidos com detalhes sórdidos meio esquecidos: baratas entrando na orelha dele como se aquilo fosse uma espécie de Cotton Club para insetos; uma larva boiando no mingau de aveia imundo do refeitório, se contorcendo na língua.

A vida toda ele ouviu sujeitos burros o suficiente para serem pegos falando da Casa de Custódia de Manhattan. Freddie nunca entendeu os tolos que se gabavam de ter cumprido pena — por que fazer propaganda da própria estupidez? E aí ele foi pego. Quem contava a história tinha minimizado a desgraça. Na primeira ida de Freddie à fila do rango, um guarda deu com um porrete na cabeça dele. Freddie se curvou e caiu no chão sujo. Anos depois ele ainda acordava às vezes com um zumbido. Por quê? Freddie não ouvira o guarda dizer seu nome. Ele foi cambaleando com uma bandeja e sentou para comer mortadela dura num pão mofado. Duas mesas para lá, um tosco arrancou a dentadas o lóbulo da orelha do outro por monopolizar o catchup. Comida ruim em toda parte.

Mais tarde, na cela submarina, ele parou de bater nos ratos — os ratos ficavam agitados à noite — quando um dos companheiros de cela alertou que "quando apanham eles começam a morder".

Ele não contou a Carney sobre aqueles dois dias e jamais iria contar. Freddie chamou Linus para pagar a fiança porque estava se sentindo rebaixado demais para aguentar um sermão. Linus não ia dar bronca dizendo que a culpa era dele por comer frango com Biz Dixon (como se Biz fosse o único bandido que eles conhecessem). Linus não ia dizer que foi culpa do Freddie desacatar os caras da narcóticos quando eles prenderam Biz (como se uma pessoa pudesse se rebelar contra sua natureza e deixar de ser insolente com um policial).

Linus pagou a fiança e os dois comemoraram o resto do fim de semana do Dia do Trabalho fumando maconha e bebendo rum, e isso deu tão certo que eles foram em frente por mais uma semana, e depois mais outra. Os dois tinham sido próximos antes do Sepulcro, mas a prisão confirmou que eles eram colegas marujos no mesmo turno bizarro de trabalho. Mergulhe! Mergulhe! Naquelas tolas trevas dos narcóticos. Estacionados no próximo submarino, o apartamento de Linus na Madison: o USS *Bebedeira*.

— Lamento que tenham te prendido — disse Carney. Ele afastou duas lâminas da persiana e deu uma conferida na rua 125. Tudo tranquilo.

— Não foi culpa sua — disse Freddie.

O resto daquele outono e o inverno foram um murmúrio. Linus contratou um advogado que conseguiu arquivar o caso. Na maior parte dos dias, Freddie dormia no sofá da sala de Linus, até o contrato de aluguel acabar e ele se mudar de vez. Eles acordavam, andavam à toa pelo Greenwich Village e pela Times Square, usavam drogas, tiravam sarro de novelas na tevê, colocavam os pés para cima em cinemas e de vez em quando tiravam uma soneca. Quando a noite chegava ricocheteavam por vários cafés e bares e oásis em porões, impelidos pela maré de depravação. Mijando nos muros de cortiços, dormindo até meio-dia. Se Freddie se desse bem com uma mulher, uma universitária ou uma datilógrafa depois de três doses, Linus sumia na hora certa. No outro dia ou Freddie aparecia magicamente no sofá quando Linus saía com seus pijamas esquisitos arquiducais, ou aparecia depois, no meio da tarde, voltando de sua missão com um saco de donuts. Eles se davam bem.

Às vezes Linus levava Freddie até Jersey em seu Chevrolet 210 para apostar nos cavalos no Garden. Linus era um dos donos de um puro-sangue chamado Xícara Quente, presente de aniversário de seu tio-avô James, um herdeiro da cultura hípica que achava que você só era um homem de verdade quando passava a ter um cavalo de corrida. Apesar do pedigree imponente — seu pai, o General Tip, era uma lenda nos círculos de sêmens de campeões —, na pista ele era um espécime estranhamente distraído, apático e moroso. Em grande medida como seu dono parcial, Xícara Quente era bem-nascido, bem-criado e profundamente incapaz.

Esses e outros empreendimentos eram subscritos pela família Van Wyck, que enviava pelo correio cheques na segunda sexta-feira do mês caso Linus cumprisse com os parcos compromissos que lhe cabiam: comparecer arrumado e apresentável aos eventos da família e aos eventos de caridade; visitar o escritório de advocacia Newman, Sherman & Whipple para assinar onde mandassem assinar. *Bom ver o senhor, sr. Van Wyck.*

— O trabalho é inútil — dizia Linus —, mas o horário é imbatível.

Ele deixava as roupas boas no apartamento dos pais, vestia o uniforme para ir trabalhar, depois voltava aos trajes de beatnik quando batia o cartão.

Um dia, Linus foi para o aniversário de noventa e seis anos da avó e não voltou. Ligou três dias depois do Sanatório Bubbling Brook em Connecticut; a família o sequestrou quando ele saiu do elevador e o mandou para mais uma rodada de tratamento psicológico. Zap! Periodicamente os Van Wyck agarravam o filho rebelde e mandavam para uma série de instituições licenciadas, um arquipélago de centros de recalibragem mental pontilhando a divisa do estado. O primeiro longo período de tratamento de Linus foi durante sua época em Princeton. O inspetor pegou Linus chupando o pau de um morador da cidade ou vice-versa, Freddie não lembrava. Zap! Zap!

Freddie não se importava com as inclinações de Linus. Linus sabia que ele não curtia essas coisas e nunca tentou nada.

— Pelo menos que eu lembre — disse Freddie. Ele deu de ombros. — A gente estava chapado a maior parte do tempo.

O apartamento na Madison Avenue era pequeno e quieto sem Linus. Ninguém para enfiar o lixo no buraco do corredor, para rir das piadas dele quando ele tirava sarro dos brancos na tevê. Passar o tempo com Linus fazia Freddie lembrar os velhos tempos, quando eram ele e Carney fazendo as loucuras. Tia Nancy tinha morrido, sabia lá Deus onde estava Tio Mike, a mãe dele fazendo turnos duplos no hospital, Pedro na Flórida: isso deixava os dois meninos e dias inteiros para preencher com esquemas febris. Então Big Mike voltou e levou Carney embora e fim de papo.

Não demorou muito para Freddie começar a olhar para o tapete da sala de Linus e a pensar nos seus erros, os recentes e os nem tão recentes. A névoa de anos perdidos. Aqueles períodos de vadiagem prazerosa, mas sem sentido, trabalhando na loteria de assassinos, seu momento breve, porém importante de encarceramento. O assalto ao Theresa e as armas e os caras durões que aquilo trouxe para a vida dele. A água escura de seus pensamentos inundou o compartimento do submarino, ele subiu e selou a escotilha... mas quando os dedos dos pés voltaram a ficar frios e ele olhou para baixo...

Freddie suspirou e andou de um lado para o outro por duas semanas e então aceitou a abdução de Linus como um sinal de Jesus ou Deus ou do Grande Sei-Lá-Quê para que ele fizesse uma mudança. Decidiu fazer uma limpeza. Alugou o próprio apartamento no Hell's Kitchen na rua 48, dois andares acima de um restaurante de *chop suey*. Linus tinha seu sanatório; a versão de Freddie de tomar-jeito-na-vida era tolerar uma série de empregos caretas. Igual um idiota. Ou como um monge pegando trabalho pesado para provar algo para o céu vazio. Reabastecer prateleiras em um Gristedes na Lexington, trabalhar como caixa na Black Ace Discos na

Sullivan, vender tênis em uma loja de artigos esportivos na Fulton Street na porra do Brooklyn. Dos três, a Black Ace era a melhor pra conhecer mulheres.

— Eu estava dando uma de Ray-Ray — disse Freddie para o primo. — Ficando na minha, ficando no tédio. — Como na época em que Carney estava na faculdade estudando e Freddie não conseguia fazer com que ele saísse do apartamento. — Eu ficava com um ciúme desgraçado quando você dizia que não ia sair. Eu estava sozinho. E quando você terminasse e se formasse, você ia ter alguma coisa.

O que Freddie conseguiu com todas aquelas noites?

Ele começou a ler. Não livros de escola, mas romances baratos: *Estranhas irmãs*, *Sábado violento*, *O nome dela — Jezebel*. Histórias onde ninguém se salvava, nem os culpados (os assassinos e bandidos) nem os inocentes (órfãos sequestrados em pontos de ônibus, bibliotecárias levadas a entrar para mundos de depravação). Toda vez ele achava que essas pessoas iam ficar bem. Nunca acontecia e ele esquecia a lição toda vez que fechava o livro. O mesmo otimismo quando pegava o próximo livro de uma estante giratória de metal. Os romances faziam o tempo passar, assim como a tevê da loja de penhores e de vez em quando uma garota com saia amarrotada. O tipo dele? Mal fazia a escuridão recuar.

Durante as visitas ocasionais dele, Tia Millie elogiava o brilho saudável.

— Tem uma namorada te deixando feliz?

Freddie apareceu para visitar Carney e seu bando, mantendo em segredo sua vida honesta como tinha feito com a vida de crime. Ele gostava quando May e John o chamavam de Tio Freddie, como se conhecessem a identidade secreta dele.

— Eu perguntava o que você estava fazendo — disse Carney —, e você falava "fazendo minhas coisas". Por que você não disse?

— Eu estava fazendo minhas coisas — retrucou Freddie.

— É por isso que chamam de "minhas coisas".

A missão: reemergir quando estivesse pronto. Freddie imaginou que um gongo soaria alto dizendo quando fosse o momento, reverberando, fazendo os pombos voarem. Assustando metade da zona oeste de Manhattan. Ele arranjou um cachimbo e nas noites de calor ficava empoleirado na saída de incêndio que dava para a rua 48, fumando, o andaime de ferro um periscópio que assegurava uma visão do Hudson fluindo sonolento enquanto o saxofone de Ornette Coleman latia e balia no aparelho de som, fazendo a morte da cidade chacoalhar em sua garganta angustiada. Em seu próprio período de isolamento, o primo havia cultivado ambições — fundado uma empresa, criado laços com uma mulher bacana. Agora que Freddie tinha parado e pensado sobre isso, estava confuso: a única coisa que sabia é que não queria ser quem tinha sido. Pular a janela, virar o disco, voltar para o periscópio. Olhar o horizonte.

Tudo acabou quando ele esbarrou no Linus na frente do Café Wha? e imediatamente eles se inscreveram para outra viagem e a nave afundou nas águas escuras e foi como se o mundo jamais tivesse conhecido os dois.

Um mês depois ele havia voltado ao sofá de Linus. A essa altura Linus estava injetando, todos os dias. Freddie cheirava de vez em quando, mas vira muita gente se enfiando naquilo para se permitir ir além sem sentir medo. Uma vez — eles estavam a caminho do Harlem no metrô às duas da manhã — Freddie contou histórias sobre Miami Joe e os bons tempos que eles tiveram nos circuitos dos lugares mais quentes do Harlem. Ele não mencionou o assalto, nem a morte de Arthur, nem o funeral não-exatamente-viking de Miami Joe no Mount Morris Park, mas disse que a Flórida parecia um lugar bacana, pelo modo como o mafioso descrevia.

— Você nunca foi? — perguntou Linus.

Para a Flórida? Nada, o lugar mais ao sul que ele tinha ido era Atlantic City.

No outro dia eles estavam na estrada. Submarino novo, mesmas tarefas. *Quatrocentos metros e se aproximando.* O submarino de Freddie era qualquer lugar em que ele ficasse afastado das vidas das pessoas normais: a cadeia; andando por aí em uma bolha de depravação com um amigo. Agora era um Chevrolet 210 vinho 1955 afundando nas profundezas traiçoeiras do Sul das leis Jim Crow. *Fique fora do sonar deles, não faça barulho.*

A descida foi tranquila. Eles ficaram só em cidades grandes, onde era mais fácil arranjar droga se você tivesse olho bom.

— Linus era tipo um olheiro indígena quando o assunto era droga. — Tiveram que parar em St. Augustine... pneu furado. — É a cidade mais antiga dos Estados Unidos. Uns espanhóis filhos da puta tomaram posse dessa merda lá nos anos 1500. Todas as bugigangas que eles vendem dizem isso. — O velhinho da oficina era bacana e consertou rapidinho, e foi a primeira tarde ensolarada em um bom tempo. Decidiram ficar no Conquistador Motor Lodge e acampar por uns dias.

Linus alugou o quarto enquanto Freddie esperava no carro, conforme o costume deles durante a viagem. Freddie comprou umas sungas baratas na loja do outro lado da rua e pulou na piscina. A mulher do gerente saiu furiosa do escritório agitando um varão de pendurar cortina e disse que crioulos não podiam entrar ali. Quando eles foram tomar café da manhã no dia seguinte, a piscina estava seca como um osso.

— Que putinha nojenta! — disse Linus. Ele queria chamar a polícia, ou os jornais. A família dele tinha contatos com a CBS em Nova York.

Freddie disse para ele acordar. Em vez de irem embora da cidade eles alugaram um bangalô mobiliado a quatro quadras do mar. A essa altura, eram uma dupla de desgrenhados. Para explicar por que estava alugando para dois esquisitões, a dona do lugar disse que o filho tinha fugido para São Francisco. Veja, o tempo estava melhor, o céu estava maior. O barman de um bar para negros em Washington vendia drogas. Eles decidiram esperar o inverno passar em St. Augustine.

Durante a tarde eles passavam o mata-moscas de um para o outro e jogavam baralho, de noite escolhiam algo do limitado cardápio e sempre iam dormir menos famintos.

Freddie lembrava vagamente de algum problema racial no noticiário no verão anterior. O que acontecia é que St. Augustine estava bem no olho do furacão do movimento pelos direitos civis.

— Se eu soubesse — disse Freddie —, teria dito para Linus continuar dirigindo. Dirigir com a porra da roda batendo no asfalto. Aqueles adolescentes, catorze, quinze anos de idade, ocuparam um supermercado Woolworth's e o juiz deu seis meses de reformatório para eles. Uns caras apanharam por protestar contra um comício da Ku Klux Klan... e os policiais prenderam os caras por terem apanhado! Uma noite a gente estava tomando cerveja num lugar e a KKK passou marchando pela rua, no maior descaramento. Eu sou de

Nova York. Nunca tinha visto uma merda dessas. Neguinho vive assim de verdade lá no Sul? A KKK andando por aí, sem problema? — Freddie suspirou. — Hoje em dia não dá pra ir pra lugar nenhum sem esbarrar num criadouro de merda.

A Conferência de Líderes Cristãos do Sul fez o espalhafato de sempre durante o inverno todo, a NAACP. Na rua, aqueles caipiras de merda confundiam ele e Linus com os universitários que tinham ido para a cidade protestar, quando qualquer um podia ver que os dois estavam esfarrapados demais para isso.

— Me dá um tempo, cara — disse Linus para o funcionário do mercadinho que pediu para ele ir embora do local. — Só quero comprar um suco pra misturar com a bebida.

A gota d'água veio quando eles ouviram que Martin Luther King ia visitar a cidade. King, policiais caipiras, a KKK.

— Eu disse, hora de zarpar, Linus. Ele disse que sem problemas, a família tinha parado de mandar os cheques mesmo e ele precisava voltar a Nova York para dançar e pedir o dinheiro para eles. — Além disso, o barman tinha sido preso por estupro presumido, tchauzinho contato. Freddie conferiu a previsão do tempo. Nova York estava quente de novo. — Eu estava tendo um lance com uma professorinha de pré-escola, ela era bacana, mas o que você vai fazer, brigar com a Mãe Natureza?

Eles não tinham passado ainda a divisa da Geórgia quando Linus falou do plano.

— Eu tinha contado pra ele da história do Hotel Theresa — disse Freddie.

— A coisa toda? — Miami Joe num tapete?

— Nós éramos irmãos. Eu contava tudo pra ele. — Freddie não pediu desculpas. — Ele me fez perguntas: como você sabia quem estava de plantão? E o ascensorista? Montando o esquema na cabeça dele. Roubar da própria família, ele estava com essa ideia fixa. Vai saber o que isso significava para ele... o Linus queria se vingar deles, queria o dinheiro, a emoção. Eles estavam em dívida com ele. E a mesada não ia cobrir isso.

— Você viu o Pedro quando estava lá? — perguntou Carney.
— Não me lembrei disso.

Linus alugou um apartamento na esquina da Park com a 99, que dava vista para os trilhos do metrô. Onze quadras de distância da casa dos pais dele, mas uma outra cidade. Em algum momento ele começou a fazer anotações. Os nomes dos porteiros, qual ascensorista tinha problema de bexiga, quantas portas havia entre o portão de serviço na rua e as escadas no fundo. Deixando as drogas de lado.

— O suficiente pra evitar passar mal... nas palavras dele.

Freddie desviou os olhos de Carney para engolir o choro — Linus na banheira, Linus frio e imóvel. Carney se recostou na cadeira e deu tempo para ele.

— A gente não ficou, sabe, ali fora com um cronômetro acompanhando quem ia e quem vinha — disse Freddie —, mas a gente foi minucioso. Eu não vi nenhum furo. No fim das contas é bem mais fácil quando você está arrombando a própria casa.

Eles esboçaram o plano, mas deixaram de lado. Desculpas: uns caras que Linus conheceu na faculdade estavam dando uma festa para arrecadar dinheiro para o aluguel; eles estavam de ressaca; parecia que ia chover.

— Aí o menino foi baleado. Pelo policial. Polícia em toda parte, mas eles estavam preocupados com a merda explodindo no Harlem.

A rádio disse que eles tinham mandado cem policiais para o protesto do Congresso Pela Igualdade Racial na escola do menino morto e que estavam mandando equipes em todas as partes do Harlem para dar conta de qualquer tumulto. Nunca a Park Avenue e a 88 estiveram tão expostas.

— Vamos fazer hoje de noite — disse Linus. Era tarde de sexta-feira. Os pais dele tinham um evento para arrecadar fundos para sobreviventes da poliomielite e iam ficar fora até onze da noite, fácil. — Eles servem bebida direto pro pessoal ser mais generoso nos cheques. — A velha governanta dos Van Wyck, Gretchen, morava no apartamento — quando Linus era pequeno ele ia dormir na cama flatulenta dela quando tinha pesadelos —, mas morrera fazia três anos. A menina nova morava no Bronx e saía às sete da noite. O plano exigia que Linus subisse pelo elevador com o ascensorista às oito e meia, descesse pela escada de incêndio, abrisse a porta dos fundos e deixasse o portão de serviço com uma fresta minúscula.

Às 20h41 da sexta, 17 de julho, Freddie deu início a seu trajeto para o norte da cidade. Freddie chamava a atenção na Park Avenue por razões óbvias, portanto matar tempo encostado numa cabine telefônica estava fora de questão. Ele sentou no balcão de uma Soup Burg na esquina da 63 com a Madison, contemplando as pequenas bolhas laranja de gordura na superfície da sopa de macarrão até seu relógio dizer que era hora. *O relógio da ação para pessoas ativas.* No caminho rumo ao norte ele pensou no grande imponderável do dia: Linus seria capaz de não foder com o plano? Freddie tinha visto o sujeito descuidado apagar sem querer, tinha visto quando ele vomitou e cagou na cama. No verão anterior ele encontrou Linus tremendo e azul numa overdose e teve que deixá-lo em frente ao Hospital do Harlem — se um policial tivesse feito Freddie parar enquanto dirigia o carro de um branco ele teria se arruinado. Será que Linus tinha estômago e colhões para fazer um serviço desses? A família vai saber que ele roubou coisas deles — será que ele estava pronto para ir em frente? Se o portão de serviço não se mexesse...

Ele fez o longo caminho pela Lexington, dobrou a esquina e não mudou o passo quando empurrou o portão. Estava destrancado, com uma abertura de um centímetro, e ele entrou. Eram 21h01.

A residência dos Van Wyck era um duplex no décimo quarto e décimo quinto andares. Subir a escada de incêndio foi um esforço miserável, mas Linus estava esperando na porta dos fundos. A expressão de felicidade dele fez Freddie lembrar outras estripulias: quando a família dele por acidente mandou o cheque duas vezes e eles saíram para comer filés e camarão; aquela vez que andaram pelo Cha Cha Club durante uma entrega e roubaram uma caixa de schnapps. O butim de hoje era maior. O sorriso de Linus também.

A porta de trás dava para a cozinha. Freddie tinha estado antes nesses apartamentos grandes de seis, sete cômodos por andar. Acima da rua 96 eles eram divididos em três apartamentos, e abaixo da 96 eram tocas escuras, empoeiradas e cheias de pelo de gato e livros, apartamentos dos pais das universitárias que ele ia pegar na zona sul. A residência dos Van Wyck era tão complicada que precisava de dois andares para dizer a que vinha e do dobro de cômodos. Pé direito de quatro metros, paredes com painéis de madeira, piso de tacos em desenhos maçônicos. Eis aqui uma mansão flutuante.

Percebendo a reação de Freddie, Linus dissera:

— Saca só. — Ele abriu uma cortina pesada cor de mostarda na sala de jantar. — Em noites assim... — A unidade transformava a Park Avenue, formando auras quentes nas luzes da rua e nas séries de janelas dos apartamentos. A rua ficava menos esnobe. Inexplicavelmente gentil, como um policial que te deixa em paz sem você entender o motivo. A Park Avenue dava arrepios em Freddie: os prédios tinham uma atitude, sentiam-se confortáveis e seguros com seu próprio poder. Eram juízes, decretando que tudo aquilo que você dizia ser seu, tudo aquilo que você lutava para ter e com que sonhava, era meramente uma imitação barata do que eles possuíam. Naquela noite a rua parecia gentil. Daquele ângulo, pelo menos.

— Eu estava pensando em como você falava da Riverside Drive — disse Freddie para Carney —, no quanto você ama aquela rua. O limite da ilha, de frente para o que está do outro lado do rio, como se aquilo colocasse as coisas em perspectiva. Tem a gente, tem a água, e depois tem mais terra, nós somos todos parte de uma mesma coisa. Mas a Park Avenue, com aqueles prédios grandes e antigos um de frente para o outro, cheios de brancos velhos, não tem nada desse sentimento, certo? É um cânion. E os dois lados estão cagando pra você. Se quisessem, se decidissem, eles podiam se espremer um contra o outro e te esmagar. De tão pequeno que você é. — Naquela noite, ele admitiu, a rua estava linda.

Linus guiou Freddie pelo apartamento. As telas nas paredes eram aquilo que eles chamam de arte moderna; o resto da decoração era Mamãe Rica.

O cofre estava na biblioteca. Os livros nas prateleiras e dentro dos armários envidraçados eram respeitáveis e tinham encadernações elegantes. Enquanto Linus contornava a grande mesa de nogueira, Freddie deu uma olhada em uma fila de volumes. Via-se muito da *Correspondência completa do barão St. de Sei-Lá-Quê, vol. 6* e quase nada de *Gatinhas proibidas* ou *Direito de matar*.

Atrás da mesa havia um retrato de Robert A. Van Wyck, o primeiro prefeito da recém-criada cidade de Nova York. O quadro tinha uma dobradiça. Empurre e clique, ele girava revelando a porta redonda do cofre na parede.

— De que tipo? — perguntou Carney.

— E eu lá vou saber, porra.

Linus sabia a combinação. O pai deixava que ele brincasse com o cofre quando era mais novo e permitia que guardasse suas figurinhas de beisebol. O pai dele era Ambrose Van Wyck, o patriarca, a sombra que atraía tudo dentro da capa gelada.

— Todo mundo diz Van *Wick* — disse Carney.

— Bobagem. É Van Wyck.

Linus pediu que Freddie segurasse a pasta enquanto pegava as coisas.

— Achei que ia ter mais — disse ele.

Então Freddie viu o colar.

— Tive um ataque cardíaco — disse para Carney. — Você devia ver o tamanho da coisa.

— Eu vi.

— Ah.

Às 21h31 da noite do roubo, o pai de Linus disse:

— Largue isso.

Van Wyck o Velho estava na porta de pijama. O mesmo tipo do pijama favorito de Linus — vermelho com enfeites brancos, com monograma, mas menos desbotado. O pai dele tinha setenta e poucos anos, Linus sendo um acréscimo tardio à dinastia. Magro, o corpo todo flácido, absolutamente escrotal acima dos ombros, mas com olhos azuis maus que fizeram Freddie lembrar a história que Linus contou sobre a vez em que disse "É para mim fazer?" em vez de "É para eu fazer?" e Ambrose tirou o mocassim e bateu com ele sete vezes no rosto do menino.

Ele estava com um copo de leite. Ambrose Van Wyck deixava a bengala de madeira de faia no andar de baixo junto com os guarda-chuvas. Ele não usava a bengala em casa, o que era uma pena porque realmente queria cutucar o filho no peito com ela, para pontuar cada sílaba da diatribe que ia se avultando dentro dele. A visão do filho em geral lhe causava dor — a ponto de tremer —, mas isso fora anos antes. Agora ele estava em paz com o fracasso do filho. Rumine uma decepção por tempo suficiente e ela perde o sabor. Linus jamais ia ocupar o escritório de Ambrose no vigésimo quarto andar, posar para um retrato que ficaria ao lado daqueles de seus ancestrais numa sala de reuniões. Os filhos dos sócios de Ambrose — aquela horda de asnos arianos horrorosos — iriam comandar a VWR no futuro e com a morte de Ambrose a empresa deixaria de ser uma preocupação dos Van Wyck. O homem-criança diante dele era uma tecnicalidade; Ambrose considerava as estruturas sua verdadeira prole. Os pilares de arranha-céus, agitadas colmeias de escritórios, sedes globais de empresas, complexos multiuso de várias quadras e tão cheios de famílias que eram genuínas cidades. Quando olhava pela janela da sala de jantar para a Park Avenue e mais além, Ambrose reconhecia seus próprios traços nos edifícios de apartamentos e nos campanários art déco, via seu rosto no espelho do aço e do concreto impiedosos da cidade. A marca de nascença do clã era uma placa de latão afixada no saguão de entrada, declarando a paternidade: vwr. Aquele homem diante dele? Um estranho que podia encontrar no metrô. Caso ele usasse o metrô. O que não era o caso. Aquilo era uma jaula imunda para pessoas imundas.

Quanto à companhia de seu filho... Ambrose morou naquele apartamento a vida toda e em seus setenta e cinco anos, até onde lembrasse, foi a primeira vez que um crioulo pisou ali.

— Você está aqui — disse Linus.

— Quando soube que íamos sentar ao lado dos Lapham, eu decidi ficar em casa, claro.

Era alguma porra de uma vingança de gente de sangue azul, Linus explicou mais tarde. A mãe dele tivera um caso com o marido, ou o pai tivera um caso com a mulher, pode ser que as coisas tenham acontecido simultaneamente ou que uma delas tenha ocorrido mais tarde como retribuição, e o pai dele ainda estava magoado com o jeito como aquilo terminou.

— Achei que eu tinha escutado alguma coisa — disse Ambrose Van Wyck. — Eu devia ter adivinhado. Estou cansado demais para lidar com essa sua tolice agora. Ponha isso de volta no lugar e espere no seu quarto até a sua mãe chegar.

Linus hesitou, depois fechou o cofre.

— Estamos indo — disse ele.

Existem coisas que um pai pode dizer para um filho que não deveriam ser ouvidas por outras pessoas. Vereditos e avaliações duras, mesquinhez disfarçada de princípios e amplificada pelo tempo, rancores que se enraizaram nos ossos. Uma testemunha pode tornar essas coisas indeléveis e reais de um modo que não seriam, caso não houvesse mais ninguém por perto. Não, é melhor não ouvir alguém falar com o seu amigo adulto do modo que Ambrose Van Wyck falou com seu filho. A humilhação respinga em toda parte. Vai respingar em você e aquilo vai se tornar um problema seu também, a ressurreição de suas próprias tristezas de infância. Em dois minutos, Freddie voltou a ter cinco anos de idade, voltou à rua 129, acovardado debaixo da mesa da cozinha enquanto o pai, com um talento para o sadismo, enumerava as falhas da mãe.

Uma referência específica impeliu Linus a atacar, colocando um ponto final na ladainha de Ambrose Van Wyck:

— É como aquela vez no Heart's Meadow tudo de novo.

— O copo de leite caiu no carpete. Não seria acurado dizer que os dois homens brigaram ou lutaram. — Os dois seguraram um os braços do outro e chacoalharam. — Linus se conteve para não machucar o velho, e o velho apesar de sua fúria estava velho demais para usar muita energia no conflito. Foi como uma batalha com restrições, um tremor mútuo. Freddie passou devagarinho por eles e foi para o corredor. Num ímpeto meio vacilante, Linus superou sua reticência, empurrou e o velho tombou numa grande poltrona de couro vermelha, ofegante.

Às 21h41, Linus e Freddie desceram correndo as escadas do fundo.

Em nenhum momento Ambrose Van Wyck reconheceu a presença de Freddie.

Os tumultos ainda não haviam começado, mas a noite estava repleta de sirenes. Uma briga numa plataforma de metrô, meninos barbarizando um café: o prefácio da agitação da noite seguinte. No plano original, a família de Linus só ficaria sabendo do roubo no dia seguinte, ou mais tarde. Eles não iam ligar o furto imediatamente ao malandro do filho, pelo menos era o que os dois imaginavam. Agora a vantagem deles tinha desaparecido.

Eles pegaram algumas roupas no apartamento da rua 99.

— Pra onde? — perguntou Linus.

O Eagleton foi o primeiro lugar que veio à cabeça de Freddie. Miami Joe tinha pedido que ele fosse pegar uma arma de um morador uma vez, para um trabalho. Ele não disse para Freddie o que era, mas o peso dentro do saco de papel dizia algo. Freddie tremeu durante todo o caminho na descida das escadas — e depois na rua. O Imperial era logo ali.

— A gente batia ponto ali todo dia — disse Freddie.

— Os ratos — disse Carney.

— Adorando aquela pipoca.

A associação com o antigo cinema manteve o cortiço na cabeça de Freddie. Era um lugar natural para se esconder. Freddie ficou com a cama. Linus dormia no chão, com a pasta e o roupão embrulhado servindo de travesseiro. Quando Freddie acordou na manhã seguinte, Linus tinha desaparecido, com a pasta. Será que ele tinha ido arranjar droga? Voltou ao apartamento da família para pedir perdão? Fosse como fosse, Freddie estava animado demais para ficar no quarto. *A inconquistável Molly Brown* foi o primeiro anúncio que ele viu na seção de cinemas no caminho para o centro. Além do mais, o filme era com a Debbie Reynolds. Freddie já tinha contado o resto para Carney — sábado à noite, a primeira noite do motim.

De volta ao Eagleton, Linus estava dormindo, apoiado na parede, sentado na pasta para acordar caso alguém tentasse pegá-la. Antes do roubo, Linus falara dos colares de diamante da avó, dos braceletes incrustados de pedras preciosas, uma caixa cheia de moedas de ouro, uma variedade de tesouros de pirata que tinha passado pelo cofre. O único item notável que eles levaram foi o colar de esmeraldas, e pensando que havia policiais, malucos e protestos, era impossível desovar aquilo. A esmeralda era grande demais para os receptadores que Freddie conhecia, Abe Evans e o Árabe.

— Eu não ia te meter nessa, não se preocupe.

Eles precisavam ficar abaixo do radar até a poeira baixar. E na 171 ou mais ao norte parecia seguro — nada de crioulos amotinados com forcados, nada de policiais e nada dos "homens do meu pai", que Linus nunca tinha mencionado antes. Detetives particulares? Ex-soldados?

— Esses caras trabalham pra ele, garantem que as coisas aconteçam.

Depois de uma breve busca, Freddie e Linus encontraram um bar irlandês na 176 que atendia clientes fora da legalidade, e uma lanchonete grega com um rango decente e jukeboxes com toca-discos quebrados. Eles faziam incursões.

Na segunda pela manhã, Freddie teve um pressentimento e ligou para Janice, a vizinha deles na 99. Ela ficou aliviada de falar com ele — o apartamento de Linus tinha sido invadido e assaltado. O metrô rugia no telefone enquanto passava em frente ao apartamento de Janice, como música de suspense — violinos enlouquecidos — em um filme de ação. O zelador havia chamado os policiais depois de descobrir que a porta da frente deles estava pendurada só por uma dobradiça. Freddie disse para ela que eles estavam atrasados com as prestações da Enciclopédia Britânica, e os caras não estavam pra brincadeira.

O casco do submarino falhou debaixo das toneladas de pressão. A água do mar jorrava das juntas, os instrumentos de medição de profundidade rachavam e morriam, a nave toda iluminada por uma débil luz vermelha: afundando. O arrombamento apavorou Linus, que ainda ofegava do roubo e da briga com o pai. Eles precisavam de um lugar seguro para guardar a pasta, ele disse, e já tinha escolhido onde: a loja de Carney.

— De jeito nenhum, Eu não ia envolver você, mas ele disse que era a melhor estratégia. — Freddie sorriu relutante. — Ele gostava de você. Sempre que eu reclamava de alguma merda que você me disse, ou de alguma briga que a gente teve antigamente, ele dizia que você só estava cuidando de mim. E que ele queria ter alguém assim.

Freddie engasgou com o choro e foi para o banheiro. Carney conferiu o showroom novamente. Ninguém vira Freddie entrar na loja. Ou então tinham visto, chamado reforços, e estavam esperando para arrombar ou para pegá-lo quando ele saísse.

Freddie voltou. Entregar a pasta para Carney melhorou o ânimo deles. Mesmo tendo Washington Heights como limite, a noite de sábado lembrou os velhos tempos, como quando Linus foi tirar Freddie do Sepulcro. Eles chegavam nos lugares quando a coisa estava decolando e saíam antes de tudo morrer, e achavam hedonistas e beberrões iguais a eles em cada parada.

— Não era noite de lua cheia, mas era como se a gente fosse a lua cheia, fazendo todo mundo agir de um jeito meio doido.

— A primeira grande noite depois dos protestos — disse Carney. — O pessoal estava louco pra cair na farra.

— Você tem que estragar até isso?

Freddie foi até a lanchonete grega tomar café da manhã no domingo de manhã e se permitiu sentar e ler o jornal como um cidadão normal.

— Me iludindo. — Ficou longe tempo suficiente para Linus ter uma overdose. — Como eu disse, ele estava dando um tempo enquanto a gente planejava tudo, mas quando a gente voltou para o norte da cidade ele começou a usar de novo com vontade. — Freddie estava enchendo a cara, portanto não achou que tinha direito de dizer alguma coisa.

— Você acha que foi acidente?

— Vá se foder.

— Eu não quis dizer que foi de propósito — disse Carney —, mas que foi outra pessoa que esteve no quarto enquanto você estava fora. — Ele contou sobre a invasão ao apartamento da Tia Millie, e sobre os detetives da Homicídios que tinham aparecido na loja, recebendo ordens de cima. — Você incomodou alguém lá em cima.

— Ninguém faria isso com o Linus.

Eles pensaram no que tudo aquilo queria dizer.

— Eu não sei o que fazer — disse Freddie.

— Você tem que ir embora. Eu vou pegar dinheiro.

Freddie fez um gesto na direção do cofre.

— Vou levar aquilo. — A esmeralda.

— Pode deixar — disse Carney.

Ele precisava de ajuda, no entanto. Ele precisava do Malagueta.

SEIS

Malagueta dobrou o jornal quando Carney apareceu na porta do Donegal's. Ele fez um sinal com a cabeça para o barman, que foi lentamente para a outra extremidade do balcão, perto da rua. O barman usava uma regata amarelada, que expunha seus braços imensos e a tatuagem obscena de Betty Boop começando em um bíceps e terminando no outro. Com legendas de ANTES e DEPOIS abaixo dos cotovelos.

Carney fez um sinal na direção do banco. Malagueta deu permissão. Ele não tinha mudado o uniforme; o macacão desbotado podia ser o mesmo que ele vestia da primeira vez que os dois se viram, depois do assalto ao Theresa, uma mancha escura do sangue de Miami Joe na bainha.

— Buford achou que você fosse oficial de Justiça — disse Malagueta. — A política aqui é que gente do Judiciário apanha com o bastão que ele deixa ali embaixo, pra essas situações.

— Você está igualzinho — disse Carney.

— Mais algum trabalho que você quer que eu faça pra polícia?

— Não foi assim que eu vi.

— Não tem outro jeito de ver.

Carney estava prestes a dizer que ele fez um serviço para a comunidade ao arrancar uma erva daninha como Wilfred Duke, mas três anos depois ele tinha feito as pazes com o fato de que aquilo foi uma vingança.

— Eu não pensei direito em como você se encaixava na história, é verdade.

Malagueta estalou o pescoço.

— Tenho que admitir que foi bom ver aqueles crioulos do andar de cima se lascarem. Aquele cara fugiu mesmo com o dinheiro de todos eles?

— Dizem que está em Barbados. Tem família lá.

— Esses crioulos de Barbados te dão um nó rapidinho — disse Malagueta.

Do lado de fora, Carney sentiu uma pontada ao ver o neon verde do Donegal's. Agora que estava lá dentro, tinha certeza de que havia entrado lá muitos anos antes. O sorriso grotesco, sem corpo, flutuando na placa de BOA CERVEJA COM BONS AMIGOS. O pote empoeirado de ovos cozidos que continha os mesmos ovos cozidos havia décadas. Malagueta fora parceiro do pai dele, então fazia sentido. Carney tinha uma ideia do Donegal's de ouvir Malagueta falar, quando na verdade já havia visto o lugar. Ele imaginava pistolas em ternos baratos, carrancudos especialistas em causar traumatismos, mas a clientela da tarde de quarta parecia os velhotes ranzinzas que jogavam xadrez nos parques, trocando peões e queixas. Embora no Donegal's eles bebessem em canecas, e não em garrafinhas.

Carney era criança — será que o pai o deixava ali enquanto conduzia seus negócios? *Dá uma olhada no meu menino enquanto eu quebro as pernas daquele cara?* Empoleirado num banco, a cabeça mal ultrapassando o verniz enevoado do balcão. Muito novo, se o pai não o deixou sozinho no apartamento. Onde estava a mãe dele? Todo mundo que podia esclarecer isso estava morto.

— Você vinha aqui com o meu pai — disse Carney.

— Muito. Foi aqui que... — Malagueta interrompeu a anedota. Os sorrisos dele eram raros e ele extinguiu esse com precisão. — O barman naquela época era um malandro como nós. Então se a gente terminasse um trabalho tarde da noite ele abria pra gente comemorar. O sol nascendo naquelas janelas lá. Os caminhões com os jornais trovejando. O Ishmael era assim, antes de ser assassinado. Ele morreu faz o quê, uns dez anos? — O semblante dele ficou sério. — O que você quer? Tentando me vender um sofá?

Carney não cometeu o mesmo erro da outra vez. Agora, contou tudo a Malagueta, desde a amizade entre Freddie e Linus e a família rica até o roubo interrompido e tudo que aconteceu depois. Ele já sabia sobre o Hotel Theresa, a Operação Duke — ninguém sabia tanto sobre a outra vida de Carney. Não havia motivo para não abrir o jogo.

Carney terminou. Malagueta coçou o pescoço, olhou para o teto pensativo. Ele disse:

— Igual à via expressa.

— Tem muita gente que acha que é *Wick*.

Malagueta deu de ombros. Um tiroteio começou no filme da tarde, um filme com Lee Marvin, e todo mundo no bar parou para dar uma olhada na tevê. Para descobrir dicas? Para criticar? O carro de fuga saiu em alta velocidade e os fregueses do Donegal's voltaram a seus negócios.

— Usar os motins — disse Malagueta. — Se eu tivesse algo planejado, ia ter feito o mesmo. Todo mundo correndo igual galinha com a cabeça cortada, dá pra fazer um plano funcionar.

— As pessoas não estavam enlouquecidas à toa. Elas tinham uma boa razão — disse Carney.

— Desde quando as pessoas se importam com motivo? Vão colocar aquele policial na cadeia?

O barman tirou os olhos do jornal das corridas de cavalo.

— Prender um policial branco por matar um menino preto? Você acredita na porra da fada dos dentes?

— O Buford sabe das coisas — disse Malagueta.

— Os jornais falando em "saque" — continuou Buford. — Deviam perguntar pros indígenas sobre saque. Esse país inteiro foi fundado pegando as coisas dos outros.

— Como eles encheram os museus deles? Tutancâmon.

— Não é? Acho ótimo que eles tenham se revoltado — disse Buford. — O que estou dizendo é que uma semana depois parece que nunca aconteceu nada. — Ele foi para a outra ponta do balcão de novo e reacendeu o charuto.

Como se nunca tivesse acontecido? Para Carney aquilo pareceu puro cinismo. Por exemplo, depois do motim de 1943, as calças que o pai dele saqueou da Nelson's duraram dois anos antes de o joelho rasgar. Isso era alguma coisa.

Eles viam as coisas de um jeito diferente, ele e Malagueta. Mas Carney fora ao Donegal's — arriscando levar uma porrada no olho — porque o sujeito tinha um outro modo de ver como o mundo funcionava. Que era o que Carney precisava no momento. Cinco anos depois do Theresa, outro colar juntou os dois, um colar que faria o de Lucinda Cole parecer ter saído de uma máquina de chicletes.

— Eu queria te contratar como segurança — disse Carney. — Caso alguém venha bater na porta.

— Parece que tem chance mesmo, de um lado ou de outro — disse Malagueta. — Olha, você não quer meu conselho. Você não é de ouvir conselhos e eu não dou a mínima. Mas deixa esse cara pra lá. Ele é um fracassado. Tarde demais.

— Não é tarde demais. Ele está indo embora.

— O problema vai achar ele de novo. O seu pai ia dizer: foda-se o cara. Mesmo que fosse da família. Mesmo que fosse você.

— É por isso mesmo — disse Carney.

Malagueta fez uma careta e com um gesto pediu mais uma cerveja.

— O que você vai fazer com o butim? O negócio no cofre... pra quem você vai repassar?

— Eu tenho um cara que pode lidar com isso.

— Lidar com um troço grande desse. — Malagueta tomou um gole de sua Rheingold. — Se trabalha com coisa desse tamanho, tem como se proteger. E se ele achar que pra estar protegido devia pendurar uns crioulos no sol pra secar?

— Eu confio nele.

— Não tem nada confiável nessa cidade.

Ele achou que as perguntas significavam que Malagueta tinha topado. Malagueta não fez nada para contestar.

Carney mencionou um valor. Malagueta disse que tinha em mente algo da loja.

— O que você precisar. Qual é a situação da sua casa hoje?

— Situação?

— Em termos de móveis, mesa para cozinha? Você tem um lugar à parte para as refeições? — Carney sabia que não devia perguntar: *Você recebe visitas com frequência?*

— Eu lá tenho cara de alguém que quer os outros sabendo como é a minha casa?

— Um sofá, então.

— Daquele que vai pra trás quando você põe os pés pra cima, com uma alavanca.

— Reclinável.

— Isso, reclinável.

Eles fecharam um acordo para Malagueta cuidar da segurança e de serviços pesados em geral.

Carney deixou dinheiro no balcão para pagar a cerveja de Malagueta e se levantou para ir embora.

Malagueta disse:

— Ele falava que você ia ser médico, que era superesperto, mas que era esperto também para saber que se ganha mais dinheiro no crime.

— Quem ia querer ser médico? — retrucou Carney.

A sombra fora do apartamento deles, descendo a colina a partir do Túmulo de Grant, oferecia um abrigo fresco contra o calor do dia. O trânsito estava leve na Riverside. Quando Carney tentava relaxar em sua sala de estar depois de um longo dia na loja, em geral os gritos dos meninos no parque lá embaixo eram motivo de irritação, mas hoje eram um símbolo da normalidade. Gângsteres o obrigando a entrar em sedãs, policiais brancos interrompendo reuniões, motins e barões imobiliários e sabe-se lá mais o quê — era bom fingir que o mundo dele se lembrava da velha e estável órbita.

Então Malagueta disse:

— Cheguei. — E o planeta de Carney oscilava de novo.

Carney entregou a Malagueta as chaves da loja de móveis, como tinham combinado. Desde o encontro no Donegal's naquele dia, a imagem de Malagueta sentado na mesa dele de vigia tinha feito Carney sorrir. *Você vai pegar a otomana que faz parte do conjunto e vai gostar pacas.*

— O seu cara está escondido em algum lugar? — perguntou Malagueta.

— No Brooklyn — disse Carney. O novo esconderijo de Freddie era um buraco perto de Nostrand.

— Não quero ele por aqui.

Carney também não queria. Será que Freddie ia saber apreciar o esforço quando Carney o pusesse num trem, ou ônibus, com todo aquele dinheiro para sair da cidade? Antes de o ônibus partir da Autoridade Portuária — talvez a garagem da Newark Greyhound fosse melhor — e de Freddie desaparecer rumo a Oeste, será que ele agradeceria como devia, ou ia ver aquilo como algo que lhe era devido?

Os malditos esquilos do parque tinham sido uns atrevidos o verão inteiro — essa era uma outra história — e Carney imaginou que era aquele o motivo da pressão na sua perna, um esquilo.

— Pai! — disse John, abraçando as coxas dele. Pela terra nas roupas e o joelho ralado de John, parecia que Elizabeth levara os dois a uma excursão no parquinho.

Carney apresentou Malagueta como amigo de seu pai — um equívoco, já que Elizabeth o convidou para jantar. Ela insistiu quando Carney inventou uma desculpa. Ela ficava decepcionada quando os restos do assado da noite anterior (normalmente secos, de acordo com as estatísticas) não eram comidos pela família e ficou feliz por ter ajuda para dar conta.

Malagueta não resistiu como Carney esperava — um vestígio de polidez ou curiosidade — e ficou resolvido. Ele apertou formalmente as mãos de May e John, como se fossem gerentes de banco avaliando seu pedido para abrir uma conta.

O cheiro da carne assada tomou conta do corredor fora do elevador.

— Puta merda — disse Malagueta, cheio de prazer, e não se desculpou por falar palavrão na frente de crianças pequenas porque isso não lhe passou pela cabeça. Ele não falou enquanto Carney mostrava o apartamento, até que chegaram à sala de estar e ele deu seu veredito: — Uma bela casa.

Ele registrou as dimensões dos cômodos e conferiu os ângulos das janelas como se avaliando as possibilidades defensivas e ofensivas de um esconderijo. Elizabeth foi tirar o assado do forno.

As crianças, como tantas vezes faziam antes do jantar, estavam de preguiça no tapete com seus gibis e brinquedos, de vez em quando compartilhando com os adultos um *non sequitur* urgente. Carney normalmente se recostava em seu lugar do sofá Argent, mas não quis parecer casual demais na frente do convidado, que podia julgar suas indulgências de classe média. Malagueta esperou um pouco antes de enfim sentar numa poltrona. Ele cruzou os braços.

Durante a maior parte do tempo, os homens ficaram sentados em silêncio. A certa altura, John trouxe seu programa-souvenir para exibir e Malagueta disse:

— Feira Mundial... o que esses branquelos vão inventar depois?

Elizabeth disse para May pegar os guardanapos bons e eles se sentaram para comer. Ela fez o assado com batatas e cenouras e também preparou um pão de milho. Elizabeth aprovou com um gesto de cabeça quando Malagueta se serviu com uma bela porção. Carney colocou duas latas de Schlitz na mesa.

— Como você conheceu o pai do Raymond? — perguntou Elizabeth.

— Ele conheceu o vovô? — May quis saber. Tendo conhecido um dos avós, ela estava curiosa quanto ao outro.

— Do trabalho — respondeu Malagueta.

— Ah — disse Elizabeth.

— Não é isso — retrucou Carney, antes que os joelhos quebrados ficassem vívidos demais. — Lembra que eu falei que meu pai trabalhava às vezes na Oficina Milagre?

— A oficina — disse Elizabeth.

— Eu não ia trabalhar com o Pat Baker — assegurou Malagueta. — Mais sacana que pastor de cidade pequena.

Elizabeth encarou Carney com os olhos apertados, mas deixou para lá.

— Que tipo de trabalho você faz hoje?

Malagueta olhou para Carney. Não em busca de uma dica de como responder, mas para comunicar que seu preço tinha subido. Pode ser que Carney tivesse que dar uma mesa de centro a mais, para ele poder colocar uma cerveja ou uma tigela com uvas em cima.

— Faço uns bicos.

— Me passa as batatas? — disse Carney. — Bem como eu gosto.

Apesar do começo lento, Elizabeth tirou mais informação de Malagueta do que Carney jamais conseguiu. Onde ele morava (Convent), onde cresceu (Hillside Avenue, em Newark), se tinha alguma mulher que ele gostava de levar para sair (não desde que ele foi esfaqueado na barriga, pensaram que era outra pessoa, longa história). John mudou de lugar para sentar no colo de May e perguntou a cor favorita do convidado.

Ele disse:

— Gosto daquele verde brilhante dos parques daqui na primavera.

Para Elizabeth, ele era mais um personagem excêntrico do Harlem de Carney, um lugar não inteiramente congruente com a versão do Striver's Row. Malagueta era um dos estranhos forasteiros com quem ela tinha se deparado, mas ela tendia a gostar mais desse tipo.

Elizabeth colocou os cotovelos em cima da mesa e entrelaçou os dedos.

— Como o Raymond era? Quando era pequeno.

— Basicamente o mesmo. Só que menor.

— Sempre que o Malagueta ia lá em casa — disse Carney —, ele me levava alguma coisa... um bichinho de pelúcia, um vagão de madeira. Era muito fofo.

John riu disso, percebendo o absurdo, depois os outros também. A boca de Malagueta, em geral virada para baixo, fez uma linha reta contraída, a versão dele para diversão.

Elizabeth disse que os telefones do escritório tinham voltado a tocar. Os negócios com clientes de fora da cidade continuavam como antes, mas as chamadas de Nova York caíram a zero na semana dos protestos.

— Ninguém quer sair de férias quando a casa do vizinho está pegando fogo.

Carney disse a Malagueta que Elizabeth trabalhava na Viagens Black Star, e teve que explicar do que se tratava, já que Malagueta "não era muito de viajar".

Por um lado, era o que se comentava no dia a dia, o que as pessoas compartilhavam umas com as outras no bairro em nome da sobrevivência mútua. *Aquele policial chamado Rooker que fica na Sexta Avenida está lá pra pegar negros. Não apareça na quadra dos italianos depois das sete. Eles pegam a sua casa por causa de uma prestação atrasada.* Mas a Black Star e outras agências de viagens, os vários guias de viagem negros, pegavam essas informações locais cruciais e deixavam acessíveis para o país inteiro, para todo mundo que precisava. Na parede do escritório de Elizabeth havia um mapa dos Estados Unidos e do Caribe com alfinetes e riscos vermelhos para indicar as cidades, os vilarejos e as rotas que a Black Star promovia. Fique nesse caminho e você estará em segurança, comerá em paz, dormirá em paz, respirará em paz; saia dele e é melhor tomar cuidado. Se trabalharmos juntos podemos subverter a ordem vil deles. Era um mapa da nação negra dentro do mundo branco, parte do todo, mas algo em si mesmo, independente, com sua própria constituição. Se não nos ajudarmos, estaremos perdidos lá fora.

Foi assim que Carney explicou as coisas para si mesmo, enquanto a esposa dava a Malagueta seu discurso padrão para clientes. Malagueta escutou a conversa de Elizabeth pacientemente. Ele mastigou, saboreando, espremido entre John e May como um tio excêntrico. Ele era um parente, esse tipo suspeito, parte do clã do pai dele. Carney ergueu sua Schlitz e fez um brinde à cozinheira. Era noite de quarta, jantar em família, os dois lados dele à mesa, o honesto e o desonesto, partilhando o pão.

SETE

Ela deu um susto ao agarrar o braço dele — a Sandra do Chock Full O'Nuts. Carney estava indo para o metrô, rumo ao sul para ir à loja de Moskowitz. A esmeralda na bolsa de couro fazia com que suspeitasse que todo mundo tinha visão de raio-X. De olho para ver se não havia um pistoleiro ou um sujeito com queixo de ferro e barba por fazer, ele não percebeu a garçonete se aproximar.

Fora do café, Sandra continuava a mesma tagarela animada. Perguntou da família e ele mostrou fotos que fez ao longo dos anos, cortesia de sua Polaroid Pathfinder. Sandra disse que tinha passado por "todo aquele drama da semana passada sem problemas". Algum caipira arremessou um tijolo na vitrine do restaurante da Sétima Avenida e por isso cobriram as janelas com tábuas até os protestos diminuírem. Agora estavam trabalhando normalmente.

— As pessoas precisam do café — disse ela.

Carney pediu desculpas por andar muito ocupado para aparecer. Ela tocou o braço dele de novo e disse que o restaurante não ia fugir dali.

Minutos depois ele estava no metrô, assobiando a canção-tema da loja: *Nem um milionário consegue comprar um café melhor*... O que o dinheiro de um milionário pode comprar: todo o resto. Policiais e a prefeitura e brutamontes sem rosto para fazer o que você mandar. Carney lembrou o medo nos dias seguintes ao assalto do Theresa, o medo de que o assassino de Arthur viesse atrás dele, da família. Agora Freddie e Linus libertaram problemas de outra magnitude, despertaram a fúria de gente rica tão má quanto os gângsteres, mas que não precisava se esconder. Eles faziam as coisas abertamente, registravam seus malfeitos em cartório ou mandavam gravar em placas de bronze nas fachadas de edifícios.

Claro, quando isso tivesse acabado ele ia voltar ao Chock Full O'Nuts para uma bela xícara de café, mas primeiro precisava resolver aquela história. Malagueta aceitou o trabalho, e portanto Carney foi poupado da difícil tarefa de falar com seus clientes de recepção para ver se conheciam alguém. Em geral, não ficava impressionado com os valentões do Harlem. Independentemente de o assunto ser construção, poesia ou sapatos femininos, era difícil encontrar os Walt Whitmans, os Malaguetas de um determinado campo. Não era diferente no caso do negócio de violência-e-caos; a maioria dos profissionais era mediana ou abaixo da média. Carney estava agradecido por ter sido perdoado por Malagueta, ainda que suspeitasse que isso se devesse apenas a uma antiga obrigação com seu pai, a velha história do juramento de sangue.

Depois da conversa inicial sobre o trabalho, Malagueta não tentou mais fazer Carney desistir de ajudar Freddie. Carney já tinha dúvidas suficientes sem ser encorajado por terceiros. Além do fiasco com a Bella Fontaine e com o sr. Gibbs, Freddie trouxe o perigo para perto de novo. Quando os dois eram crianças, quando ele atraía a fúria dos pais e os dois ficavam no quarto esperando as cintadas, Freddie dizia um lastimável "Eu não queria te criar problema". Nunca passava pela cabeça dele que as coisas iam dar errado, que a estripulia ia acabar mal e que haveria consequências. Sempre havia consequências.

Carney já não precisava mais fazer isso. Freddie era adulto. Que nome ele devia escolher para o trabalho: Operação Freddie, Operação Van Wyck? Podia ser a Operação Carney, porque queria provar que conseguiria colocar em movimento uma rocha daquele tamanho, ferrar com aqueles cretinos ricos de novo. Dessa vez não era um rádio quebrado que algum drogado sem eira nem beira pegou do apartamento de uma viúva. Aquele colar era mítico, parte de uma lenda.

Carney conseguiu um assento no trem. Pegou o panfleto e abriu — ele o encontrara na carteira quando foi comprar passagens. Na semana anterior, em meio aos protestos, aquela moça, uma universitária, parou Carney quando ele estava inspecionando a 125. Era segunda de manhã e Carney pela primeira vez estava realmente dando uma olhada na carnificina do fim de semana. Tendo em vista o clima de inquietação nas ruas, a alegria e a determinação da moça eram uma declaração de princípios. Ela agarrou o pulso de Carney e colocou um panfleto nas mãos dele:

INSTRUÇÕES:
    QUALQUER GARRAFA VAZIA
        ENCHA DE GASOLINA
            USE UM TRAPO COMO PAVIO
                ACENDA O TRAPO

                                JOGUE
                                  E
                        VEJA ELES CORREREM!

Quando tirou os olhos do folheto, ela desaparecera. Quem ia imprimir uma coisa dessas? Era perigoso, fruto de uma cabeça insana. No escritório, ele dobrou de novo o panfleto e guardou. Não sabia bem o porquê.

A mulher branca ao lado de Carney no metrô leu o texto por cima do ombro dele. Ela franziu a testa. Eis por que você não deveria ler por cima do ombro dos outros. Ele guardou de novo o papel na carteira. Não fazia mal guardar aquilo. Como um talismã ou um hino ao ilícito mantido por perto para referência.

De volta ao caso: Freddie estava escondido no Brooklyn, Malagueta cuidava da loja para caso alguém aparecesse. A seguir vinha Moskowitz. Será que o homem tinha dinheiro suficiente naquele cofre Hermann Bros. ou Carney ia precisar esperar uns dias? Ele foi críptico no telefone; isso, somado à visita pouco usual à tarde, ia alertar o joalheiro sobre a seriedade do caso.

Na região central não havia indícios de que Nova York fora sitiada uma semana antes. A cidade negra e a cidade branca: sobrepostas, uma ignorando a outra, separadas e conectadas por pistas.

A loja de Moskowitz estava movimentada — Carney passou por quatro clientes ao subir a escada. Ari, o sobrinho que se sentava ao lado de Carney durante as aulas, fez olá com a cabeça e pediu licença para o jovem casal que olhava os colares de diamantes. Havia outro homem perto do mostruário da Ventura comprando algo para a amante. Uma das aulas de Moskowitz que mais prendeu a atenção dos alunos foi quando ele dissecou as diferenças de postura quando um cliente estava comprando algo para a esposa ou quando estava comprando para a amante, e o que fazer para adaptar o discurso de vendas. Ari bateu na porta do escritório e meteu a cabeça lá dentro, depois fez um gesto para Carney.

Moskowitz estava perto da janela, olhando o movimento alucinado da rua 47. Dois ventiladores estavam voltados para sua cadeira executiva, virando de um lado para o outro e empurrando o ar quente. O joalheiro fechou as persianas e cumprimentou Carney com a usual circunspecção.

— É bastante dessa vez — disse Carney.

— Percebi — afirmou Moskowitz. — Seus parceiros do Harlem estão ficando ambiciosos?

Carney não gostou do tom. Abriu a bolsa e colocou o colar dos Van Wyck no mata-borrão da mesa de Moskowitz, ao lado do cinzeiro transbordando.

O joalheiro recuou.

— Tire isso daqui — disse Moskowitz.

— O quê?

— Eu tinha que ver, mas não quero olhar. Você sabe o motivo.

Carney colocou o colar de novo na bolsa de couro.

— Isso é radioativo — disse Moskowitz. — Tem gente perguntando. Você deve saber. Eu não teria como passar isso pra frente.

— Alguém te visitou?

— Qualquer um que tenha como passar adiante sabe que não deve encostar nisso. Jogue no rio e não olhe pra trás. Eu diria pra devolver e pedir perdão, mas não acho que isso vá acontecer num futuro próximo.

Dava para dizer que não era uma situação cor-de-rosa.

— É isso? — disse Carney.

— É melhor você não voltar.

Ari deu tchau com um aceno enquanto Carney saía. Este último não reparou.

Lá fora havia esquentado. No meio do fluxo de pessoas na calçada, Carney limpou o pescoço com o lenço. Você podia ter todo tipo de loucura na cabeça e as pessoas passavam do seu lado como se você fosse normal. Moskowitz. Ele tinha sido ameaçado. Será que alguém ligou os dois ou será que foram até ele por saberem que era um peso-pesado?

Na esquina da Sétima, Carney ouviu seu nome. A entonação era a de um funcionário indiferente, atento, mas com uma carga de trabalho grande demais para falar algo além do perfunctório: "Tem um minuto, sr. Carney?"

O sujeito era alto e magro, com traços fortes — Carney pensou em estátuas de museus esculpidas em pedra branca e fria. Hermes, o Deus da Velocidade. Ou era Mercúrio? May levou pra casa um livro da biblioteca sobre deuses romanos. Aquele tipo parecia relaxar em casa com um cálice e uma daquelas coroas de louros na cabeça.

Ele apertou a mão de Carney como se os dois fizessem negócios há anos.

— Meu nome é Bench, Ed Bench. Trabalho para o escritório de advocacia Newman, Shears & Whipple. — Ele entregou seu cartão para Carney. Papel grosso, letras bonitas.

Carney disse que não estava entendendo.

— Eu represento a família Van Wyck. — Ele inclinou a cabeça. — Estou aqui com o sr. Lloyd.

Apresentando o sr. Lloyd, o segurança, o pescoço e a cabeça uma sólida coluna sobre o peito em forma de barril. Carney duvidou que ele tivesse passado no exame de ordem. A mão direita do sujeito estava no bolso do paletó, apontando um revólver para Carney. Ele tinha um sorriso falso, tolo como camuflagem para parecer um turista impressionado com a cidade grande.

— Vamos dar uma volta, Carney — disse Ed Bench.

Carney olhou de novo para o sr. Lloyd, que manteve o ritmo, a arma em ângulo, o mesmo sorriso. O coração dele bateu forte e o ruído da rua — as buzinas e os canos de escape e os xingamentos — duplicaram de volume, como se alguém tivesse mexido no botão do rádio.

— Como vai seu primo, Carney? — perguntou Ed Bench.

— Não tenho visto.

— Improvável. Disseram que vocês são como irmãos. Fazem qualquer coisa um pelo outro. Posso ficar com isso, por favor?

O sr. Lloyd tossiu, para dar ênfase. Carney entregou a pasta.

Ed Bench deu uma olhada rápida para confirmar. Ele disse:

— E o resto?

— É só isso. Se alguém andou dizendo o contrário, está errado.

— Os outros itens. Estou falando dos outros itens.

O semáforo para pedestres na esquina da Quarenta e Cinco com a Sétima estava fechado e obrigou os três a parar. Carney tentou entender o que acontecera. Ele estava sendo seguido desde o Harlem? Eles andavam a tiracolo dele, a meio metro de distância, enquanto ele sonhava com seus lucros? Esse advogado dos Van Wyck — o que lidava com os negócios sujos, ele imaginou — estava mais preocupado com as outras coisas que Linus tirou do cofre da família. Carney ficou tão distraído com a esmeralda que não olhou os papéis direito.

— Não estão comigo.

— Carney — disse Ed Bench.

O sr. Lloyd encostou o cano do revólver nas costas de Carney. Ed Bench fez um gesto e o sr. Lloyd recuou. O advogado levou o trio para a esquina oposta.

— Cem anos atrás — disse ele —, isso era pasto para gado... tudo isso. A região central. Times Square. Então alguém teve uma ideia, e construiu, e comprou mais terras, e construiu. Algumas coisas deram certo. Outras não. Os Van Wyck não construíram aqui na Sétima Avenida. Construíram lá. — Ele apontou para a Sexta Avenida. — Aquele na esquina leste. Se aqui era pasto, lá era uma poça de lama. E veja agora. Não é preciso ser o primeiro. Segundo está bom. Se você percebe o que vai funcionar, segundo lugar é bom.

Carney viu um policial do outro lado da rua, tomando uma Coca-Cola de canudinho com serenidade bovina. Por um momento, cogitou a ideia ridícula de um negro chamar um policial para reclamar que estava sendo ameaçado por dois brancos.

Ed Bench viu que o policial franziu a testa de um jeito que mostrava empatia pela situação difícil de Carney.

— Você é um sujeito esperto, Carney. Um empreendedor. Fico pensando se você reconheceu que o seu atual empreendimento não ia dar certo. — O advogado exibiu os dentes. — Você pensou no que vai acontecer? Com você? Com sua família?

Moskowitz tinha dado a dica para os Van Wyck e traiu Carney. Eles foram à loja, pressionaram o joalheiro e disseram para avisar se o colar aparecesse. Porque a pessoa que tem a esmeralda tem a pasta e o resto dos conteúdos.

Na época em que Buxbaum foi preso, Carney e Moskowitz ficaram preocupados com uma delação. Buxbaum, com ou

sem uma irmã frágil, ficou de boca fechada. Ele continuava em Dannemora, cumprindo pena. Moskowitz, o velho cavalheiro, o professor, foi o traidor no fim das contas.
Foda-se.
Ed Bench disse:
— Ei!
Johnny Dandy, estrelando Blake Headley e Patricia de Hammond, estava em cartaz na Broadway no Divinity Theater desde o fim de semana do Memorial Day. Os críticos falaram mal e mesmo assim. Os diálogos e a ação eram tão cheios de eufemismos, tão opacos em significado e intenção, alternando entre o tédio e o incômodo, que ninguém conseguia decidir qual era o tema da peça, se tinha entendido, e muito menos se tinha gostado. Aquilo era uma tragédia ou uma farsa? Um reflexo tão fiel da existência se mostrou irresistível. A cada noite uma pantomima da vida moderna se desenrolava diante de uma plateia com ingressos esgotados. A carreira de *Dandy* foi abreviada quando Blake Headley teve hérnia de disco; o modo inerte como seu substituto dava as falas acabou com o encanto. A peça jamais foi produzida de novo, exceto por uma tentativa vanguardista em Buenos Aires que acabou no primeiro intervalo (incêndio doloso). O autor da peça se mudou para Los Angeles e fez carreira com faroestes para a tevê. Toda tarde a matinê acabava às 15h42, ejetando centenas de peritos em teatro distraídos na já congestionada 49.

O South Ferry 306, que reivindicava como seu domínio vinte quilômetros da linha IRT entre South Ferry e a esquina da Van Cortlandt com a rua 242, estava programado para chegar à estação da rua Cinquenta às 15h36, mas sofreu um atraso quando um sinaleiro disse ter visto um vulto bamboleando em meio aos trilhos na Herald Square. Uma investigação subsequente determinou que a forma em questão era um guaxinim confuso. Acontecia de vez em quando, uma curva que tirava o animal do caminho. O trem chegou guinchando à rua Cinquenta às 15h45, nove minutos atrasado. A saída da rua 49 era conveniente e popular. Um vagão de metrô coleta espécimes, a estação os liberta do cativeiro. Homens e mulheres saíam dos vagões, colidiam com catracas e subiam escadas para alimentar o fluxo enlouquecedor da Broadway.

Valendo-se dessa confluência, Carney correu. Correu como se Freddie tivesse roubado um gibi do expositor da Mason e o próprio Velho Mason estivesse perseguindo os dois descendo a Lenox com um facão, correu como se ele e o primo tivessem jogado um punhado de bombinhas nas latas de lixo de alumínio em frente ao 134 Oeste da rua 129 e feito chacoalhar a rua inteira. Correu como um garoto convencido de que todo o mundo dos adultos com toda a força de adultos fosse espancá-lo até deixá-lo tonto. Havia gente e carros. Ele dançou e correu e passou sibilando, costurando em meio a vendedores desalinhados e matronas mancando, passando por caipiras e empurrando bruscamente cidadãos sofisticados como se fossem um pedaço de celuloide navegando pelos rolos de um projetor de cinema, um trecho perdido de filme B.

Ele deixou Ed Bench e o sr. Lloyd para trás depois de duas quadras — nada de Deus da Velocidade no fim das contas — e continuou correndo por mais dez, embora não no mesmo ritmo, já que estava fora de forma. Tinham concluído a construção de mais um segmento do Lincoln Center e a entrada sul da parada da rua 66 estava aberta de novo.

O colar estava perdido, simples assim. Sim, você pode ter todo tipo de loucura na cabeça e as pessoas ficam sentadas do seu lado no metrô como se você fosse normal. Ele se sentiu seguro no trem, durante todo o trajeto rumo ao norte, até chegar à loja e ver Malagueta.

Malagueta andava mudado. Provavelmente algo a ver com a facada na barriga que levou na Operação Benton. O trabalho começara bem. Um assalto rotineiro, um trailer cheio de casacos, uma noite de domingo. Foi Dootsie Bell quem colocou Malagueta na história. Em outros tempos, Dootsie Bell tinha sido um ás dos roubos. Rápido, com uma voz de bicho-papão que dava medo nos otários. Depois ele se meteu com a agulha e a única cura que encontrou foi a Bíblia. Claro, um pouco de Jesus faz bem pra algumas pessoas, mas você não quer *Faça aos Outros* no banco do passageiro durante um assalto. Dootsie garantiu que o motorista estava bem amarrado. A lâmina entrou fundo.

Uma semana no hospital naquela enfermaria estúpida. Idiotas circulando o tempo todo. Um dia depois de ele voltar ao apartamento na rua 144, o aquecedor pifou. O dono do apartamento deu desculpas por semanas até Malagueta explicar o que ia acontecer se ele não resolvesse. Semanas difíceis, daquelas que te fazem perceber que organizou a sua vida para ninguém saber nada sobre você, e que isso significa que ninguém tem nada para você: uma ajuda, uma frase gentil. Ele teve bastante tempo para pensar sobre isso e decidiu que não mudaria nada do que tinha vivido até então, mas que nada impedia um homem de querer fazer mudanças para seu futuro.

A barriga incomodava mais do que admitia. Ele não conseguia trabalhar. O primeiro trabalho que lhe ofereceram foi o roubo de uma folha de pagamento, uma fábrica de vidros em New Brunswick. Trabalhar com Cal James — a namorada do primo dele trabalhava lá e sabia do funcionamento interno. Meia hora depois de começar o reconhecimento dos padrões de segurança, a barriga começou a se retorcer e ele desmaiou no carro. De algum jeito, voltou para a cidade e precisou passar uma semana na cama. Desculpa, Cal. Ele não aceitou nenhum convite depois disso. Uma voz ficava dizendo: *Tem certeza de que você quer fazer isso?* A voz do bom senso que salvou a pele dele tantas vezes. Estava fora do controle dele.

Ele passava boa parte do tempo no Donegal's. Antes entrava e havia gente que ele gostava lá, ou pelo menos gente com quem trabalhara — tinham algo em comum. Agora, não sabia onde todos estavam. Cadeia, túmulo, claro, mas fora isso. Não existia plano de previdência para arrombadores de cofres aposentados, para assaltantes e gente do tráfico. Olhando em volta no Donegal's, ele percebia que todos no bar eram bandidos com a validade vencida — velhos demais para continuar no jogo, miolos moles depois de dez anos naquele lugar ou tão azarados que ninguém aceitava trabalhar com eles. Aqueles caras, e ele também. E foi o motivo de ter ficado feliz naquela tarde quando Carney apareceu. Às vezes Big Mike ficava à espreita no rosto do filho, nos olhos e no jeito de franzir a testa, e Malagueta recuperava seu amigo.

Eles estavam no Donegal's uma noite, ele e o Big Mike, e Malagueta começou a falar o que pensava sobre a natureza do universo.

Big Mike disse:

— Sabe qual é seu problema?

Malagueta disse:

— Não, por favor me diga.

Big Mike disse:

— Você não gosta de ninguém.

Malagueta disse:

— Eu gosto de muita gente, só não gosto das pessoas.

Ele gostava do Big Mike. Qualquer semelhança entre pai e filho se dissipava rapidinho quando o vendedor de móveis abria a boca, mas era bom ter aquele vislumbre. Ainda que breve. Malagueta ia trabalhar com ele, caso Carney não aceitasse o conselho de deixar o primo para lá. A convalescença de Malagueta confirmou o vazio de sua vida. Uma poltrona cairia bem.

Ele estava trabalhando desde que chegou à 125. Malagueta levantou a porta de enrolar da loja e mexeu nas chaves que tinha à mão, procurando a que abria a porta da frente.

Atrás dele, uma voz débil perguntou:

— Por que esse cara fica com a loja fechada o dia todo?

Não era um freguês. Os óculos de sol e o jeito descolado batiam com a descrição que Carney fez do Chet Veterinário, um dos capangas de Chink Montague. Malagueta ignorou o sujeito e destrancou a porta da frente.

— Está fingindo que não me viu? Estou falando com você.

Malagueta encarou o sujeito, com a resignação de alguém que descobre que a privada continua entupida depois que o encanador foi embora.

— Quem é você? — disse Chet Veterinário.

— O vigia noturno.

— Estou procurando o patrão.

— Estou aqui.

Chet Veterinário semicerrou os olhos para ver na escuridão da loja. Ele avaliou Malagueta. A atitude do homem era intrigante.

— Eu vou voltar.

— A loja não vai fugir.

Chet Veterinário foi embora. Ele olhou duas vezes para trás, e por duas vezes desviou rápido do olhar de Malagueta.

O trabalho de vigia começava com um x-egg e um milk-shake do Lionel's na Broadway. A noite de quarta foi tranquila, permitindo que ele contemplasse os méritos relativos do sofá reclinável da Argent e o suave mecanismo hidráulico anunciado na propaganda. Um belo móvel no geral, ele decidiu, embora preferisse um estofado com um pouco mais de textura.

O Argent foi uma mordida na maçã proibida. No dia seguinte, Malagueta aproveitou o trabalho de vigia para ler um pouco do material promocional da loja. Ter uma noção do que havia no mercado, em termos de reclináveis. O posto de vigia dele era o escritório de Carney, com as luzes apagadas. Ele mantinha as persianas ligeiramente abertas, o que lhe permitia ver o showroom e a rua, mas não permitia que alguém lhe visse do outro lado. Ele segurou os catálogos bem perto do rosto no escuro. Rodas com travas, à prova de manchas, mecanismos com alavancas. Havia um novo modelo ultramoderno com uma mesinha dobrável embutida que abria no colo, para comer vendo tevê, que ele imaginou que podia ser útil se um dia comprasse uma tevê.

Fazia três anos que deixara de usar o lugar como secretária eletrônica? Os móveis pareciam diferentes — mudando com os gostos populares —, mas Carney manteve o lugar de pé. Ele fez um bom trabalho. O pai ficaria orgulhoso, mesmo sendo um trabalho honesto. Ele era como o pai em um sentido, e diferente em outro. E foi por isso que Malagueta não guardou rancor pela história com Duke, o traficante e a polícia. Big Mike nunca conseguia resistir a uma boa vingança, e passou isso adiante.

Ele se esticou. Tinha algo no bolso de trás do macacão. Um dos panfletos que os ativistas distribuíram na semana anterior na 125:

RELAXA MEU BEM
O RECADO FOI DADO
A gente gritou pedindo trabalho, escolas decentes, casas limpas etc por anos.
Tem gente que simplesmente não escuta.
A gente avisou que isso ia virar um pandemônio a não ser que os negros vissem avanços reais.
Tem gente que simplesmente não escuta.
Hoje está todo mundo escutando — com os dois ouvidos.
O Recado Foi Dado.

Foi um negro jovem que entregou aquilo para ele, um desses tipos que participam de ocupações vestido com uma camisa africana dessas que vendem hoje em dia.

— Dá uma olhada — disse para Malagueta, como se este fosse um caipira do Sul que precisasse ser educado sobre como a Cidade Grande funcionava. O olhar radioativo de Malagueta fez o sujeito sair correndo. *Relaxe meu bem.* Não tem ninguém ouvindo. Você escuta o que a barata tem a dizer antes de pisar nela? Ele quase jogou o folheto no lixo, mas em vez disso o colocou no bolso de trás.

Às 15h32, dois homens brancos foram andando até a porta da frente. Os clientes davam meia-volta ao ver o cartaz de FECHADO, mas aqueles dois puseram as mãos em torno dos olhos e encostaram o rosto no vidro para ver lá dentro. Eram jovens e limpinhos, usando uniformes de entregadores de gás que não eram deles. Não eram daquele tipo de segurança estúpido que ficavam arfando depois de alguns socos. Os sujeitos estavam em forma e eram limpos, como astronautas. Essa nova geração. Metade da idade dele. Malagueta pôs a mão no lugar em que a faca entrou fundo. Já estava doendo pela briga que ele ia ter.

Eles se separaram. Um dos astronautas, o ruivo, foi até a esquina e olhou para a Morningside, para a porta lateral do escritório. O astronauta louro andou no outro sentido, na direção da parede que separava a loja do próximo imóvel. Eles voltaram para a porta da frente, confabularam e foram embora.

Cinco minutos depois eles estavam de volta. O astronauta ruivo se abaixou para abrir ou arrebentar a tranca da porta de enrolar e se levantou enquanto o outro fingia olhar para uma prancheta. Quando estava numa operação, usar as roupas de um garçom ou de um porteiro dava a Malagueta passagem livre entre os brancos. Do mesmo modo, um branco com uniforme numa vizinhança negra pode entrar em vários lugares, sem esforço. Um uniforme de policial passa uma mensagem, o de funcionário de serviços públicos passa outra, desde que eles não estejam lá para cortar a luz. O astronauta ruivo conseguiu abrir a porta sem fazer escândalo e o parceiro dele passou uma caixa metálica por cima da porta. Provavelmente um maçarico de acetileno.

Depois de entrar, os movimentos ficaram mais lentos e eles entraram no modo caçador. Em fila indiana: um passo, pausa e observação, mais um passo. O ruivo indo para o escritório de Carney e o louro para o de Marie. Quando estavam na metade da loja, o louro soltou a caixa e os dois pegaram seus revólveres, Colt Cobras. Eles continuaram indo rumo aos fundos da loja com atenção de predadores.

Malagueta estava em desvantagem por estar desarmado. Sua última arma fora o revólver que usara no assalto, e ele o viu pela última vez no piso do Cadillac de Dootsie Bell quando o deixou na frente do Hospital do Harlem. Malagueta tinha um encontro com Billy Bill agendado para aquela noite para comprar uma. O que ele tinha em mãos agora era um taco de beisebol e uma faca de caça.

O taco para começar. Malagueta bateu abaixo das costelas do ruivo com a cabeça do taco, depois baixou com força pavorosa na base do crânio do sujeito. Ele deixara a porta do escritório entreaberta e atacou assim que o sujeito entrou no seu raio de alcance, deixou o astronauta vendo estrelas. Houve poucos segundos antes de os gritos dele atraírem o parceiro. Pegar a arma ou usar o astronauta caído? O Colt Cobra quicou e escorregou pelo piso — onde? Os sons de sua queda ficaram abafados, portanto no tapete. Não havia tempo para ficar se arrastando atrás da arma.

Malagueta pressionou a faca de caça na garganta do ruivo quando o outro apareceu na porta. O corpo dele estava parcialmente protegido pelo ruivo. Um certo tipo de homem teria atirado mesmo assim, mas o louro não era dessa espécie.

— Pra trás, amigo — disse Malagueta. O ruivo ganiu enquanto Malagueta aumentava a pressão no pescoço dele. — A gente vai se levantar, certo?

Eles se levantaram. Malagueta percebeu o sujeito tentando achar uma chance. Ele o levou meio metro mais perto da entrada. O astronauta se movia deliberadamente, para forçar uma oportunidade. Malagueta estendeu a mão para fechar o escritório e empurrou o homem na direção da porta. Apertou o botão da maçaneta para trancá-la.

O astronauta deu uma cotovelada na barriga de Malagueta, depois um murro no queixo dele. Malagueta estava protegendo a barriga no lugar em que tinha sido esfaqueado, colocando o corpo em ângulo, e isso deu uma chance ao sujeito. O outro tentou forçar a maçaneta, depois se jogou de ombro na porta para quebrá-la. O ruivo deu em Malagueta uma trombada que o jogou no chão.

A janela do escritório se estilhaçou para dentro com o peso da otomana Collins-Hathaway que o outro astronauta arremessou. As persianas se retorceram. O tapete: Malagueta viu a coronha do revólver caído. O ruivo também. Os dois rastejaram para pegá-lo. Malagueta chegou primeiro, se virou e atirou no vulto na janela do escritório. Errou. Ele deu uma coronhada no crânio do ruivo.

Da última vez foram manchas de sangue no tapete do cara, dessa vez foi a janela.

A janela se escancarou.

— Relaxa, meu bem — disse Malagueta. — Qualquer coisa que se mexa eu atiro. — Ele pegou o astronauta ruivo e continuou a falar com o parceiro dele. — Vai pra janela da frente. Eu vou sair com esse filho da puta. — Instruiu o ruivo a abrir a porta do escritório.

Era estranho — a silhueta do homem branco contra o cenário da rua 125, que procedia como se o drama violento deles não existisse. Na calçada oposta, uma adolescente tentava dominar seu bambolê. O tiro não atraiu as viaturas extra da polícia. Até então.

Pelo modo como ele estava fazendo mira, a ambição do astronauta louro era um tiro na cabeça. Talvez dois na barriga em seguida.

— Pode ir soltando isso — disse Malagueta. — A não ser que você queira deixar ele aqui.

O astronauta se abaixou para colocar a arma no chão e pôs as mãos para cima.

— Agora cai fora — disse Malagueta.

O recado fora dado, como os jovens do Harlem gostavam de dizer.

Carney viu o vidro quebrado e correu para o telefone do escritório. Elizabeth não atendia. Na loja, no parque, não tinha como saber.

— Sei de um cara que vai comprar o maçarico, se você não quiser — disse Malagueta.

— Comprar o quê?

— Ali. Eles iam abrir o cofre com um maçarico. — Ele fez uma pausa. — Não, o J.J. foi preso. Mas certeza que tem mais alguém.

— Olha só, eu tenho que ir pra casa.

Carney tirou a pasta de Linus do cofre Hermann Bros. Malagueta disse para ele deixar o cofre aberto.

— Pra não arrebentarem se voltarem aqui.

Carney pegou o dinheiro — Freddie precisava dele agora que passar o colar para frente deixara de ser uma possibilidade.

Ele deu uma rápida olhada nos papéis dentro da pasta. Planos de um grande complexo de escritórios na Greenwich Street no sul da cidade — importante, talvez, mas dificilmente insubstituível. Debaixo das plantas havia documentos legais, papéis de imóveis com o nome de Linus e da corporação da família. Um deles dava ao sr. Van Wyck poder de procurador de seu filho. Será que era aquele o ponto? Mais tarde, Carney podia descobrir por que os Van Wyck ficaram tão nervosos. Agora ele tinha que ver como a sua família estava.

Enquanto Carney trancava a porta, Malagueta perguntou se ele ainda tinha a caminhonete do pai. Seria útil, disse ele. Eles tiraram a caminhonete do estacionamento e foram para a Riverside Drive.

Carney voltou a lembrar: o colar foi embora. Ele entregou, sem mais nem menos. E eles nem se importaram. Ele buzinou no sinal fechado. Elizabeth e as crianças.

— Eles estão bem — disse Carney.

— Talvez.

— Freddie. — Do jeito que Carney dizia quando eles eram meninos e o primo aprontava algo que ia fazer os dois apanharem. *Freddie*.

— Eu vou vigiar a sua casa hoje da caminhonete — disse Malagueta. — Amanhã eu trago outro cara para vigiar sua família.

Um buraco grande na pista sacudiu a caminhonete, uma daquelas crateras com CEP próprio, e Malagueta estremeceu. Ele colocou a palma da mão na barriga, abaixo do coração.

— Eles te bateram? — Carney disse que ele parecia horrível.

Malagueta murmurou algo sobre homens do espaço.

Quando chegaram no apartamento, Elizabeth estava deitada no sofá e as crianças se provocando.

— Malagueta — disse ela.

— Me ajudando a carregar uns móveis — explicou Carney —, já que Ferrugem está fora. — Ele tinha explicado o fechamento da loja dizendo para Elizabeth que Marie e Ferrugem mereciam uma folga depois da semana anterior, sem contar que as pessoas estavam nervosas demais para pensar em mobília para casa.

Elizabeth fez uma piada sobre ser secretária dele, também, já que Marie estava de folga.

— Como assim?

Ela pegou o bloco de recados.

— Um tal Ed Bench ligou. Disse que te deu o cartão dele?

Carney ligou para o advogado do telefone público na esquina.

Eles estavam com Freddie.

OITO

Carney foi descendo a Park. Fazia sentido para ele, percorrer a série de cortiços do Harlem marcados pela fuligem até o ponto em que eles acabavam abruptamente na 96 e se transformavam nos mundialmente famosos regimentos de grandiosos edifícios residenciais, que por sua vez eram substituídos pelos gigantes corporativos da altura da rua Cinquenta e mais ao sul. A Park Avenue era como um gráfico de um dos livros didáticos de economia dele, ilustrando um estudo de caso de uma empresa de sucesso, os números da rua de Manhattan no eixo x e o dinheiro no y. *Esse é um exemplo de crescimento exponencial.*

— É na 51 — disse Carney.

— Foi o que você falou — disse Malagueta.

Carney ainda não se acostumara com a visão do Edifício da Pan Am se assomando na rua 46, recortando o céu. Eles continuavam subindo — os prédios, os montes de dinheiro.

Os cones laranjas de segurança estavam no lugar prometido por Ed Bench, a meio caminho entre a 51 e a Cinquenta, no lado oeste da avenida. Malagueta retirou os cones e Carney estacionou.

Do outro lado da rua ficava o 319 Park, atrás de um tapume enfeitado com pôsteres do novo disco de Frank Sinatra com Count Basie. O edifício tinha mais de trinta andares de altura, cobertos por painéis metálicos azul-claros. Os painéis iam até a metade da altura do prédio; a construção ainda não estava concluída. Estava adiantada a ponto de o elevador funcionar e de o décimo quinto andar estar com o piso colocado, de acordo com as instruções do advogado.

Ao sair da cabine telefônica, Carney contou a conversa para Malagueta. A voz indiferente, a calma recitação dos fatos. Eles pegaram Freddie em frente à casa da mãe.

— Eu disse que ele ia fazer merda. — Malagueta tinha dito.

— Sim — concordou Carney. Conhecendo o primo, ele queria ver a mãe para pegar um dinheiro. Se Moskowitz tivesse sido rápido com o dinheiro do colar, Freddie teria entrado num ônibus sem ir até lá.

Ed Bench mandou que ele levasse "a propriedade do sr. Van Wyck" até um certo endereço da Park Avenue às 22h. O primo seria devolvido em troca. Ed Bench passou o telefone para Freddie, que teve tempo para dizer "Sou eu", antes de Bench pegar o telefone de novo.

— No território deles — declarou Malagueta. — Eles controlam a cena.

— Eles vão fazer isso?

Malagueta resmungou. Do que eles eram capazes? Eles arrombaram a casa da Tia Millie, vandalizaram a Sterling Gold & Gem, foram à loja dele com armas. Eles não mataram Linus — Linus teria dito onde a pasta estava se fosse pressionado. Pelo relato de Pierce, eles mataram a testemunha de um caso criminal antes de ela poder testemunhar. Se é que dava para acreditar no Pierce. A questão persistia. O que iam fazer com Freddie, e será que iam devolvê-lo?

— Estou morrendo de fome — disse Malagueta.

— O quê?

— A gente devia comer alguma coisa antes — disse Malagueta.

— Ele não disse para trazer alguém junto.

— Ele disse para não trazer alguém junto? Nós somos velhos amigos, eu e esses moços Van Wyck.

Eles foram de carro até a Jolly Chan's na Broadway. Estava escurecendo; a cada dia, à medida que o verão se retraía, escurecia mais cedo. O restaurante estava a pleno vapor para o jantar. Na porta, uma moça num daqueles longos vestidos chineses disse: "Bem-vindo, sr. Malagueta". Ela tinha um ar de brusca confiança e os levou ao lugar onde Malagueta e Carney se sentaram da última vez, arrastando a mesa para que Malagueta sentasse em seu lugar preferido. De costas para a parede, como o pai de Carney dizia, para nada te pegar de surpresa. Até recentemente, Carney não dava o devido valor a essa sabedoria.

— Chan morreu — disse Malagueta. — Essa é a filha dele. Ela que toca o restaurante agora.

Ele pediu frango frito e batatas, Carney pediu arroz com porco frito. Um rapaz com os cadarços desamarrados colocou um bule de chá na mesa e fez uma rápida reverência.

Carney abriu a pasta. O que Van Wyck queria? Ele examinou a procuração. Fazia três anos que Linus assinara o documento repassando seus direitos para o pai. Entrando e saindo do hospício, problema com drogas — era inteligente tirar o filho dos negócios da família. Será que Linus estava atrás daquele documento, ou encontrou no cofre por acaso? Com a morte dele, aquilo perdia o valor — a família controlava o espólio. A não ser que ele tivesse um testamento, mas jovens faziam testamento? Se você tivesse grana, quem sabe.

— O que é isso? — Malagueta quis saber.

— Cartas de amor — disse Carney. Ele guardou um cartão de Dia dos Namorados de uma moça chamada Louella Mather, a caligrafia e a data diziam que ela e Linus foram crianças na mesma época, e uma carta.

Carney leu trechos para Malagueta, resumindo. A coisa parecia saída dos romances baratos de Elizabeth, aqueles com uma mulher branca usando um vestido flutuante e saindo às pressas de um castelo à beira de um penhasco, candelabro em mãos. A jovem senhorita Mather detalhava a noite com Linus no pátio, a fogueira na praia. "Contando os dias até que a gente possa se ver de novo na Campina dos Corações." Campina dos Corações — aquilo recendia a confissões em belvederes à luz despedaçada da lua. Carta romântica à parte, Linus e a moça não acabaram juntos, disso ele sabia.

Uma mulher usando calças vermelhas brilhantes e sexy passou pela calçada e distraiu Malagueta, o que Carney viu como um indício de que devia parar de ler. Estava devolvendo a carta para o envelope amarelado quando percebeu o pedaço de papel dobrado. Era novo e não tinha relação com a carta antiga. O papel timbrado grosso continha cinco linhas de números datilografados. Carney entregou ao Malagueta.

Malagueta resmungou.

— O que é isso?

— Pela quantidade de dígitos, contas numeradas de bancos — disse Malagueta.

Carney olhou os números de novo.

— Como você sabe?

— Onde você acha que eu guardo a minha grana? — disse Malagueta.

Carney não sabia dizer se ele estava brincando ou não. Dinheiro guardado no exterior. Lavagem? Evasão fiscal? Por isso que estavam atrás de Freddie? O último item na pasta era o cartão duplo de beisebol com Joe DiMaggio e Charley Keller. Mas seria ridículo passar por tudo aquilo por um cartão de beisebol.

Malagueta e Carney mataram tempo no restaurante chinês. Em vez de oferecer profecias ou números da sorte, os papeizinhos brancos dentro dos biscoitos da sorte tinham propaganda dos seguros de vida United. Malagueta deixou uma gorjeta exorbitante.

Eles andaram até a caminhonete de Carney. Ele havia feito uma nova pintura na Ford, mas os sons que ela produziu quando ele girou a chave entregaram a idade. Carney parara de vender móveis seminovos havia anos e basicamente usava a caminhonete para fazer a ronda dos mercados de usados, para levar as moedas e os relógios para especialistas. Tendo em vista o modo como as coisas andavam para ele e Elizabeth, eles podiam comprar um carro novo, um tipo esportivo porém prático, mas ele gostava da picape porque dava a impressão de um disfarce. As crianças ainda conseguiam se espremer no banco da frente e ele ficava feliz de ver os quatro numa fileira, estendendo a mão para segurar as crianças nas freadas mais fortes.

Malagueta disse:

— Ainda funciona. — Ele fechou a porta.

— É uma bela caminhonete antiga. — Carney decidiu: comprar um carro decente para a família no fim do verão, antes que May e John ficassem grandes demais. E se concentrar na tarefa que tinha diante de si.

Quando ele e Malagueta deixaram a loja de móveis naquela tarde, Malagueta colocou a caixa de aço que usava para levar o almoço perto dos pés. Agora, abria a caixa e tirava de lá as duas Colt Cobra.

— Eles deixaram cair isso aqui. — Malagueta conferiu as armas.

Carney pegou a própria arma.

— Do Miami Joe — disse ele. Havia encontrado a arma debaixo do sofá meses depois de Malagueta ter matado o sujeito no escritório. Aquilo ficou intocado na gaveta de baixo de sua mesa, escondida por uma revista *Ebony* com Lena Horne na capa, até então.

Malagueta não ficou surpreso.

— Você sabe usar isso?

Uma vez, no ensino médio, o pai dele tinha saído e uns ratos ficaram guinchando por horas atrás do prédio. Era inconcebível alguém ouvir aquilo sem enlouquecer. Ele sabia onde o pai guardava a arma. Na prateleira do armário onde a mãe antes guardava as caixas de chapéus, Big Mike tinha uma caixa de sapatos com munição e facas e algo que Carney mais tarde entendeu ser um garrote improvisado. E a arma do mês. No dia dos ratos, era um .38 cano curto que ficou parecendo um sapo preto na palma da mão de Carney, aos treze anos. O barulho era alto. Ele não sabia se acertara alguma das criaturas, mas elas saíram correndo e Carney passou semanas com medo do pai descobrir que ele tinha mexido no que não devia. Quando abriu a caixa de sapatos meses depois, havia um revólver diferente lá dentro.

Ele disse a Malagueta que sabia usar.

Malagueta grunhiu. Ele colocou uma das Colt Cobras num bolso interno da japona de nylon.

Agora que tinham chegado ao ponto de encontro na Park Avenue, a arma de Miami Joe parecia uma tolice. Nos últimos cinco anos, Carney disse a si mesmo que se acontecesse algo ruim, havia a arma de baixo do sofá para proteção. Uma segurança secreta, como um dinheiro que você mantém dentro de um sapato para fugir da cidade se for o caso. Mas eles estavam na Park Avenue. Uma das ruas mais caras do mundo. O edifício que Van Wyck escolheu para a troca valia dezenas de milhões de dólares; era um símbolo do poder concentrado do homem, do capital e da influência que serviam de andaime para sua ganância. Já Carney tinha uma arma de um morto e um bandido que passara da idade e era sovina demais para comprar calças novas.

— Pronto? — perguntou Carney.

— Andei dando uma olhada no Egon.

Carney olhou para ele.

— O reclinável Egon com acionamento por alavanca EZ-Suave. No seu escritório, no catálogo. E uma luminária.

— Claro — disse Carney. — Normalmente demora de quatro a seis semanas.

Uma tranca minúscula prendia a porta do tapume na frente do 319 da Park Avenue, perto de uma placa que dizia IMÓVEIS VAN WYCK: CONSTRUINDO O FUTURO. Malagueta e Carney passaram pelos tapumes e os sons da cidade silenciaram magicamente. A placa de bronze já estava fixada: VWR. Fitas brancas cruzavam o vidro recém-instalado no saguão. Papelão empoeirado cobria o piso e nuvens de gesso cinzentas salpicavam as paredes.

Um vigia branco estava sentado numa cadeira dobrável perto dos elevadores. Ele tirou os óculos de leitura — estava rabiscando uma revistinha de palavras cruzadas — e olhou para Carney e seu parceiro com irritação. A mão caiu até a altura do quadril, nas proximidades do coldre. Ele apontou para o painel protegido por vidro que mostrava os inquilinos do prédio, onde as letras brancas flutuavam em uma imensidão de feltro preto: CONJUNTO 1500. O único ocupante.

Dentro do elevador inacabado, uma placa nua esperava o certificado da inspeção. Ainda dava tempo de dar meia-volta.

— Como você sabe qual banco? — perguntou Carney.

— Estava imaginando quando você ia perguntar — disse Malagueta. Exausto. — Você gosta dessa agitação?

Carney pensou: deixe Freddie se virar. E depois o quê? Pegar o dinheiro das possíveis contas bancárias e fugir para uma ilha em algum lugar como Wilfred Duke? Foi uma breve fantasia, uma rápida excursão entre andares: Elizabeth ia abandonar Carney no instante em que descobrisse o lado desonesto do marido. Chamar ela mesma a polícia se algum brutamontes fosse bater na porta de Leland e Alma.

O elevador fez um "plim" rápido e alegre e abriu as portas.

O corredor do décimo quinto andar tinha carpete vermelho, pilares robustos e uma série de painéis de imitação de mármore nas paredes. As luzes do teto, Carney percebeu, ficavam dentro daqueles globos Miller que estavam virando moda nos prédios de escritórios. Uma seta fina apontava para o conjunto 1500.

— Bem alto — disse Malagueta. — A última vez que estive acima do décimo andar...

Ele tirou a Colt Cobra da japona. Carney deixou a arma no porta-luvas depois de falar a Malagueta sobre ela. Se não ia usar a arma não fazia sentido levar. No momento certo, a burrice do argumento ficou evidente.

As luzes estavam acesas na recepção. Ninguém ali.

Do fim do corredor, Ed Bench gritou:

— Aqui, senhores.

O lugar cheirava a tinta, tão fresca que as paredes verde-claras pareciam que iam te manchar mesmo a meio metro de distância. Divisórias na altura do peito cortavam as grandes salas em pequenas áreas individuais de trabalho, mas as mesas, cadeiras e tudo mais estavam faltando. As empresas se mudaram para o Pan Am antes de o prédio estar concluído, Carney lembrou. Havia tantos negócios urgentes a fazer que os prédios não conseguiam acompanhar o ritmo, o dinheiro ia forçando a velocidade a aumentar. Na semana seguinte essas salas e as subsalas estariam cheias de homens em ternos de risca de giz gritando em telefones.

Um tipo diferente de acordo precisava ser concluído antes disso.

A porta da sala de reuniões estava aberta, e lá dentro esperavam Ed Bench e dois homens em ternos de flanela cinza com lapelas finíssimas. Pela descrição de Malagueta, os dois eram os astronautas. Ed Bench estava sentado em uma grande mesa oval, com um telefone branco dotado de sistema de interfone perto do cotovelo. Havia doze cadeiras vazias. A mesa e as cadeiras eram da nova linha de móveis comerciais de outono Templeton Office. Nem estava sendo vendida ainda, até onde Carney sabia. Lá fora, olhando pela janela para a rua, o novo horizonte da região central da cidade — em perpétua mudança — marchava em silhueta.

Malagueta assentiu para os dois astronautas, que não responderam. Eles ladeavam Ed Bench e suas armas estavam apontadas para Carney e Malagueta na porta. Os astronautas estavam mais à vontade nos ternos de alfaiataria do que nos uniformes de entregadores de gás; essa toca corporativa era o hábitat natural deles.

Pela reação, Ed Bench foi alertado sobre o guarda-costas do vendedor de sofás, mas não conseguiu resistir a erguer uma sobrancelha ao ver seus trajes rústicos.

Malagueta manteve a arma apontada para o ruivo. Ele tinha uma antipatia particular.

— Meu cliente ficou feliz de ter o colar de volta — disse Ed Bench. — Ele vai ficar feliz também por você ter trazido o resto das coisas dele.

— Cadê o Freddie? — Carney quis saber.

Ed Bench fez um gesto na direção da pasta.

— Tudo aí dentro?

— O cara fez uma pergunta — disse Malagueta. Ele verificou o escritório às suas costas para ver se havia algum penetra na festa. As divisórias tornavam isso impossível. — Vamos parar com essa bobajada?

Os olhos dos dois astronautas comunicavam que eles estavam à espera de um pretexto.

— Você estacionou no lugar que eu disse? — perguntou Ed Bench, baixando a temperatura.

Carney disse:

— Sim.

Ed Bench discou um número. Ele falou:

— Ok. — E desligou. — Se você for até a janela, vai ver.

Malagueta disse:

— Pode ir. — E continuou com a arma apontada. Carney andou devagar. A caminhonete do pai estava exatamente do outro lado da rua.

— Ele já vem — afirmou Ed Bench.

— Van Wyck — disse Carney. — Ele deve estar arrasado com o que aconteceu com o filho.

— O Linus tinha um talento para se meter em problemas. Estava andando com um mau elemento.

Lá embaixo, dois homens apareceram na 51. Carregavam uma pessoa que mal parava em pé, e que eles puseram na caçamba da picape. Eles saíram. Talvez fosse Freddie. A pessoa não se mexeu.

— O que aconteceu com ele? — perguntou Carney.

— Ele está vivo — disse Ed Bench.

O astronauta louro fez um som.

— O sr. Van Wyck não viu com bons olhos — disse Ed Bench.

Malagueta disse:

— Que merda é essa?

— Levar o filho dele a experimentar narcóticos. Rir.

Levar o filho a experimentar drogas — isso nem de longe era verdade.

— Como assim, rir? — indagou Carney.

Ed Bench registrou a nova postura de Malagueta.

— Quando eles assaltaram o apartamento, Linus e o sr. Van Wyck tiveram uma briga e ele caiu. E o amigo de Linus riu. — Ele coçou o queixo. — Ele não viu com bons olhos.

Pela primeira vez o astronauta ruivo falou:

— Aí a gente deu um jeito nele.

Mais tarde, Malagueta explicou qual era o princípio da coisa: Deixe os brancos acharem que podem te foder e eles vão continuar fazendo.

Isso foi dois meses depois da noite na Park Avenue. O verão havia se extinguido e o outono entrara se esgueirando como um ladrão. Eles estavam no Donegal's. Carney tinha ido ver se Malagueta estava gostando do sofá reclinável Egon e do abajur em formato de pagode. Carney disse:

— Você falou quando teve os motins, qual é o sentido? Tudo continua como é, então aqueles protestos foram por nada.

Malagueta disse:

— Eu tenho razão nesse ponto. O júri não teve nada a dizer sobre aquele policial, teve? Ele continua na polícia, não? Mas eu atirar naqueles caras... quem sabe você começa pequeno e depois vai subindo.

JOGUE

E

VEJA ELES CORREREM!

Naquela noite no 319 da Park, Malagueta começou pequeno, atirando na boca do astronauta ruivo. O instinto levou o ruivo a disparar seu .38. Ele errou. O astronauta louro atirou em Malagueta e acertou na carne acima do quadril esquerdo antes que o outro atirasse uma vez na cara dele e duas na barriga. Malagueta deu mais dois tiros para derrubar o ruivo, pois o sujeito caíra de um jeito estranho na mesa de reuniões, como se tivesse sido eletrocutado. A última bala pôs fim à tremedeira.

— Espinha vertebral — disse Malagueta. — Faz o cara ficar pulando assim.

Pela reação dele, Ed Bench jamais tinha visto dois homens serem mortos a tiros tão de perto. Pálido por pedigree, ele ficou ainda mais branco. Carney, de sua parte, tinha visto Malagueta matar um homem antes, então vê-lo matar dois era uma pequena novidade, mas não tinha o fardo psicológico de imaginar se ia ser o próximo. Ele correu até Malagueta.

— Você levou um tiro, cara — disse ele.

Sangue vazava por entre os dedos de Malagueta.

— Tenho que ver isso — respondeu Malagueta. Se referindo ao ferimento. — A gente devia estancar.

Carney colocou a pasta em cima da mesa de reuniões.

— Faça o que quiser — disse ele ao advogado.

— Tem certeza? — perguntou Malagueta.

— Tenho. — Não havia outra passagem de volta.

— Cacete, pelo menos pegue as armas — disse Malagueta. — Senão esse bocó pode atirar na gente.

Carney seguiu as instruções, não que Ed Bench estivesse em condições de perseguir os dois. Ele olhou para o corpo do astronauta ruivo. Havia sangue espirrado na camisa e no rosto de Ed Bench. A boca do advogado trabalhou em silêncio. Se você limpasse rápido, as novas fibras da era espacial do carpete Templeton Office preveniam manchas.

No fim do corredor o elevador estava à espera. Quantas pessoas trabalhavam nos edifícios vizinhos e podiam relatar os tiros? Carney não conferiu se algum escritório que dava vista para a sala de reuniões estava com as luzes acesas.

— É grave?

— É um ferimento a bala. — Malagueta deixou espirais de sangue no botão SAGUÃO. Ele limpou as digitais.

O vigia no saguão saltou da cadeira quando o elevador abriu e foi para os elevadores da parede oposta. Ele não interferiu. Até onde o som do tiro viajou? Nenhuma viatura policial esperando do outro lado do tapume. Malagueta pisou mancando na rua. Ele permitiu que Carney oferecesse ajuda. Os dois atravessaram o canteiro que separava a pista norte da pista sul, só parando para deixar um Rolls-Royce cinza passar. Os passageiros não deram indícios de ter visto os dois.

Freddie estava na caçamba da caminhonete, um volume coberto por roupas ensanguentadas. Ele murmurou quando Carney apareceu e colocou a mão no peito dele.

— Me dá a chave — disse Malagueta.

Carney obedeceu e subiu na caçamba. As mulheres sempre amaram o primo dele, especialmente nos dias de glória antes de ele começar a beber e se drogar demais. *Menino bonito* — Pedro deixou essa herança para ele do mesmo modo que Big Mike passou a desonestidade para Carney. Aquelas moças não iam reconhecer Freddie agora, do jeito que massacraram o rosto dele.

Eles precisavam chegar ao hospital. Meio distraído, Carney dera as chaves a Malagueta, e só quando a caminhonete se moveu para a frente percebeu que o sujeito pretendia dirigir com uma bala no corpo. Será que o projétil tinha saído do outro lado? Será que a polícia estava perto? Qual era a distância do hospital? A caminhonete fez meia-volta e Carney se abaixou com Freddie e passou o braço por baixo da cabeça do primo. O braço de Carney ficou molhado. Estavam ambos deitados de costas. Olhando para cima, a Park Avenue era um cânion, como Freddie disse, penhascos de edifícios correndo contra o céu escuro. Aquilo fez Carney se lembrar de quando o clima ficava tão quente, naquelas noites de verão anos antes, que ele e Freddie pegavam um cobertor e deitavam na laje da rua 129. O calor do dia irradiava do piche preto, mas mesmo assim era mais fresco do que ficar dentro de casa. Debaixo da vasta e eterna agitação do céu noturno. Os olhos se adaptam. Uma noite, Freddie disse que as estrelas o faziam se sentir pequeno. O conhecimento que os meninos tinham das constelações empacou depois da Ursa Maior e do Cinturão de Orion, mas não era preciso saber o nome das coisas para saber a sensação que elas causavam, e olhar para as estrelas não fazia Carney se sentir pequeno ou insignificante; as estrelas faziam com que ele se sentisse reconhecido. Elas tinham o lugar delas e ele tinha o dele. Todos temos nossa posição na vida — pessoas, estrelas, cidades — e mesmo que ninguém cuidasse de Carney e ninguém suspeitasse que ele fosse capaz de grandes coisas, ele ia se transformar em algo. A caminhonete sacolejou rumo ao norte. Agora olhe para ele. Não era uma placa de bronze em um arranha-céu, mas todo mundo sabia que a esquina da 125 com a Morningside era dele, o nome dele estava ali — CARNEY —, claro como o dia.

A caminhonete encostou no carro estacionado em frente, rápido o bastante para um belo solavanco. As luzes da entrada do Hospital do Harlem os banhavam. Malagueta ajudou Carney a tirar o primo da caçamba. Dois jovens plantonistas apareceram com uma maca.

— Como assim, você não vai entrar? — disse Carney.

— Acabei de sair daí. Preciso de um tempo. — Malagueta desceu dois degraus, a mão apertada contra o flanco. — Eu conheço um cara. — Ele desceu mais dois degraus.

Carney andou rápido ao longo da maca entrando no hospital. Ele agarrou a mão de Freddie. Freddie se mexeu. A cabeça dele pendeu.

— Eu não queria te meter em encrenca.

NOVE

MAIS UMA OBRA COM A QUALIDADE IMÓVEIS VAN WYCK

Carney só voltou ao canteiro de obras na região sul da cidade um ano e meio depois. Deus sabe como ele andava ocupado. Será que Marie ia voltar a trabalhar quando o bebê estivesse crescidinho? O marido dela, Rodney, era do tipo que considerava uma mulher trazendo dinheiro para casa uma ameaça à sua masculinidade. A nova moça, Tracy, estava aprendendo o trabalho, mas não era nenhuma Marie, que sabia quando ficar calada e quando desviar educadamente o olhar. Não estava claro qual seria a reação da Tracy quando percebesse que tinha alguma coisa suspeita acontecendo.

Hora do almoço na esquina da Rector com a Broadway. Os trabalhadores eram despejados dos escritórios e se espalhavam pelas avenidas do entorno. Cachorros-quentes de rua, pratos do dia de bandejões, filés sangrentos para os maiorais nas mesas reservadas. Por que hoje? O contrato com a Bella Fontaine, para começar. Enviar o contrato pelo correio para a sede da Bella Fontaine em Omaha trouxe de volta tudo daquele julho grudento. O assassinato de James Powell e os motins, e depois a urgência perigosa da semana seguinte — o calor que se seguiu e o que aconteceu com Freddie. Assinar com a Bella Fontaine depois de dezoito meses de caça contínua ao sr. Gibbs transformou todos aqueles eventos numa miragem.

Ele reconsiderou: as consequências perduravam, mas as razões se tornaram espectrais, insubstanciais. O Harlem se amotinou — por quê? O menino continuava morto, o júri inocentou o Tenente Gilligan, e meninos e meninas negras continuaram a cair diante dos cassetetes e das pistolas de policiais brancos racistas. Freddie e Linus morreram, o assalto deles desfeito como se jamais tivesse acontecido, e Van Wyck continuava vomitando prédios.

Freddie aguentou dois meses em coma. Pressão no cérebro. Suas últimas palavras: "Eu não queria te meter em encrenca". Ele tinha ciúme do Hospital do Harlem, Carney sabia, pelas horas em que ficou privado da mãe por causa daquele lugar, dos turnos dobrados e do trabalho noturno ao longo dos anos. Ele gostava de pensar que Freddie havia sentido e desfrutado do calor da mão dela naqueles dias e noite finais em que o hospital reuniu os dois no quarto andar. Não tinha como sair para o bar à noite, nem como mentir sobre onde ele tinha estado. Nada de sumiços. Pedro apareceu quando soube. Ele ficou por dois dias depois do funeral e depois partiu para a Flórida.

A morte tirou Freddie de Carney e o luto devolveu a ele uma visita, uma companhia invisível que o seguia como uma sombra a todo lugar, puxando sua manga e interrompendo quando ele menos esperava. *Lembra como era meu sorriso? Lembra quando? Lembra de mim?* A voz dele ia silenciando e Carney não a ouvia por um tempo e aí voltava a ficar alta: *Lembra de mim? Essa é sua nova tarefa. Lembra de mim ou ninguém mais vai lembrar.* Às vezes parecia que o luto era forte o suficiente para fazer o mundo parar de funcionar, acabar com a inspiração, fazer o planeta deixar de girar. Não era. O mundo foi em frente de seu jeito desigual, as luzes continuaram acesas, a Terra seguiu girando e as estações se extinguiam e se renovavam.

Munson veio pegar o envelope duas noites depois da visita ao 319 da Park Avenue. Tendo em vista que Freddie era procurado por tanta gente, as autoridades aceitaram a história de Carney de que ele tinha aparecido na loja, espancado e quase morto por alguém que tinha encontrado. Munson não deu indícios se acreditava na história ou não, meramente contou que não existia interesse em continuar apurando aquilo. Pelo *New York Post*, a sede da polícia fez saber que o inquérito sobre a morte de Linus Van Wyck estava encerrado: morte acidental. Carney entregou o envelope ao detetive e os negócios deles foram retomados.

Delroy também visitou o escritório para pegar o envelope de Chink como se tudo estivesse tranquilo. A pessoa que estava pegando no pé de Chink Montague, fosse quem fosse, cedeu. As coisas ficaram estranhas entre Carney e Delroy — além do aspecto da coerção de pagamento em troca de proteção — até que o malandro começou a sair com uma garota jamaicana que não tinha bons móveis para servir suas refeições. Carney ficou feliz em vender mais um canto alemão Collins-Hathaway, com dez por cento de desconto para clientes fiéis.

Agosto chegou. Carney não sabia se tudo havia acabado, se Van Wyck dera o caso por encerrado. A transação foi concluída, sangue foi derramado de ambos os lados, irritação crescente — em geral, essas coisas eram suficientes para encerrar uma guerra de mafiosos, e parecia que nesse caso também tinham bastado para encerrar as hostilidades. O sr. Van Wyck conseguiu o que queria, no final das contas. Carney perdeu o sono por um bom tempo depois disso, mas quando chegava a manhã, Elizabeth estava na cama ao lado dele, as crianças estavam fazendo barulho na casa e o mundo dele estava intacto. Por enquanto. Quando Malagueta foi pegar o sofá reclinável, Carney perguntou se ele achava que aquilo havia acabado. Malagueta perdeu peso durante a convalescença, mas manteve a serenidade maldosa:

— Eu não veria com bons olhos se não tiver acabado.

Carney chegou na esquina da Barclay com a Greenwich. Bem no encontro das ruas, um táxi bateu num sedã verde e os motoristas saíram para se provocar. Dois sujeitos brancos de rosto vermelho se comportando como macacos na floresta. Carney seguiu a cerca de tapumes contornando a Barclay, onde estava mais calmo. A placa no tapume em volta da construção anunciava IMÓVEIS VAN WYCK: CONSTRUINDO O FUTURO. Um grande guindaste amarelo içava uma grande peça de aço. A peça oscilou como um surfista e desapareceu atrás dos tapumes.

Carney abriu caminho até a minúscula janela no tapume. Ele sempre achou que aquelas janelinhas eram coisa de criança — May nunca passava por uma sem que ele precisasse erguê-la para dar uma olhada na operação oculta. Ele estava encostando o nariz no vidro. O buraco tinha quatro andares de profundidade, mais profundo do que qualquer outro que já tinha visto. Estacionamento subterrâneo? Ou era aquela a profundidade necessária para construir aqueles arranha-céus atuais? Um simples fato da física. Toda aquela terra e as pedras já tinham um destino. Era só ler aquelas reportagens sobre o esquema do Battery Park e você ficava sabendo que era preciso usar um milhão de toneladas de aterro para expandir a ilha naquele tanto. Eles precisavam cavar cada vez mais fundo para construir cada vez mais alto, depois aumentar a ilha para que coubessem as outras coisas que queriam erguer. Aquilo era uma fábrica de dinheiro.

Do outro lado da rua, o prédio da Companhia Telefônica de Nova York estava lá com seu esplendor art déco, uma censura graciosa em granito aos arrivistas de aço e vidro ao seu redor. As estruturas rústicas que antes ocupavam o canteiro de obras não eram ameaça à sua dignidade. Uma fila de edifícios comerciais pouco notáveis de três andares, eles eram vestígios da velha área sul. Carney foi se informar: de acordo com os registros oficiais, Linus Van Wyck foi proprietário de três deles desde 1961: os números 101, 103 e 105 da Barclay Street. A corporação Van Wyck comprou os três em 2 de agosto de 1964, oito dias depois da morte dele, no mesmo dia em que adquiriu seis propriedades adjacentes na Greenwich. Nessa mesma época do ano seguinte, o terreno consolidado seria lar de um edifício de escritórios de cinquenta e seis andares, o projeto mais ambicioso da VWR até então. Inaugurado bem antes de o World Trade Center estar concluído e pronto para tirar vantagem do megacomplexo uma quadra ao sul. O World Trade Center ia transformar a cidade, se você acreditasse na propaganda de Rockefeller e dos jornais que estavam no bolso dele.

Era bom chegar antes. Você não precisa ser o primeiro, dizia a filosofia dos Van Wyck, bastava ter um bom olho para ver o que ia acontecer.

Carney só contava com os registros oficiais da cidade e com as informações de segunda mão de Freddie. A empresa da família coloca a propriedade no nome de Linus para evitar impostos — ouvir o sogro contar sobre os meios de ferrar com o governo ensinou Carney sobre os ricos e sobre como eles se agarram ao dinheiro. Para continuar recebendo sua mesada, Linus assina onde mandam, e a procuração mantém as coisas calmas durante suas várias hospitalizações. Será que o objetivo do assalto era pegar aquele papel e se libertar, usando o pretexto das joias só para Freddie ajudar? Ou Linus só percebeu o que tinha em mãos quando chegou ao Harlem, no Eagleton, e aí tentou usar aquilo em seu benefício? Ligou para o Querido Paizinho e fez uma ameaça, uma leve extorsão com um pouco de rancor infantil. Depois a overdose — como aquilo mudou as coisas?

Digamos que Malagueta estivesse certo e que os números no envelope se referiam a contas bancárias no exterior. A julgar pelo momento em que aconteceu o acordo da Greenwich Street, era possível que a VWR precisasse do dinheiro guardado para fazer o negócio acontecer. *Campina dos corações*. Ambrose Van Wyck coloca os números da conta em uma antiga carta de amor que o faz lembrar como as coisas podiam ter sido diferentes para o filho. Faz com que ele se lembre como seria a vida de Linus caso ele gostasse de mulheres e não de homens — e de todas as coisas que seu menino podia ter construído para si.

Talvez tudo tivesse a ver com um cartão de beisebol, um cartão de 1941 em que apareciam Joe DiMaggio e Charley

Keller. Valia algum dinheiro, se você fosse fã, mas para qualquer outra pessoa não tinha valor algum.

Era como tentar decifrar um mistério da infância, tipo por que um homem deixa o filho pequeno sozinho em um banco num bar pé-sujo. Todo mundo que conhecia a história morreu ou não ia falar. Com isso sobravam as repercussões e as suas frágeis tentativas de extrair sentido daquilo.

Um policial acabou com o confronto na esquina. Os motoristas enraivecidos seguiram seu caminho e o trânsito voltou a andar. Carney olhou para o relógio. Hora de acabar com isso.

Enquanto estava na região sul da ilha, ele queria ver a loja de Aronowitz uma última vez. Em nome dos velhos tempos. Ele havia visto grandes protestos no noticiário local. Cidadãos irados marchando entre grandes caixas de componentes de rádio antes de os tribunais julgarem contra eles: NADA DE DESAPROPRIAÇÕES EM TROCA DE LUCRO PARA CORPORAÇÕES. Orações feitas a estêncil em papelão. Carney chegou tarde demais, como descobriu quando virou na Greenwich. A loja fora demolida.

A vizinhança havia sumido, devastada. Tudo quatro quadras ao sul da Companhia Telefônica de Nova York e quatro quadras a leste da miserável West Side Highway fora demolido e apagado para criar o canteiro de obras do World Trade Center, incluindo as placas de trânsito e os semáforos. Era o resultado de uma batalha desastrosa. Quadra após quadra da vibrante Rua dos Rádios, os depósitos de têxteis e as lojas de chapéus para mulheres e as bancadas dos engraxates, os restaurantes baratos, até mesmo os entalhes da calçada onde as escoras das pistas do elevado eram presas ao concreto — escombros. Os prédios da antiga cidade assomavam sobre o lugar inutilizado, aquela ferida.

Era surreal ver sua cidade virada do avesso. Carney se sentiu surreal naqueles dias do motim quando as ruas ficaram estranhas por causa da violência. Apesar do que os Estados Unidos viram no noticiário, apenas uma fração da comunidade pegou tijolos e tacos e querosene. A devastação não foi nada em comparação com o que estava diante dele agora, mas se você pegasse toda a raiva e a esperança e a fúria das pessoas do Harlem e transformasse numa bomba, os resultados seriam parecidos com isso.

As bolas de demolição para a próxima devastação. Os caminhões com detritos e os trailers de construção pontilhavam a planície destruída, esperando a próxima fase — a escavação. Mais terra e mais pedras para fazer mais ilha para mais prédios. Um dia, eles aterrariam os rios e tudo ia ser simplesmente uma Manhattan ampliada.

A Aronowitz & Filhos fechou as portas muito antes. Carney apareceu um dia para dar um oi — ele não precisava dos serviços do sujeito havia anos — e uma loja de televisores tinha tomado seu lugar. ELECTRIC CITY. O novo proprietário, um homem que andava rápido com um sotaque anasalado do Bronx, assumiu o ponto de Aronowitz, mas não sabia dizer para onde ele fora depois de entregar as chaves.

— Ele não parecia muito saudável — disse o homem.

— Nunca pareceu — disse Carney.

Deu uma última olhada no canteiro de obras do WTC. Da próxima vez que fosse ali o local estaria completamente diferente. Era assim que as coisas funcionavam.

Carney foi pegar o trem. Ele precisava conversar rapidamente com seu contato para pedras raras, e o telefone não era uma opção. O escritório do sujeito ficava na rua Noventa perto da Segunda Avenida e os metrôs estavam uma confusão naquele dia, por conta de uma explosão de uma adutora no East Side.

Depois era encontrar Elizabeth. Um apartamento na Striver's Row ia estar aberto para visitação e ele queria dar uma olhada. O proprietário precisava vender rápido. A Riverside Drive era bacana, mas era difícil dispensar uma chance na Striver's Row. Se você tivesse como bancar. Era uma quadra tão bonita e, em certas noites quando estava fresco e silencioso, era como se você nem morasse na cidade.

Este livro foi impresso em 2021, pela Lisgráfica, para a HarperCollins Brasil. O papel do miolo é pólen 80 g/m².